Szamanka od umarlaków

Martyna Raduchowska, rocznik ’87. Wrocławianka z urodzenia i sentymentu, warszawianka z zamieszkania i zaskoczenia. Absolwentka psychologii i kryminologii (Aberystwyth University), neurobiologii poznawczej (University of York) oraz psychologii śledczej (Uniwersytet SWPS). Z zapałem zgłębia tajniki ludzkiego mózgu oraz profilowania osób zaginionych i nieznanych sprawców zbrodni.

Autorka kilku opowiadań, dwóch powieści z gatunku urban fantasy: *Szamanka od umarlaków* (2011) i *Demon Luster* (2014), oraz cyberpunkowego kryminału *Łzy Mai* (2015) wyróżnionego Nagrodą Literacką Kwazar za wartości naukowe w literaturze science fiction (2016). Obecnie popełnia kolejną powieść i pracuje jako scenarzystka w studiu CD PROJEKT RED.

Martyna Raduchowska

Szamanka od umarlaków

UROBOROS

Wydanie II zmienione
Warszawa, MMXVII

Rozdział pierwszy

Niezbędne minimum

Była jedna rzecz, której nikt o Idzie nie wiedział. Za cholerę nie chciała być wiedźmą. Była też jedna rzecz, której nie wiedziała sama Ida – zasadniczo nie miała w tej kwestii nic do powiedzenia. I nie chodzi tu o żadne zrządzenie losu, siłę wyższą, klątwę, życiorys zapisany w gwiazdach w najdrobniejszym szczególe czy przeznaczenie, którego nie da się zmienić ani oszukać. Ida zwyczajnie miała Pecha. Chociaż nie, to nawet nie było tak: to Pech miał Idę. Trzymał mocno, nie puszczał, śledził jak cień, czepił się jak rzep psiego ogona, wierny niczym najlepszy przyjaciel, zawsze gotów, by pokrzyżować jej plany i zwalić pod nogi nie jedną kłodę, ale cały ich stos.

W dniu swoich dziewiętnastych urodzin Ida oświadczyła rodzicom, że nie zamierza mieć absolutnie nic do czynienia z magią.

Nie byli zachwyceni.

Jako jedyna dziedziczka dorobku wielu pokoleń rodziny Brzezińskich, jedyna, która mogła kontynuować tradycje równie starego, co poważanego rodu czarodziejów, wróżbitów i telepatów, stawiała właśnie tenże ród w nieopisanie niezręcznej sytuacji. Zgodnie z tradycją Idę czekała śmiertelnie nudna, pozbawiona choćby odrobiny spontaniczności przyszłość. Dziewczyna miała udać się na studia do elitarnej szkoły magii, zdobyć najlepsze wykształcenie, dyplom z wyróżnieniem, rekomendacje od najbardziej poważanych profesorów, ba, nawet od dziekana, a najlepiej i samego rektora, a wszystko po to, by zająć miejsce ojca w loży czarodziejów i do dnia swojego ślubu zajmować się polityką. Oczywiście nie na własną rękę, o nie, to dałoby jej zbyt dużą swobodę – zamiast tego Ida miała potulnie wprowadzać w życie decyzje podjęte przez jej rodziców. Po ślubie natomiast bez szemrania usunąć się w cień swego małżonka i również bez szemrania zacząć rodzić dzieci, które, ma się rozumieć, czekał podobny nieszczęsny los.

Tak, poglądy Idowych rodziców zaliczały się do tych nader staroświeckich, ale tak to już jest, jak się człowiek uprze, żeby być tradycyjnym. Na swoje nieszczęście państwo Brzezińscy córkę mieli niebezpiecznie wręcz nowoczesną. Na jeszcze większe nieszczęście – jedyną. Irmina, matka Idy, miała na karku już prawie dwa stulecia i choć wciąż promieniała urodą podlotka, mogła pożegnać się z nadzieją na wydanie na świat alternatywnego dziedzica. Nigdy nie planowała wielodzietnej rodziny, a ponieważ do tej pory nie zdarzyło się, żeby którykolwiek dziedzic w swej bezczelności pokazał tradycji środkowy palec i podążył własną drogą, Irmina w kwestii potomstwa z radością ograniczyła się do niezbędnego minimum.

Nikt nie przewidział, że niezbędne minimum może mieć własne zdanie i co gorsza, własne plany na własną przyszłość, że któregoś dnia oświadczy, iż uważa całą tę magię za godną pożałowania bzdurę, której to ono – niezbędne minimum –

nie zamierza się poświęcać. Na dobitkę, Ida zmroziła rodzicielom krew w żyłach stwierdzeniem, że nie ma też zamiaru wychodzić za mąż. Posiadania dzieci jeszcze nawet nie rozważała i wcale nie jest pewna, czy kiedykolwiek zdecyduje się jakieś urodzić. I w ogóle niech jej wszyscy dadzą święty spokój.

Słuchając krótkiego i rzeczowego oświadczenia córki, ojciec coraz mocniej zaciskał szczęki, a stan matki coraz lepiej pasował do określenia „przedzawałowy". Z każdym słowem Idy cała ich starannie zaplanowana przyszłość obracała się w ruinę. Wszelkie nadzieje, że dziewczyna może jednak da się przekonać do zmiany zdania, okazały się płonne, gdy Ida oznajmiła dobitnie, iż nie posiada najmniejszych nawet czarodziejskich zdolności, o czym łatwo można się przekonać za pomocą prostych testów. Taka z niej czarownica jak, nie przymierzając, z koziego zadka waltornia i szkoła magii zupełnie mija się z celem. A zatem nawet jeśli rodzice zmuszą ją do wypełnienia obowiązku wobec rodu i poświęcenia się karierze czarownicy polityka, jej brak zdolności prędzej czy później wyjdzie na jaw. A ponieważ prawo do zasiadania w loży czarodziejów mają, jak sama nazwa wskazuje, wyłącznie czarodzieje, dziewczyna pozbawiona daru przyniosłaby rodzinie jedynie wstyd i hańbę. Niemagiczne dziecko nie było bowiem dla magów szczególnym powodem do dumy. Małżeństwo Idy z czarodziejem mogłoby co prawda zmazać nieco plamę na honorze rodziny i uratować choć część rodzicielskich planów, ale – jak już wspomniano – dziewczyna nie życzyła sobie małżeństwa i nawet pociągająca aparycja głównego kandydata na narzeczonego nie zdołała zmienić jej decyzji.

Po dłuższym zastanowieniu rodzice musieli przyznać, że córka faktycznie nigdy nie przejawiała nadprzyrodzonych zdolności, a mając już lat niemało, powinna tymi zdolnościami wręcz emanować. I szukać okazji, by się nimi chwalić. W tej rodzinie zawsze tak było i tak zgodnie z tradycją być powinno. Niestety, wyglądało na to, że tak już nie będzie.

Ponieważ jednak tonący brzytwy się chwyta, postanowili przetestować Idę, nie tracąc nadziei na to, że może tli się w niej choćby malutka iskierka mocy, która przy odpowiedniej pielęgnacji wybuchnie silnym, jasnym płomieniem. Na tyle silnym i jasnym, by rodzinie hańby ani wstydu nie przynieść.

Ida nie doceniła rodziców. Ich determinacja, by odnaleźć w niej choć odrobinę magicznego potencjału, była tak wielka, że zastawiali na nią czarodziejskie sidła na każdym wręcz kroku. Uznali, że dziewczyna, korzystając z mocy, będzie się umiała oswobodzić lub wykryć podstęp i zwyczajnie w sidła nie wpaść. Ale Ida nie miała mocy, niczego nie potrafiła wykryć. Za to wpadanie wychodziło jej pierwszorzędnie. Było też przy tym niezwykle frustrujące i zaczynało doprowadzać dziewczynę do szewskiej pasji.

Zaczęło się od pułapek podłogowych, które ojciec pozakładał w całym domu. Ida wyszła z biblioteki pogrążona w jakiejś lekturze, na pamięć zmierzając do swojego pokoju, gdy nagle coś zacisnęło się na jej kostce, szarpnęło tak, że straciła równowagę i grzmotnęła na podłogowe deski, po czym silnie pociągnęło w górę. Tym sposobem dziewczyna zawisła w powietrzu do góry nogami i dyndała wesoło pod samym sufitem. Piętnaście minut zdzierała sobie gardło, zanim rodzice i służba przybyli na ratunek. Dom był ogromny, mogli jej nie słyszeć, ale Ida podejrzewała ich o najgorsze. O to na przykład, że zwlekali tak długo specjalnie i czekali, aż znudzi się tym dyndaniem i posłuży czarami, by się uwolnić. Nie ma głupich. Nawet gdyby Ida miała w sobie moc, wolałaby choćby tydzień podziwiać warstwy kurzu i pajęcze sieci na żyrandolu niż dać się przyłapać na używaniu czarów. Miała plany, swoje własne, osobiste plany i za nic nie zamierzała z nich rezygnować. Dla takich planów warto się poświęcić i powisieć trochę głową w dół.

Zanim wreszcie ściągnięto ją spod sufitu, musiała wysłuchać długiej, pełnej lamentów tyrady matki oraz śmiertelnie poważnego kazania ojca. Oboje bardzo starali się przemówić Idzie do rozumu, by wykrzesała z siebie trochę zaangażowania i chociaż spróbowała odkryć w sobie źródło czarodziejskiej energii. Nie, nic z tego. Ich córka nie była może zbyt zdolna, umiała jednak postawić na swoim.

Tak przynajmniej jej się wydawało.

Kiedy wpadła jeszcze w kilka pułapek podłogowych, kilkakrotnie zaplątała się w czarodziejskie pajęcze sieci, poparzyła o zaklęte w klamkach i poręczach diabelskie ogniki, utknęła po kolana w schodach, których deski zmiękły ni stąd, ni zowąd, przyjmując konsystencję gęstego błota, po czym stwardniały z powrotem i boleśnie zacisnęły się wokół Idowych nóg, a na koniec wsunęła cały talerz krokietów nafaszerowanych „esencją wieszczów", wyjątkowo złośliwym halucynogenem, po którym świat stał się niebieski w czerwone kropki, a zamiast ludzi otaczały ją zgniłozielone trolle, w Idzie zaczęła kiełkować nieodparta potrzeba pozbawienia kogoś życia. Rodziców, służby lub siebie samej – wszystko jedno. Krwiożercze żądze niechybnie zostałyby zaspokojone, gdyby na pomoc nie przyszedł atak wyrostka robaczkowego. Perspektywa spędzenia w szpitalu kilku dni z dala od rodziców i ich magicznych testów, w ciszy i samotności, nieco Idę uspokoiła, napełniła nadzieją i optymizmem.

Pech chciał, że nadzieję i optymizm szlag trafił, gdy w noc przed operacją dziewczynę odwiedził nieoczekiwany gość...

*

– Widzę nieżywych ludzi – wyszeptała Ida, ocierając twarz rękawem. Krew nie chciała zejść. Z dłoni, z policzków, z piżamy... Była wszędzie. Lepka i gęsta jak miód, ciemnoczerwona niczym dojrzałe wiśnie.

– Jakich „ludzi"? Ja jestem pojedynczy – odparł pogodnie nieżywy człowiek i uśmiechnął się do niej przyjacielsko. A zarazem makabrycznie. Nie miał oka, a krew z pustego oczodołu zalewała mu policzek i kapała na białą koszulę. Zabarwiła usta i zęby, ściekała po brodzie, nadając mu wygląd ucztującego kanibala.

– Kim jesteś, czego chcesz i co mam zrobić, żebyś sobie poszedł? – wykrztusiła Ida.

Była dziwnie spokojna. Tylko głos jej drżał. Oddech jakoś tak trudno było złapać. I serce tłukło się niesamowicie, pompowało krew z taką szybkością, że szumiała w skroniach jak wodospad i niemal całkowicie zagłuszała słowa trupa:

– Miałem nadzieję, że ty mi to powiesz.

Odsunęła się od niego na sam skraj łóżka, podkurczyła nogi, oplotła ramionami kolana. Nie mogła na niego patrzeć, a jednocześnie nie umiała odwrócić wzroku. Widok był przerażający, a przy tym hipnotyzował, przyciągał spojrzenie niczym magnes.

Ida o mało nie spadła z łóżka, gdy trącona wiatrem gałąź głośno zapukała w okno. Dziewczyna odwróciła głowę i popatrzyła w tamtym kierunku, by choć na moment oderwać oczy od nieboszczyka w garniturze, od straszliwej pustki, jaka ziała z zakrwawionego oczodołu...

Na dworze było ciemno. Padało. Deszcz dudnił o blaszany parapet, ogromne krople bombardowały szybę z takim zacięciem, jakby chciały wedrzeć się do pokoju. Wichura targała koronami drzew, z furią wyszarpywała z nich liście, wyła potępieńczo, wciskała się przez szpary w oknach i złośliwie poruszała podwieszanymi parawanami. Ida była gotowa przysiąc, że za tymi parawanami coś się czai.

– Odejdź – powiedziała cicho, czując, że dostaje gęsiej skórki. – Nie chcę z tobą rozmawiać.

– Sama mnie zaprosiłaś – odparł grzecznie nieboszczyk.

Popatrzyła na niego zszokowana.

– Ja?!

– Dlatego tu jestem.

– Nikogo nie zapraszałam – zaprotestowała Ida, zdecydowanym ruchem przykrywając się kołdrą. I zamarła. Dopiero teraz zdała sobie sprawę, że siedzi w czymś mokrym. Chwilę walczyła sama ze sobą, po czym zerknęła w dół. Zrobiło jej się słabo. Pościel była zbryzgana krwią.

Ida przymknęła oczy, odetchnęła głęboko. Gdy uniosła powieki i bez specjalnego zaskoczenia stwierdziła, że krwawy gość nie raczył zniknąć, utkwiła w nim pełne pretensji spojrzenie.

– Będę miała koszmary – burknęła z wyrzutem. – Dopadnie mnie bezsenność. I pewnie jeszcze zacznę się jąkać. Nabawię się nerwicy albo paranoi. A w końcu wyląduję na oddziale zamkniętym. Przez ciebie. Przez takich jak ty.

– Przepraszam – odparł rozbrajająco szczerze i uklęknął przed nią. – Nie wiedziałem, że nie życzysz sobie, bym przychodził.

– W porządku. Jesteś chyba pierwszym, który przeprosił.

Ida skrzyżowała nogi, oparła łokieć na kolanie, a podbródek na dłoni. Wcale nie miała ochoty z nim rozmawiać, wysłuchiwać jego smutnej historii ani w ogóle nic o nim wiedzieć. Życzyła sobie natomiast, żeby zniknął. Jednak odkąd zaczęła widywać zmarłych, nauczyła się, że rozmowa była niezbędnym minimum. Minimum koniecznym do tego, by nieżywy zostawił ją w spokoju. Wiedziała, że Jednooki Kanibal nie odejdzie, dopóki go nie wysłucha.

Zebrała się w sobie, zdecydowana jak najszybciej pozbyć się intruza, po czym zapytała:

– Kim jesteś?

Wyraźnie zmarkotniał. Bezradnie pokręcił głową.

– Nie pamiętam.

– Długo tu się błąkasz?

– Nie wiem.

– Jest coś, co mogę dla ciebie zrobić?

– Nic nie przychodzi mi do głowy.

– Więc czemu przyszedłeś?

– Bo mnie wezwałaś.

Ida westchnęła ciężko. Przejechała dłonią po twarzy.

– Ustalmy coś raz na zawsze: nikogo nie wzywałam. Nigdy nie chciałam rozmawiać z żadnym z was. Zdajesz sobie w ogóle sprawę, że nie żyjesz?

– Nie żyję? – ożywił się. – Naprawdę? To ty mówiłaś serio?

– A co mówiłam?

– „Widzę nieżywych ludzi". Myślałem, że to tylko tekst z horroru.

– Bo to jest tekst z horroru. Z mojego prywatnego horroru. Tam jest łazienka, popatrz w lustro, to zaraz się przekonasz, kto w nim gra.

Nieżywy człowiek wstał posłusznie i poczłapał do łazienki, obficie brocząc krwią.

– O rany! – krzyknął wyraźnie zachwycony. – Ale numer! Nie widzę swojego odbicia!

– Co ty powiesz – mruknęła Ida.

Nieboszczyk wychylił głowę zza drzwi łazienki i przyjrzał się dziewczynie.

– Ale ty swoje widzisz?

– Tak. Ja swoje widzę. Jestem żywa. Jeszcze.

– Co to znaczy jeszcze? Umierasz? Dlatego siedzisz w szpitalu?

– Nie umieram. Jutro będą mi wycinać wyrostek robaczkowy, nic wielkiego. Ale podejrzewam, że niedługo padnę na zawał, jeśli nie przestaniecie mnie tak niespodziewanie nawiedzać.

Nieżywy człowiek zamyślił się, marszcząc upaprane czerwienią czoło.

– Hmm... Skoro jestem martwy, to znaczy, że kiedyś byłem żywy – wydedukował równie logicznie, co odkrywczo. – Dlaczego więc nic nie pamiętam? – Utkwił w dziewczynie spłoszone spojrzenie jedynego oka. – Dlaczego nie pamiętam swojego życia... jak ci tam...?

– Ida – przedstawiła się i lekko skinęła głową. – Ida Brzezińska.

– Znasz odpowiedź na to pytanie, Ido?

– Nie. Mogę jedynie przypuszczać, że prawdopodobnie umarłeś... czy raczej zginąłeś niedawno. Nagle. Tak nagle, że twoja dusza jeszcze tego nie zauważyła.

– Zatem przypomnę sobie? – zapytał z nadzieją.

– Większość sobie przypomina. – Ida ziewnęła, przeciągnęła się. – Słuchaj, bardzo chciałabym się przespać. Czy mogę cię prosić, żebyś już sobie poszedł?

– Tylko dokąd? Jak?

– Nie wiem. Nie znam się. Weź się skup, zamknij oczy, może zobaczysz tunel i światło na końcu?

– Tak trafiłem do ciebie – powiedział po chwili grobowego milczenia. – Było ciemno. A potem gdzieś w oddali zobaczyłem światełko. Podążyłem za nim i oto jestem.

– No. To teraz zrobisz dokładnie to samo, tyle że udasz się w przeciwnym kierunku.

Bezimienny, cierpiący na pośmiertną amnezję nieboszczyk westchnął ponuro.

– Mogę wrócić, kiedy sobie przypomnę?

Ida bardzo nie chciała odpowiadać na to pytanie. Było jednak coś takiego w oku nieżywego człowieka, że nie miała serca odmówić.

– Możesz. Chociaż prawdę mówiąc, nie wiem, jak mogłabym ci pomóc.

Odwrócił się. Zrobił parę chwiejnych kroków, znacząc podłogę kolejnymi plamami krwi, po czym wtopił się w drzwi. Ida jeszcze długo słyszała jego ciężkie stąpanie roznoszące się echem po pustym szpitalnym korytarzu.

Niepewnie spojrzała w dół. Pościel była czysta, nieskazitelnie biała. Dziewczyna przyjrzała się swoim dłoniom, obmacała twarz, dokładnie zlustrowała piżamę. Lepka czerwień zniknęła.

Tylko w powietrzu wciąż unosiła się słodkawa, metaliczna woń.

*

Początkowo Ida łudziła się, że to leki podane jej przed zabiegiem wywołały tak niespotykaną reakcję. Jednak w głębi duszy wiedziała, że nie śniła na jawie, nie miała zwidów ani halucynacji. Widziała już zbyt wielu umarłych, by wątpić, że i ten był prawdziwy.

Pierwszy raz zobaczyła nieżywego w wieku pięciu lat na pogrzebie jakiejś starej czarownicy. Jak gdyby nigdy nic wlazł przez ścianę do mrocznej kaplicy i stanął sobie grzecznie w tłumie żałobników. Parę minut z ciekawością przyglądał się ceremonii, a po chwili podszedł do kapłana i bez ceregieli zajrzał mu przez ramię w modlitewnik. Szybko znudził się lekturą i rozejrzał na boki w poszukiwaniu ciekawszych rozrywek. Przez jakiś czas dmuchał w ustawione dookoła trumny świece, i to dmuchał bardzo efektownie, bo równo co sekundę gasła co druga. Jak w zegarku. Żałobnicy zaszemrali, zaniepokojeni niecodziennym zjawiskiem, a tamten aż rechotał z uciechy. I zaraz przestał rechotać, gdy w tłumie zobaczył uśmiechniętą twarzyczkę czarnowłosej dziewczynki, która patrzyła prosto na niego. Martwe oczy przybysza błysnęły nadzieją. Jeszcze dla pewności zrobił zeza i wystawił język, a mała zachichotała cichutko, tuląc do siebie różowego pluszowego królika.

Pięcioletnia Ida nie bała się wcale i przez parę następnych dni chętnie gawędziła sobie z nieżywym człowiekiem. Ponieważ jednak najwięcej entuzjazmu wkładała w opowieści o swoich przeżyciach w przedszkolu, zmarły doszedł do wniosku, że z takiego medium nie ma większego pożytku. Przynajmniej na razie. Pożegnał się grzecznie z uroczą pięciolatką i zapowiedział, że może kiedyś, gdy dziewczynka trochę podrośnie, wróci do niej. Ida obiecała, że będzie czekać.

*

Od tamtego czasu widywała ich co parę lat, zwykle w szpitalach, na cmentarzach lub w kościołach. Nie zawsze zdawali sobie sprawę, że są obserwowani, czasami przechodzili tuż obok, w ogóle Idy nie zauważając. Ale niektórzy, ci bystrzejsi i bardziej spostrzegawczy, witali się uprzejmie, inni zaczepiali mniej lub bardziej napastliwie, wszyscy jak jeden trup spragnieni byli kontaktu z żywym człowiekiem. I ani jeden nie odszedł, dopóki Ida nie zamieniła z nim choćby paru słów.

Nie przyznała się rodzicom, że rozmawia z przybyszami z drugiej strony, choć owszem, rozważała, czy nie podzielić się tą mroczną tajemnicą. Wtedy niewątpliwie zaprzestaliby szukania w niej czarodziejskiego potencjału i wysłali ją na szkolenie do ciotki, wiekowego i doświadczonego medium. Tyle że Ida szkolić się też nie miała zamiaru – nie w tej dziedzinie. Chciała iść na studia, zobaczyć świat, żyć jak normalny niemagiczny człowiek. Była uparta i konsekwentna. Skoro postanowiła nie poświęcać życia magii, to przecież nie będzie go poświęcać na rozmowy ze zmarłymi. A rodzice... I tak w końcu musieli dać za wygraną i pogodzić się z faktem, że z córki nie zrobią ani wiedźmy, ani medium.

Tak przynajmniej jej się wydawało.

Po powrocie ze szpitala na Idę czekała upragniona wiadomość. List z Uniwersytetu Wrocławskiego. Dostała się na wymarzoną psychologię, przyjęli jej podanie o miejsce w akademiku. W mig zapomniała o Jednookim Kanibalu. Oto cały świat, cudowny świat, świat zwykłych ludzi stanął przed nią otworem.

W środę trzydziestego września o szóstej czterdzieści pięć rano Ida spakowała najpotrzebniejsze rzeczy i sprawdziła, czy bilet na pociąg do Wrocławia bezpiecznie spoczywa w tylnej kieszeni dżinsów. Po raz ostatni wyjrzała przez okno swojego pokoju na rozległy ogród, odetchnęła głęboko, całą sobą chłonąc cudowny zapach wolności, po czym chwyciła walizki i rozpoczęła niełatwą wyprawę w dół kręconych schodów.

Hałas, jakiego narobiły bagaże obijające się o stopnie, postawił na nogi cały dom.

– Ida, dziecko, co ty wyprawiasz? – zagderała Irmina Brzezińska, pojawiając się w drzwiach jadalni.

– Za dziesięć minut mam autobus na dworzec – wysapała dziewczyna. Z całej siły szarpnęła za oporne walizki, które wreszcie skapitulowały i zwaliły się ciężko z ostatnich kilku stopni.

– Ale przecież nie pojedziesz bez śniadania – zaprotestowała matka.

– Kupię sobie coś na dworcu, obiecuję, ale teraz naprawdę muszę już...

– Żaden tam dworzec, żaden autobus – wtrącił się ojciec, wychyliwszy głowę z gabinetu. – Idź do kuchni, Marianna poda ci śniadanie.

– Ale tato...

– Żadne ale. Zjedz spokojnie, zapomnij o pociągu. Jan cię zawiezie.

Ida przyjrzała się podejrzliwie najpierw ojcu, potem matce. Co oni, powariowali czy jak? Wypuszczają ją w świat tak bez żadnych protestów? Marianna poda śniadanie, Jan zawiezie... Że co proszę?

– Zostaw bagaże, dziecko, od tego jest służba – powiedziała Irmina zaskakująco łagodnie. – I zjedz coś wreszcie, strasznie blada jesteś.

Coś się kroi, przemknęło dziewczynie przez głowę. Jakaś grubsza intryga kryła się pod tymi przyjaznymi uśmiechami i spojrzeniami. Coś kombinują, widać to gołym okiem. Tylko co...

– No idźże, bo Marianna znowu będzie marudzić, że jedzenie stygnie. – Ojciec chwycił córkę za ramiona, obrócił i delikatnie popchnął w stronę kuchni. – Idź, idź.

Ida posłusznie, acz niechętnie poczłapała korytarzem. Przywitał ją zapach ziół i świeżo parzonej kawy. Marianna jak zwykle rześka i radosna nuciła pod nosem jakąś skoczną melodię i zawzięcie mieszała jajecznicę z pieczarkami wielką drewnianą łychą. Toster posykiwał cichutko, wypluwając z siebie kolejne porcje grzanek, czajnik bulgotał i pogwizdywał radośnie, a z ogromnego zielonego kubka unosiła się przepyszna woń kakao.

– Dzień dobry, panienko! – zaszczebiotała wesoło Marianna. – Panienka życzy sobie jajecznicę czy twarożek?

– Jajecznicę poproszę. Dziękuję. – Ida zajęła miejsce u szczytu dębowego stołu i zabrała się do kakao.

Z dezaprobatą patrzyła, jak kucharka z właściwą sobie hojnością nakłada na talerz zdecydowanie za dużą porcję jajecznicy i szczodrze posypuje ją szczypiorkiem. Powstrzymała się jednak od wszelkich protestów. Marianna sprawowała w kuchni niepodzielną władzę, a w kwestii jedzenia była prawdziwym tyranem.

– A zatem to dziś jest ten wielki dzień! – Kobieta postawiła przed Idą pełen talerz i podsunęła bliżej okazały stos grzanek z masłem czosnkowym.

Dziewczyna skinęła głową w odpowiedzi między kolejnymi łykami kakao.

– I nie boi się panienka?

– No bez przesady. – Ida wzruszyła ramionami. – To tylko studia, nie ma się czego bać.

– No ale... – Kucharka przerwała na chwilę energiczne mieszanie w garnku z zupą pomidorową i wykonała w powietrzu niezdecydowany gest chochlą. – Ja na panienki miejscu byłabym przerażona! Po raz pierwszy całkiem sama w obcym mieście na drugim końcu kraju!

– Przesadza Marianna. – Ida uśmiechnęła się lekko. Nabiła na widelec kawałek pieczarki i uniosła do ust. – Nie będę całkiem sama, szybko znajdę sobie jakieś towarzystwo.

– Całe szczęście, że ciotka się panienką zajmie – ciągnęła kucharka, nie zwracając uwagi na słowa dziewczyny. – I wszystkiego nauczy. Musi być panienka strasznie podekscytowana, że po raz pierwszy w życiu spotka siostrę swojej matki...

Ida na te słowa zakrztusiła się pieczarką i mocno kaszlnęła w pięść.

– A skąd... – wykrztusiła słabo. Miała wrażenie, jakby ktoś wylał jej na głowę wiadro lodowatej wody. – Skąd Marianna wie, że jadę do ciotki?

Kucharka nie odpowiedziała od razu, zajęta naciąganiem jaskrawożółtych gumowych rękawic. Poprawiła fartuszek w różnobarwne kwiatki i z werwą zabrała się do zmywania.

– A bo to jaka tajemnica? Rodzice panienki coś wspominali przy kolacji – odparła pogodnie, przekrzykując szum wody. – Wczoraj przyszedł list z Wrocławia od siostry pani Irminy. Rodzice powiedzieli, że to do niej panienka się wybiera.

– A tak... Tak, do niej... – skłamała Ida.

Odsunęła od siebie kubek, utkwiła smętny wzrok w jajecznicy. W jednej chwili straciła apetyt. I postanowiła, że jednak zabije rodziców.

– Jak tylko uporam się z garami, przygotuję wam kanapki na drogę. Dla panienki i Janka. Dużo kanapek. I kompotu gruszkowego, gorąc taki przecie... Z Gdyni do Wrocławia kawał drogi, pewnie dojedziecie na miejsce dopiero na wieczór.

– A wie Marianna, gdzie jest Janek?

– A pewno majstruje przy tej swojej machinie, jak zwykle. – Marianna nachmurzyła się w jednej chwili. – Wiecznie ubranie zapaprze smarem czy diabli wiedzą czym, doprać tego nie idzie, czarna maź taka śmierdząca okrutnie. Tysiąc razy mu chyba mówiłam, żeby nie grzebał przy samochodzie w służbowej koszuli, to nie! A ile krawatów na amen zapaskudził! I ciągle zapomina wyciągać rzeczy z kieszeni, zanim do prania odda, a potem chodzi obrażony, że mu się kupon totolotka podarł i wyblakł. A jak ma się nie podrzeć i nie wyblaknąć, proszę panienki, jak ja najpierw namaczam, potem robię pranie wstępne, potem właściwe, potem płukanie, a na końcu jeszcze odwirować trzeba... Co ja z tym chłopem mam, mówię panience... – Kucharka westchnęła głośno. Zakręciła wodę, zdjęła rękawice i wolno odwróciła się od zlewu. – A te kanapki to życzy sobie panienka z szynką czy z ser...

Zamilkła zaskoczona.

Po Idzie został tylko talerz stygnącej jajecznicy i niedopite kakao.

*

– Pssst! Panie Janku!

Szofer podniósł zdziwiony wzrok znad samochodowych bebechów i rozejrzał się na wszystkie strony.

– Tutaj! Za krzakiem!

– Ida, na Boga, co ty tam robisz? Wyłaź czym prędzej, toż Marianka głowę ci urwie, jak zobaczy te podeptane róże!

– Mniejsza o róże. Uciekam z domu.

Brwi Janka powędrowały do góry.

– Ale po co? Przecież zaraz i tak wyjeżdżamy.

– Ale pan Janek ma mnie zawieźć nie tam, gdzie ja chcę pojechać. Proszę otworzyć bagażnik, żebym mogła zabrać walizki.

– Dziecko drogie, zawiozę cię, dokąd chcesz, tylko nie rób głupstw.

Jan szybko zatrzasnął maskę i podszedł do dziewczyny, starając się wytrzeć ręce w szmatę. Sądząc po warstwie brudu, jaka tę szmatę pokrywała, skutek był raczej odwrotny do zamierzonego.

– I co to znaczy, nie tam, gdzie chcesz pojechać? Toż całe lato szczebiotałaś o Wrocławiu. A my do Wrocławia właśnie jedziemy, nie? I wyjdźże w końcu z tych krzaków, bo się czuję jak jaki konspirator!

Ida musiała chwilę powalczyć z różami, które oprócz tego, że kolczaste, były także złośliwe i nie chciały odczepić się od bluzy. Wreszcie wydostała się na żwirową ścieżkę, podrapana, rozczochrana i nieszczęśliwa.

– Dokąd dokładnie ma mnie pan zawieźć, panie Janku? – zapytała. – Jakiś adres pan ma?

– Ano mam... – Poklepał się po kieszeniach, wyciągnął upaćkany smarem karteluszek. A potem znów zaczął przetrząsać ubranie w poszukiwaniu okularów. – Ożeż, ale niewyraźnie... zaraz, zaraz... Wrocław, Wittiga siedemnaście – odczytał z trudem. – Ojciec panienki to bazgrze jak, za przeproszeniem, kura pazurem...

– Mogę? – Ida wyjęła kartkę z rąk szofera i krytycznie przyjrzała się pismu. – To nie on – oceniła z przekonaniem. – Mama też nie. Oboje kaligrafują z takim oddaniem, jakby ktoś im za to płacił. Zawsze co najmniej pół godziny musiałam czekać, zanim mi napisali zwolnienie do szkoły. Nie znam tego pisma. Nie znam ciotki, do której zapewne pismo należy. Wiem natomiast, że pod ten adres nie pojadę. Mowy nie ma. – Zdecydowanym gestem oddała Janowi papierek. – Proszę otworzyć bagażnik – powtórzyła, nerwowo spoglądając na zegarek. – Jeśli za pięć minut dotrę na przystanek, to może jeszcze zdążę na drugi autobus i na pociąg...

– Z całym szacunkiem, drogie dziecko, ale pleciesz bzdury. Toż samochodem będzie szybciej i wygodniej. Bez przesiadek, bez tłoku. A ty jak to sobie wyobrażasz? Jak dasz nogę teraz, to przecież ojciec nie odpuści, zaraz zacznie cię szukać i głowę dam, że dotrze na dworzec prędzej niż ty. A tak, wsiądziesz grzecznie do samochodu, nie budząc niczyich podejrzeń.

Ida spojrzała na szofera z wdzięcznością. Uśmiechnęła się, pomału odzyskując wiarę w to, że nie wszyscy ludzie są tak podli i podstępni jak jej właśni rodziciele.

– Dziękuję za dobre chęci, ale sam pan dobrze wie, jacy oni są. Jak tylko się dowiedzą, że nie dotarłam do ciotki, ojciec wpadnie w szał, a matka dla odmiany w histerię. I będzie afera.

– Jak teraz zwiejesz, to afera będzie jeszcze gorsza – zauważył Jan. – A jeśli ja cię zawiozę, zyskasz o wiele więcej czasu. I będziesz miała parę dni na wykombinowanie, co dalej.

– Nie chcę pana narażać – zaprotestowała Ida.

– A cóż mogą mi zrobić? Przecież mi w myślach nie będą czytać. Honor im na to nie pozwoli.

Jan miał rację. Było mało prawdopodobne, by rodzice złamali niepisaną zasadę mówiącą, iż niemagicznych ludzi bez ich zgody czytać się nie godzi. Dobieranie się do umysłu bez wiedzy właściciela uważano za godny potępienia nietakt. A państwo Brzezińscy, przynajmniej do tej pory, stronili od wszelkich nietaktów. Ba, obiecali nawet Janowi i Mariannie, że nigdy nie przeczytają ich myśli bez wyraźnego powodu i bez uprzedniego zapytania o pozwolenie. Zawsze byli niezdrowo i niepraktycznie honorowi. Z drugiej strony obojgu zdarzało się zachowywać impulsywnie, zwłaszcza jeśli chodziło o córkę... Co będzie, jeśli nagle jakiś głupi pomysł strzeli im do głów i postanowią jednak prześwietlić Jana? Wtedy szofer straci pracę. Marianna pewnie też...

– Mimo wszystko nie chcę, by pan tak dla mnie ryzykował – odparła poważnie Ida. – Nigdy nie wiadomo, kiedy im odbije.

– Skoro tak mówisz. – Jan wzruszył ramionami. – Ale zapomniałaś o jednym istotnym szczególe.

– Jakim?

– Czy twój ojciec nie zna przypadkiem adresu akademika?

Ida uśmiechnęła się z mściwą satysfakcją.

– Nie. Tak się skupił na knuciu z ciotką, że pewnie zupełnie nie zaprzątał sobie tym głowy. Nawet mnie o ten adres nie zapytał, wredny drań.

– Ida! – zganił ją Jan. Chciał przy tym wypaść surowo i poważnie, ale mu nie wyszło. Z trudem ukrywał rozbawienie. – Jak się wyrażasz o ojcu?

– No co?! – zawołała dziewczyna bojowo i wzięła się pod boki. – A może nie jest wrednym draniem? Nie potrafi pogodzić się z tym, że ja nie chcę iść w jego ślady, i robi wszystko, żeby mi zniszczyć życie.

Jan nie skomentował. Wzmianka o niszczeniu życia zabrzmiała tak dramatycznie, że nie wytrzymał i parsknął śmiechem.

Ida nachmurzyła się, urażona jego reakcją do żywego.

– Pan Janek też jest wrednym draniem – fuknęła.

Szofer aż zgiął się wpół ze śmiechu.

– Dziecko, nie rób takiej miny, bo pęknę... No już, już, nie obrażaj się. Powiem ci, co zrobimy. – Jan spoważniał. A przynajmniej spróbował. – Zawiozę cię na dworzec. Obok jest stacja benzynowa, i tak musiałbym się tam zatrzymać. Wysiądziesz sobie i pójdziesz na pociąg.

Dziewczyna zastanowiła się. Propozycja Jana brzmiała wcale rozsądnie. Rodzice nie rzucą się tak od razu w pogoń, a szofera nie będą o nic podejrzewać. W razie wpadki wszystko spadnie na Idę i tylko na Idę.

– I zrobi pan to dla mnie?

– A cóż wielkiego. – Jan wzruszył ramionami. – Tylko nie wiem za bardzo, na co ty liczysz. Przecież będą cię szukać. A liczba akademików we Wrocławiu jest raczej ograniczona.

– Mam swoje sposoby – powiedziała Ida. – Sami mnie ich nauczyli. Może nie umiem używać magii, ale umiem się przed nią bronić. Nie znajdą mnie. Nie tak łatwo.

– Jak sobie chcesz. A teraz, gdybyś była tak miła i przyniosła mi dokumenty wozu. Twój ojciec wybrał się wczoraj na przejażdżkę, powinny być w jego gabinecie.

Ton głosu szofera zaskoczył Idę. Wyraz jego twarzy zaskoczył ją jeszcze bardziej. Jan wpatrywał się w nią z takim skupieniem, jakby chciał sprawić, by jego myśli stały się dla dziewczyny widoczne.

– W gabinecie na biurku – powiedział wolno i cicho. – A to biurko ma wiele szuflad, w szufladach całe stosy papierów. Prawdopodobnie jest między nimi pewien list, który sądząc po adresie nadawcy, przyszedł z Wrocławia. Mała, ciemnozielona koperta.

– Skąd...

– Wczoraj osobiście wyciągnąłem go ze skrzynki.

Kiedy Idzie udało się wreszcie wyjść ze zdziwienia, serdecznie uścisnęła dłoń Jana i czym prędzej popędziła w stronę domu. Szofer westchnął, machnął ręką i poszedł na śniadanie, pomrukując pod nosem coś o dzisiejszej młodzieży.

Głosy dochodzące z jadalni jednoznacznie świadczyły o tym, że rodzice nie skończyli jeszcze śniadania. Ida niezauważona przez nikogo przetruchtała na drugą stronę holu i szczęśliwie dotarła do niewielkiego, mrocznego korytarzyka. Szarpnęła za klamkę i weszła do gabinetu, bezgłośnie zamykając za sobą drzwi.

– Biurko... – mruczała pod nosem, dopadając mebla. – Szuflady... Papiery... Matko, ile tego... – jęknęła i zaczęła gorączkowo przetrząsać tony makulatury. – Koperta. Ciemnozielona koperta. Ciemna i zielona, ciemna, zielona, ciem... Ha, tu cię mam!

– Ida?

Dziewczyna zamarła, klęcząc nad otwartą szufladą. Głos ojca podziałał na nią jak paralizator. Wzięła kilka głębszych wdechów, uspokoiła się nieco i dopiero wtedy wystawiła głowę zza biurka.

– Kolczyk mi wypadł – poskarżyła się, jedną ręką cichutko zasuwając szufladę, drugą wkładając list do kieszeni bluzy, po czym z powrotem zniknęła za meblem.

– A co ty tu właściwie robisz?

– Jan przysłał mnie po dowód rejestracyjny... A kolczyk mi wzięło i wcięło, kurczę, nie mogę draństwa znaleźć... No trudno.

Wstała z klęczek i rozłożyła ręce w geście kapitulacji. Chwyciła dokumenty samochodu, przemaszerowała przez gabinet, pocałowała ojca w policzek i czym prędzej uciekła na korytarz.

Sławomir Brzeziński przez chwilę patrzył za córką pełen wątpliwości i podejrzeń, potem wolno zamknął drzwi. Podszedł do biurka, przyglądając mu się z uwagą. Już miał zamiar zajrzeć do pierwszej szuflady, gdy jego uwagę odwrócił drobny, błyszczący przedmiot.

Srebrny kolczyk na dywanie sprawił, że wątpliwości i podejrzenia Sławomira Brzezińskiego od razu się rozwiały.

*

W holu Ida stanęła twarzą w twarz z zagniewaną Marianną, która nie chciała słuchać żadnych tłumaczeń, tylko chwyciła dziewczynę pod ramię i siłą zaciągnęła z powrotem do kuchni. Dopóki ona gotuje w tym domu, nikt nie ruszy się za próg bez porządnego śniadania. Świeża porcja jajecznicy oraz kubek herbaty z cytryną już czekały. Chcąc nie chcąc, Ida potulnie chwyciła za widelec i jadła pod czujnym okiem kucharki, która w międzyczasie z wprawą zawijała kanapki w folię aluminiową.

Dochodziła ósma, gdy Ida i Jan wsiedli wreszcie do samochodu i wyjechali za bramę posiadłości, żegnani przez poważnych i powściągliwych jak rzadko Brzezińskich oraz Mariannę ocierającą oczy koronkową chusteczką.

Tak jak ustalili, zatrzymali się na stacji benzynowej. Jan napełnił bak, przy okazji otwierając bagażnik, i zanim poszedł zapłacić, machnął do dziewczyny na pożegnanie.

Ida wytaszczyła z samochodu walizki i plecak i ruszyła w stronę przejścia dla pieszych. Gdy dotarła na dworzec, pociąg już czekał. Znalazła sobie prawie pusty przedział, wpakowała bagaże na półkę i usiadła naprzeciwko młodej, jasnowłosej kobiety.

Wlepiła nos w szybę, spodziewając się w każdej chwili zobaczyć biegnącego ku niej wściekłego ojca albo słaniającą się na nogach, bliską omdlenia matkę. Nic takiego się jednak nie wydarzyło.

Pociąg ruszył.

– Zdecydowanie za łatwo poszło – mruknęła pod nosem z większym niedowierzaniem niż ulgą.

Pech był tego samego zdania. Zmartwił się tym bardzo i na długo pogrążył w zadumie, próbując wykoncypować, co z tym fantem zrobić. Wreszcie wykoncypował. Uradowany już zacierał ręce i czym prędzej zabrał się do kompletowania swoich ulubionych narzędzi komplikujących, niweczących i udaremniających. I zaczął snuć swoje własne plany...

Ida tymczasem przypomniała sobie o liście. Wydobyła go z kieszeni, otworzyła i rozczarowała się, zanim jeszcze zaczęła czytać. Raptem dwa zdania. Dwa zdania, a mimo to odcyfrowanie treści zajęło jej trochę czasu. Pismo w istocie było koszmarne.

Przyślą ją do mnie najszybciej jak się da.

To niezbędne minimum, niech pamiętają.

Pozdrawiam

T.

I to wszystko.

Ida obejrzała list ze wszystkich stron, zajrzała do koperty. Niczego więcej nie znalazła. I na dobrą sprawę niczego nowego się nie dowiedziała, no, może z wyjątkiem tego, że ciotka T. jest osobą powściągliwą i konkretną, ma za to zerowe pojęcie o gramatyce. Dla takiego strzępka informacji nie warto było bawić się we włamywacza. Bez sensu.

Dziewczyna znalazła w plecaku książkę, wcisnęła list za okładkę, rozsiadła się wygodniej i pogrążyła w lekturze.

*

Wrocław powitał Idę koło siódmej wieczorem, gorący, głośny i zakorkowany. Godzinę zajęło jej dotarcie tramwajem na drugą stronę miasta, kolejne pół znalezienie właściwej ulicy.

Wreszcie wkroczyła do akademika i powlokła się w kierunku portierni. Zameldowała się, dostała klucz. Niemal wzruszona wspinała się po schodach, walcząc z ciężkimi bagażami, które odmawiały współpracy z godnym podziwu uporem.

Dotarła na swoje piętro. Zadymione, gwarne i pełne ludzi. Obładowana Ida ledwo zdołała przedrzeć się przez tłum, ciągle ktoś na nią wpadał, ktoś ją pchał, potrącał i poszturchiwał, aż w dziewczynie na nowo zbudziła się znajoma żądza mordu. Gdy wreszcie dostała się do pokoju, który od tej chwili miał być jej królestwem, porzuciła bagaże byle gdzie i padła na łóżko.

– Jestem Joanna – odezwał się niespodziewanie nieśmiały głos. Tak niespodziewanie, że Ida drgnęła.

Uniosła głowę. Na parapecie siedziała dziewczyna o krótko przystrzyżonych rudych włosach, ubrana w długą, bordową spódnicę i czarną bluzkę. Uśmiechała się ciepło, beztrosko machając nogami.

– Jak masz na imię? – zapytała.

– Ida.

Joanna uśmiechnęła się szerzej.

– Będziemy dzielić pokój – oświadczyła radośnie. – Dobrze, że przyjechałaś, miło wreszcie z kimś porozmawiać... Nie idziesz na imprezę? – Ruchem głowy wskazała drzwi, za którymi rozlegały się wrzaski i ryki, świadczące niewątpliwie o tym, że na korytarzu właśnie kogoś torturują.

– A muszę? – jęknęła Ida.

Joanna wzruszyła szczupłymi ramionami.

– Wszyscy tam są.

– To dlaczego ciebie tam nie ma?

– Nie lubię ludzi – wyjaśniła ponuro ruda. – W tłumie czuję się zagubiona i niewidoczna... Choć nie zawsze tak było.

Ida ze zrozumieniem pokiwała głową.

– Marta też tam jest. Przyjechała dwie godziny temu i już się zdążyła upić. – Joanna z politowaniem pokręciła głową.

– Marta?

– Nasza współlokatorka.

Jak na zawołanie do pokoju wparowała niska, pulchna brunetka, a razem z nią silna woń alkoholu i dymu papierosowego.

– O, cześć. – Uścisnęła Idową dłoń. – Szkoda, że dopiero przyjechałaś, impreza niedługo zacznie dogorywać. Jestem Marta.

– Ida, miło mi...

– No to, Ida, rób się na bóstwo i idziemy.

– Dokąd?

– No jak to, dokąd? Nie słyszałaś, co mówiłam o imprezie?

– Ale... – Spłoszona Ida zerknęła na boki, szukając ratunku. – Zmęczona jestem i...

– Nie pierdziel mi tu, dobra? No chodź, nikogo jeszcze nie znasz, to świetna okazja, żeby poznać...

– Znam Joannę – wypaliła Ida.

Rudowłosa dziewczyna uśmiechnęła się do niej promiennie.

– Kogo? – Marta ostentacyjnie rozejrzała się po pokoju.

– Mówiłam ci – burknęła Joanna, obdarzając brunetkę nieprzychylnym spojrzeniem. – Mówiłam ci, że mnie nie zauważają! Jakbym była niewidzialna!

Z tymi słowami zeskoczyła na podłogę i wybiegła z pokoju.

– To nie było miłe – skomentowała Ida. – Już się zdążyłyście pokłócić?

Marta machnęła ręką. Gest zachwiał jej z trudem utrzymywaną równowagą i dziewczyna z impetem przysiadła na łóżku.

– Nie wiem, co ci o mnie naopowiadała ta cała Joanna, ale nie wierz jej. Z niektórymi nie warto rozmawiać... O, na przykład taka Marlena, to nie dość, że gruba i brzydka, to jeszcze na dodatek głupia jak nie wiem co... – Brunetka czknęła głośno. – Daję ci pięć minut – oświadczyła, dźwigając się z łóżka. Trochę się musiała namęczyć, by z powrotem stanąć na nogach. – Nie przyjdziesz sama, to wrócę po ciebie!

Rzuciwszy groźbę, Marta niebezpiecznie zachybotała się na siedmiocentymetrowych szpilkach i niepewnym krokiem podążyła do drzwi.

Ida przez chwilę pozwoliła sobie mieć nadzieję, że jednak uda jej się uniknąć udziału w bibie. Może pijana Marta zwyczajnie o niej zapomni? Ida marzyła teraz wyłącznie o łóżku. Choć prawdę mówiąc, miała poważne wątpliwości, czy uda jej się zasnąć, zważywszy na harmider, jaki czynili imprezowicze. Gdyby ktoś zawiązał jej oczy i kazał po samych dźwiękach zorientować się, gdzie właśnie się znajduje, prawdopodobnie odpowiedziałaby, że w dżungli. Albo w zoo. Albo w cyrku. W każdym razie w miejscu absolutnie nieprzystosowanym do spania.

Marzenia o śnie spełzły na niczym. Marta, chyba jeszcze bardziej pijana niż przed chwilą, wtargnęła do pokoju i bez ceregieli chwyciła Idę za ramię.

– No chodźże, dziewczyno, wszyscy czekają.

– Że niby na mnie?

– No a na kogo? Chodź, kolejka nalana, blancik się kręci, normalnie taka impreza...

Ida westchnęła, wzruszyła ramionami i podążyła za świeżo upieczoną współlokatorką, która musiała sunąć bokiem przy ścianie, żeby utrzymać się na nogach. A trudno. Wypije piwo, no, może dwa, a potem, miejmy nadzieję, jakoś zdoła uciec do pokoju... W tym tłumie i tak pewnie nikt nie zauważy.

Impreza odbywała się w jednym z większych pokoi. Ida została posadzona na kanapie między farbowaną rudą o opływowych kształtach i rażąco prostackim makijażu a drzemiącym z otwartymi ustami chuderlawym okularnikiem. W jedną dłoń wciśnięto jej setkę wódki, w drugą czerwone marlboro, ktoś podsunął pod nos płonącą zapalniczkę. Zapowiadał się cudowny wieczór.

Ida przy najbliższej okazji czmychnęła z kanapy i znalazła sobie bezpieczniejsze miejsce. W kącie, pod ścianą, tak jak lubiła najbardziej. Po krótkiej obserwacji towarzystwa szybko wypatrzyła w tłumie to, czego szukała, czyli w miarę jeszcze trzeźwych uczestników imprezy. Było ich trzech. Michał zwany Kartochem, Piotr zwany Romanem i Maciej zwany Maciejem. Kartoch siedział po turecku, tuląc do piersi opakowanie czekoladowych ciasteczek, Roman na zmianę marudził i klął pod nosem, starając się zetrzeć ketchup z białej koszuli, a Maciek siedział zupełnie nieruchomo z ciemnymi okularami na nosie i miną człowieka, który właśnie stanął u bram niebios, a w uszach rozbrzmiewają mu chóry anielskie.

– Ej... – odezwał się Kartoch, szturchając Maćka w bok. – Podałbyś te pierniczki... O tam są, na stole.

– Staaaary... Ja teraz jestem w innym wymiarze. W strefie zen se fruwam, nie przeszkadzaj.

– Roman?

– Tuuuu... far... ełej... – zamruczał tamten w odpowiedzi. – Sorry, Misio, ale w tej kwestii ci nie pomogę.

– Ej, no nie bądź świnia. Czekolada mi się skończyła. Ja tych pierniczków potrzebuję.

– Sam jesteś pierniczek. Upiekłeś się jak ciasteczko, było tyle palić? Napijmy się lepiej. Maciek, polejesz?

– Staaaary... Ja teraz jestem w takiej zajebistej dżungli. Są małpy, lwy, tropikalne ptaki...

– Owce... – podsunął Roman.

– Jakie, kurwa, owce? W dżungli nie ma owiec.

Roman przysunął do siebie trzy kieliszki, błędnym wzrokiem rozglądając się za butelką.

– Ale to są... specjalne owce – sprostował po chwili namysłu. – Misio, tam wódka stoi na ławie i mruga. Chyba chce ci coś powiedzieć.

– Staaaary... nie. Wydaje ci się...

– Misiek, ja nie mogę się denerwować, a ty nie chcesz polać!

– Obaj jesteście powaleni i należałoby was wystrzelić w kosmos – odezwał się Maciek, rzucając im pełne politowania spojrzenie znad ciemnych okularów. – Razem ze specjalnymi owcami...

Im dłużej Ida przysłuchiwała się tej niecodziennej i niezbyt trzeźwej konwersacji, tym większą sympatią darzyła oryginalną trójkę. Tak się składało, że stół stał niedaleko, chwyciła więc miskę z pierniczkami i ruszyła przez pokój, po drodze zgarniając z ławy butelkę wódki.

– Aniele! – zawołał Roman, przyjmując dary telepiącymi się rękoma. – Kartoch, łap!

– O rany! Pierniczki!

Maciek uniósł okulary i przyjrzał się dziewczynie na tyle uważnie, na ile pozwalał jego stan.

– A ty to...?

– Ida – przedstawiła się i nie widząc lepszego miejsca, usiadła po turecku na podłodze. – Od jakichś trzydziestu minut lokatorka pokoju numer dwadzieścia cztery, a od pięciu bezwolna uczestniczka tej... – uczyniła nieokreślony ruch ręką, bo na chwilę zabrakło jej słów – tej... uroczystości.

– Aaaaa... – Roman zatarł ręce i nie wiedzieć skąd wytrzasnął czwarty kieliszek. – Zatem trza wypić zdrowie nowej koleżanki, nie może inaczej być. Ja poleję, a ty, Kartoch, skręć blancika.

– Wódki mogę się napić – zgodziła się Ida – ale za blanta podziękuję.

– Ustalmy coś – mruknął Roman, z lepszym lub gorszym skutkiem starając się nie rozlewać. – Zasada numer jeden: ja ustalam zasady. Zasada numer dwa: wódki się napić nie możesz, tylko musisz. Zasada numer trzy: blancik to niezbędne minimum dla dobrej imprezy. Nie ma mowy, żebyś nie spróbowała. Niezbędne minimum, Ida!

Ida skrzywiła się z niechęcią. Niezbędne minimum... Nie, to określenie zdecydowanie nie kojarzyło jej się z niczym przyjemnym. Roman był jednak człowiekiem nieustępliwym. Zwłaszcza po pijaku. Zwłaszcza jeśli w grę wchodziło zielone. Słodkawy dym, który uniósł się ze świeżo skręconego blanta, przywodził na myśl woń wypalanych chwastów. Ida skrzywiła się jeszcze bardziej, ale postanowiła nie protestować. Przyjęła skręta. Dym drapał gardło i wyciskał łzy z oczu. Dziewczyna zakaszlała w pięść, przekazując fajkę pokoju Romanowi.

Tymczasem Pech nie spał. Nigdy nie śpi. Pech cierpi na bezsenność oraz pracoholizm. Czekał tylko na odpowiedni moment, by wkroczyć do akcji. Czekał cierpliwie i w pełnej gotowości.

I doczekał się.

– Zielono mi – zaszemrał błogo Maciek. Rozsiadł się wygodniej i zsunął okulary z czoła na nos. – O, jak zielono...

– Taaa... A co żeś ględził przed chwilą? Że do dupy to zioło, że nic nie kopie – zarechotał Roman, spoglądając na świat oczami śniętego Chińczyka.

– Moje skarby... – rozczulił się Kartoch, ani na moment nie wypuszczając pełnej łakoci miski z rąk. Nikt nie miał wątpliwości, że słów nie kierował do towarzyszy. – Chcesz może? – zapytał Idy.

Ida nie odpowiedziała. Ida doznała wizji.

Pokój drżał. Cały akademik trząsł się w posadach. Szyby w oknach pękły z hukiem, szkło sypnęło do pokoju kryształowym deszczem, wiatr zatargał firankami, wtłaczając do zadymionej hasz komory nieco świeżego powietrza i kilka zeschniętych liści. A sufit...

Idzie nagle zrobiło się gorąco.

Sufit zaczął pękać.

Lampa zatelepała się dziko, światło mrugało histerycznie, tak że obrazy zmieniały się przed oczami dziewczyny niczym pokaz slajdów. Płaty tynku i zaprawy spadały na podłogę i głowy imprezowiczów, z pluskiem wpadały do drinków, z głośnym szelestem bombardowały paczki chipsów. Ida znieruchomiała, widząc, jak przez pęknięcie przedostają się włochate, szponiaste łapy zaciekle wydrapujące w suficie głębokie bruzdy. O mało nie zerwała się na równe nogi, gdy z tych bruzd zaczęły kapać krople barwy dojrzałych wiśni. Jedna z kropli spadła jej na dłoń, parząc niemiłosiernie i wyduszając z ust dziewczyny cichy jęk. W powstałej szczelinie ziała czarna, przerażająca otchłań, a z tej otchłani spoglądały ogromne, płonące krwawym ogniem ślepia. Nie trzeba chyba dodawać, że spoglądały prosto na Idę.

Oniemiała dziewczyna zrobiła właśnie swój pierwszy krok w kierunku obłędu.

A Pech aż podskakiwał i piszczał z uciechy.

– Ej, Ida! – Roman potrząsnął ją silnie za ramię. – Zleć na chwilę na dół. Coś się tak zacięła?

– Zjarała się, ot co – ocenił fachowo Maciek.

– Ale stary, patrz, jak się wkręciła! Co ona widzi w tym suficie?

– Pewnie specjalne owce... Takie fruwające.

Ich słowa były tak odległe i przytłumione, jakby dochodziły z bardzo głębokiej studni. Ida nie była w stanie wydobyć z siebie głosu. Nie była w stanie opuścić wzroku wciąż utkwionego w pękniętym suficie.

Usłyszała krzyk. Oprzytomniała, rozejrzała się szybko. Joanna stała w drugim końcu pokoju z uniesioną głową i oczami wbitymi w ziejącą czernią dziurę. Krzyczała, a w jej zielonych tęczówkach błyszczało przerażenie. Ida patrzyła, jak otchłań wyciągnęła łapy do rudowłosej dziewczyny, oplotła ją włochatymi ramionami i wciągnęła w szczelinę. Wrzask Joanny urwał się raptownie.

Tymczasem krwawy deszcz padał bezustannie, upodabniając pokój do rzeźni. A imprezowicze nic sobie z tego nie robili. Pałaszowali mokre od krwi chipsy, popijali zabarwione czerwienią drinki, dziewczęta poprawiały mokre, karminowe włosy, lepiące się do ciał bluzeczki i spódnice... Tymczasem spojrzenie płonących oczu próbowało Idę spopielić, przepalić na wylot, pochłonąć.

Ida poczuła, że robi jej się słabo. A potem nagle ktoś zgasił światło.

I wszystko ucichło.

*

Nie miała pojęcia, jak znalazła się w łóżku, i szczerze mówiąc, wolała się nie dowiadywać.

Obudziła się rano z potężnym bólem głowy. I w paskudnym nastroju, świetnie zdawała sobie bowiem sprawę, że migrena nie miała absolutnie nic wspólnego z kacem. Prawie nie tknęła alkoholu. Za to ten przeklęty skręt...

Wzdrygnęła się na samo wspomnienie nocnej wizji.

Co ją w ogóle podkusiło, żeby palić trawę?! Idiotka, pomyślała samokrytycznie, przewracając się na drugi bok, i zamknęła oczy, żeby znów zasnąć. Skończona idiotka, która na własne życzenie pakuje się w kłopoty. Bohaterka kiepskiego horroru, która bez zastanowienia włazi do mrocznej piwnicy, nawet nie zabrawszy ze sobą latarki. No kretynka!

Okropny, świdrujący w uszach dźwięk, który nagle wybuchł pod jej poduszką, brutalnie przerwał ponure rozmyślania. Całkowicie rozbudzona Ida usiadła na łóżku. Dźwięk nie ustępował, piskliwie domagając się uwagi, dziewczyna sięgnęła więc pod poduszkę, wydobyła dziko wibrujący i migający telefon komórkowy. Telefon, który nie należał do niej.

To jak to tam było z tą bohaterką horroru?...

Gapiła się na znalezisko niezbyt przytomnie, aż wreszcie pochrapująca na sąsiednim łóżku Marta otworzyła jedno oko.

– To mój – wymruczała, tłumiąc ziewanie, i odebrała od Idy wciąż dzwoniącą komórkę. – Przepraszam, zapomniałam wyłączyć budzik. Ożeż, już jedenasta...?

Wygramoliła się spod kołdry, przeciągnęła i sięgnęła po szlafrok.

– Ida, chcesz płatki?

– A może byś tak zapytała, czy ja chcę płatki? – warknął głos od strony okna.

Ida zerknęła na siedzącą na parapecie Joannę. I podskoczyła z wrażenia.

Oczy rudej przestały być zielone. W ogóle nie miały tęczówek, spod przymrużonych gniewnie powiek błyszczały same białka. Rozburzone włosy migotały w promieniach słońca jak rdzawe płomienie.

Joanna odwróciła do Idy wściekle wykrzywioną twarz.

– Powiedz jej – zażądała ostro. – Powiedz tej małpie, że tu jestem, że ma mnie nie ignorować! Powiedz jej to, słyszysz? Słyszysz?!

– Wszystko w porządku? – zapytała niepewnie Marta. – Ejże... – Zamachała Idzie przed nosem. – Hej, dziewczyno! Na co ty tak patrzysz?

– Nie na co, tylko na kogo! – wrzasnęła Joanna. Jej głos coraz bardziej przypominał psi szczek. Dopiero teraz Ida zauważyła, że ruda ma dziwnie przykurczone dłonie, a zamiast paznokci żółtawe, zakrzywione szpony. – Ida, powiedz jej! Powiedz jej, bo oszaleję!

– Marta – wyszeptała Ida. – Widzisz to co ja? Tam, na parapecie.

– Widzę.

– Naprawdę?

– A co, ja ślepa jestem? Kaktusa widzę.

– A obok kaktusa?

– Paprotkę.

– I nic poza tym? – upewniła się Ida. – Nikogo tam nie ma?

– Nikogo? A kto miałby tam być, Ida, no co ty...

Joanna wpadła w szał. Na plecach wyrosły jej ogromne skrzydła, zęby zmieniły się w ostre kły. Harpia wystawiła rozdwojony język. Zawyła dziko, z przeraźliwym zgrzytem przejechała pazurami po szybie i skoczyła z parapetu ze szponami wycelowanymi w twarz brunetki.

Ida była pewna, że pazury zaraz wydrapią Marcie oczy. Już zrywała się z łóżka, gotowa ruszyć dziewczynie na ratunek, ale zaraz usiadła z powrotem tak gwałtownie, że sprężyny materaca zajęczały przeciągle.

Pazury i ich właścicielka rozpłynęły się w powietrzu.

Potrącony kaktus przewrócił się i z trzaskiem spadł na podłogę.

Ida i Marta spojrzały po sobie.

– Co to było?

– Joanna – odparła machinalnie Ida i dopiero po chwili zdała sobie sprawę, jak niedorzecznie to zabrzmiało. – Znaczy się, tego... pewnie przeciąg.

– Okno jest zamknięte – zauważyła Marta.

– No to nie wiem co.

– Powiedziałaś: Joanna – nie ustępowała brunetka. – Wczoraj też mówiłaś o Joannie, a żadnej Joanny tu nie ma...

Ida nie odpowiedziała. Ponuro rozejrzała się po pokoju. Dopiero teraz zauważyła, że nigdzie nie ma trzeciego łóżka.

– A na imprezie plotłaś coś o dziurze w suficie, a potem zemdlałaś. – Marta przysiadła obok Idy, a w jej niebieskich oczach zamigotało zaciekawienie. – Ida, czy ty jesteś wróżką?

– Słucham?!

– No wiesz... Miewasz wizje? Przepowiadasz przyszłość z kart czy coś takiego?

Idę na moment zatkało.

– Nie... – wykrztusiła wreszcie. – Skąd ci to przyszło do głowy?

– Moja prababcia była wróżką – powiedziała Marta. Sprawiała wrażenie, jakby była z tego dumna. – Mieszkała w małej wiosce pod Częstochową. Podobno często doznawała objawień i rozmawiała z kimś, kogo nikt inny nie mógł dostrzec... – Zerknęła na stłuczoną doniczkę i rozsypaną ziemię. – Joanna zrzuciła kaktus, prawda?

Ida znów nie wiedziała, co powiedzieć.

– Powróż mi – poprosiła Marta.

– Dziewczyno, co ty pleciesz? Nie umiem wróżyć, niby skąd miałabym umieć...

– Oj, nie chcesz, to przecież nie musisz, ja nie naciskam. Ale jakby co, to wiesz... – Marta nie dokończyła, bo i nie musiała. Jej wzrok był bardzo wymowny. Wstała i podeszła do drzwi. – To co, chcesz te płatki?

*

Ida nie chciała płatków.

Siedziała na łóżku dokładnie tak, jak zostawiła ją Marta piętnaście minut wcześniej. Wsłuchiwała się w dochodzące z kuchni głosy, brzęk naczyń i trzask co chwilę zamykanej i otwieranej lodówki.

I próbowała myśleć. Jak na razie bez rezultatu.

Co to w ogóle miało znaczyć?!

Nigdy wcześniej nie doświadczyła wizji. Nigdy wcześniej nie zaatakowała jej żadna rudowłosa potwora. Nawet duchy, które zdarzało jej się od czasu do czasu widywać, były jakieś normalniejsze. No więc, o co chodzi?

Do tego Marta nie tylko nie była wcale przerażona tym, co działo się z jej współlokatorką, ale jeszcze jasno dała Idzie do zrozumienia, że ją akceptuje. A powinna przecież popukać się w czoło, patrzeć na Idę jak na szaloną... Zamiast tego domagała się, by jej wróżyć.

Ludzie są dziwni.

Świat jest dziwny.

Ida zaklęła pod nosem.

Tak miało wyglądać życie wśród normalnych, zwykłych i niemagicznych? Na dzień dobry krwawiący sufit o włochatych łapach i ognistym spojrzeniu plus szczerząca kły ruda harpia? Co będzie potem? Halucynacje. Urojenia. Przywidzenia i omamy. Słowem, rewelacja. A następnie co, psychiatryk pewnie? Czekać tylko, aż zjawią się jacyś ONI, jacyś przybysze z przyszłości, o, albo kosmici, okrzykną Idę wybranką, zaczną jej przekazywać supertajne informacje, sekrety wszechświata i każą zbawiać ludzkość...

Taak, ONI są nieodzowni. Są niezbędnym minimum w drodze do szaleństwa.

Ida już miała zachichotać, ale Pech chciał, że zerknęła na podłogę. Uśmiech momentalnie spełzł jej z twarzy.

Obok łóżka Marty leżało czarne pióro.

Niepodważalny dowód na to, że urojenie nie było urojeniem. Niewątpliwa oznaka czyhających na Idę komplikacji.

Dziewczyna nagle zapragnęła wrócić do domu.

Czego innego chciał Pech, który aż sapał z wysiłku i starał się bardzo, by stos, który osobiście z tych komplikacji układał, był możliwie jak najwyższy i jak najbardziej... skomplikowany.

*

Po takim poranku trudno było zakładać, że reszta dnia minie bez większych sensacji. Ida w każdym razie na pewno tego nie zakładała. Co więcej, jak najgorsze przeczucia wypełniały ją od stóp aż po czubek głowy i niemal wyłaziły uszami. Miała wręcz wrażenie, że w tych złych przeczuciach zaraz się utopi. I umrze na śmierć.

Postanowiła się jednak nie poddawać i rozpoczęła zabezpieczanie pokoju przed magią.

Wydobyła z plecaka flamaster, którego tusz był widoczny tylko w świetle ultrafioletowym, chwyciła notes i otworzywszy go na odpowiedniej stronie, wlazła na łóżko, po czym zaczęła przerysowywać wzory ochronne, których próbował nauczyć ją ojciec. Mazak sunął po ścianie z cichutkim chrobotem, nie zostawiając na niej żadnego śladu. Trochę trudno jest rysować, kiedy nie widać efektów, ale na szczęście schemat nie był specjalnie skomplikowany. Ida sięgnęła do kieszeni, wyciągnęła breloczek z małą, ultrafioletową latarką i poświeciła na ścianę, oceniając wyniki swojej pracy. Zadowolona z siebie przeskoczyła na łóżko Marty, potem podeszła do drzwi, następnie do okna. Na koniec uklękła na podłodze.

Nie usłyszała cichutkiego skrzypienia zawiasów i nawet nie podniosła głowy, gdy do pokoju zajrzało sześć wyraźnie zaintrygowanych dziewcząt.

Dopiero gdy w miejscu, w którym właśnie miała zakończyć krąg, pojawiła się para pluszowych kapci, Ida przerwała rysowanie i spojrzała w górę.

– Co robisz? – zapytała Marta, kucając obok współlokatorki. – Czarujesz?

– Eee... Nie... – zająknęła się Ida. I tym razem nawet nie skłamała. W końcu to nie były czary, tylko antyczary, jeśli już. – Ja tylko tak sobie... bazgram...

– A co to jest? – zapytała drobna blondyneczka, właścicielka pluszowych kapci. Wpatrywała się w otwarty notes.

– To takie tam... głupstwa takie, nic ważnego.

Ida chciała zamknąć notatnik i schować go do plecaka, ale Marta była szybsza. Wzięła zeszyt do rąk i dokładnie obejrzała widniejące w nim rysunki.

– A tu jest napisane, że to wzory ochronne – powiedziała po chwili, po czym triumfalnie obejrzała się na resztę dziewcząt. – Mówiłam wam, że to wróżka.

Ida jęknęła w duchu.

– Nie jestem żadną wróżką...

– Nie gadaj bzdur – przerwała Marta. – Poszłam na portiernię zapytać o tę twoją Joannę. Mieszkała tu taka trzy lata temu, właśnie w tym pokoju. Podobno była nawiedzona, chodziła cała na czarno, gadała coś o demonach, upiorach i twierdziła, że jest wampirzycą. Próbowała nawet jakiegoś diabła wywołać. Podczas tego wywoływania straciła przytomność, przewróciła świecę, pościel się zajęła... Joanna spłonęła żywcem. A ty z nią rozmawiasz, dziewczyno.

Oczy wszystkich sześciu dziewcząt wpatrywały się w Idę jak w ósmy cud świata.

Ósmy cud świata miał ochotę rozpłynąć się w powietrzu.

– Portierka zapytała, czy chcemy zmienić pokój – kontynuowała Marta. – Ale powiedziałam jej, że to nie będzie konieczne.

– Dlaczego tak jej powiedziałaś?! – zdumiała się Ida.

– A czemu nie? – zdziwiła się w odpowiedzi brunetka. – Po kiego mamy zmieniać, przecież nas obronisz. Jesteś wróżką – powtórzyła z uporem maniaka.

– Powróż nam – zażądały chórem dziewczęta.

– Oczywiście nie za darmo – dodała szybko Marta, zanim współlokatorka zdążyła otworzyć usta. – Tradycja mówi, że wróżce należy się zapłata.

Ida już chciała protestować, ale po ostatnich słowach brunetki w umyśle świeżo mianowanej wróżki zapaliło się światełko.

Oszczędności, które zabrała z domu, w najlepszym razie wystarczą raptem na miesiąc. I tak niedługo musiałaby poszukać pracy...

A skoro praca znalazła ją sama, głupotą byłoby odmówić.

*

W ciągu następnych paru dni Ida rozkręciła niezły interes.

O wróżeniu nie miała bladego pojęcia, ale do tej roboty zdolności jasnowidza nie są wcale potrzebne. Wystarczy bystre oko i umiejętność kojarzenia faktów.

Weźmy na przykład taką Monikę i takiego Marcina. Ida przyglądała im się na wykładach, gdy mijali się na uczelnianych korytarzach lub w kuchni akademika. Od razu było wiadomo, że coś się kroi. Na jego widok Monika rumieniła się i spuszczała oczy, Marcin z kolei wodził za dziewczyną wzrokiem jak zaczarowany. Ślepy by zauważył, że mają się ku sobie.

Gdy Monika przyszła do Idy, pytając, czy może liczyć na wielką miłość, Ida nie musiała się zastanawiać. Parę razy dla picu zmarszczyła brwi niby w głębokim skupieniu, przyłożyła palce do skroni, udając, że wchodzi w trans, pogapiła się w dłoń klientki, choć nie zobaczyła nic prócz tego, że jest zadbana i bardzo kształtna, po czym zaczęła bredzić jakieś farmazony o przyszłości, co to jest jedną wielką niewiadomą, tajemną tajemnicą nad tajemnicami, zamgloną zagadką, niepewną, nieokreśloną, nieprzejrzaną, nieodgadnioną i w ogóle... A na koniec poradziła, by dziewczyna zaprosiła ukochanego na piwo. Uradowana Monika wcisnęła banknot w dłoń swej dobrodziejki i wybiegła na korytarz, a gdy dobrodziejka na ten banknot spojrzała, przysiadła sobie na krześle. Stówa. Stówa za takie nic, takie brednie, takie niewymagające żadnego wysiłku... oszustwo. Ida poczuła się trochę jak złodziej. A ponieważ nie chciała się tak czuć, a jednocześnie potrzebowała pieniędzy, postanowiła osobiście dopilnować, żeby „wróżba" się spełniła.

Dziesięć minut później złapała za rękaw zmierzającego do kuchni Marcina, siłą odciągnęła go na drugi koniec korytarza, paplając coś o notatkach z fizjologii i genetyki, a potem zniżyła głos, raptownie zmieniła temat i powiedziała mu prosto z mostu, czego ma się spodziewać. I zagroziła, że jeśli Marcin da plamę i skrzywdzi jej „najlepszą przyjaciółkę", to mu osobiście nakopie do tyłka. Zaatakowany chłopak najpierw oniemiał, a gdy dotarł do niego sens słów Idy, popatrzył na nią tak, jakby chciał ją uściskać. Ale powstrzymał się, ponieważ Monika siedziała przy kuchennym stole i raz po raz wlepiała w niego maślane oczy znad talerza.

Ida, wracając do pokoju, obejrzała się parę razy i zobaczyła, jak dziewczyna wychodzi na korytarz czerwona jak piwonia. Rumieniec jest ani chybi rzeczą zaraźliwą, bo i chłopak spąsowiał, gdy tylko do niego podeszła.

Razem podążyli ku schodom.

Ida z poczuciem dobrze spełnionego obowiązku wróciła do siebie.

Następnego ranka w całym akademiku wrzało jak w ulu. Monika i Marcin byli w knajpie! Na piwie! Na najprawdziwszej randce! A to wszystko dzięki czarnowłosej, piwnookiej wróżce z pokoju numer dwadzieścia cztery!

Lepszej reklamy Ida nie mogła sobie wymarzyć.

Klienci walili drzwiami i oknami, płacąc za wróżby jak za zboże. Ida zaczęła się zastanawiać, skąd oni mają kasę, przecież tyle się mówi o studentach, co to przymierają głodem i żywią się wyłącznie zupkami w proszku. Widocznie wróżby były dla nich tak samo atrakcyjne jak alkohol i marihuana, a przecież alkoholu i marihuany nigdy nie brakowało. To nic, że lodówka świeciła pustkami.

*

Ida nie zmrużyła oka.

Całą noc „czytała przyszłość" i teraz była nieprzytomna. A musiała przecież iść na ćwiczenia... Facet od psychologii poznawczej był wredny, nie tolerował nieobecności, bezlitośnie gnębił spóźnialskich i zawsze pytał nieprzygotowanych.

Głowa Idy smętnie kiwała się podparta na jednej ręce, podczas gdy druga ręka niechętnie mieszała łyżką w mleku z płatkami. Dziewczyna ponuro potoczyła wzrokiem po kuchni wciąż noszącej oznaki wczorajszej libacji. Starannie unikała conocnych imprez, bo nadal nie mogła wyrzucić z pamięci ostatniej wizji. Na widok miski, w której zostało jeszcze kilka ciasteczek, pustej butelki po wódce, a nade wszystko popielniczki wypełnionej większą ilością blantów niż petów, wzdrygnęła się mimowolnie. Zerknęła niechętnie na zimne już mleko. Nie była głodna. Straszliwie chciało jej się spać, miała ogromną ochotę zwyczajnie walnąć się na łóżko. Przed realizacją tego jakże kuszącego i ambitnego planu powstrzymała ją jednak myśl o wrednym facecie od psychologii poznawczej.

Ida porzuciła płatki, zabrała z pokoju ręcznik i kosmetyczkę i poczłapała do łazienki. Dla otrzeźwienia opłukała twarz zimną wodą, potem wpakowała do ust szczoteczkę i zaczęła szorować zęby ruchem ospałym i sennym... Miała zamiar wziąć szybki prysznic, ale uniemożliwiły jej to dwie rzeczy. Pierwszą był nieuzasadniony niepokój, który na zmianę to ściskał żołądek, to tłukł w niego pięściami.

Druga rzecz natomiast już od dłuższego czasu gapiła się na Idę z lustra wiszącego nad umywalką, aż wreszcie chrząknęła zniecierpliwiona. A potem chrząknęła znowu, tyle że głośniej.

Śpiąca, zamyślona Ida machinalnie poderwała głowę. I w jednej chwili przestała być śpiąca i zamyślona.

Szczoteczka wpadła do umywalki, rozbryzgując pastę.

Ida przybliżyła twarz do lustra tak, że nosem niemal dotykała tafli szkła.

– Ej, bo zeza dostanę – zaprotestowało odbicie. – Odsunie się trochę.

Ida zamrugała raptownie. Odbicie nie zamrugało w ogóle. Uśmiechnęło się tylko złośliwie.

– Odsunie się – powtórzyło wolno i wyraźnie, jakby mówiło do małego dziecka.

– Kto... jak... co... – wydukała nieskładnie dziewczyna, siląc się na spokój. Choć mogła sobie darować wysiłki, i tak rezultat był żaden. – Kim...

– Już się zaczęła jąkać? – wyraźnie zmartwiło się odbicie. – Niecałe dwa tygodnie od opuszczenia domu... Niedobrze.

– Kim ty jesteś?! – wykrzyczała Ida. – Co tu robisz?! I dlaczego mówisz do mnie?!

Odbicie przekrzywiło głowę i przyglądało się Idzie krytycznie, a jakaś przechodząca akurat korytarzem studentka niepewnie zajrzała do łazienki. Widząc jasnowidzkę z pokoju

numer dwadzieścia cztery wrzeszczącą na lustro, dziewczyna uznała, że kandydaci na studentów, zwłaszcza psychologii, powinni przechodzić chociaż podstawowe badania psychiatryczne.

– Czego chcesz? – zapytała ciszej Ida, szczypiąc się przy tym boleśnie w policzek. Miała wielką nadzieję, że zaraz się obudzi. – Jakim cudem...

– Za dużo pyta – przerwała jej lustrzana bliźniaczka. – Przestanie wrzeszczeć i robić sobie krzywdę. Zacznie słuchać. W domu była bezpieczna. Miała ochronę. A potem jej odbiło, uciekła i teraz jest całkiem sama, nikt jej nie obroni. Niech wybiera: wraca do rodziców lub przychodzi do mnie.

– Do ciebie? – Ida niepewnie obejrzała lustro ze wszystkich stron. – Niby jak?

– Ależ niedomyślna! – Odbicie wyraźnie traciło cierpliwość. – Nawet nie wie, z kim rozmawia!

Ida zbaraniała. Kompletnie.

Gapiła się na odbicie jak cielę na malowane wrota i po dłuższej kontemplacji doszła do wniosku, że to wcale nie jest jej odbicie. Podobieństwo było uderzające, a jednak różnice wyraźne. Przede wszystkim kobieta – nie dziewczyna, a właśnie kobieta – po drugiej stronie lustra była dużo od niej starsza. Włosy czarne, rozpuszczone i rozczochrane zupełnie jak u Idy, tu i ówdzie przeplatały srebrzyste pasma siwizny. Do tego zmarszczki wokół surowo ściągniętych ust, kurze łapki w kącikach oczu i dłonie tak chude, że aż kościste...

– I co się tak gapi? Nadal nie pojmuje? Wittiga siedemnaście, mówi jej to coś?

– Cio... – zaszemrała Ida słabo. Straciła równowagę i musiała przytrzymać się umywalki. – Ciocia?

– Ciocia, ciocia – zagderało odbicie. – Ma przyjechać do mnie bezzwłocznie, rozumie? Mój dom to niezbędne minimum dla jej bezpieczeństwa!

Po tych słowach powierzchnię lustra przysłoniły kłęby mlecznej mgły. Gdy opadły, na Idę spojrzały jej własne oczy. Obserwowała swoją oniemiałą minę, rozdziawione usta i rękę nerwowo szczypiącą policzek. Zauważyła też, że cała kiwa się lekko w przód i w tył.

Zmobilizowawszy resztę władz umysłowych, pomyślała, że tak właśnie wyglądają szaleńcy.

*

Czyli jednak psychiatryk, myślała ponuro Ida, pośpiesznie przemierzając uczelniany korytarz.

Ciotka w lustrze, a to dobre. A teraz jeszcze ognie piekielne... Lada chwila zacznę widzieć białe myszki i dopiero będzie bal.

Ledwo wyściubiła nos z akademika, Ida poczuła, że coś wisi w powietrzu. Nisko wisi. I lada moment spadnie jej na łeb. Niepewnie rozejrzała się na boki i ruszyła w kierunku najbliższego kiosku, mijając szeregi zaparkowanych samochodów. Nagle dotarło do niej, że ktoś za nią lezie. Wolała się na wszelki wypadek nie oglądać, zamiast tego przeszła na drugą stronę ulicy. Tyle że ten ktoś zrobił dokładnie to samo. Do tego jeszcze przyśpieszył. Ida wyraźnie słyszała za sobą kroki i po chwili stwierdziła, że śledzi ją nie jeden człowiek, ale co najmniej trzech. Lekko przekręciła głowę i zerknęła na witryny sklepowe po drugiej stronie jezdni. To, co zobaczyła, odebrało jej wszelką nadzieję, że ten dzień przynajmniej skończy się szczęśliwiej, niż się zaczął.

Szli za nią nieżywi. Bez wątpienia. Kroki rozbrzmiewały głośno i blisko, a w witrynach nie odbijał się nikt poza Idą. Z każdą chwilą było ich coraz więcej. Co oni, wyłazili spod ziemi, z bocznych ulic, spadali z nieba czy jak? Nigdy nie spotkała żadnej zabłąkanej duszy ot tak, na środku ulicy. W szpitalach, kościołach, na cmentarzach, a ostatnio w nawiedzonym pokoju Joanny to jak najbardziej, to były naturalne środowiska duchów, ale żeby tak w biały dzień? Między warzywniakiem a obuwniczym!?

Świat oszalał. To nie budziło najmniejszych wątpliwości.

Albo ja oszalałam, przemknęło Idzie przez głowę. Myśl była równie niepokojąca, co prawdopodobna, zważywszy na ostatnie wydarzenia. Nie dam się, postanowiła twardo, przyśpieszając kroku. Kiosk był coraz bliżej, żadna zbłąkana dusza nie będzie jej psuła planów. Dziesięć zbłąkanych dusz też nie, niech sobie nie myślą.

To się jeszcze okaże, oświadczył z godnością Pech, nieco urażony tą niewiarą.

Ida dotarła do celu, kupiła bilety autobusowe, a po chwili wahania poprosiła też o paczkę papierosów i zapalniczkę. Uciekanie się do używek nie było zbyt mądre, bo jak wiadomo, stres sprzyja popadaniu w nałogi, ale Ida uznała, że ewentualny nałóg i tak byłby najmniejszym z jej problemów.

Zgarnęła zakupy, wzięła głęboki oddech i odwróciła się, gotowa nawrzeszczeć na pierwszego ducha, który odważy się zbliżyć.

Duchy jednak trzymały się od niej na znaczną odległość. Nie wykazywały też nawet śladowego zainteresowania rozmową. Były milczące, ponure i niezbyt przyjazne. Łypały na nią spode łbów, jakby miały o coś pretensje, a zaciśnięte pięści zdradzały ich raczej wrogie nastawienie.

– No co? – spytała w końcu dziewczyna, zniecierpliwiona ich grobowym milczeniem. – Czego się gapicie?

Oczywiście nie odpowiedziały. Gapiły się dalej.

– Mogę wam jakoś pomóc? – naciskała Ida. Zasada niezbędnego minimum kazała jej zadawać pytania, a to, czy zjawy odpowiedzą, czy nie, to już ich sprawa. – Potrzebujecie czegoś?

Milczały uparcie. Kioskarz, widząc przez szybę swoją niedawną klientkę rozmawiającą z niewidzialnymi przyjaciółmi, popukał się w czoło. A Ida wzruszyła ramionami i natarła na duchy, które rozstąpiły się niechętnie. Po czym, jakżeby inaczej, poczłapały za nią.

Ludzie, których dziewczyna i jej mroczna świta mijali po drodze, byli jacyś dziwni. Patrzyli na Idę pustymi oczami prawie tak wrogo jak śledzące ją duchy. Ida mocniej przycisnęła do piersi torbę i utkwiła wzrok w chodniku. Dotarła na przystanek, wsiadła w autobus numer sto czterdzieści pięć i zajęła miejsce przy oknie. Uparcie wpatrywała się w szybę, dając do zrozumienia tłoczącym się przy niej zjawom, że nie ma zamiaru zwracać na nie uwagi. Wysiadła pod samą uczelnią i ruszyła alejką między wysokimi drzewami. Parła do przodu z opuszczoną głową, patrząc na przesuwający się w dole, trzeszczący pod butami żwir. Próbowała nie słyszeć miarowego chrobotu, który rozlegał się jej za plecami. Zerknęła przed siebie i odetchnęła z ulgą. Już tylko parę kroków dzieliło ją od schodów prowadzących do gmachu...

Lecz nagle te parę kroków zmieniło się w odległość nie do pokonania.

Alejka zawibrowała, zawarczała pod stopami Idy i zaczęła pękać. Dziewczyna odskoczyła w bok, o mało nie wpadła na ławkę i plecami przylgnęła do drzewa. Ze strachem obserwowała, jak rozdzielona postrzępionym, zygzakowatym pęknięciem ziemia zapada się i ustępuje miejsca strzelistym płomieniom.

Ida całkowicie zapomniała o śledzących ją duchach.

Nie na długo.

Ich wrzaski i potępieńcze jęki gwałtownie przywróciły ją do rzeczywistości. Przerażone zjawy runęły na dziewczynę i próbowały chwycić ją w pasie, złapać za ręce, nogi, rzucić jej się na szyję, uczepić ubrania, włosów, czegokolwiek... Na próżno. Dziesiątki widmowych palców przechodziły przez Idę jak przez powietrze, przyprawiając ją o silne dreszcze i stan przedzawałowy.

– Ratuj... – wyszeptała błagalnie jedna ze zjaw, zbliżając twarz do twarzy Idy.

Joanna.

To, co kryło się w jej przerażonym, zielonym spojrzeniu, przepełniło Idę takim żalem i strachem, że dziewczyna skurczyła się w sobie, a w oczach stanęły jej łzy.

– Ratuj mnie...

Reszta duchów już zniknęła w czerwonym ogniu. Plująca płomieniami przepaść wessała Joannę do połowy. Ida odruchowo próbowała złapać dziewczynę za ramię i wywlec z powrotem na ulicę, ale teraz to jej dłonie przeniknęły przez widmowe ciało, jakby wcale go tam nie było.

Rudowłosa jęknęła. Zgięła się wpół w konwulsjach. Na plecach znów wyrosły jej skrzydła, paznokcie wydłużyły się i zakrzywiły, w rozwartych w oszalałym wrzasku ustach bieliły się ostre kły. Tęczówki powlekła mleczna mgła. Harpia zaskrzeczała po raz ostatni i pozwoliła, by ogień ją pochłonął. Płonąc jak ogromna pochodnia, zniknęła pod ziemią.

Ida stała parę minut zupełnie nieruchomo. Oddychała ciężko i nierówno, drżała od stóp do głów. Osunęła się po chropowatym pniu drzewa i usiadła na trawie.

Tymczasem ścieżka wróciła na swoje miejsce, ziemia zespoliła się, zrosła, stopiła, po pęknięciu nie został nawet ślad. U stóp dziewczyny walała się torba, obok paczka papierosów. Leżały sobie na ścieżce spokojnie i cicho, zupełnie jakby nic się nie stało.

A Pech uznał chyba, że trochę przesadził, bo nie odezwał się ani słowem.

*

Ida zgodnie ze swoimi oczekiwaniami stała się obiektem wrednych docinków faceta od psychologii poznawczej. Spóźniła się, bo przez dobre piętnaście minut nie miała sił wstać z trawnika. Na zajęciach nie mogła się skupić, nie zapamiętała ani słowa, siedziała, słysząc, ale nie słuchając.

Przed oczami wciąż stała jej wykrzywiona strachem twarz Joanny.

Po ćwiczeniach zgarnęła książki do torby i wyszła z gmachu. Szła przed siebie, byle gdzie, byle dalej. Godzinami błąkała się po obcym mieście, tuląc do siebie torbę i paląc papierosa za papierosem. Nie miała ochoty wracać do akademika. Coś mówiło jej, że tam nie czeka jej nic dobrego.

Dotarła do dużego, zarośniętego parku i po krótkiej obserwacji uznała z ulgą, że wszyscy spacerowicze są żywi. Żadnych upiorów, żadnych ogni piekielnych. I bardzo dobrze. Ruszyła ścieżką między drzewa i usiadła na ławeczce nad stawem.

Długo sobie nie posiedziała. A na pewno nie w spokoju.

Pięć minut później posępnie obserwowała, jak z wody wynurza się smukła topielica i sinymi palcami zaczyna wyplątywać sobie z włosów girlandy wodorostów.

*

Akademik był pełen duchów.

Ida ze zgrozą patrzyła, jak żywi i nieżywi wędrują ramię w ramię w dół i w górę schodów, tłoczą się na korytarzach, przenikają przez siebie, zupełnie nie zdając sobie sprawy z obecności tych drugich.

Wiedziała, że długo tak nie wytrzyma. Coraz więcej wizji, coraz więcej zbłąkanych dusz... A to wszystko w ciągu niecałych dwóch tygodni. Aż strach pomyśleć, co się zdarzy jutro.

Wyszła z powrotem na ulicę, nie bardzo wiedząc, co ze sobą zrobić. Zaczęło padać. Ida mokła, wędrując wśród rozrastających się kałuż. Lało tak, że nawet papierosa nie dało się zapalić, cholera jasna, psiakrew. Dziewczyna zatrzymała się, rozejrzała bezradnie.

Zmarli byli wszędzie. Dokądkolwiek by poszła, oni zawsze byli krok za nią. I przed nią. I obok niej.

Miała ochotę usiąść i zapłakać, powstrzymała się jednak.

Po pierwsze dlatego, że pod nią znajdowała się kałuża. A po drugie dlatego, że w tejże kałuży odbijała się niezadowolona, falująca pod gradem kropli twarz ciotki.

– No, też wymyśliła – sarknęła. – Łazić po deszczu, gdy wkoło pełno umarłych. Zgłupiała już całkiem? Czy ja nie powiedziałam jej wyraźnie, żeby przyjeżdżała do mnie? Słowo „bezzwłocznie" jest dla niej za trudne czy co?

Ida nie odpowiedziała.

– W tej chwili bierze tramwaj, autobus czy co tam sobie chce i przyjeżdża – kontynuowało odbicie w kałuży. – Mamy ze sobą do pogadania.

Dziewczyna westchnęła.

I z braku lepszego pomysłu udała się na przystanek.

*

– Co tak długo? – zaburczała ciotka na dzień dobry, zanim jeszcze Ida przekroczyła próg jej domu. – Co się tak guzdrała?

Dziewczyna nie uznała za stosowne odpowiadać. Zamknęła za sobą ciężkie, okute żelazem drzwi, zrzuciła z ramion przemoczony płaszcz. Świat zdawał się dostosowywać do nastroju Idy i razem z nią opłakiwał wspaniałe plany na zwykłe, normalne, niemagiczne życie. Plany, które z każdą chwilą stawały się coraz trudniejsze do zrealizowania.

I oto ona.

Uciekinierka stulecia. Samodzielna, niezależna dziewczyna uparcie dążąca do upragnionego celu. Niedoszła pani psycholog padająca ofiarą regularnych wizji i omamów.

No po prostu słów brak.

– Słów brak – potwierdziła ciotka. – Wygląda jak zmokła kura. Pójdzie za mną do kuchni i zaparzy sobie herbaty.

Cóż za gościnność.

Myśl o herbacie była jednak na tyle kusząca, że przemarznięta i mokra Ida powlokła się za ciotką, którą ledwo widziała w panującym wszędzie złowrogim półmroku. Willa była stara, okazała i trochę straszna. Pełna ponurych korytarzyków, krętych schodów, ciemnych zakamarków, trzeszczących drewnianych podłóg. Na dodatek Ida wciąż miała wrażenie, że jest obserwowana. Zbyt dobrze znała to uczucie, żeby pomylić je z czymkolwiek innym. Jednak za każdym razem, gdy zerkała przez ramię, nikogo za jej plecami nie było. A Ida wolałaby, żeby był. Wtedy przynajmniej wiedziałaby, na czym stoi. A tak? Czujesz na karku czyjś wzrok, odwracasz się, nikogo nie widzisz, idziesz dalej, znowu czujesz, no zwariować można! Zdecydowanie nie podobał jej się ten dom. Ciotka też jej się nie podobała, choć Ida nie mogła jej się dobrze przyjrzeć. Nowo poznana krewna, ubrana w ciemną, powłóczystą suknię, stąpała zupełnie bezgłośnie i płynnie, sprawiała wręcz wrażenie, jakby sunęła w powietrzu.

– Zapali światło – gdzieś w ciemnościach rozległ się gderliwy głos. – Na ścianie po prawej.

Ida po omacku znalazła włącznik. Ogromny, barokowy, zupełnie niepasujący do raczej prostych i skromnych mebli żyrandol rozświetlił kuchnię żółtawym światłem. Dziewczyna na chwilę straciła zainteresowanie herbatą i utkwiła wzrok w ciotce.

– To jednak byłaś ty – wyrwało jej się mimochodem. – Dzisiaj rano w lustrze... I w kałuży...

– A co myślała? – Ciotka gniewnym ruchem odgarnęła z twarzy czarne, przyprószone siwizną włosy. – Że niby kto inny obszukał połowę luster w tym mieście, żeby ją odnaleźć?

– Potrafi ciocia przechodzić na drugą stronę lustra?

– A co, nie widziała? A w ogóle to na imię mi Tekla i tak ma się do mnie zwracać. Jak słyszę „ciocia", to aż mi się coś w środku przewraca. W szafce jest herbata. Nie w tej, bardziej na prawo. No. A tam, w szufladzie, znajdzie cukier.

Ida wyjęła paczkę herbaty z pełnej pajęczyn szafki. Sięgnęła po czajnik i zdziwiła się mocno. Był zakurzony i najwyraźniej od dawna nieużywany.

– Też sobie życzysz?

– Nie. Nie pijam herbaty.

– To może kawy?

– Kawy też nie. Nie marnuje czasu na głupie pytania, nastawia wodę, siada i słucha.

Tekla nie miała zamiaru owijać w bawełnę. Zaczęła robić Idzie wyrzuty bez zbędnych wstępów i skończyła, zanim woda zdążyła się zagotować.

– Po pierwsze, jest głupia jak stąd do nie widać – zawarczała, krzyżując chude ramiona na chudej piersi. – Co jej przyszło do głowy, żeby uciekać? Rodzice o mało zawału nie dostali, jak się dowiedzieli, że nie dotarła pod mój dach...

– Ale o co tyle krzyku – odważyła się wpaść jej w słowo Ida. – Przecież nic się nie stało...

– Nie? Chce mi powiedzieć, że ich nie widziała?

– Jakich „ich" znowu?

– No, duchów. Potępionych duchów.

Ida zastanawiała się tylko przez ułamek sekundy, po czym skłamała gładko:

– Nie widziałam.

Tekla lekko przekrzywiła głowę i patrzyła na dziewczynę bez przekonania.

– Akurat – sapnęła. – Już ja swoje wiem. Wyglądała dzisiaj jak ktoś, kto próbuje obudzić się z koszmaru.

– Ale czemu od razu Tekla zakłada, że widziałam te tam... potępione duchy? – zdziwiła się obłudnie Ida. – Może po prostu miałam zły dzień.

– Ta, jasne. Znam ja takich, co miewają złe dni siedem razy w tygodniu. Niech zgadnie, ilu z nich siedzi już na oddziale zamkniętym?

Ida wolała nie zgadywać.

– No właśnie. – Tekla z kwaśną miną pokiwała głową. – Na czym to ja... Aha... Jest głupia, to już ustaliłyśmy. Idźmy dalej. Kiedy następnym razem zobaczy mnie w lustrze, ma natychmiast robić to, co mówię, rozumie? To nie są żarty ani zabawa, powinna o tym wiedzieć.

– Ale nie wiem – odburknęła Ida. – Nic nie wiem i niczego nie pojmuję. Dlaczego niby miałoby mi się coś stać? Przecież nie jestem dzieckiem.

Tekla zarechotała głośno i wrednie.
– Właśnie że jest dzieckiem. Głupim i bezbronnym. Myślała, że sama da sobie radę, co? Jeśli nadal tak myśli, co w takim razie robi u mnie?
Ida nic nie powiedziała, a Tekla patrzyła na nią z ponurą satysfakcją.
– Duchy ją prześladują – skwitowała ciotka. – Upiory, zjawy, widma... Niech nie zaprzecza, widać to jak na dłoni.
– Aleś się uczepiła tych duchów. Skąd pewność, że je widzę? Rodzice nie powiedzieli ci, że nie mam absolutnie żadnego nadprzyrodzonego daru?
– To, że nie potrafi ruchem brwi sprawić, żeby stół zaczął lewitować, nie znaczy wcale, że nie ma nadprzyrodzonego daru. To raz. A dwa, jest niezbędnym minimum. Wiedzieliśmy to, jak tylko przyszła na świat. Jej rodzice próbowali co prawda zrobić z niej maga, ale żadne medium nie ma w sobie ani krztyny mocy. Ma za to Oko.
– Ba, nawet dwa – zakpiła Ida.
– Już lepiej nic nie mówi, bo się kompromituje. Mam na myśli wewnętrzne Oko. Też je ma, czuję to w niej wyraźnie. Medium zawsze rozpozna medium.
Ida miała nadzieję, że to tylko puste gadanie. Bardzo starała się wypaść przekonująco w roli zwykłej, zdrowej psychicznie, nierozmawiającej z nieżywymi dziewczyny, dzięki czemu Tekla zostawiłaby ją w spokoju. Ida wierzyła, że do duchów prędzej czy później można się przyzwyczaić, nauczyć się je ignorować... A do ciotki przyjechała nie po dobre rady, tylko dlatego, że chciała na moment odpocząć od ich ciągłej obecności i nie miała innego miejsca, do którego mogłaby się udać.
Ale jeśli Tekla naprawdę potrafiła zajrzeć jej w duszę, jeśli faktycznie wypatrzyła w niej jakieś tam Oko, to Ida miała

przechlapane. Nie po raz pierwszy zresztą i pewnie nie ostatni.

– Każde medium musi pozostać pod ochroną, póki nie przejdzie szkolenia, póki nie nauczy się patrzeć Okiem. Osobiście zabezpieczyłam jej dom, by mogła w nim zostać do skończenia szkoły. Nawet nie wie, co ją mogło spotkać samą, w obcym mieście...

– Co mogło mnie spotkać? – zainteresowała się Ida.

– Szaleństwo – skwitowała Tekla. – W jej przypadku gwarantowane. Przy odrobinie szczęścia można trafić na dobrego psychiatrę i jakoś się pozbierać, ale jak tak na nią patrzę, to coś mi się wydaje, że szczęście raczej jej nie sprzyja.

A niechby tylko spróbowało! – fuknął bojowo Pech.

Tekla nieźle Idę nastraszyła, ale dziewczyna nie dawała tego po sobie poznać. Wolała też szybko zmienić temat.

– Twierdzisz, że jestem niezbędnym minimum. Ale co to, do diabła, znaczy?

– Nie mówi o diabłach, bo nie ma pojęcia, czym są. Lepiej nie kusić losu. A poza tym jest moją dziedziczką. Moją następczynią. Minimum niezbędnym, by to wszystko – Tekla zatoczyła wokoło ramieniem – mogło trwać dalej. A ja jestem minimum niezbędnym dla niej. Potrzebuje mojej wiedzy, doświadczenia, musi zostać wyszkolona. To jedyny sposób, żeby nie zwariowała. A przynajmniej nie tak od razu.

– Nie zamierzam wariować – oświadczyła Ida. Głos jej prawie nie zadrżał.

– Ha, niech zamierza, co tam sobie chce. Beze mnie nie da rady przetrwać.

Dziewczyna poczuła, jak kiełkuje w niej złość. Szczerze znienawidziła sposób, w jaki Tekla wygłaszała te swoje prawdy objawione – wyniośle, z niezłomną pewnością. A przecież nie mogła wiedzieć na sto procent, że Ida rozmawia ze zmarłymi. Bo niby skąd? Nikt poza Idą nie miał o tym pojęcia.

– Przecież ty nawet nie masz pewności, że jestem medium – syknęła, próbując wpakować w to syknięcie tyle gniewu, żeby ciotce w pięty poszło. – Co zrobisz, jeśli cała ta gadka o niezbędnym minimum nie będzie miała nic wspólnego z rzeczywistością?

Tekla uśmiechnęła się szeroko. Chyba po raz pierwszy. Ten uśmiech rozpromienił jej zwykle nachmurzoną twarz i dodał kobiecie nieopisanego uroku. Odmłodniała w jednej chwili.

– Spojrzy tam. – Wskazała Idzie ręką.

Ida spojrzała.

I wszelkie nadzieje rozprysły się na setki, tysiące drobinek, których mimo najszczerszych chęci nie dałaby rady posklejać.

Na kuchennej ścianie wisiało ogromne zwierciadło w pozłacanej ramie. W nim zaś odbijała się Ida. I tylko Ida. Tekli, choć stała przecież tuż obok dziewczyny, wcale w zwierciadle nie było.

– Moje ciało umarło jakieś dwa lata temu, ale jak sama widzi, wcale mi to nie przeszkadza. Za to jej, wnioskując po minie, chyba dość skutecznie pokrzyżowało plany, co?

Plany? Jakie plany? Leżały rozszarpane na strzępy, konały w męczarniach i błagały, by ktoś je dobił. Ida nie miała już planów. Żadnych. Miała za to ochotę zrobić komuś krzywdę. Ciotce z oczywistych względów krzywdy zrobić się nie dało. Ażeby ją diabli porwali!

– Nauczyła się już pewnie, że rozmowa z duchami jest niezbędnym minimum – ciągnęła Tekla, z rozbawieniem obserwując na zmianę czerwieniejącą i blednącą Idę. – W moim przypadku to szkolenie jest niezbędnym minimum. Nie dam jej spokoju, dopóki nie zgodzi się, żebym ją uczyła.

Ida nie odpowiedziała. Była wściekła jak nigdy, aż dziw brał, że jeszcze nie parowało jej z uszu.

Za to Pech dumnie wypiął pierś i głośno domagał się, by mu gratulowano.

Rozdział drugi

Trup w szafie

Psiamać, cholera jasna, w mordę jeża, ja pierdzielę! – warczała Ida, chwytając wszystko, co jej wpadło w ręce, i ciskając tym o ściany. – Znowu to samo!

Wściekłym wzrokiem potoczyła po pokoju. Błyszczące gniewem piwne oczy niemal sypały iskrami. Niemal. Niemal to za mało. Ida dałaby wszystko, żeby jednak sypały. Może wtedy wznieciłaby ogień i puściła z dymem ten przeklęty dom. Może wtedy zdołałaby się uwolnić.

– Nie, nie, nie! Nie zgadzam się, słyszysz?!

Trzeci raz próbowała uciec. I trzeci raz jej się nie udało. Nic dziwnego zresztą, ostatnia rzecz, jaką można o Idzie powiedzieć, to to, że miała dryg do ucieczek. Pod tym względem stanowiła wręcz podręcznikowy przykład kompletnego beztalencia. No, ale trzeba przyznać, że się starała. Bardzo nawet. Niezależnie jednak od tego, czy wydostała się z domu oknem, czy drzwiami, niezależnie, gdzie się udała, zawsze trafiała z powrotem na Wittiga siedemnaście. Wystarczyło, że zanadto oddaliła się od willi bez pozwolenia ciotki, a już grunt niespodziewanie uciekał jej spod nóg, świat zaczynał dziko wirować przed oczami, w uszach zaś rozlegał się przeciągły świst. Wciągało ją coś w rodzaju trąby powietrznej i z impetem wypluwało w pokoju na poddaszu. I to wypluwało wrednie i podstępnie, bo zamiast na łóżku dziewczyna lądowała na podłodze, tłukąc sobie przy tym nieszlachetną część pleców.

– Życie jest do dupy...

– Niech się do tego przyzwyczai – rozległ się złośliwy chichot ciotki.

Ida jak zwykle nie była w stanie stwierdzić, skąd dochodził. Miała nieodparte wrażenie, że ze wszystkich stron jednocześnie. Cały dom zdawał się przemawiać głosem Tekli, lekko przy tym wibrując. Dziewczyna fuknęła gniewnie, zajęta okładaniem poduszką jednej ze ścian i zasypywaniem podłogi śnieżnobiałym pierzem.

– Ciekawe, na czym teraz będzie spała...

– Nie twój interes!

– No i o co jej chodzi? – dopytywała się willa w imieniu ciotki.

– O to, że nie mogę się wydostać! Ten cholerny dom jest zaczarowany?! Jakim prawem, ja się pytam?!

– A czemu miałby nie być? Przecież to, że nie jestem czarownicą, nie oznacza, że nie mogę mieszkać w zaczarowanym domu.

– Ale *ja* nie chcę mieszkać w zaczarowanym domu! – krzyknęła Ida, tupiąc nogą. – Już się namieszkałam, wystarczy, dość mam! Wypuść mnie, ty podstępna jędzo!

Tekla nie skomentowała, za to cała willa zatrzęsła się od jej śmiechu.

– Uspokoi się i pójdzie zrobić sobie kolację. Za godzinę zaczynamy lekcję.

Na dźwięk słowa „lekcja" w Idzie się zagotowało.

Szkolenie miało potrwać co najmniej sześć miesięcy. Odbywało się wieczorami i po nocach, ponieważ od rana do późnego popołudnia Ida siedziała na uczelni. Z dnia na dzień miała coraz mniej czasu na sen, coraz mniej sił na przygotowanie się do zajęć i coraz ciemniejsze sińce pod oczami. Tekla wbrew obawom dziewczyny nie sprzeciwiała się studiom, ba, nawet pobudkę urządzała na tyle wcześnie, żeby siostrzenica zdążyła zjeść śniadanie i zrobić sobie kanapki. Ciotka była jednak twarda i nigdy nie odwołała żadnej z zaplanowanych przez siebie lekcji, choćby Ida prosiła czy groziła. Nie wiedzieć czemu Tekla wciąż powtarzała, że na wyszkolenie siostrzenicy ma bardzo mało czasu. A uwagę Idy, że przecież jako duch ma do dyspozycji całą wieczność, nieodmiennie puszczała mimo uszu.

– Już jest późno – wycedziła dziewczyna. Wciąż rozglądała się po pokoju, strzelała oczami na wszystkie strony, zerkała to przez jedno, to przez drugie ramię. Rozmawianie z kimś, kogo nie widać, jest straszliwie irytujące. – I ciemno. Wolałabym się położyć.

– Ja natomiast wolałabym, by przestała się dąsać i narzekać jak rozkapryszony gówniarz. W tej chwili złazi do kuchni, inaczej urządzę jej całonocny wykład o sposobach wypędzania potępionych dusz, a wtedy, może mi wierzyć, na pewno nie zmruży oka!

– Nie jestem głodna!

– W takim razie czekam w ogrodzie.

Ida zaklęła szpetnie. Przemaszerowała przez pokój i szarpnęła za klamkę z taką siłą, że drzwi z hukiem wyrżnęły o ścianę. Zbiegła po schodach, dudniąc niczym stado słoni. Płaszcz i trampki wciąż miała na sobie, w końcu dopiero co próbowała uciec, więc nawet nie zatrzymała się w przedpokoju, tylko niemal biegiem przemierzyła kuchnię i z mocą pchnęła drzwi do ogrodu.

Tekla czekała na nią między agrestem a krzakiem porzeczek. W powłóczystej sukni z czarnego aksamitu i z rozpuszczonymi włosami wyglądała niezwykle dostojnie.

– Tam. – Bez żadnych wstępów machnęła ręką w głąb ogrodu. – W altanie znajdzie pakunek. Zabierze go i ruszamy.

Ida, mamrocząc pod nosem przekleństwa, ruszyła ścieżką we wskazanym kierunku. Drewniana i odrapana chatynka, częściowo przysłonięta przez drzewa i rozłożyste krzewy, przypominała domek wiedźmy i podobnie jak willa wydała się Idzie raczej mroczna. Zwłaszcza w ciemnościach. Uchylone drzwi otworzyły się szerzej, gdy tylko dziewczyna wspięła się po skrzypiących schodkach. Niepewnie zajrzała do wnętrza. Tuż przy drzwiach stała wysoka lampa z nadjedzonym przez mole abażurem. Ida wymacała włącznik i zapaliła światło. Okrągły stolik, dwa krzesła, bujany fotel i tyle. Pakunek o dziwacznym, a zarazem intrygującym kształcie leżał na parapecie. Zabrzęczał cicho, gdy Ida wcisnęła go pod pachę i wyniosła z altany.

– No. To ruszamy. – Tekla z gracją przepłynęła nad ścieżką i przeniknęła przez ogrodzenie. – Mam nadzieję, że ciepło się ubrała. Noc wygląda na zimną, a nas czeka dłuższy spacerek.

– Dokąd idziemy? – zapytała Ida, zamykając za sobą furtkę.

– Na cmentarz.

– O matko... A musimy?

– Musimy. I bez dyskusji.

*

Cmentarz był... No cóż. Odpychająco przerażający. Jak to cmentarz w środku nocy. Między nagrobkami i pniami drzew wisiały mleczne wąsy mgły, a gęste krzewy drżały i szeleściły cichutko, trącane jesiennym wiatrem.

– I co tu będziemy robić? – zapytała Ida tylko po to, żeby coś powiedzieć i przerwać nieznośną grobową ciszę.

– Pyta, jakby nie wiedziała. Wywoływać duchy, ma się rozumieć.

– O... – Dziewczyna popatrzyła na Teklę z ciekawością. – Naprawdę?

Ciotka z politowaniem pokręciła głową.

– Wie co? Czasami, jak tak jej słucham, to się normalnie dziwię, że pochodzimy z tej samej rodziny. Jest medium, niech sobie to raz a dobrze wbije do głowy.

– No co, nigdy niczego nie wywoływałam – burknęła Ida. O mały włos nie upuściła pakunku, gdy po raz kolejny potknęła się o wystające z ziemi korzenie. – Nie musiałam. Duchy same do mnie przyłażą.

– Przyłaziły – poprawiła ciotka. – Pod moim dachem żadnego prócz mnie nie uświadczy. A przyłaziły dlatego, że jeszcze nie kontroluje daru. Z tego właśnie powodu założyłam zabezpieczenia na jej rodzinny dom. Dopóki była za młoda, żeby ją szkolić, należało zapewnić jej ochronę, przyćmić jej światło. Od ciągłej obecności duchów można dostać pomieszania zmysłów.

– No co ty nie powiesz – mruknęła dziewczyna pod nosem, na co Tekla groźnie zmarszczyła brwi.

– Kiedy uciekła z domu – podjęła surowym tonem – i wyszła poza zabezpieczenia, zaczęła świecić jak latarnia morska, duchy lgnęły do niej niczym ćmy do płomienia. Tak, tak, już ja znam tę jej minę, zaraz się zacznie wykręcać i mówić, że nie widziała żadnych potępionych. Ani jeden duch jej nie nawiedził, nie miała ani jednej wizji. Nie wiem, kogo chce oszukać. Jeśli nadal ma nadzieję, że uwierzę, że da sobie radę na własną rękę, to proponuję, żeby pochowała tę nadzieję właśnie teraz. O, choćby tu. – Wskazała najbliższy z mijanych właśnie grobów. – Obok świętej pamięci Stanisława Pyrkowskiego.

Duchom jest zdecydowanie łatwiej. Suną sobie w powietrzu i gładko przenikają przez wszystkie przeszkody. Wiecznie potykająca się Ida została nieco z tyłu. Teraz nie omieszkała tego wykorzystać i pokazała ciotce język.

– A kogo będziemy wywoływać? – zapytała po chwili. Cmentarna aleja zdawała się ciągnąć bez końca, a trudno czerpać jakąkolwiek przyjemność ze spaceru wśród nagrobków przy pełni księżyca, kiedy w dodatku nikt się nie odzywa.

– Zobaczy, jak dojdziemy na miejsce. To mój stary przyjaciel, przeprowadziłam go kiedyś na drugą stronę.

– Znaczy się co, zabiłaś go?

– Nie. Ale niech no powie jeszcze coś głupiego, to nie wytrzymam i ją zabiję na pewno – zagroziła Tekla, oglądając się na dziewczynę. – Pomogłam mu odnaleźć drogę w zaświaty. Biedak utkwił po naszej stronie i błąkał się po świecie przez dwanaście lat.

– Zawsze myślałam, że duchy wywoływać można zawsze i wszędzie – burknęła Ida. – A niekoniecznie na cmentarzu.

– Dobre medium potrafi przywołać ducha zawsze i wszędzie – zgodziła się Tekla. – Ba, potrafi nawet przywołać tego właściwego, a nie pierwszego lepszego, który zobaczy światło. Ale na cmentarzu jest łatwiej. Konkretny grób, konkretna dusza, w powietrzu zapach śmierci... W sam raz dla początkującego medium. Dlatego dzisiaj pogawędzimy sobie ze Stefanem.

Chętnie się z nim zobaczę, rzadko z nim rozmawiam, odkąd przewiozłam go na drugi brzeg...

– To ty robisz za takiego Charona, tak?

– Można tak powiedzieć. Niedługo też będzie za niego robić.

Ida zamyśliła się na moment.

– Nie sądziłam, że bycie medium niesie ze sobą tyle możliwości...

– Raczej obowiązków – sprostowała Tekla. – Musi się jeszcze wiele nauczyć. I to szybko.

– Dlaczego szybko, śpieszy ci się gdzieś? – zainteresowała się Ida głosem wręcz ociekającym słodyczą.

Tekla nie odpowiedziała. Ida przez chwilę szła w milczeniu, ale pytanie, które raptem przyszło jej do głowy, uparcie pchało się na usta:

– A nauczysz mnie przechodzić na drugą stronę lustra?

– Nie – odpowiedź padła tak szybko i stanowczo, że dziewczyna aż przystanęła w pół kroku. – Tego nie musi umieć.

– Dlaczego? – naciskała Ida, podbiegając do ciotki. – To wykracza poza obowiązki medium?

– Wykracza. Znacznie.

Po tych słowach Tekla zamilkła na dobre. W Idzie natomiast zaczęła buzować niebezpieczna mieszanka domysłów i zaciekawienia.

Minęły niewielką kaplicę i skręciły z głównej alei w wąską ścieżkę. Tekla bez przeszkód przenikała przez żywopłoty i tym sposobem znacznie skracała sobie drogę, podczas gdy Ida kluczyła między nagrobkami, co rusz na jakiś wpadając. Na dodatek musiała kluczyć szybko, żeby nie stracić ciotki z oczu. Na samą myśl o tym, że mogłaby się zgubić, czuła się bardzo niekomfortowo. Może i wychowała się wśród magii, może przyzwyczaiła się do duchów, a jednak mroczna aura cmentarza budziła w niej irracjonalny lęk, którego jakoś nie potrafiła w sobie zdusić. To tak jak spacer przez własne mieszkanie w środku nocy: wiadomo przecież, że prócz domowników nikogo w nim nie ma, wiadomo, że to mało prawdopodobne, żeby jakieś przerażające stworzenie rodem z horroru wyskoczyło znienacka z kuchni lub łazienki, a jednak niektórzy za nic nie przejdą po ciemku i zapalają po drodze wszystkie światła.

Cóż za ironia losu, że na ciemnym cmentarzu tym, co dodawało Idzie otuchy, było towarzystwo ducha.

– Jesteśmy na miejscu – oświadczyła ciotka i zatrzymała się przy nieco zapadniętej, porośniętej mchem mogiłce. – Otworzy paczkę.

Ida zaszeleściła szarym papierem, ostrożnie wyjmując ze środka dziwaczne przedmioty. Przyglądała im się szeroko otwartymi oczami. Grubą świecę, paczkę zapałek i zdjęcie przedstawiające siwego, uśmiechniętego staruszka można jeszcze było zrozumieć. Ale nawleczone na nitkę kapsle po piwie? Piersiówkę, w której coś radośnie pochlupywało, talię podartych, pogniecionych i aż lepkich z brudu kart? Cygaro?!

– Co to ma być? – nie wytrzymała Ida, lustrując to wszystko wzrokiem absolutnie pozbawionym zrozumienia.

– Rzeczy Stefana. Niech sobie zapamięta, w ten sposób najłatwiej przywołać ducha: przynosząc mu to, co lubi najbardziej.

– I niby co mu z tego przyjdzie? – zapytała dziewczyna sceptycznie, odkręcając piersiówkę. W powietrzu uniósł się słodko-gorzki zapach whisky. – Przecież nawet nie dotknie tych kart, nie napije się, nie zapali cygara...

– Dlatego właśnie nie każdy jest medium. – Ciotka się uśmiechnęła. – Tylko my możemy sprawić, że duch jeszcze raz poczuje radość życia. Dlatego spotkanie z nami jest dla umarłych takie kuszące.

– Co masz na myśli?

– Sprawimy, że to wszystko, co przyniosła, stanie się dla Stefana osiągalne – odparła Tekla takim tonem, jakby to było oczywiste. – Rozumie?

– Nie bardzo. – Ida sięgnęła po zdjęcie. – A to po co?

Ciotka spojrzała na siostrzenicę bystro.

– Wie, dlaczego Indianie bali się aparatów fotograficznych i nie pozwalali robić sobie zdjęć?

– Nie – przyznała dziewczyna nieco zbita z tropu.

– Fotografia potrafi uchwycić chwilę, utrwalić moment z idealną dokładnością. Każda stanowi perfekcyjne odzwierciedlenie rzeczywistości. Zdjęcie właściwie nie różni się od tego, co przedstawia. Indianie wierzyli, że utrwalona na kliszy podobizna człowieka jest cząstką jego samego. Według nich fotografia odrywa, zatrzymuje w czasie i zamyka w sobie fragment duszy.

– W domu mam z dziesięć albumów wypełnionych po brzegi swoimi zdjęciami – skomentowała kwaśno Ida. – Od narodzin po maturę. Jeśli każde z nich zabrało mi fragment duszy, to ja chyba duszy już nie posiadam.

– A to już jej problem. – Tekla wzruszyła ramionami. – Nie mam pewności, czy indiańskie wierzenia zawierają w sobie ziarno prawdy, czy to tylko godne pożałowania zabobony, ale z doświadczenia wiem, że dużo łatwiej przywołać duszę, kiedy dysponuje się zdjęciem. Zapamięta to sobie. I skończy na chwilę z tymi pytaniami, bo będziemy tu siedzieć do rana. Niech słucha i robi, co jej powiem.

Ida bez przekonania zgarnęła z grobu zeschnięte liście, ułożyła krąg z przedmiotów. Zdjęcie zajęło miejsce na godzinie dwunastej, a pośrodku stanęła świeca. Dziewczyna sięgnęła po zapałki.

– Co teraz? – zapytała, chroniąc dłonią płomyk przed wiatrem. Knot zapłonął niebieskawym płomieniem.

– A teraz niech splunie na grób.

– Co proszę?! – Ida poderwała głowę. Na chwilę zapomniała, co robi, i władowała dłoń do ognia. Zasyczała przeciągle, dmuchnęła na oparzenie. – Że jak?

– Splunie na grób. Głucha jest czy co?

– Ale... ale... Dlaczego mam pluć? Zmarłym chyba należy okazywać szacunek czy ja się mylę?

– To zależy od zmarłych. Stefan nie będzie miał nic przeciwko. Niech pluje.

– A na twój grób też mogę? – Ida zerknęła na ciotkę krzywo. – Bo nabrałam właśnie przemożnej ochoty.

– Mnie nie musi wywoływać, zostanę przy niej przez ładne parę miesięcy – zapewniła Tekla jadowicie. – Będzie pluć czy woli sobie krwi upuścić?

– Ale dlaczego mam sobie krwi upuszczać?! – Ida aż stanęła na baczność.

– Żeby duch poczuł jej obecność – tłumaczyła cierpliwie ciotka.

– A ten Stefan to wampir czy co? Na cholerę mu moja krew?

Tekla westchnęła i wzniosła oczy ku niebu.

– Nie, Stefan to nie wampir. Plucie na grób lub bryzganie go krwią jest częścią rytuału. Ślina lub krew medium sprawia, że płomień świecy staje się widoczny dla umarłego.

– I nie ma innego sposobu?

Tekla zamyśliła się na dłuższą chwilę, nawijając na palec czarno-srebrzyste pasemko włosów.

– Może jeszcze wyrwać sobie włos i spalić nad świecą – odezwała się wreszcie. – Czy jakoś tak... No, jasny gwint, sama już sporo pozapominałam. Trzeba będzie zajrzeć do ksiąg. Najlepiej zapamiętuje się nie teorię, ale praktykę, a ja do tej pory po prostu plułam.

– Włos, powiadasz. – Ida wyrwała sobie jeden i zbliżyła go do świecy. – I co, wystarczy go wpakować do płomienia?

– Wystarczy. Niech się śpieszy. Niedługo zacznie padać.

– Martwisz się o mnie? – prychnęła dziewczyna. – Że zmoknę i dostanę kataru?

– Nie. Martwię się, że świeca zgaśnie. Bierze się do roboty.

Powietrze na krótko zaśmierdziało spalenizną. Wiatr natychmiast rozwiał dym, kładąc płasko podrygujący płomyk. I tyle. Nic więcej się nie stało.

– Jak widać, coś pomieszałam – odezwała się Tekla po chwili milczenia. – Nie ma wyjścia, musi pluć.

Ida już otwierała usta, by wznowić protesty, gdy nagle marmurowa płyta grobu dostała oczu. Zamrugała nimi raptownie, widocznie zaskoczona tą możliwością. Gdy już się przyzwyczaiła, zaczęła bezczelnie taksować Idę. A Ida zastygła z otwartą buzią, patrząc, jak nagrobkowi wyrastają nos i usta.

– Eeee... – odezwał się wreszcie grób. – Czy my się znamy?

Dziewczyna nie bardzo wiedziała, co powinna w takiej sytuacji odpowiedzieć, ale ciotka szybko pośpieszyła jej z pomocą.

– Dobry wieczór, Stefanie – powiedziała, a grób aż się rozpromienił na jej widok.

– Tecia! – wykrzyknął i z marmurowej płyty wynurzyła się przezroczysta głowa siwego staruszka. – Teciuniu kochana, wieki cię nie widziałem!

– Teciuniu? – zapytała Ida tonem na pół zdziwionym, na pół złośliwym. Chociaż nie, wróć. Złośliwość jednak wygrywała.

Tekla zignorowała siostrzenicę i uśmiechnęła się do widmowej głowy Stefana.

– Co tu robisz, Teciu? – spytał duch, wyłoniwszy się z grobu do pasa.

– Szkolę – odparła ciotka. Niedbale machnęła ręką w stronę Idy. – To moja uczennica. Ona Stefana przywołała.

– Ha! Zdolna bestia, od razu zauważyłem jej światło.

Ida już miała zamiar pęknąć z dumy, ale Tekla momentalnie ugasiła jej zapał.

– Zauważył, bo dziewczyna promieniuje nim na kilometry. Dopiero zaczęła szkolenie, nie umie jeszcze maskować Oka.

– Aha. – Stefan ze zrozumieniem pokiwał głową. – Ale światło ma jasne. Silne. To bardzo ładne światło, rzadko takie widuję, a szkoda. Rozumiem, młoda panno, że przywołałaś mnie w ramach ćwiczeń?

– Zgadza się – potwierdziła dziewczyna. – Mam nadzieję, że nie ma pan nic przeciwko...

– Ależ skąd...

Duch urwał, nagle straciwszy zainteresowanie Idą. Połykanie wzrokiem ułożonych na grobie przedmiotów pochłonęło go całkowicie.

– Kochana Tecia, wie, czego mi brakuje – rozczulił się, przybliżając twarz do piersiówki. – Napiłbym się z rozkoszą.

Tekla wymownie spojrzała na Idę. Ale Ida wymownego spojrzenia nie zrozumiała za grosz.

– No co? – spytała po chwili.

– Jak to co? Niech pije.

– Ja? – zdziwiła się dziewczyna.

– A kto? Stefan nie może, więc jako jego medium musi zrobić to za niego.

– Jestem na antybiotyku – skłamała Ida. – Nie wolno mi pić.

Ciotka groźnie zmrużyła oczy. Bez wątpienia jej wzrok zaliczał się do tych śmiercionośnych. Jeszcze tylko brakowało, by czarno-srebrzyste pukle zmieniły się w posykujące, jadowite żmijki. Meduza byłaby z ciotki jak się patrzy.

Chcąc nie chcąc, dziewczyna sięgnęła po piersiówkę i wzięła łyczek. Whisky zdecydowanie nie przypadła jej do gustu, czego nie zamierzała ukrywać, krzywiąc się jak środa na piątek.

– Pij, pij, moje dziecko. – Stefan oblizał się ze smakiem, a na jego widmowym obliczu pojawiła się błogość iście nie z tej ziemi. – Nie żałuj sobie... I cygaro, nie zapomnij zapalić cygara...

Cygaro było jeszcze gorsze niż whisky. Skwaszona Ida krztusiła się, kaszlała, charczała, prawie wypluwając przy tym płuca, a Stefan udzielał jej dobrych rad i wskazówek dotyczących palenia tego, jak to ujmował, kubańskiego cuda. Duch się delektował, dziewczynę z minuty na minutę coraz bardziej mdliło. I gdyby teraz ciotka kazała jej pluć na Stefanowy grób, Ida nie miałaby żadnych oporów.

Gdy whisky szczęśliwie się skończyła, zzieleniała Ida kategorycznie odmówiła dalszego „delektowania się" kubańskim cudem, po czym niezbyt pewnym, za to szybkim krokiem oddaliła się w stronę najbliższych zarośli. Dochodziły ją strzępki rozmowy duchów, ale nie była w stanie niczego porządnie podsłuchać, bo kolejne fale mdłości zaabsorbowały ją bez reszty. Wreszcie wymęczony żołądek przestał wywracać się na lewą stronę, a świeże powietrze nieco Idę otrzeźwiło. Nieco.

Otarła usta chusteczką higieniczną, wylazła z krzaków i podeszła do Tekli i Stefana, potykając się jeszcze częściej niż zwykle.

– Lepiej? – zapytał z troską Stefan i uczynił ruch, jakby chciał poklepać Idę po ramieniu.

– Lepiej – potwierdziła Ida. – Chyba nie lubię whisky. A whisky mnie nie lubi na pewno.

– Następnym razem możecie przynieść wódkę – zaproponował łaskawie Stefan. – O, albo gin z tonikiem. I cytrynkę. I lód. Normalnie niebo w gębie...

– I sajgon w żołądku – mruknęła pod nosem Ida. – Wybaczcie raz jeszcze. – Z tymi słowami zrobiła w tył zwrot i ponownie zniknęła w krzakach.

– No widzi – zachichotała Tekla, patrząc na Stefana. – Medium mu się spiło.

– Ano widzę – westchnął duch. – Trudno. Trzeba zatem zakończyć seans. Jesteś w stanie to zrobić, dziecko? – krzyknął w stronę pochorowanego medium.

– Jeśli ma to cokolwiek wspólnego z pluciem, to jak najbardziej – odparła usłużnie Ida, wychylając głowę z zarośli.

– Nie. – Tekla jak zwykle rozwiała jej nadzieje. W rozczarowywaniu siostrzenicy miała już wprawę niebezpiecznie ocierającą się o mistrzostwo. – Pluje się tylko na początku. Niech zapamięta i się uczy.

Ida podejrzewała, że jedyna rzecz, jaką będzie w stanie z dzisiejszej nocy zapamiętać, to ta, żeby nigdy, przenigdy nie wywoływać duchów, których właściciele mieli za życia słabość do alkoholu.

– A co się robi na końcu? – zapytała, znów stając przy grobie Stefana.

– Gasi się świecę.

– Tak po prostu?

– Nie tak po prostu. Jeśli zgasi ją bez uprzedzenia i zbyt szybko, to tym samym zamknie przejście i Stefan nie będzie mógł powrócić w zaświaty. Musi przywołać Wiatr.

– Przecież już wieje – zauważyła nieoczekiwanie trzeźwo Ida.

– Nie taki wiatr. Wiatr Zaświatów. Taki, który ugasi płomień i zabierze duszę Stefana ze sobą.

Widząc niepewną minę siostrzenicy, Tekla pośpieszyła z wyjaśnieniami:

– Nie patrzy na mnie z takim przerażeniem, to naprawdę nic trudnego. Niech sobie ten Wiatr wyobrazi. Chyba nie jest aż tak pijana, żeby nie być w stanie tego zrobić?

Nie, Ida nie była aż tak pijana. Zamknęła oczy, zebrała myśli. Wiatr. Jak sobie wyobrazić coś, czego nie widać? No, najłatwiej skupić się na reszcie zmysłów. Wiatr Idy był zimny, przenikliwy. Świszczał złowrogo. Ten świst przyprawiał o gęsią skórkę dużo skuteczniej niż panujący dookoła chłód. Wiatr śpiewał. I to nie jedną, ale wiele pieśni naraz. Przytłaczająca większość tych pieśni utrzymana była w nastroju nostalgiczno-melancholijnym i traktowała o tęsknocie i rozpaczy. Ida słyszała tylko strzępki pojedynczych słów, ale same melodie sprawiały, że popadła w przygnębienie.

Wyobraziła sobie, jak silny podmuch rozwiewa mgłę, podrywa liście z cmentarnej alei, silnie trąca gałęzie drzew. Dociera do grobu, przez chwilę tańczy z niebieskawym płomieniem i wreszcie gasi go z krótkim sykiem. Oczami duszy patrzyła, jak knot żarzy się jeszcze przez moment, a w powietrzu unosi się delikatna smużka szarawego dymu.

Pieśni ucichły.

– Bardzo dobrze – pochwaliła siostrzenicę Tekla. – Nigdy nie widziałam tak realistycznego Wiatru.

– Naprawdę go przywołałam czy tylko wymyśliłam?

– I jedno, i drugie. Nikt nie wie, jaki jest Wiatr Zaświatów. To znaczy nikt żywy. Ja wiem i muszę przyznać, że prawie trafiła w dziesiątkę z jej wyobrażeniem.

– To wyobrażenie się zmaterializowało?

– Właśnie tak. – Tekla pokiwała głową, wyraźnie zadowolona z tego, że jej uczennica nareszcie zaczęła samodzielnie myśleć. – Musi więcej pić, wtedy jej umysł lepiej pracuje. Mam tylko nadzieję, że nie zapomni wszystkiego, jak już wytrzeźwieje. A teraz niech pozbiera rzeczy. Czas wracać do domu.

Droga powrotna zajęła im więcej czasu niż ta na cmentarz, a powód był prosty. Pijane medium miało niemałe problemy z utrzymaniem kursu. Z uporem maniaka wypuszczało też pakunek z rąk, przez co wiecznie musiało przystawać, żeby pozbierać porozrzucane przedmioty.

– I jak tu nie popaść w alkoholizm? – czknęło, przytrzymując się rosnącego przy chodniku drzewa.

– No cóż. – Tekla przyglądała się siostrzenicy z wyraźnym rozbawieniem. – Ryzyko zawodowe. Zresztą przecież nie każdego ducha, którego zdarzy jej się wywołać, będzie ciągnęło do alkoholu.

– A co, jeśli trafię na narkomana? – zapytała oburzona Ida. – Może mam sobie strzelić w żyłę?!

– Jeśli zajdzie taka konieczność, to raczej nie będzie miała wyjścia – powiedziała Tekla doskonale obojętnym tonem. – Nie panikuje, to nie zdarza się często.

Ida nie mogła uwierzyć, że ciotka mówi to z takim spokojem. Może, skoro była duchem, który nie miał już przecież nic do stracenia, niebezpieczeństwa czyhające na żywych przestały robić na Tekli wrażenie. Ale na Idzie robiły piorunujące i nie zamierzała tego ukrywać.

– Mowy nie ma – oświadczyła kategorycznym tonem, równie kategorycznie zataczając się na pobliski płot. – Choćby nie wiem co się działo, nie będę ryzykować zdrowia tylko po to, żeby przywołać jakiegoś nieżywego ćpuna!

Ciotka uśmiechnęła się lekko. Ten uśmiech był zastanawiająco smutny.

– No cóż, życie nie jest proste. Z czasem się przekona, że na niektóre rzeczy nie będzie miała wpływu. A niektóre decyzje ktoś podejmie za nią, nawet nie pytając o zdanie.

– O, a ja nawet znam takiego kogoś – zauważyła Ida oskarżycielskim tonem. – To ty zadecydowałaś, że będziesz mnie szkolić. Nie obchodziło cię i nadal nie obchodzi, co ja o tym myślę. Teciuniu – dodała zgryźliwie.

– Mówiłam jej – odparła ponuro ciotka. – Mówiłam, że nie będzie łatwo.

*

Whisky sprawiła się na medal i sprezentowała Idzie kaca mordercę.

Na szczęście była sobota i dziewczyna nie musiała się zrywać bladym świtem. Ocknęła się dopiero koło południa, niewyspana, spragniona i bardziej martwa niż żywa. Potężny ból głowy sprawiał, że ledwo widziała na oczy, a w żołądku buzowało niebezpiecznie. Ledwie usiadła na łóżku, zrobiło jej się niedobrze. Na szczęście na poddaszu znajdowała się niewielka łazienka, nie musiała pędzić na dół. Gdy dziewczyna poczuła się lepiej, wzięła aspirynę, a potem kąpiel i siedziała w wodzie prawie półtorej godziny, rozmyślając o czekającej ją kolejnej lekcji.

Dzień był pogodny i w miarę ciepły, więc wycieczka na cmentarz w celach edukacyjnych nie wydawała się taka znowu przytłaczająca. Ida wylazła z chłodnej już wody, owinęła włosy ręcznikiem i włożyła szlafrok. Kąpiel trochę ją rozleniwiła i dziewczyna tęsknie wyjrzała na ogród z okna łazienki.

Najchętniej usiadłaby sobie na ławeczce pod gruszą i pogrążyła się w jakiejś lekkiej lekturze. Ciotka jednak nie lubiła czekać. Już kilkakrotnie dom chrząknął znacząco, trzęsąc się i trzeszcząc, jakby niecierpliwie tupał nogą.

Ida rozczesała mokre włosy, ubrała się szybko. Burczenie w żołądku stawało się coraz głośniejsze i coraz bardziej stanowcze, zeszła więc do kuchni na śniadanie. Czy raczej obiad.

Odkąd zamieszkała u Tekli, mogła pożegnać się z luksusami i wygodą. Nie było tu służby. Nie było Marianny, która zawsze dbała, żeby panienka nie chodziła głodna. Nikt niczego za nią nie wyprał ani nie ugotował, nie pozmywał naczyń, nie wyniósł śmieci. W akademiku była przynajmniej stołówka, a tutaj Ida musiała radzić sobie sama. Rychło w czas, miała w końcu dziewiętnaście lat. Wstyd się przyznać, ale dopiero teraz odkryła, jak działa pralka czy piekarnik, a żelazko nadal stanowiło dla niej urządzenie nie do okiełznania. Do tej pory jej doświadczenie ze sprzętem domowym ograniczało się do obsługi czajnika, a teraz była zmuszona systematycznie i szybko nadrabiać zaległości. Na szczęście całkiem sprawnie jej to szło.

Prawdopodobnie przegapiła ten moment, w którym inni, ci lepiej poinformowani, ustawiali się w kolejkach po wybitne zdolności kulinarne, więc szefem kuchni raczej nie miała szans zostać. Ale podstawy zdołała jako tako opanować. Ugotowanie jajek, makaronu lub ziemniaków, usmażenie jajecznicy czy naleśników nie stanowiło dla niej wielkiego problemu. Na specjalizację wybrała natomiast zupy. Proste, szybkie i wygodne w przyrządzeniu. Pichciła sobie wielki gar na cały tydzień i niczego więcej jej do szczęścia nie brakowało.

W tym tygodniu prym wiodła cebulowa.

Tekla wisiała sobie przy kuchennym oknie, czekając, aż Ida skończy pałaszować już drugą porcję, gdy w salonie rozległ się dzwonek telefonu.

Dziewczyna zamarła z łyżką przy ustach, a szyby w oknach zadrżały niebezpiecznie. Dźwięk wydobywający się ze staroświeckiego aparatu należał do tych powalających. Ida miała wrażenie, jakby ktoś próbował wywiercić jej dziurę w czaszce za pomocą korkociągu.

– Odbierze – poinstruowała ją ciotka.

Ida posłusznie udała się do salonu. Usiadła sobie w fotelu obok niskiego stoliczka, na którym spoczywał telefon, i zdjęła słuchawkę z widełek.

– Halo? – Posłuchała przez pół minuty, coraz szerzej otwierając oczy ze zdziwienia, po czym przysłoniła dłonią mikrofon. – Ktoś do ciebie! – krzyknęła w stronę kuchni. Tekla natychmiast przepłynęła przez ścianę do salonu. – Niejaka Karolina Kwiatkowska pyta, czy może dzisiaj przyjechać po wróżby. I chce z tobą rozmawiać.

– Powie jej, że mnie nie ma. Może przyjechać późnym wieczorem. Najwcześniej o dziesiątej.

Ida uniosła brwi.

– Ale...

– Niech jej to powie.

Dziewczyna posłusznie wykonała polecenie. Pożegnała się i odłożyła słuchawkę.

– Nie wiedziałam, że jesteś też wróżką – powiedziała, patrząc na ciotkę. – Umiesz czytać przyszłość?

– I przeszłość. – Tekla skinęła głową.

– A ta cała Kwiatkowska jest medium, tak?

– A skąd ten wniosek?

– No przecież normalny człowiek cię nie zobaczy. Ani nie usłyszy.

Tekla lekceważąco machnęła ręką.

– To mało znaczący drobiazg. Mam swoje sposoby. A lekcję będziemy musiały przesunąć na jutro – dodała na odchodnym. – Ma dziś wolne, niech się cieszy.

Ida patrzyła za nią zaskoczona i zdezorientowana.

Ciotka ewidentnie nie mówiła jej wszystkiego, ale dziewczyna postanowiła się tym nie przejmować. Skoro Tekla coś przed nią ukrywała, to najwyraźniej miała po temu powody. Ida nie zamierzała bawić się w szpiega. Znalazłaby jeszcze jakiegoś trupa w szafie i co by było? Ano, byłby problem. A ponieważ problemy spadały na Idową głowę same z siebie, z upodobaniem i bez zaproszenia, po co miała własnoręcznie ściągać na siebie kolejne przez głupią ciekawość? Tekla miała prawo do tajemnic. Dziewczyna postanowiła więc korzystać z nieoczekiwanego wolnego dnia i udała się do swojego pokoju na poddaszu. Zdjęła z półki książkę, walnęła się na łóżko i do późnego wieczora nic nie było w stanie odciągnąć jej od czytania.

*

Kwadrans po dziewiątej, kiedy za oknami było już ciemno, a w domu panowała taka cisza, że tykanie zegara w salonie zdawało się rozbrzmiewać tuż obok, Ida usłyszała dźwięk, który sprawił, że wyprostowała się raptownie, spinając wszystkie mięśnie. Gdzieś na parterze zaskrzypiały drzwi. A skrzypieć bynajmniej nie powinny. Ida mieszkała tylko z ciotką, nie trzymały żadnych zwierząt. Tekla jako duch nie mogła niczym zaskrzypieć. To znaczy owszem, mogła, w końcu jeśli tylko chciała, potrafiła zatrząść całą tą nawiedzoną willą. Wtedy trzeszczała każda deska i jęczał każdy zawias. Ale to wywołane przez ciotkę trzeszczenie nigdy nie było tak subtelne. Nigdy tak ciche. Skrzypienie drzwi na dole wydało się Idzie stanowczo za ciche. Niepokojące. I nad wyraz podejrzane.

Po chwili przez uchylone okno dziewczyna usłyszała kroki. Odłożyła książkę na łóżko i chowając się za zasłoną, ostrożnie wyjrzała na ogród. Niewysoka postać w ciemnej pelerynie z wielkim kapturem zmierzała w kierunku altany. Wyglądała na żywą. I jak najbardziej cielesną.

Ida w jednej chwili zapomniała, że przecież obiecała sobie nie wtykać nosa w sprawy Tekli. Włożyła buty i ciepły sweter, po czym ostrożnie wyślizgnęła się z pokoju, prosto w objęcia panującego w całym domu nieprzyjaznego półmroku. Zeszła po schodach, cichutko przemierzyła korytarz i wkroczyła do kuchni. Drzwi do ogrodu były uchylone, a wiatr lekko wzdymał firanki. Zakapturzona postać musiała wyjść właśnie tędy. Ciekawe tylko, którędy weszła...

Medium zerknęło na wiszący na ścianie zegar z kukułką. Było prawie wpół do dziesiątej, ciotka spodziewała się gości dopiero za jakieś pół godziny, zatem tajemniczy przybysz Kwiatkowską raczej nie był. Ida pchnęła ogrodowe drzwi i ruszyła między krzewy. Stąpała powoli, starając się narobić przy tym jak najmniej hałasu. Zeschłe liście i gałązki zaścielające trawę szeleściły zdradliwie przy każdym kroku.

Podkradła się pod okna altanki i ukryła za kolczastym agrestem. Delikatnie rozchyliła gałęzie, uważając, by żadna nie zastukała w szybę, i zajrzała do oświetlonego słabym blaskiem świecy wnętrza.

Na bujanym fotelu przy okrągłym stoliku siedziało śliczne, popielatowłose dziewczę. Mogło mieć równie dobrze szesnaście, jak i dwadzieścia parę lat. Z uporem wpatrywało się w płomień świecy, a między ściągniętymi w zamyśleniu brwiami widniała pionowa zmarszczka. W smukłych, wypielęgnowanych dłoniach nieznajomej spoczywała talia kart. Brakowało tylko różdżki i kryształowej kuli, ale Ida i tak była skłonna uwierzyć, że dobre wróżki istnieją i oto ma przed sobą jedną z nich.

Jednak im dłużej przyglądała się tasującej karty królowej piękności, tym większego nabierała przekonania, iż nieznajoma z wróżką nie miała nic wspólnego. A zwłaszcza z dobrą. Ani z rusałką nawet. Na poważnej, kamiennej twarzy nie było nawet cienia uśmiechu, co więcej, precyzyjnie umalowane krwistoczerwoną szminką usta krzywiły się pogardliwie. Dobra wróżka czy rusałka na pogardliwe grymasy nigdy by sobie nie pozwoliła. Ta niezadowolona, skwaszona mina pasowała raczej do jędzowatej wiedźmy.

Ida cichutko przekradła się do okna po drugiej stronie altanki, ale i stamtąd nie dostrzegła Tekli. Dziwne.

Jak zwykle niewiele z tego wszystkiego rozumiała. A szkoda. Zaczęła natomiast podejrzewać, że popielatowłosa również miała dar rozmawiania ze zmarłymi i to za jej pośrednictwem ciotka zamierzała wróżyć Kwiatkowskiej. Podejrzenia te ledwo się pojawiły, natychmiast wprawiły Idę w zły humor. Poczuła się mocno dotknięta faktem, iż Tekla nie ufa jej zdolnościom i wolała skorzystać z pomocy jakiejś wypindrzonej laleczki. I skąd się w ogóle ta laleczka wzięła, z nieba spadła czy co? Ida za żadne skarby świata nie zdradziłaby nikomu, że uznanie ciotki cokolwiek dla niej znaczy. Tymczasem znaczyło. A brak tego uznania bolał ją bardziej, niż gotowa była przyznać przed samą sobą.

Siedziała skryta w krzakach blisko czterdzieści minut, gdy wreszcie usłyszała warkot silnika, a po ogrodzie rozlało się światło samochodowych reflektorów. Ida wyjrzała zza chatki i zobaczyła czarną terenówkę zatrzymującą się przed willą. Silnik umilkł, zgasły światła i z samochodu wysiadła kobieta. Ani chybi artystka. Szeroki sweter o bufiastych rękawach sięgał jej do połowy ud, kwiecista spódnica ciągnęła się po ziemi, szyję oplatało co najmniej dwumetrowe boa, a na głowie pysznił się zawadiacko przekrzywiony kapelusz z wielkim rondem.

Dobra, to Kwiatkowską już mamy. Ale gdzie jest Tekla?

Ciotki nadal nigdzie nie mogła dostrzec, za to z samochodu wysiadł jeszcze ktoś. Mężczyzna. Z całą pewnością nie artysta. Zwykły gość w garniturze, z papierosem w zębach. Pewnie mąż.

Ida przyglądała się tej dziwacznej parze na tyle uważnie, na ile pozwalało mdłe światło ulicznych latarni. Kwiatkowscy weszli do ogrodu, minęli willę i ruszyli ścieżką prosto do altanki.

Ida zanurkowała w zaroślach troszkę zbyt gwałtownie i agrestowy kolec do krwi zadrapał jej policzek. Zapiekło. Pod powiekami zapiekło jeszcze bardziej. Dziewczyna syczała, klęła i łzawiła. A potem złorzeczyła już tylko w myślach, widząc, jak Kwiatkowscy wspinają się po stopniach chatki. Rozległo się pukanie i zgrzyt zawiasów. Ida, tym razem dużo ostrożniej, wychyliła się zza agrestu i ponownie zajrzała przez okno.

Popielatowłosa powitała gości lekkim skinieniem głowy, wielkopańskim gestem wskazała im dwa rzeźbione krzesła. Ida słyszała przytłumione głosy, za ciche jednak, by mogła rozróżnić choć słowo. Najpierw z ciekawością, a potem ze zdziwieniem przyglądała się nieznajomej, która z wprawą przetasowała karty i zaczęła układać je na stoliku. Sposób, w jaki to robiła, był według Idy pozbawiony jakiejkolwiek logiki czy konsekwencji.

To nie był nawet sposób, żaden wzór czy schemat, tylko nie wiadomo co. Ida doszła do wniosku, że podobny efekt mógłby uzyskać każdy. Wystarczyło tylko rozrzucić karty po stole i trochę je pomieszać. Wielka tam filozofia, phi.

Prawdę mówiąc, gdyby natura nie obdarowała nieznajomej tak olśniewającą urodą lub gdyby Tekla pozwoliła siostrzenicy zająć się Kwiatkowską, Ida prawdopodobnie nie podchodziłaby do sprawy tak krytycznie i złośliwie. Teraz jednak, choć nie powiedziałaby tego głośno, czuła się niedoceniona i nieważna, była poirytowana, dotknięta do żywego, obrażona na cały świat, przygnębiona jak nigdy i zazdrosna o wszystko. Zwłaszcza o popielatowłosą piękność.

To tak w dużym skrócie.

Dziewczyna przerwała na chwilę ponure rozmyślania i powróciła do rzeczywistości, uświadomiwszy sobie, że przecież nadal nigdzie nie widzi ciotki. Intuicja mówiła jej, że coś tu jest mocno nie tak. Kwiatkowska prosiła o spotkanie z Teklą, a teraz nie wyglądało na to, by towarzystwo zebrane w altanie na kogoś czekało. Czyżby ciotka wykorzystywała śliczną, popielatowłosą dziewczynę i przypisywała sobie jej umiejętności i zasługi? Tylko po co? Na kim chciała zrobić wrażenie?

I znów Ida miała mętlik w głowie. Po godzinie siedzenia w chaszczach przemarzła okrutnie, po półtorej zaczęła kichać, przez co przyglądanie się wróżbom w sposób niezwracający uwagi przychodziło jej z coraz większym trudem. Minęły dwie godziny i Ida była już pewna, że ciotka się nie pokaże. Niepokoił ją trochę fakt, że zupełnie nie wyczuwała obecności Tekli, jakby duch niespodziewanie przestał istnieć. Nawet willa, na którą dziewczyna raz po raz popatrywała, wydawała się jakaś taka mniej... nawiedzona.

Seans, który z powodzeniem odbywał się bez udziału ciotki, właśnie się zakończył, również bez jej udziału. Ida starannie i ostrożnie poodczepiała od swetra kolczaste gałązki agrestu, wyszła z kryjówki i cichaczem wycofała się pod dom. Cichy, nieruchomy. Martwy. Dziewczyna miała wrażenie, jakby stała obok drewnianego trupa, i czuła się przez to bardziej nieswojo niż kiedykolwiek. Wlazła do kuchni, nie zapalając światła, zaparzyła sobie mocnej herbaty z cytryną, po czym zajęła stanowisko przy oknie.

Wreszcie Kwiatkowscy wyszli z chatki i ruszyli w stronę samochodu. Ale Ida nie zwracała na nich uwagi, nadal uparcie gapiła się na wejście do altany. Czekała na popielatowłosego anioła.

Jednak ewentualna rywalka nagle i niespodziewanie wywietrzała jej z głowy. Idę sparaliżowało, kubek z herbatą wypadł ze zdrętwiałej raptem dłoni i roztrzaskał się o podłogę, opryskując dziewczynę wrzątkiem. Ida zachwiała się niebezpiecznie, przytrzymała parapetu.

A wszystko przez to, że na chwilę odlepiła wzrok od altanki i zerknęła na Kwiatkowskiego, który właśnie przechodził obok okna. Mężczyzna w garniturze zauważył ją bez trudu, oświetloną księżycowym blaskiem. Lekko schylił głowę. A potem, o zgrozo, mrugnął! I właśnie to mrugnięcie sprawiło, że Idzie pociemniało przed oczami. Mrugnięcie. Chwila, moment, ułamek sekundy dosłownie, podczas którego mężczyzna patrzył na Idę tylko jednym okiem. Ale ten ułamek wystarczył w zupełności, żeby Ida rozpoznała to oko. Nagle czas stanął w miejscu, po czym cofnął się raptownie i zamiast przymrużonej powieki Ida zobaczyła ziejący pustką oczodół.

Jednooki Kanibal.

Kwiatkowski.

Jednooki Kwiatkowski...

Jakim cudem?!

Przecież kiedy spotkała go latem w szpitalu, nie żył. Był martwy, był duchem, widmem, zjawą, upiorem, trupem, zmarłym... Widział przecież tunel i światło, i te inne bajery, więc co robił tutaj cały, zdrowy i bez wątpienia żywy? Nie było go już na tym świecie od ładnych paru miesięcy, nie powinno go być, to niemożliwe, by był...

Tymczasem Kwiatkowskiemu nic nie dolegało. Garnitur miał czysty, ani śladu krwi. I wyglądało na to, iż cieszył się posiadaniem pary całkiem zdrowych oczu, z których żadne raczej nie zamierzało wypadać.

Ida stała w parującej herbacianej kałuży, patrząc, jak terenówka rusza sprzed domu i znika za zakrętem. Z Jednookim Kanibalem za kierownicą, który wcale nie był Jednookim Kanibalem... Już nie był? Czy też jeszcze nie miał okazji nim się stać? Dziewczyna była pewna, że Kwiatkowski jej nie rozpoznał. Nie miała też wątpliwości, że to jego dusza nawiedziła ją parę miesięcy temu. Znaczy się co, facet wziął i zmartwychwstał?! Odnalazł oko, wpakował je sobie z powrotem do oczodołu i powstał jako cierpiący na zanik pamięci zombi?!

Dziewczyna myślała gorączkowo, ale nie zdążyła dojść do żadnych mądrych wniosków. W oknach altany zgasło światło i piękna nieznajoma pojawiła się na werandce, naciągając na głowę wielki kaptur peleryny. Zeszła z drewnianych stopni i wolno ruszyła w stronę domu. Zdecydowanie zbyt wolno. Ida z uwagą obserwowała jej ruchy i stwierdziła, że jedyną rzeczą, którą popielate cudo robiło szybko i sprawnie, było tasowanie kart. Kroki stawiało sztywno i z wahaniem, jakby stąpało po linie, a nie twardej i stabilnej ogrodowej ścieżce.

Ida wycofała się spod okna, skryła w najciemniejszym kącie kuchni, czekając, aż piękność wejdzie do środka. Zważywszy na powolność tamtej, trochę to trwało, Ida była jednak cierpliwa. Wreszcie smukła dłoń delikatnie pchnęła przeszklone drzwi i zakapturzone dziewczę wkroczyło do kuchni. Sięgający samej podłogi skraj peleryny umoczył się w rozlanej herbacie i przetarł zakurzone deski, zostawiając za sobą ciemniejszą smugę, lśniącą w srebrzystym świetle księżyca.

Medium wstrzymało oddech, gdy popielata przechodziła obok jego kryjówki. Dopiero skrzypienie drzwi i ciężkie, powolne kroki na schodach prowadzących do piwnicy sprawiły, że dziewczyna odważyła się wypuścić powietrze.

*

Pech, który od paru tygodni siedział bezczynnie i straszliwie się nudził, Tekla przejęła bowiem od niego większość obowiązków, wyściubił nos ze swojego kąta i rozejrzał się uważnie. Upewniwszy się, że tego wrednego i samolubnego ducha ciotki nie ma nigdzie w pobliżu, zachichotał pod nosem i zabrał się do pracy.

*

W domu panowała dzwoniąca w uszach cisza. Tylko tykanie zegara w salonie rytmicznie odliczało sekundy i odbijało się echem od martwych ścian.

Ida długo stała w drzwiach piwnicy, nie mogąc się zdecydować, czy wchodzić, czy może lepiej nie. Szmery na dole ustały już jakiś czas temu, nie dochodził stamtąd najmniejszy nawet dźwięk. Nie potrafiła się jednak przemóc i zaspokoić ciekawości.

Z jednej strony korciło ją, żeby sprawdzić, czego piękna nieznajoma szukała w ich piwnicy, z drugiej – bała się jak jasna cholera. Sama nie wiedziała czego.

Do tego wciąż gnębił ją jednooki Kwiatkowski i bardzo żałowała, że nie ma przy niej Tekli. Ciotka na pewno wiedziała, co oznaczał ten jego nieprawdopodobny powrót do życia. Tymczasem Tekla przepadła jak kamień w wodę, a jeszcze nie zdarzyło się, by opuściła Idę na tak długo. Nieraz znikała bez uprzedzenia i bez wyjaśnień, ale willa robiła wtedy, co mogła, i nie pozwalała o ciotce zapomnieć. Pomrukiwała, wibrowała od dachu po fundamenty, szeptała cichutko, wesoło trzeszcząc podłogami, jak nawiedzony dom z prawdziwego zdarzenia.

Teraz zastygła w bezruchu. Pusta, zimna i obca.

Zmartwychwstały Kwiatkowski. Zniknięcie Tekli. No i popielate cudo w piwnicy...

Za dużo tego wszystkiego jak na jedno małe, biedne, początkujące medium. Małe, biedne medium czuło, że tej nocy nie zaśnie. Oka nie zmruży, dopóki nie znajdzie odpowiedzi na dręczące je pytania. Jedna odpowiedź była tuż-tuż, wystarczyło tylko zejść do ciemnej, zimnej, strasznej, cichej piwnicy... Ida wzdrygnęła się na samą myśl.

A Pech podrygiwał z emocji i radośnie wyszczerzył zęby. Piwnica! Ciemna, zimna, straszna, cicha piwnica! Tak, tak, tak! Toż to klasyka! Normalnie taka piwnica, że mucha nie siada! No właźże, dziewczyno, na co czekasz?

Dziewczyna nie wlazła. Opanowała się. Zacisnęła pięści.

Po pierwsze, to jest tylko piwnica, nie ma się czego bać. Cztery ściany, sufit, podłoga i tyle, nic w tym strasznego. Po drugie, to nawet lepiej, że jest cicha, kłopot byłby dopiero, gdyby wydobywały się z niej jakieś makabryczne, mrożące krew w żyłach odgłosy. Po trzecie, zimna nie zimna, medium miało na sobie gruby sweter, nic mu nie będzie, najwyżej się przeziębi. Po czwarte, jak już schodzić, to na pewno nie po ciemku. Ida nie była bohaterką horroru. Nie będzie się pchać do mrocznego pomieszczenia, w którym siedzi obca dziewczyna i robi nie wiadomo co.

Po chwili wahania wcisnęła włącznik i pomarańczowy blask oblał schody, wydobył z mroku nierówne, surowe ściany.

Pech przestał podrygiwać, a uśmiech spełzł mu z twarzy. No, bezczelna smarkula, wzięła i popsuła mu piwnicę!

Ida tymczasem nasłuchiwała uważnie, lecz niczego nie była w stanie wychwycić. Popielatowłosa nie dawała żadnego znaku życia. Ida spodziewała się jakiegoś poruszenia na dole, tymczasem nie poruszyło się nic. Dziewczyna nie zdecydowała się na żadne „halo?", „jest tam kto?" ani nic w ten deseń. Czekała na jakikolwiek szmer, nie doczekała się jednak. I nie była pewna, czy to dobry znak, czy też zły.

Zły, fuknął śmiertelnie obrażony Pech, po czym wrócił do swojego kąta.

Ida ruszyła w dół skrzypiących schodów. Żarówka mrugała delikatnie, cienie drgały na chropowatych ścianach. Wiatr wył cichutko, wciskając się przez szparę w piwnicznym oknie. Ida obciągnęła rękawy swetra i zeszła z ostatniego stopnia.

Ciemna postać siedziała w starym, odrapanym fotelu. Wielki kaptur zakrywał jej twarz aż po kształtny nos, peleryna opatulała szczelnie niczym kokon. Siedziała zupełnie bez ruchu, jak spetryfikowana, pogrążona we śnie. Jak nieżywa... Ida wzdrygnęła się.

I niemal natychmiast stwierdziła, że trzeba mieć pomieszane w głowie, żeby na co dzień gadać z duchami bez silniejszych emocji, a na myśl o zwłokach dostawać dreszczy.

A poza tym, myślała dalej Ida, nie wiadomo przecież, co z tą popielatą ślicznotką jest nie halo. Jeszcze przed kwadransem wyglądała całkiem zdrowo i żywo... Może faktycznie zasnęła.

Ida chrząknęła raz, potem drugi. Nic. Podeszła bliżej, niepewnie wyciągnęła rękę i trąciła leciutko nieruchomą postać. Nic. Trąciła mocniej. Skryta pod kapturem głowa nieznacznie się zakołysała, po czym przekrzywiła na jedno ramię.

Ida odskoczyła od ciała jak oparzona, przylgnęła do zimnej ściany.

– O, cholera...

Ciało drgnęło. Jedna dłoń zsunęła się z oparcia fotela, a druga wolno zdjęła kaptur.

– Było dotykać? – zazrzędziło głosem Tekli, rozmasowując sobie kark. – I widzi, co narobiła? Przerwała proces.

– Jaki... proces... – wydusiła z trudem Ida, wybałuszając oczy. – I co ty tam robisz?

– Siedzę.

– Co robisz w tym ciele?!

Cudo zmarszczyło brwi.

– Też siedzę – odparło po chwili namysłu. – Nie widać?

Idzie ręce opadły.

– Ale skąd je masz? – wyszemrała słabo. – Skąd masz ciało?

Tekla milczała. A to milczenie było bardzo złowrogie. I bardzo wymowne.

Ida mocniej przylgnęła do ściany, a krew gwałtownie odpłynęła jej z twarzy.

– Zabiłaś ją?!

Ciotka wbiła w siostrzenicę wzrok twardy i ostry jak diament. Nie musiała nic mówić. Dziewczyna wyczytała odpowiedź w zamglonych, martwych źrenicach. Straszną odpowiedź, która brutalnie wdarła się do Idowego umysłu, wypędzając z niego wszystkie inne myśli.

No i proszę bardzo. Stało się to, czego dziewczyna obawiała się od początku. Znalazła trupa. Nie w szafie co prawda, tylko w piwnicy, ale co to za różnica... Trup jest trup.

– O mój Boże – szepnęła Ida, osuwając się po szorstkiej ścianie. – Mój Boże...

Usiadła na podłodze, skuliła się. Tępo patrzyła w oczy popielatowłosej. Niegdyś piękne, pełne życia, intensywnie błękitne. Teraz zupełnie obojętne, puste, powleczone zimną mgłą.

Przez dobre pół godziny ciotka i siostrzenica siedziały w milczeniu. Teklę pochłonął proces wychodzenia z ciała, Ida natomiast zwyczajnie nie wiedziała, jak to wszystko skomentować. Wreszcie blady i wyraźnie zmęczony duch ciotki wypłynął z martwej dziewczyny i zawisł w powietrzu jak strzęp mgły, a głowa popielatowłosej opadła na oparcie fotela. Lśniące pukle zakryły nieruchomą twarz.

Cisza zdawała się huczeć, a atmosfera zgęstniała tak, że można było wbić siekierę w powietrze.

– Kim była? – zapytała wreszcie Ida zdławionym głosem.

– Moją uczennicą. Jedną z wielu – odparła niechętnie ciotka. – Bardzo zdolnym medium. Bardzo ambitnym...

– Tak zdolnym i ambitnym, że postanowiłaś je zamordować? – Ida poderwała głowę.

– Tak zdolnym i ambitnym, że zaufałam w jego możliwości i nauczyłam czegoś, czego nie powinnam była nauczyć.

– Czego?

Tekla westchnęła ponuro.

– Przechodzić na drugą stronę lustra.

Duch odpłynął od ciała ze smętnie zwieszoną głową i wskazał Idzie stojący w kącie spory, owalny kształt przykryty burą płachtą. Dziewczyna pozbierała się z podłogi, podeszła bliżej. Jednym szarpnięciem zerwała płachtę, odsłaniając zwierciadło w drewnianej ramie, stojące na rzeźbionych podpórkach. Popatrzyła na ciotkę wyczekująco.

– Zbyt ambitna – powtórzyła Tekla bardziej do siebie niż do siostrzenicy, wpatrując się w gładką powierzchnię szkła. – Zbyt odważna i beztroska. Dziecinna. Uparła się, że chce spróbować sama, bez pomocy. Nie pozwoliłam jej, więc zrobiła to po kryjomu. Pewnej nocy przeszła i już nie wróciła. Ciało leżało tutaj... – Tekla wskazała podłogę pod piwnicznym oknem. – Zimne, ale wciąż żywe. A dusza pozostała po tamtej stronie szklanej tafli. I tkwi tam do dziś.

– A zatem ona żyje?

– Zależy, jak na to spojrzeć. Nazwałaby to ciało żywym?

– Nie.

– A zatem tak, zabiłam ją. W pewnym sensie.

Tekla zacisnęła usta. Idzie wydawało się, że podbródek ciotki zadrgał lekko.

– Od jej odejścia przechodzę bardzo rzadko, głównie po to, by się z nią spotkać. Po mojej śmierci pozwoliła mi korzystać ze swojego ciała. Zatem formalnie moja uczennica żyje, jako właścicielka tego domu i całego mojego majątku. Nawet nie wie, jakie to dziwne brać udział w procesie spadkowym jednocześnie jako autorka testamentu i spadkobierczyni...

Tekla lekko potrząsnęła głową, jakby chciała wyrzucić z niej bolesne wspomnienia.

– Jak miała na imię?

– Alicja.

– Alicja. – Ida oderwała wzrok od popielatej piękności, po czym spuściła głowę i utkwiła spojrzenie w podłodze. – Alicja po drugiej stronie lustra.

Tekla pokiwała głową, uśmiechając się smutno.

– Żartowała, że z takim imieniem jest stworzona do tego, by przechodzić. A kiedy była zła, groziła, że zostawi mnie i zamieszka w zwierciadle. No i dopięła swego.

Ida milczała taktownie.

– Dlatego właśnie nigdy nie nauczę jej przechodzić – podjęła ciotka po bardzo długim i bardzo ciężkim milczeniu. Twarz miała smutną i zdecydowaną. – Od odejścia Alicji nie zamierzałam nikogo uczyć. Ale Ida jest inna. Nie lubi duchów, nie lubi tego, co robi, nie znosi swojego daru. Bez namysłu rzuciłaby szkolenie i poświęciła się wymarzonym studiom. Nie chce być tym, kim jest, i zrobiłaby wszystko, żeby żyć normalnie. I o to chodzi. Takie właśnie powinno być medium. Będzie znakomitym medium, może mi wierzyć.

Ida nie wiedziała, co na to powiedzieć. Nie powiedziała więc nic. A pierwszy komplement, jaki padł z ust ciotki pod jej adresem, wcale dziewczyny nie ucieszył.

A wręcz przeciwnie.

*

– Znowu się upiję – mruknęła Ida po raz nie wiadomo który. – Na bank popadnę w alkoholizm. To przesądzone.

Znalazła w piwnicy pokaźną kolekcję butelek. Niepustych. Okazało się, że Tekla naprodukowała za życia takie ilości bimbru i wina porzeczkowego, że przez najbliższe pół roku początkująca alkoholiczka nie musiała zaprzątać sobie głowy wizytami w monopolowym.

– Pije, pije – zachęciła ją zadziwiająco łagodnie ciotka. – Dobrze jej to zrobi. A nawet jeśli nie, jutrzejszą lekcję też możemy odwołać – dodała łaskawie.

– No dobra – zgodziła się Ida i sięgnęła po kieliszek. – A co mi tam, urżnę się, co se będę żałować. Może wtedy łatwiej pogodzę się z faktem, że trzymamy w piwnicy prawie trupa. O, i miejmy nadzieję, nie będę już widzieć duchów, które nie są duchami...

Ciotka łypnęła na nią, ściągając brwi.

– Co też plecie? Jakich duchów? Willa jest zabezpieczona, prócz mnie żaden nieżywy nie ma do niej wstępu.

– Ha. Problem polega na tym, że ten nieżywy był żywy. A raczej był trupem, a potem mu się odwidziało i przestał... To znaczy, tego... – zaplątała się w wyjaśnieniach Ida. Albo z powodu późnej pory, albo z powodu wina. Raczej wina. – Dobra, to od początku. Ten Kwiatkowski. Jest żywy, tak?

– No jest.

– Ano właśnie. A ja go parę miesięcy temu widziałam nieżywego.

Tekla aż się wyprostowała.

– Kiedy?

– Latem. W szpitalu.

– Jest pewna, że to był on? – ton głosu ciotki świadczył jasno, że słowa Idy zrobiły na niej wrażenie. I to piorunujące.

– Jestem pewna – powiedziała stanowczo siostrzenica i zakolebała kieliszkiem. Zapatrzyła się w wino rytmicznie obmywające kryształowe ścianki. – Stracił oko, strasznie krwawił. Cały garnitur miał upaćkany na czerwono.

– Mówił coś?

– Niewiele. Wyglądał na zaskoczonego całą sytuacją. Nie wiedział, kim jest, i nie zdawał sobie sprawy z tego, że nie żyje.

Tekla przyglądała się siostrzenicy uważnie, jakby nie była przekonana, czy dziewczyna mówi prawdę, czy plecie trzy po trzy w pijanym widzie, w końcu zdążyła opróżnić butelkę do połowy, pijany wid był zatem bardziej niż prawdopodobny.

– No co tak patrzysz? – zniecierpliwiła się Ida. – Wystarczyło, że Kwiatkowski do mnie mrugnął i wlepił we mnie to swoje niebieskie ślepie. Momentalnie stanął mi przed oczami jako upaprany krwią Jednooki Kanibal...

– Ach, więc stąd ten sen... – Ciotka w zamyśleniu potarła czoło.

– Jaki sen?

– Kwiatkowska przyjechała do mnie rozhisteryzowana i przerażona bardziej niż kiedykolwiek. Od kilku nocy śni jej się ten sam koszmar. Leży w kałuży krwi, ściskając w ręku ludzkie oko...

Ida skrzywiła się z odrazą.

– Karty nic mi nie powiedziały. Nigdy nie byłam dobra w odczytywaniu snów. Ale teraz dzięki Idzie wiem, co oznaczał koszmar Kwiatkowskiej.

– A co oznaczał koszmar Kwiatkowskiej? – zainteresowała się Ida.

– Jej mąż niedługo umrze. A raczej zginie. Tragicznie.

– Skąd wiesz?

– Bo to przepowiedziała.

– Kto? Kwiatkowska?

– Nie – warknęła niecierpliwie ciotka. – Ida.

– Że co proszę?

Ciotka omiotła wzrokiem sufit.

– Przy niej to cierpliwość trzeba mieć archanielską. – Westchnęła ciężko. – Czy ja mówię po starochińsku, że tak ciężko mnie zrozumieć?

– No ale... jakim cudem? – wykrztusiła dziewczyna. – Ja tylko widzę zmarłych, nic więcej...

– Widzi zmarłych, wyczuwa zmarłych, rozmawia z nimi i może się upijać tak, by oni też się upili – uściśliła ciotka. – A teraz okazuje się, że potrafi też przewidzieć, kto w najbliższym czasie kopnie w kalendarz.

– A co ja jestem, banshee? – Ida z wrażenia rozlała wino. – Może jeszcze mam przywdziać prześcieradło, snuć się po ulicach, lamentować i pochlipywać?

– Niech tego lepiej nie robi, już wystarczająco głupio wygląda, kiedy jest pijana – poradziła kąśliwie Tekla. – A co do banshee, to cóż... Można tak powiedzieć. Tylko niech nie przyznaje się do tego głośno, bo nikt nie będzie chciał z nią rozmawiać.

– Pięknie. – Ida opuściła głowę i zaczęła wpatrywać się w blat stołu z taką miną, jakby zamierzała przywalić w niego czołem. – Nie dość, że widzę zmarłych, to jeszcze wiem, kiedy żywi przestaną być żywi.

– Dlatego właśnie zarządzam zmianę planów – oświadczyła ciotka i wyciągnęła rękę, chcąc zabrać ze stołu butelkę. Zorientowała się w porę, że przecież nie może tego zrobić i tylko niecierpliwie zamachała dłonią. – Przeklęte odruchy... Niech już więcej nie pije, słyszy? Pójdzie na górę przespać się i wytrzeźwieć.

– Ale...

– Żadne ale. – Ciotka była nieubłagana. – Odczepi się wreszcie od tego wina, rano musi wcześnie wstać.

– Po co?

Tekla zawisła przy kuchennym oknie poważna i zamyślona.

– Rano – powiedziała po chwili, nawijając na palec pasemko włosów – rano czeka nas rozmowa z Indianinem.

*

Było jeszcze ciemno, gdy umordowana i zaspana kandydatka na medium wdrapała się wreszcie na szczyt Sobótki, po czym padła na wznak i miała wielką ochotę wyzionąć ducha. Zasnęła dopiero o trzeciej nad ranem, willa urządziła jej pobudkę o szóstej, należało więc przyjąć za pewnik, że nadal była mocno zawiana. I niewyspana. Ale zawiana zdecydowanie bardziej. Bezlitosna ciotka nie dała jej jednak odpocząć, z całą stanowczością zabroniła siostrzenicy czegokolwiek wyzionąć i zapędziła do wywoływania.

– Naprawdę trzeba było leźć taki kawał, żeby przywołać jakiegoś gościa z piórami w warkoczach? – marudziła Ida, przygotowując rytuał. – Czemu akurat Sobótka, a nie, dajmy na to, polanka za domem? Bliżej by było.

– Ale nasz Indianin Sobótkę lubi – palnęła Tekla prosto z mostu. – Zawsze lubił. Duża przestrzeń, świeże powietrze, brakuje tylko bizonów.

– Bizonów?

– Czy ja niewyraźnie mówię? Tak, bizonów.

Ida z niedowierzaniem pokręciła głową. Musiała odbyć całą tę morderczą wyprawę tylko dlatego, że Indianin lubi Sobótkę. Też ci powód. Przy odrobinie dobrych chęci polankę też by polubił. A skoro ani tu, ani tam bizonów nie uświadczysz, to co za różnica?

Ida wyciągnęła z plecaka krótki, drewniany flecik, naszyjnik z piór, kamyków i zwierzęcych kłów, bransoletkę z muszelek oraz sznur kościanych paciorków. Na koniec spaliła włos nad płomieniem świecy i czekała cierpliwie na przybycie ducha.

I już po chwili tenże duch siedział po turecku i unosił się nad trawą, pykając fajkę w sposób absolutnie nieprofesjonalny, raz po raz krztusząc się i zanosząc kaszlem.

– Ty... Ale masz zarąbisty pióropusz, mały – wyrwało się Idzie, a Tekla syknęła na nią karcąco.

– I ciężki jak stado bizonów – mruknął właściciel pióropusza, czerwonoskóry, czarnowłosy chłopiec. – Przeszkodziłyście mi w polowaniu – poskarżył się, marszcząc czarne brwi. – Mam nadzieję, że to coś ważnego.

– Bardzo ważnego – potwierdziła Tekla. – Inaczej nie śmiałabym zakłócać spokoju Okhmhaki.

– Okhhhy... czego? – zapytała Ida.

Tekla spurpurowiała na twarzy. Indiańskie dziecko aż się zapowietrzyło.

– Okhmhaka. Mały Wilk – burknęło obrażonym tonem, po czym zwróciło się do Tekli. – Droga Mongwau, nie mów mi tylko, że to – wskazało Idę niemal oskarżycielskim gestem – to twoja nowa Pauwau...

– Czy on nas czasami nie obraża? – zaszeptała podejrzliwie dziewczyna.

– Mongwau znaczy sowa – odezwał się Mały Wilk, zanim biedna ciotka zdążyła otworzyć usta. – Nadałem to imię tej szlachetnej duszy. – Wskazał Teklę. – A Pauwau to wiedźma.

– No to mówże po ludzku – poradziła Ida. – I uważaj na te swoje piórka, zaraz ci spadną.

– Skąd tyś ją wytrzasnęła? – zapytał Teklę mały Indianin, przytrzymując o wiele za duży pióropusz, przy każdym ruchu uparcie zsuwający mu się na nos.

– No cóż. – Ciotka bezradnie rozłożyła ręce. – Należy do rodziny. A rodziny się nie wybiera. Niestety – dodała złośliwie.

– Niestety – zgodziła się naburmuszona Ida.

– Niestety. – Mały Wilk popatrzył na Teklę ze szczerym współczuciem. – No dobrze, Sowo. Skoro mnie wezwałaś, musisz mieć po temu powód. Słucham zatem.

– Myślę, że Oko mojej Pauwau widzi więcej niż Oko zwykłego medium...

– Ta – mruknął chłopiec z powątpiewaniem, obserwując usilnie walczącą z grawitacją Idę. – Widzi więcej, bo pewnie potrójnie.

– Podwójnie – sprostowała Ida. – Ale spoko, zaraz mi przejdzie.

– Niech milczy – sarknęła Tekla. – Ani słowa więcej, zrozumiano?

Ida wzruszyła ramionami, legła na trawie do góry brzuchem i podłożyła plecak pod głowę.

Ciotka przepraszająco spojrzała na ducha.

– Proszę Okhmhakę o wybaczenie i wyrozumiałość. Moja siostrzenica jest medium dość nietypowym.

– I dość pijanym. – Mały Indianin skinął głową. – Szkoda, żeby Oko tak się marnowało. Ale cóż można poradzić. Nie my wybieramy dar, tylko dar nas... Czasami mam wrażenie, że dar jest ślepy... – Chłopiec westchnął przeciągle. – No to w czym mogę ci pomóc, Mongwau?

– Potrzebny mi łapacz snów.

Dziecko uniosło brwi.

– Pauwau ma sny?

– Każdy ma sny – wtrąciła kwaśno Ida. – Niby czemu Pauwau miałaby nie mieć?

– Pauwau zaraz oberwie – zagroziła siostrzenicy Tekla. – Nie wiem, jak ja to zrobię, ale przyłożę jej w ucho. Mocno. A Mały Wilk ma na myśli sny prorocze...

– Aaa, prorocze! O ja głupia blada twarz!

– ...i chyba mówiłam jej, że ma siedzieć cicho?

Ida nachmurzyła się jeszcze bardziej, zaburczała pod nosem, ale nie powiedziała już ani słowa.

– Pauwau ma wizje. Sny na jawie – podjęła ciotka. – Łapacz snów będzie jej niezbędny. Oko nie może widzieć zbyt dużo. Żadne medium tego nie wytrzyma.

– Zwłaszcza to medium – zawyrokował kwaśno Mały Wilk. – A niech mi wolno będzie zapytać, te wizje to ono miewa po pijaku czy na trzeźwo?

– Na trzeźwo.

– O. To ciekawe. No więc opowiedz mi o nich – zażyczył sobie chłopiec, a błysk w jego czarnych oczach zdradzał dziecięce zaciekawienie.

Tekla streściła mu historię jednookiego Kwiatkowskiego bardzo poważnym i rzeczowym tonem, a mały Indianin słuchał uważnie, z minuty na minutę coraz bardziej zaintrygowany.

– Dam ci łapacz snów – odparł po chwili namysłu.

Ida prychnęła, wciąż wpatrzona w jaśniejące niebo.

– Nie chcę żadnego łapacza. Po co mi jakiś łapacz do szczęścia, mało mam problemów?

– Przyda jej się z dwóch powodów – wyjaśniła cierpko Tekla. – Skoro ma wizje, to sny pojawią się lada chwila. Złe sny. Nie chce mieć takich snów, niech mi wierzy. Na wizje nic się niestety nie poradzi, ale prorocze koszmary można kontrolować. Łapacz, jak sama nazwa wskazuje, wyłapie te koszmary. Kto jak kto, ale medium musi spać spokojnie.

– A drugi powód?

– Dzięki łapaczowi sny przestają nękać, a jednocześnie zawsze można do tych wyłapanych zajrzeć później, jeśli nadejdzie taka konieczność.

– To ja w takim razie nie widzę specjalnej różnicy, czy z łapaczem, czy bez. Skoro i tak mam te sny oglądać, to na co mi on?

– Różnica polega na tym, że wybór będzie należał do ciebie – odezwał się Mały Wilk. – Do ciebie, nie do snów. To ty zadecydujesz, czy czujesz się na siłach, by je wyśnić...

Ida tylko pokręciła głową.

– Nie przekonujecie mnie. Ale chyba jak zwykle nie mam nic do powiedzenia, prawda?

– Prawda – ucięła Tekla.

Indianin tymczasem poprawił pióropusz i uśmiechnął się szeroko.

– Nie jest z nią tak źle, jak mi się wydawało, Mongwau.

– Ano nie jest – zgodziła się ciotka. – Często się zdarza, że medium myli wizje z przywidzeniami, ślepo wierząc w swoje umiejętności. Tymczasem nasza Pauwau nie dość, że w umiejętności nie wierzy, to jeszcze nie chce ich mieć. A do wizji podchodzi z dystansem, sceptycznie.

– Bardzo dobrze. – Mały Wilk popatrzył na medium dużo przychylniej. – Wygląda na to, że mamy przed sobą przyszłą szamankę od umarlaków.

– Ja protestuję! – Ida wsparła się na łokciach. – Najpierw medium, potem banshee, a teraz jeszcze szamanka? Nie zgadzam się! Nie tak to miało być!

– Możesz się nie zgadzać. – Chłopiec pyknął z fajki i natychmiast zaniósł się kaszlem. – Ale nie możesz pozbyć się daru, więc naucz się z nim żyć. Dar jest jak topielec. Zawsze tam będzie i choćbyś nie wiem jak starała się go utrzymać w tajemnicy, ukryć przed światem, nie myśleć o nim, zapomnieć, któregoś dnia wypłynie na powierzchnię. Na dar nic nie można poradzić, prędzej czy później wylezie z ukrycia, i to w najmniej odpowiednim, najmniej oczekiwanym momencie. Jeśli nie chcesz, żeby twoje życie pewnego dnia wywróciło się do góry nogami, przygotuj się na ten moment, oswój dar, naucz się nad nim panować.

– Topielec... – burknęła Ida pod nosem bez specjalnego przekonania.

– Albo trup w szafie, jeśli ta metafora bardziej do niej przemawia – odezwała się Tekla. – I lepiej będzie, żeby ze swoim trupem w szafie Pauwau zaprzyjaźniła się jak najszybciej.

Okhmhaka uśmiechnął się przyjaźnie. Ciotka z powagą pokiwała głową.

A Pauwau była zmuszona przyznać, że jak na siedmioletniego smarkacza, Indianinek całkiem trafnie dobierał porównania. I zachodziła w głowę, dlaczego, dlaczego, po trzykroć dlaczego w jej przypadku tych topielców i trupów w szafie musiało być tak wiele.

A dlaczegóż by nie? – zapytał cichutko Pech, tonem niezwykle skromnym i ujmująco niewinnym.

Rozdział trzeci

Szamanka od umarlaków

Matko kochana, a to co znowu?! – krzyknęła Ida, stając jak wryta w drzwiach salonu.

– A co, nie widzi? – zagderała Tekla. Wisiała kilka centymetrów nad podłogą, lekko wznosząc się i opadając, a u jej stóp siedziało dziwo. Puszyste granatowe futerko mocno kontrastowało z jasnobrązowym dywanem, wielkie, okrągłe, pozbawione białek żółte ślepka mrugały słodko i niewinnie, lisi ogon leniwie zamiatał powietrze, a ogromne, włochate uszy łopotały radośnie, co wprawiało futro w rytmiczne falowanie.

– Widzi – odparła z całą stanowczością Ida. – Ale nie wie, na co patrzy.

– Na łapacza snów.

Medium przez parę następnych sekund z niedowierzaniem gapiło się na dziwo, potem na ciotkę i znów na dziwo.

– To? – Wskazało granatowego futrzaka, który machał uszami tak zawzięcie, jakby chciał odfrunąć. – To jest łapacz?

– Tak. To jej łapacz.

Jakby tylko czekając na te słowa, stworek odbił się od dywanu i jednym susem padł dziewczynie w objęcia. Siła tego padania była tak niespodziewanie wielka, że Ida straciła równowagę i runęła jak długa. Jęknęła przeciągle, zdrowo łupnąwszy tyłkiem w podłogę, a potem zaparło jej dech, kiedy łapacz przekicał jej po brzuchu i klatce piersiowej. Stworek dokładnie obwąchał nową panią, łaskocząc ją oddechem w szyję i ucho, a potem zniżył włochaty łebek i zajrzał jej głęboko w oczy. Najwyraźniej spodobało mu się to, co w nich zobaczył, bo wystawił jasnoniebieski jęzorek i polizał Idę po nosie.

– Ma jakieś imię? – spytała dziewczyna nieco zduszonym głosem.

– Gryzak.

– A czemu Gryzak?

– Bo gryzie.

Ida zaniemówiła, gdy łapacz wyszczerzył białe igiełki ząbków, po czym kłapnął nimi w ramach prezentacji.

– Zabierze go na górę i pokaże mu swój pokój. – Tekla wypłynęła z salonu i zawisła nad siostrzenicą. – Łapacz musi się przyzwyczaić do nowego otoczenia.

– Bardzo chętnie. Tylko tak jakby chwilowo nie mogę.

– Czego nie może?

– Wstać na ten przykład. Ciężki ten łapacz jak stado bizonów – rzuciła kąśliwie Ida. – Czy ten gówniarz w pióropuszu musiał przysłać takie bydlę? A nie łaska było lżejszego? Mniejszego? I bezzębnego?

– Najwidoczniej musiał. I lepiej niech uważa na słowa. Okhmhaka to najpotężniejszy duch, jakiego zdarzyło mi się spotkać.

Ida wolała nie komentować. Dla niej Mały Wilk był przede wszystkim... no... mały. Smarkaty. I jej zdaniem rzekomej potęgi nie było w nim za grosz.

Tyle że z jej zdaniem mało kto się liczył.

Niepewnie uniosła dłoń i pogładziła granatowe futerko stworka. Gryzak zamruczał z rozkoszy, mrużąc żółte ślepia.

– To co mam zrobić, żeby ze mnie zlazł?

Tekla wzruszyła ramionami.

– Niech mu powie.

– Znaczy, co? „Zejdź ze mnie, Gryzaku"?

Łapacz natychmiast bryknął na podłogę, usiadł i owinął się puszystym ogonem. Zaskoczona Ida przez chwilę leżała bez ruchu, wreszcie dźwignęła się na nogi. Z sykiem obmacała pośladek. Siniak zapowiadał się pierwszorzędny.

A sprawca siniaka siedział grzecznie u jej stóp, zadzierając łebek i wpatrując się w dziewczynę jak w obraz.

– No to, raz, dwa, na górę, hop!

Łapacz zastrzygł uszami. I skoczył. Wystrzelił pionowo, z hukiem łupnął w sufit, zasypując dziewczynę kurzem, pyłem i kawałkami desek.

Tekla westchnęła.

Ida zakaszlała.

Willa zawarczała z pretensją.

Ciotka i siostrzenica uniosły głowy i niewesoło popatrzyły na wybitą w suficie dziurę. Gdy pył opadł, w tejże dziurze ujrzały Gryzaka, który beztrosko machał ogonem i pytająco przekrzywiał łebek.

– Proponuję, by następnym razem nieco precyzyjniej wydawała polecenia – odezwała się cierpko Tekla.

– Jak on to zrobił? – wydusiła Ida. – To jakaś magia?

– Nie. Skoczył i się przebił. Nic w tym magicznego.

– A zatem jakim cudem?

– To koszmarek upleciony ze snów. Z tych dobrych i przyjemnych, ale także z tych przerażających. Kiedy trzeba, przestaje być słodkim, puchatym stworzonkiem. O jego sile nie muszę chyba wspominać... – Ciotka wymownie zerknęła na walające się po podłodze kawałki drewna.

Ida również zerknęła. A łapacz wystawił łebek przez dziurę i zakłapał z dumą.

– A co on jada? Szpinak wpierdziela czy jak?

– Ale wymyśliła. Nie szpinak, tylko sny. Te, które wyłapuje. Jak to mówią: jesteś tym, co jesz... W przypadku łapacza powiedzenie należy brać dosłownie.

– Zatem jeśli będzie pożerał same koszmary... – Ida z obawą łypnęła na stworka.

– Nie będzie już taki milutki – dokończyła za nią Tekla.

Gryzak przycupnął na skraju dziury i zaczął czyścić granatowe futerko.

Raptem zerwał się na cztery łapki. Zjeżył sierść, wyprężył ogon i zasyczał, szczerząc ząbki.

– A temu o co chodzi? – Medium zmarszczyło brwi. – Gryzak, zejdź no na dół. Po schodach – dodało szybko, widząc, jak łapacz szykuje się do skoku przez dziurę. Ida wolała się nie przekonywać, jak wielki otwór koszmarek jest w stanie wybić w podłogowych deskach.

Gryzak zniknął im z pola widzenia i już po chwili zbiegał na parter, szybko przebierając łapkami.

– Co jest, mały? – zapytała Ida. Pochyliła się i pogłaskała koszmarka po grzbiecie.

– Przecież jej nie odpowie – zauważyła kwaśno Tekla.

– Eeee... no tak. No to... tego... O, prowadź, Gryzak! – zakomenderowała dziewczyna i łapacz w te pędy czmychnął do kuchni.

Tekla znalazła się przy nim pierwsza, skracając sobie drogę i przenikając przez ścianę. Ida dołączyła do nich chwilę później.

Łapacz siedział na parapecie i z przejęciem drapał w szybę.

– Może musi w krzaki? – myślało głośno medium.

– Ta, na pewno – prychnęła ciotka i obdarzyła siostrzenicę spojrzeniem pełnym politowania. – I czym będzie, za przeproszeniem, sikał? Snami? Takimi o deszczu i wodospadach, tak?

Ida puściła jej złośliwe komentarze mimo uszu i otworzyła drzwi do ogrodu. Łapacz natychmiast zeskoczył na podłogę, wypadł na zewnątrz i szurnął między krzewy.

– Gryzak! – Tylko szeleszczące i trzęsące się zarośla pozwalały zlokalizować koszmarka. Z drugiej strony przemieszczał się tak szybko, że szeleściło i trzęsło się pół ogrodu. – Wracaj!

Gryzak posłusznie wyskoczył z krzaków, nie podbiegł jednak do Idy. Nadal sycząc, zaczął niecierpliwie dreptać w miejscu.

– Prowadź, mały – powtórzyła dziewczyna. Przedarła się przez porzeczki i agresty i stanęła nad łapaczem. – Tylko wolniej.

Prowadzone przez koszmarka Ida i Tekla dotarły do altanki. Gryzak przysiadł przed schodkami na werandę i zadarł łebek.

Na omszałym, podniszczonym daszku, częściowo przysłoniętym przez gałęzie rosnącej obok śliwy, siedziała olbrzymia czarna harpia. Na widok przybyłych zaskrzeczała przeraźliwie i załopotała skrzydłami. Kilka piór zawirowało w powietrzu i łagodnie opadło na trawę.

– O – odezwała się po chwili zaskoczona Tekla. – A to ci dopiero. Zna ją?

Ida z markotną miną pokiwała głową.

– To Joanna – odparła niechętnie. – Poznałam ją w akademiku...

– Ida to ma pecha. – Ciotka z niedowierzaniem pokręciła głową. – Żeby ze wszystkich akademików w tym mieście trafić akurat na ten nawiedzony przez pierzastą, wyliniałą potworę.

– Ba. Mieszkałam nawet w jej dawnym pokoju.

– Jeszcze lepiej. – Tekla przyglądała się harpii z mieszaniną odrazy i współczucia. Potwora w odpowiedzi wydała z siebie świdrujący w uszach wizg. – Żałosny widok. Tak zbrukana, sprofanowana dusza nieudolnej czarownicy...

Ida ze zdumieniem popatrzyła na ciotkę.

– Skąd wiesz, że była czarownicą?

– To przecież jasne. Tak właśnie kończą ci, którzy parają się czarną magią, nie mając o niej zielonego pojęcia. Na załączonym obrazku widać, co robi czarnomagiczne zaklęcie, jeśli zostanie rzucone w nieumiejętny sposób. Ta cała Joanna oberwała rykoszetem. Pewnie próbowała wywołać jakieś złe moce czy inne bzdury. No i proszę. Siedzi teraz takie ptaszydło wypełnione tymi złymi mocami od pazurów po dziób. I nie wie, co ze sobą zrobić. Nawet mi jej żal.

– Nie można jej pomóc?

– Nie. I mam dla Idy nie najlepszą wiadomość.

Ida smętnie zwiesiła głowę, czekając na nie najlepszą wiadomość jak na wyrok.

– Harpia się nie odczepi – oświadczyła poważnie ciotka. – Skoro zadała sobie trud, by Idę odnaleźć, to najwidoczniej się przywiązała i liczy na pomoc, której niestety nie możemy jej udzielić.

– To znaczy, że będzie za mną latać, tak? – upewniła się ponuro Ida. – Przez całą wieczność?

– Nie. Przecież Ida nie jest nieśmiertelna. Pewnego dnia wyzionie ducha i odpłynie w zaświaty. Dla harpii nie ma tam miejsca. Nigdzie nie ma miejsca dla takich jak ona.

– To co z nią będzie?

– Ano nic. Po śmierci Idy zacznie latać za kimś innym.

– Cudownie. – Ida popatrzyła na harpię, a potem na łapacza. – Nie ma to jak kochane i przyjazne zwierzątka domowe. –

Zamilkła na moment, w zamyśleniu marszcząc czoło. – Zastanawia mnie jedno. Widziałam, jak rozstępuje się ziemia. Widziałam płomienie, widziałam, jak Joanna znika w ogniu. I myślałam, że... sama właściwie nie wiem, co myślałam... Że zginęła po raz drugi, tym razem tak na dobre czy coś. Że ziemia ją pochłonęła, zabrała jej ducha z tego świata. No, ale gdyby tak było, nie mogłaby wrócić, prawda? Nie siedziałaby teraz u nas w ogrodzie...

– A czy Ida wie, jak umarła Joanna? – zapytała Tekla, zamiast odpowiedzieć.

– Podobno wywoływała diabła. Straciła przytomność, przewrócona świeca wznieciła pożar i dziewczyna zginęła w płomieniach.

– Znaczy, tak jak mówiłam, parała się czarną magią. A gdzie leży źródło czarnej magii?

Ida bezradnie rozłożyła ręce.

– W piekle – odpowiedziała sama sobie Tekla. – A na czym polega piekło?

Ida poczuła się jak na egzaminie. Ciotka była gorsza niż wredny facet od psychologii poznawczej. Bombardowanie serią pytań biednego, nieprzygotowanego do zajęć studenta było jego ulubioną rozrywką.

– Na ciągłym powtarzaniu. – Ciotka wskazała na skrzeczącą i machającą skrzydłami harpię. – Joanna będzie płonąć wciąż i wciąż, raz za razem. Taki już jej los.

– Ja myślałam, że wciąż i wciąż, raz za razem to płoną feniksy – burknęła dziewczyna.

– Bo i owszem, płoną. Ale feniksy odradzają się z popiołów, ogień to dla nich jednocześnie kres życia i jego początek. A Joanna w płomieniach umiera. Tylko i wyłącznie, wciąż i wciąż, raz za razem. Bez końca.

Idę przeszedł dreszcz na samą myśl.

– W życiu nie tknę czarnej magii – oświadczyła wszem wobec.

– I dobrze – odparła ciotka tonem na wpół złośliwym, na wpół rozbawionym. – Znając jej szczęście, nie dostałaby rykoszetem.

– Nie?

– Nie. Oberwałaby zaklęciem bezpośrednio, z całą jego mocą. I jej duszę szlag by trafił, nie byłoby nawet czego zbierać. Po Joannie została przynajmniej harpia.

– Harpia przez całą wieczność konająca w ogniu piekielnym? – spytała Ida, zerkając na ciotkę bystro. – To ja już wolę, żeby mnie zaklęcie bezpośrednio i z całą mocą pierdyknęło. Wolę stracić duszę i odejść w niebyt niż skazać się na wieki cierpienia.

Tekla przyglądała się siostrzenicy długo i uważnie z tajemniczym błyskiem w ciemnobrązowych oczach.

– A skąd wie, co może spotkać ją w niebycie? – zapytała, przerywając wreszcie zagadkowe milczenie. – Skąd wie, czy tam nie czai się coś jeszcze gorszego? Skąd wie, jak to jest nie istnieć?

Ida nie odpowiedziała. Co to znaczy, jak to jest nie istnieć, co to w ogóle za pytanie? No... Się nie istnieje. Po prostu. Nie ma ciała, nie ma duszy, nie zostaje nic... Co gorszego może się przytrafić czemuś, czego nie ma?

– Ano właśnie. – Tekla zrobiła taką minę, jakby potrafiła czytać siostrzenicy w myślach. – Ida nie wie. Nikt nie wie. To jest w tym najstraszniejsze. Lepsze znajome piekło niż nieznany niebyt, niech to sobie zapamięta.

Z tymi słowami ciotka zrobiła pełen wdzięku w tył zwrot i wolno odpłynęła w stronę domu.

*

Trudno jest zasnąć z głośno pochrapującym łapaczem zwiniętym w kłębek w nogach łóżka i skrzeczącą harpią za oknem.

Ida wierciła się, przewracała z boku na bok, trzy razy zawędrowała do kuchni, żeby napić się ciepłego mleka, skutkiem czego przez następne dwie godziny co chwilę latała do łazienki. Wrzaski Joanny doprowadzały ją do szału, a przy zębatym koszmarku jakoś bała się zasypiać.

Nad ranem, gdy niebo było jeszcze równie granatowe jak futerko Gryzaka, Ida skapitulowała, ubrała się i zeszła na dół z zamiarem zaparzenia sobie herbaty i przygotowania się do jutrzejszych ćwiczeń bez koszmarkowego mruczenia i harpiego wizgu nad uchem.

Gotująca się woda bulgotała cichutko, usypiająco, i Ida, nie wiedzieć kiedy, zasnęła przy stole z głową złożoną na ponadtysiącstronicowej cegle, którą autor, obdarzony widać niemałym poczuciem humoru, nazwał przewrotnie *Zarysem genetyki*. Nie obudziło jej coraz głośniejsze i przenikliwsze pogwizdywanie czajnika ani nawet trzask, z którym gwizdek wystrzelił z dzióbka i rąbnął w kredens.

Spała krótko, za to spokojnie i bez snów.

Obudził ją Gryzak. Chapnął nogawkę Idowych dżinsów i szarpał silnie, o mało nie ściągając przy tym śpiącej dziewczyny z krzesła.

– Gryzak... – zamamrotało medium. – Weź się odczep, co? Zostaw!

Łapacz grzecznie rozwarł szczęki i wypuścił nogawkę z zębów. Ida wyprostowała się, rozmasowując zdrętwiały kark. Podeszła do kuchenki, wyłączyła gaz pod czajnikiem i zaparzyła herbatę.

Plączący się pod jej nogami Gryzak zawarczał i delikatnie ugryzł ją w kostkę.

– Co ty, koszmarku, wściekłeś się czy o co...

Urwała, gdy spojrzała w dół.

Łapacz wyszczerzył kiełki przyjacielsko. A zarazem makabrycznie. Nie miał oka, a krew z pustego oczodołu zalewała mu pyszczek i skapywała na granatowe futerko. Zabarwiła jego zęby, ściekała po brodzie, nadając mu wygląd ucztującego kanibala...

Medium zamarło z plasterkiem cytryny w jednej dłoni i łyżeczką cukru w drugiej. Doznało bowiem déjà vu.

Zaraz, zaraz, pomyślało nieco przytomniej. Łapacze nie mogą być kanibalami. Chociaż... Właściwie jak najbardziej mogą, w końcu jedzą sny i jednocześnie są ze snów utkane. No tak... ale przecież sny nie krwawią. Chyba.

Ida ze zgrozą obserwowała, jak jedyne ślepie Gryzaka zmienia kolor z żółtego na niebieski. Dokładnie na ten odcień, który tak dobrze znała.

Kwiatkowski.

Plasterek cytryny pacnął o blat. Łyżeczka z brzdękiem spadła na podłogę, rozsypując cukier.

– No i czego bałagani z samego rana? – zazrzędziła ciotka, z gracją wpływając do kuchni.

– Tekla...

– Co tak stoi jak słup soli, doznała paraliżu czy jak? Zetrze czym prędzej ten cukier, bo jeszcze Gryzakowi zaszkodzi!

– Tekla...

– A w ogóle to jak się spało? Łapacz się sprawił?

– Tekla! – krzyknęła Ida, a ciotka ze zdziwienia aż zatrzymała się w powietrzu.

– Czego?

– Gryzak zeżarł sen o Jednookim Kanibalu.

– O! Naprawdę?

– Spójrz tylko na niego.

Łapacz wesoło machał lisią kitą i oblizywał upaćkany krwią pyszczek, zupełnie nie przejmując się swym nowym, koszmarnym wyglądem.

– No, no. – Tekla uśmiechnęła się do stworka. – Dzielny Gryzaczek. – Posłała koszmarkowi całusa, a siostrzenicy groźne łypnięcie. – Niech tak nie stoi, tylko rozkaże mu pokazać ten sen.

– Pokazać? – zdziwiła się Ida. – Niby jak? Ma go wypluć?

Ciotka zmilczała. Zacisnęła usta w bladą linijkę.

– No dobra, dobra, już mu rozkazuję... Pokaż, co tam zjadłeś, mały.

Łapacz momentalnie odzyskał parę wielkich, żółtych ślepi, a krew z futerka zniknęła bez śladu. Koszmarek jednym susem wskoczył na kuchenny blat i utkwił wzrok w Idzie. Dziewczyna czekała bez ruchu, aż łapacz zacznie pluć snem, ale ku jej rozczarowaniu koszmarek pluć wcale nie zamierzał. Jego tęczówki straciły kolor, zaszkliły się. Zahipnotyzowały Idę, migocząc jak świetlne refleksy na poszarpanej wiatrem tafli jeziora.

Po paru sekundach w oczkach Gryzaka, niczym na miniaturowych ekranach, pojawił się jednooki, zakrwawiony mężczyzna w garniturze. Leżał nieruchomo na trawie wśród topniejącego śniegu, otoczony tulipanami i krokusami. Nad nim krążyła ogromna czarna harpia.

– O – skomentowała Tekla, unosząc brwi.

Ida wypadła z transu, potrząsnęła głową, a Gryzak zamrugał, ziewnął. Zwinnie przeskoczył na stół i umościł się wygodnie na *Zarysie genetyki*. Już po chwili cała kuchnia drżała od jego donośnego chrapania.

– No i? – dopytywała się ciotka.

– Co, no i? – Ida wzruszyła ramionami. – Oprócz harpii niczego nowego nie zobaczyłam.

– Nie? Czyżby?

– No... Co prawda kwiatków wcześniej też nie było, ale co mi kwiatki mogą... – Ida zamilkła raptownie, doznawszy olśnienia. – Aha. Tulipany i krokusy. Plus resztki śniegu. Wiosna znaczy. Jednooki zginie na wiosnę.

– Gratuluję przenikliwości – zaszydziła Tekla. – Do wiosny ma jeszcze trochę czasu, zajmijmy się więc harpią...

– Trochę czasu na co? – przerwało zaniepokojone medium. – Co ja mam z tym wspólnego?

– Gdy nadejdzie pora na Kwiatkowskiego, będzie go musiała przeprowadzić w zaświaty – odparła ciotka takim tonem, jakby wygłaszała najoczywistszą oczywistość świata. Zupełnie nie przejęła się miną siostrzenicy. Zgroza i święte oburzenie zbyt często malowały się na twarzy Idy i nie robiły już na Tekli najmniejszego wrażenia. – Ci, którym pisane jest wyzionąć ducha nagle i niespodziewanie, a Kwiatkowski, jak się zdaje, do takich właśnie należy, często w ogóle nie zauważają swojej śmierci, nie wiedzą, że nie żyją. Trzeba im to delikatnie wyjaśnić i zaproponować pomoc.

– Ale dlaczego to ja mam cokolwiek Kwiatkowskiemu wyjaśniać? – zapytała buntowniczo Ida. – Przecież to twój klient.

– Po pierwsze, to jego żona jest moją klientką, on przychodzi tylko dla towarzystwa – odparowała Tekla. – Po drugie, ja nie miewam snów ani wizji dotyczących jego śmierci w przeciwieństwie do co poniektórych. Po trzecie, mogę nie zdążyć.

– Nie zdążyć? – Ponieważ pierwsze dwa argumenty były nie do zbicia, Ida z desperacją tonącej uczepiła się tego ostatniego. – Zadawałam ci to pytanie chyba z milion razy, ale pozwól, że i teraz je powtórzę: śpieszy ci się dokądś?

Tekla nie odpowiedziała od razu. Zawisła przed Idą dostojna i pełna powagi, a dziewczyna dopiero teraz zauważyła, jak bardzo ciotka wyblakła. Czarne włosy i suknia poszarzały znacznie, skóra stała się tak biała, że aż przezroczysta. Ida mogła dostrzec zarysy kuchennych mebli prześwitujące przez ducha. Do tego kontury Teklowej sylwetki jakby się rozmyły, zamazały, a każdy ruch ciotki na moment zostawiał po sobie ślad w powietrzu w postaci nieco ciemniejszej, szarawej smugi. Zjawa wyglądała, jakby ktoś ją wpakował do pralki i wirował tak długo, aż straciła kolor i kształt. Sprawiała wrażenie chorej. I bardzo zmęczonej.

– Teraz widzi? – zapytała zadziwiająco pogodnie Tekla. – Mój czas się zbliża. Dlatego musimy szybko skończyć szkolenie. A potem mnie przeprowadzi.

– Że niby ja?!

– No a kto? To będzie świetna okazja, żeby pokazać jej, jak to się robi.

Lepszą okazję faktycznie trudno było sobie wymarzyć, jednak Idzie jakoś nie zbierało się na podskoki z radości.

– Ale... dlaczego chcesz odejść? – nie ustępowała. – Tak raptem z dnia na dzień zebrało ci się na umieranie?

– Na umieranie zebrało mi się już dobre dwa lata temu – przypomniała ciotka. – I nadszedł czas, by udać się tam, gdzie moje miejsce. Gdy już wszystkiego ją nauczę, nie zostanie nic, co mogłoby mnie tu zatrzymać. Tkwię w świecie żywych tylko ze względu na nią.

Medium z wielce przejmującym westchnięciem oparło się ciężko o blat.

– Ja przecież jeszcze nic nie wiem – zaprotestowało płaczliwie. – Nie możesz mnie tak zostawiać samej.

– Nie desperuje. – Ciotka chyba po raz pierwszy pozwoliła sobie obdarzyć Idę ciepłym uśmiechem. – Na razie nigdzie się nie wybieram. A umie faktycznie niewiele, ale niech pamięta, że szkoli się dopiero od miesiąca. Spokojnie, damy radę. Bardzo szybko się uczy. A teraz, jeśli pozwoli, zajmiemy się harpią.

Ida nie miała ochoty zajmować się harpią. Przez rewelacje Tekli popadła w przygnębienie, a taki nastrój nie nastrajał do analizowania wyłapanego przez Gryzaka snu. Niespodziewanie na Idę spadł ciężar zbliżającej się samodzielności i odpowiedzialności i choć niegdyś niczego więcej nie pragnęła, perspektywa radzenia sobie ze zbłąkanymi duchami na własną rękę nie wydawała jej się ani trochę kusząca.

– Co sądzi o tej harpii? – przerwała ciszę ciotka.

– A co mam sądzić? – zaburczało markotne medium. – Joanna wpadnie w szał i zadziobie Kwiatkowskiego na śmierć, a potem wyżre mu oko. Co oznacza, że nie mogę się do faceta zbliżać, żeby nie narażać go na takie niebezpieczeństwo.

– Żałosna próba pozbycia się zmartwienia – oceniła kąśliwie Tekla. – Ale mimo że Ida palnęła bzdurę, jakiej świat nie widział, dam jej radę na przyszłość: jako szamanka od umarlaków nie powinna próbować nikogo ratować.

– Nie?

– Nie. Równowaga między życiem a śmiercią musi zostać zachowana. Jeśli Kwiatkowskiemu pisane jest odejść, nie ma wyjścia, trzeba mu na to pozwolić. Odganiając od niego śmierć, Ida sprowadzi ją na kogoś innego.

– Bez sensu. – Dziewczyna łyknęła z kubka i skrzywiła się. Z tego wszystkiego zapomniała dodać cukru, cytryny i wyciągnąć herbacianą torebkę. Chłodny już, cierpko-gorzki płyn był przeokrutnie obrzydliwy i natychmiast powędrował do zlewu. – Po co mi te, pożal się Boże, dary, te przeklęte topielce i trupy w szafie, skoro tak naprawdę nie są do niczego przydatne?

– Medium nie jest od ratowania życia – wyjaśniła krótko Tekla. – Medium ma dbać o to, by duchy pozałatwiały wszystkie zaległe sprawy, zamknęły rozdział pod tytułem „życie ziemskie" i szczęśliwie rozpoczęły drugi: „pozaziemskie". Niech to sobie zapamięta – powtarzała to zdanie przy każdej okazji jak zaklęcie. – A teraz ma zamiar podzielić się ze mną jakąś inteligentną uwagą na temat harpii czy mogę przestać się łudzić?

Ida powstrzymała cisnącą się na usta ripostę. Głównie dlatego, że riposta nie była na tyle złośliwa, by mogła równać się z sarkazmem Tekli.

– No, słucham – naciskała ciotka.

– Być może Mikołaj kombinuje z czarną magią – odparła Ida po dłuższym namyśle. – I skończy podobnie jak Joanna.

– No, to już brzmi rozsądniej, aczkolwiek mało prawdopodobnie. Nie mam pojęcia o magii, ale Kwiatkowski nie wygląda mi na czarnoksiężnika. Chociaż, z drugiej strony, cholera go wie... Lepiej będzie założyć, że czarna magia wchodzi tu w grę. I tym samym mamy kolejny powód, dla którego Ida nie powinna się wtrącać ani wchodzić mu w drogę, bo znając jej szczęście, a raczej jego brak, jeszcze sama oberwie rykoszetem i dołączy do klubu płonących ptaszydeł. Czy też, jak to raczyła ująć wcześniej, zaklęcie pierdyknie w nią bezpośrednio i z całą mocą i zmieli jej duszę na proch.

– To co mam robić? – zapytała Ida. – Czekać, aż się facet przekręci? Aż zacznie za mną latać jak Joanna? Może ptaszarnię otworzę? Taką ognioodporną, co ty na to?

– Ja na to, że chyba o czymś zapomniała. Jak zwykle zresztą.

– O czym?

– Czy kiedy pierwszy raz nawiedził ją Kwiatkowski, miał dziób, wielkie czarne pióra i wielgachne pazury?

– Nie.

– Ano właśnie. To, że Kwiatkowski zginie trafiony zaklęciem, wcale nie jest przesądzone. Harpia z jej snu może być tylko ostrzeżeniem. Może jedynie symbolizować czarną magię, złe moce, piekło i tak dalej, a Ida jako medium powinna się na to przygotować i zachować ostrożność.

– Skoro nie muszę gościa ratować, to zachowanie ostrożności nie będzie trudne – zauważyła błyskotliwie Ida.

– Tak jej się tylko wydaje. – Skwaszona ciotka oczywiście nie raczyła tej błyskotliwości docenić. – Zresztą przekona się, jak to jest. W swoim czasie. Na razie nie musi się martwić przynajmniej do wiosny... – Po tych słowach Tekla zaczęła krytycznie przyglądać się siostrzenicy. Tak krytycznie, że Ida odruchowo poprawiła włosy i wygładziła bluzkę. – Wie co? Niech lepiej idzie się przespać, bo wygląda, jakby całą noc kopała rowy. Daję jej dwie godziny. Potem zaczynamy lekcję.

*

Po klasycznej, wietrznej, deszczowej jesieni wartę przejęła równie klasyczna zima.

Mroźna, śnieżna i nieznośnie długa.

W grudniu i styczniu szkolenie stało się tak intensywne, że pochłaniało większość Idowego czasu, skutkiem czego dziewczyna opuściła mnóstwo wykładów i z trudem udawało jej się stawiać na obowiązkowe ćwiczenia. Zwłaszcza te z psychologii poznawczej, ponieważ pojawianie się na zajęciach bez przygotowania graniczyło z samobójstwem. Pochłonięci imprezowym życiem studenci ani się obejrzeli, kiedy władzę zarówno nad kalendarzem, jak i światem przejął luty, a wraz z nim straszliwa, bezlitosna sesja. Mimo że Ida systematycznie pożyczała i kserowała notatki, nie miała czasu do nich zajrzeć, więc gdy na horyzoncie pojawiło się mrożące krew w żyłach widmo nadchodzących egzaminów, wpadła w panikę.

Przez dwa tygodnie ze stresu nie zmrużyła oka i prawie nic nie jadła. Wypijała za to ogromne ilości kawy, wypalała co najmniej paczkę papierosów dziennie i za radą ciotki przygotowywała wywary z ziół, które w teorii miały poprawić pamięć i dodawać energii, a w praktyce okazały się wściekle moczopędne.

Ślęcząc nad książkami i co rusz odpędzając konającego z nudów Gryzaka, który odkąd jego pani przestała sypiać i śnić, nie miał nic do roboty i bardzo się starał zwrócić na siebie uwagę, Ida miała wrażenie, że wiedza, zamiast wchodzić do głowy, złośliwie i uparcie z niej wychodzi. Prócz łapacza dziewczynie wiernie towarzyszyła harpia, siedząca na pobliskiej jabłoni i głośno dająca znać o swojej obecności. Ida była zmuszona zaopatrzyć się w stopery do uszu, żeby nie słyszeć rozpaczliwego skrzeku ptaszyska, a w oknach powiesiła grube, ciężkie zasłony, żeby nie widzieć, jak harpię raz po raz trawią płomienie rodem z piekła. I z każdym dniem utwierdzała się w równie głębokim, co niewesołym przekonaniu, iż obleje równo wszystkie przedmioty. Każdy bez wyjątku, co do jednego, jak leci.

Tymczasem Pech z niewiadomych względów postanowił tym razem nie pastwić się nad dziewczyną i łaskawie pozwolił egzaminatorom ułożyć w miarę przystępne pytania, dzięki czemu medium z rosnącym zdziwieniem, podejrzliwością oraz całkiem niezłym skutkiem zaliczało egzamin za egzaminem.

Gdy sesja dobiegła końca, Ida wydobyła z kredensu wino porzeczkowe i urżnęła się w trupa, czule tuląc do piersi indeks, do którego cudem nie zawitała ani jedna trója.

A potem, nie wiedzieć kiedy, przyszła wiosna. Z wiosną słoneczne dni, odwilż, pierwsze zielone pąki, ptaków śpiew...

No i także koniec szkolenia.

Tekla, choć narzekała i zrzędziła, warczała i sarkała przy każdej nadarzającej się okazji, nie szczędziła uszczypliwych uwag i bardzo rzadko zaszczycała Idę pochwałami, była zadowolona z postępów uczennicy.

I z poczuciem dobrze spełnionego obowiązku powoli, niespiesznie zaczęła szykować się do opuszczenia tego świata, tym razem na dobre. Trzy dni spędziła na udzielaniu siostrzenicy ostatnich niezbędnych rad i wskazówek, które świeżo wyszkolone medium notowało skrzętnie w grubym zeszycie. Na koniec czule pożegnała się z willą, a ta w odpowiedzi jęczała zawiasami, trzeszczała i drżała tak spazmatycznie, jakby zanosiła się od płaczu.

I już, już Tekla miała postawić swój pierwszy krok ku zaświatom, wsiąść do Charonowej łódki i pozwolić Idzie zabrać się do krainy umarłych, gdy niespodziewanie, za to skutecznie, los pokrzyżował jej plany.

Ktoś bowiem był szybszy i umarł przed nią.

*

Alicja gapiła się tępo na szarą, chropowatą ścianę, a wpadające przez zakurzone okno promienie zachodzącego słońca tańczyły w jej włosach, migocząc niczym złoty pył.

– Miałam nadzieję, że mnie nie będzie, kiedy to się stanie – mruknęła przygnębiona Tekla.

Ida milczała. Dopiero po długim wahaniu odważyła się podejść bliżej i spróbować wyczuć puls. Tak na wszelki niewiadomy. Ciało się nie zmieniło, od dawna było przecież bardziej martwe niż żywe.

Jednak teraz biła od niego mroczna, niepokojąca poświata, jaką według Tekli może dostrzec tylko szamanka od umarlaków. Ida wyraźnie wyczuwała obecność śmierci. Chłód panujący w piwnicy stał się dużo przenikliwszy, a po nierównych ścianach prześlizgiwały się tajemnicze cienie. Poszeptujące między sobą, chichoczące cichutko, nucące nostalgiczne, smętne melodie.

Ida rozluźniła uchwyt i pozwoliła, by zimna, sina dłoń Alicji wysmyknęła się jej spomiędzy palców i bezwładnie opadła na poręcz fotela.

– Dlaczego nie miałam snu o jej śmierci? – zapytała cicho dziewczyna.

– Gdyby miała sny o każdym, kto ma się niedługo przekręcić, nie starczyłoby jej nocy, żeby je wyśnić – odparła rzeczowo Tekla. Odwróciła się od ciała i podpłynęła do piwnicznego okna. – To raz. A dwa, to ciało nie wytrzymało. Dusza Alicji nadal tkwi po drugiej stronie lustra. Nie wiem nawet, czy tam w ogóle można umrzeć... I teraz mamy niezły dylemat. Czy godzi się urządzać pogrzeb zwłokom, podczas gdy dusza nadal żyje uwięziona w innym świecie?

– Innym świecie?... – Ida podeszła do stojącego w kącie zwierciadła i musnęła opuszkami gładką taflę szkła. – Co masz na myśli?

Tekla nadał wisiała w powietrzu przodem do okna, zatem Ida nie mogła widzieć jej miny. Wiedziała jednak, że ciotka skrzywiła się z niechęcią.

– Za lustrem kryją się inne światy? – nie ustępowała dziewczyna.

Tekla sapnęła gniewnie.

– Przecież mówiłam jej...

– Nie proszę cię, żebyś nauczyła mnie przechodzić – zapewniła szybko Ida. – Powiedz mi tylko, co tam jest.

Duch obejrzał się na nią, a potem jego wyblakłe, niegdyś ciemnobrązowe oczy na długo spoczęły na popielatowłosej.

– A co w nim widzi? – zapytał wreszcie. – Co widzi w lustrze?

– No... odbicia – odparło nieco zbite z tropu medium.

– Jakie odbicia?

– Moje. Alicji. Podłogi, ścian, piwnicznych schodów, okna...

– No i ma swoją odpowiedź. Świat po drugiej stronie jest odzwierciedleniem naszego, wszystko wygląda w nim bardzo podobnie, tyle że jest odwrócone.

– No więc o co chodzi...

– Nie przerywa. Słucha – uciszyła ją ciotka. Promienie słońca przeszywały ducha na wylot i otaczały złocistą poświatą. Dziewczynie wydawało się, że zjawa zaraz się ulotni, uniesie jak poranna mgła, wyparuje jak rosa. – Czas płynie tam zupełnie inaczej – podjęła po chwili ciotka. – Przechodząc, można poznać przyszłość i przeszłość lub alternatywną wersję teraźniejszości. Można stać się świadkiem wydarzeń, które jeszcze nie miały miejsca lub które rozegrały się dawno temu. Spotkać odzwierciedlenia ludzi, z którymi po naszej stronie nie byłoby szans porozmawiać. Lub odnaleźć odbicie poszukiwanej osoby i odkryć miejsce, w którym się ukrywa...

– I tym sposobem znalazłaś mnie w akademiku.

– Tak.

Ida przejrzała się w lustrze. Uniosła dłoń, odgarnęła z czoła pasemko włosów.

– A czy można porozmawiać z własnym odbiciem?

– Można, choć to niebezpieczne. Niech sobie wyobrazi, że przechodzi, odnajduje siebie z przyszłości i dowiaduje się, dajmy na to, o czekającej ją tragedii... Wróciłaby, żeby stawić czoła tragedii?

– Zależy od tragedii – odparła po krótkim namyśle Ida.

– I od przechodzącego. – Tekla skinęła głową. – Niektórzy boją się wrócić.

– Tak było z Alicją?

– Prawdopodobnie. – Słońce powoli zachodziło za plecami ciotki, podpalając niebo krwistą czerwienią. – Niecały miesiąc po tym, jak przeszła, zginął jej niedoszły mąż.

– I nie przewidziała tego sama? – zdziwiła się Ida. – Nie miała snów? Mówiłaś, że była bardzo zdolna...

– Owszem, była, ale jako medium. Tylko ktoś z darem banshee, tylko szamanka od umarlaków potrafi wyczuć i przewidzieć śmierć. Wywoływanie duchów, przeprowadzanie ich na drugą stronę, urządzanie seansów spirytystycznych dla i na zlecenie rodziny zmarłego, w tym była dobra. I jak już mówiłam, zbyt ambitna. Chciała więcej. Chciała zostać wróżką, jak ja, ale w tej dziedzinie nie miała za grosz talentu. Przeszła, żeby poznać przyszłość... Nie pomyślała o tym, co będzie, jeśli przyszłość odbierze jej ukochaną osobę. – Ciotka umilkła na moment. Odchrząknęła. – Teraz już się nie spotkają. Jego przeprowadziłam w zaświaty, ona tkwi w lustrze.

– I nie można jej wywołać i przeprowadzić?

– Nie można. Myśli, że nie próbowałam?

Ida nawet nie siliła się na odpowiedź, spłoszona niebezpieczną nutą, jaka zabrzmiała w głosie Tekli.

– To co robimy? – spytała dużo później.

– Niech zadzwoni po pogotowie. Chociaż nie, zaraz, najpierw trzeba przenieść ciało na górę. Ona nie da rady, niech zawoła Gryzaka.

Ida bez przekonania pokręciła głową.

– Ja wiem, że łapacz posiada ogromną siłę, ale nie sądzisz, że jest jednak troszkę za mały?

– Nie sądzę. Powie mu, co ma robić, a potem poczeka i patrzy.

Dziewczyna wzruszyła ramionami i stanęła u stóp piwnicznych schodów.

– Gryzak! Do mnie!

Jak zwykle nie była w stanie usłyszeć jego kroków. Po paru sekundach granatowy stworek ni stąd, ni zowąd wystawił łebek przez uchylone drzwi i zaczął zawzięcie niuchać, śmiesznie poruszając noskiem. Nastroszył futerko, groźnie zmrużył oczka, wyczuwszy obecność śmierci, ale posłusznie zbiegł po stopniach. Otarł się o nogi Idy i zamruczał przyjaźnie.

– Trzeba ją przenieść na górę. – Ida pochyliła się nad Gryzakiem i wskazała na siedzącą w fotelu Alicję. – Grzecznie, po schodach. Żadnych dziur w suficie, rozumiesz? A potem do salonu.

Koszmarek zakłapał głośno na znak, że rozumie.

I momentalnie zaczął pęcznieć. Rósł powoli, przeobrażał się, zmieniał barwy jak kameleon. Powietrze wokół łapacza zgęstniało i poszarzało gwałtownie. Zapachniało deszczem. Mgła koloru stali spowiła Gryzaka ciasnym kokonem. Wirowała wokół stworka jak miniaturowa trąba powietrzna i nadymała się miarowo, po czym pękła bezgłośnie niczym mydlana bańka. Opadła, snując się nad podłogą leniwymi kłębami.

I oto oczom zdumionej Idy ukazał się nie kto inny jak...

– Jednooki Kwiatkowski... – wyszeptała niemal bezgłośnie i odruchowo wycofała się pod ścianę.

Kwiatkowski wyszczerzył umazane krwią zęby i kłapnął nimi po Gryzakowemu. Przy jego makabrycznym wyglądzie kłapnięcie sprawiło, że Ida aż podskoczyła, a po jej plecach przemaszerowała armia dreszczy.

Potem nie poruszyła się i nie powiedziała ani słowa, przycupnięta pod ścianą cicho jak trusia, i ze zgrozą obserwowała, jak mężczyzna w zakrwawionym garniturze dźwiga ciało Alicji z fotela i bez najmniejszego wysiłku wnosi je po schodach.

– Dlaczego Kwiatkowski?! – zawołała, gdy tylko ucichło jego ciężkie stąpanie.

– Co się głupio pyta? – zazrzędziła Tekla. – Śniło jej się coś oprócz Kwiatkowskiego? Nie – skwitowała, zanim Ida zdążyła otworzyć usta. – Niby jaką inną formę miał przybrać łapacz, skoro umie przeobrazić się tylko w to, co zna z jej snów?

Ida naburmuszyła się. Wydęła usta.

– Nie robi durnowatych min, tylko dzwoni na pogotowie – zakomenderowała Tekla i uniosła się, żeby przeniknąć do położonego nad piwnicą salonu. Na odchodnym zerknęła na Idę przez ramię. – A, byłabym zapomniała. Gratuluję. Od tej chwili wszystko, co miałam, należy do niej.

Z tymi słowami wtopiła się w sufit i zniknęła dziewczynie z oczu.

Willa zaburczała wesoło, akceptując nową właścicielkę, ale nowa właścicielka nie zwróciła na nią najmniejszej uwagi. Ociekające goryczą słowa ciotki zabolały ją bardzo i wywołały nieuzasadnione poczucie winy.

*

Tekla postanowiła poczekać ze swoją ostatnią podróżą na koniec procesu spadkowego, żeby jak to określiła, jej odejście nabrało symbolicznego wydźwięku. A ponieważ biurokracja robiła, co mogła, by wszystko niemiłosiernie rozwlec w czasie, zanim Ida została prawną właścicielką całego majątku, wiosna zdążyła już zadomowić się na dobre i urządzić świat wedle własnego uznania.

Dni stawały się coraz dłuższe, coraz cieplejsze i coraz bardziej słoneczne. Topniejący śnieg leżał jeszcze to tu, to tam, szybko ustępując miejsca młodziutkiej trawie i pierwszym wiosennym kwiatom.

Tulipanom i krokusom na ten przykład.

Ida na widok tulipanów i krokusów poczuła bardzo nieprzyjemny uścisk w żołądku.

Lada dzień Kwiatkowski miał kopnąć w kalendarz.

Gdy pewnego popołudnia zadzwoniła jego żona, Ida najpierw z napięciem czekała na smutne wieści, a potem ze zdziwieniem spojrzała na słuchawkę. Kobieta szczebiotała beztrosko, a jej wesoły głos z pewnością nie pasował do kogoś, kto właśnie niespodziewanie owdowiał. Dziewczyna nakłamała jej, że wróżka Tekla udała się na bezterminowe wakacje i trudno powiedzieć, kiedy wróci, pożegnała się i zakończyła połączenie.

– Chyba marna ze mnie banshee – powiedziała ciotce, na co tamta pytająco uniosła brwi. – Kwiatkowski coś nie chce umierać.

– I to ją martwi?

– Nie. To mnie wkurza – odburknęło szczerze medium. – Skoro nie ma zamiaru się przekręcać, mógłby zrobić mi tę przyjemność i przestać mnie nawiedzać w snach.

Ciotka parsknęła krótkim śmiechem i popukała się w czoło.

– Toż Kwiatkowski może zginąć lada dzień. A kiedy mówiłam jej, że nie powinna go ratować, nie chodziło mi o to, by zaczęła mu źle życzyć. Człowiek na razie żyje i ma się dobrze, a ta ma do biedaka pretensje. Wie, co powinna zrobić, zamiast się naburmuszać?

Ida popatrzyła na Teklę wyczekująco.

– Z Kwiatkowskiej jest straszna gaduła. Gdy miesiąc temu przyjechała po wróżby, wspominała, że jedno mieszkanie w jej kamienicy stoi puste już od miesiąca. Ida powinna się tam na jakiś czas przeprowadzić, dzięki temu będzie miała Jednookiego na oku.

– Ale ja nie chcę – wyrwało się Idzie.

W życiu by nie przypuszczała, że kiedykolwiek głośno wypowie te słowa. Jeszcze parę miesięcy wcześniej zrobiłaby wszystko, żeby uciec z tego zaczarowanego więzienia, ale przez ten czas zdążyła się przyzwyczaić, polubiła willę z wzajemnością i teraz w kwestii miejsca zamieszkania nie zamierzała niczego zmieniać.

– Może sobie nie chcieć – skomentowała ostro Tekla. – Dusza Kwiatkowskiego jest pierwszą, za jaką Ida będzie w pełni odpowiedzialna. Dobrze by było, żeby w ramach ćwiczeń i gromadzenia doświadczeń poznała człowieka, którego niedługo ma przeprowadzić. To ważne. Łatwiej zdobyć zaufanie znajomej duszy, niech to sobie...

– ...zapamięta, wiem – dokończyła za ciotkę Ida. – Już to kiedyś słyszałam.

– I zapisze. – Tekla jak to Tekla musiała mieć ostatnie słowo. – Gdzieś w notesie obok telefonu powinnam mieć adres tej kamienicy. Jutro zakupi gazety, znajdzie odpowiednie ogłoszenie i zadzwoni.

Idzie nie pozostało nic innego, jak potulnie pokiwać głową. Ciotka uśmiechnęła się lekko.

– No. Grzeczna dziewczynka. A teraz, jeśli pozwoli, chciałabym się wreszcie udać na ten cholerny wieczny odpoczynek.

*

Przywołanie Charonowej łódki właściwie nie różniło się od przywołania Wiatru Zaświatów. Medium musiało ją sobie po prostu wyobrazić.

Szeroka, spokojna rzeka płynęła leniwie, niosąc z sobą liście i wąsy oderwanych od dna wodorostów. Przywiązana do rosnącej nad wodą płaczącej wierzby łódka z głośnym chrobotem szorowała dnem po piasku.

Ida zdążyła zaledwie mrugnąć i już jej wyobrażenie stało się rzeczywistością. Albo inaczej: wyobrażenie wessało ją jak wir. Niespodziewanie ściany salonu zniknęły bez śladu, jakby zdmuchnięte tajfunem, i dziewczyna wylądowała na porośniętym wysokimi trawami brzegu. Lekki, ciepły wiaterek rozwiał jej rozpuszczone włosy i zafalował śnieżnobiałą sukienką. Skąd, u diabła, ta śnieżnobiała sukienka, Ida nie miała pojęcia. W jej garderobie gościły jedynie dżinsy, sztruksy, ewentualnie długie spódnice. Śnieżnobiałe sukienki absolutnie nie pasowały do wizerunku wiecznie walczącej ze wszystkimi o wszystko buntowniczki, jaki wymyśliła dla siebie w wieku lat dziesięciu i jakiemu do tej pory była bezwarunkowo wierna.

Za plecami Idy rozległ się odgłos kroków i spomiędzy wysokich traw wyszła rozpromieniona, szczęśliwa jak rzadko Tekla. Ciotka tym razem nie unosiła się w powietrzu. Żwawo stąpała bosymi stopami po rozgrzanym piasku.

– Opuściłam ciało, prawda? – upewniło się świeżo upieczone medium. – Dlatego jestem tu razem z tobą...

– Dlatego – potwierdziła radośnie ciotka. Aż drżała z podekscytowania. – Niech się nie martwi, to nie jest groźne. – Przymknęła powieki i odetchnęła głęboko. Na skrzywionych zwykle wargach błąkał się lekki uśmieszek. – To co, wsiadamy?

– Jesteś pewna?

Ciotka spojrzała Idzie w oczy.

– Nigdy niczego nie byłam bardziej.

Tekla z lekkością motyla wskoczyła na pokład, a Ida odwiązała łódkę od pnia wierzby, zepchnęła na głębszą wodę i z trudem wgramoliła się do środka.

Prąd nie był może najsilniejszy na świecie, łódź jednak uparcie tkwiła w miejscu i tylko przechylała się nieznacznie to na jedną, to na drugą burtę.

– No i na co czeka? – spytała Tekla, raptownie zmieniając ton z radosnego na gderliwy. – Niech przywoła Wiatr.

– Ale nie mamy żagla – zauważyło odkrywczo medium.

– Się nie martwi. Damy radę.

Ida zamknęła oczy. Ledwo jej myśli zaczęły krążyć wokół Wiatru Zaświatów, a już mocniejszy, zimny podmuch pchał łódź, zawodząc przy tym smutno i melancholijnie.

– Nabrała wprawy – skomentowała z uznaniem ciotka. – Nigdy jeszcze nie przywołała go tak szybko.

– Wcześniej cię o to nie pytałam, bo jakoś nie było okazji, ale... – Ida rozejrzała się wokół – ale kto tak okropnie dusi kota?

– Chodzi jej o pieśni?

– Tak.

– To pieśni umarłych. Nie wszystkich, ma się rozumieć, ja na ten przykład wcale nie zamierzam tak wyć. Śpiewają ci, którzy mają jakieś niezałatwione sprawy w świecie żywych, tęsknią, cierpią, nie mogą się pogodzić z faktem, że nie żyją... Słowem, nie mieli szczęścia i nigdy nie napotkali na swojej drodze szamanki od umarlaków, która zapewniłaby im spokojną śmierć.

– Dużo ich – zauważyła Ida.

– Czeka ją zatem od groma roboty.

Podróż nie była długa.

Łódź płynęła spokojnie i równo, aż zachrobotała dnem o piaszczysty brzeg. Trzciny szeleściły subtelnie, bujając się do taktu monotonnego zawodzenia. Ciotka i siostrzenica wysiadły z łódki. Tekla z właściwą dla siebie gracją, Ida niezdarnie i pokracznie.

Ciotka nigdy nie była zwolenniczką robienia z igły wideł. Nie zamierzała ich robić nawet teraz, gdy na wieczność miała odejść w zaświaty. Bez ceregieli rzuciła się dziewczynie na szyję i wyściskała ją za wszystkie czasy. I to dosłownie. Jej chude ramiona z zadziwiającą siłą odcięły siostrzenicy dopływ powietrza.

– Bo... mnie... zadu... sisz... – wyszemrała słabo dziewczyna.

Tekla zachichotała jak podlotek. Puściła Idę i delikatnie odsunęła od siebie.

– Nie wie nawet, jaką czasem miałam na to ochotę.

– Żeby mnie przytulić czy zadusić? – zapytała podejrzliwie dziewczyna.

– Zadusić. Oczywiście.

Ida westchnęła. Ciotka parsknęła śmiechem.

– To co... To tyle?

– A tam. – Tekla zbyła siostrzenicę machnięciem ręki. – Mówi, jakby coś się kończyło. A przecież jest szamanką od umarlaków, w każdej chwili może mnie przywołać. Zwłaszcza jak trzeba będzie powróżyć Kwiatkowskiej, Ida nie ma przecież o wróżeniu bladego pojęcia. No. Niech zmyka z powrotem na drugą stronę, bo zaraz się popłaczę.

I rzeczywiście jej oczy zaszkliły się raptownie. Ciotka odwróciła głowę, ostrym ruchem starła łzę z policzka.

– No, już jej tu nie ma – fuknęła. Fuknięcie w zamierzeniu miało być zapewne gniewne, wypadło jednak łagodnie jak nigdy dotąd.

Ida pocałowała Teklę w policzek i wróciła do łódki.

Obejrzała się dopiero parę minut później. Dostrzegła plamkę aksamitnej sukni czerniącą się wśród wysokich traw i piasków plaży.

Dopiero teraz dotarło do niej, jak bardzo będzie jej brakować tych wszystkich zrzędliwych docinków, kpin, wiecznego niezadowolenia i złośliwego, pełnego politowania spojrzenia ciemnobrązowych oczu.

I przez całą drogę powrotną zachodziła w głowę, jak mogła nie lubić tej gderliwej, wrednej jędzy.

Rozdział czwarty

Opętaniec

Medium ma w życiu przerąbane.

Medium, które nie chce być medium, ma przerąbane w dwójnasób.

Medium nieposiadające za grosz powołania i w dodatku nieprzepadające za duchami... no cóż. Marzenia o lekkim, spokojnym życiu może śmiało wsadzić sobie w... w buty.

Z całą pewnością zaliczająca się do tej trzeciej kategorii Ida wysiadła z taksówki, stanęła przed starą, przedwojenną kamienicą i już wiedziała, że powierzone jej przez ciotkę zadanie nie będzie tak banalne, jak jej się z początku wydawało. Z bardzo prostej przyczyny.

Kamienica była nawiedzona.

Ida została pierwszorzędnie wyszkolona w wyczuwaniu duchów i teraz była gotowa iść o zakład, że kamienicy nie zamieszkuje jeden, ale co najmniej trzy. Co prawda Tekla nauczyła siostrzenicę przyćmiewać blask Oka, tak by zbłąkane dusze nie rzucały się na Idę jak pszczoły na miód, ale mimo to dziewczyna obawiała się, że pobyt w tym domu do łatwych ani przyjemnych należał nie będzie. Powarkujący i wiercący się zawzięcie w Idowej torbie Gryzak był tego samego zdania. Siedząca na dachu taksówki Joanna również.

I tylko Pech aż mruczał z chytrym uśmiechem na szkaradnym obliczu. Pół roku! Pół roku siedział bezczynnie, czekając, aż Tekla pójdzie precz. Wynudził się przez ten czas śmiertelnie, więc teraz nic nie mogło go powstrzymać przed odbiciem sobie tych sześciu zmarnowanych, bezowocnych, wlokących się jak flaki z olejem miesięcy. Już on się postara, żeby w pełni wykorzystać potencjał zamieszkanego przez duchy budynku...

Brama wejściowa była otwarta, więc dziewczyna zrezygnowała z domofonu i weszła na ponurą klatkę schodową. Właścicielka kamienicy mieszkała na parterze pod numerem pierwszym. Otworzyła, zanim Ida zdążyła choćby pomyśleć o wciśnięciu dzwonka. I to właśnie sprawiło, że w umyśle dziewczyny zapłonęło alarmujące światełko.

Co prawda kobieta wiedziała, że nowa lokatorka zjawi się dziś po południu, i pewnie zauważyła parkującą przed domem taksówkę, ale Idzie wystarczyło jedno spojrzenie na minę zasuszonej staruszki, by wyciągnąć niewesołe wnioski. Zasuszona staruszka zaliczała się do tych chorobliwie wścibskich. Zmrużone oczy krótkowidzki krytycznie taksowały Idę z góry na dół i tak usilnie wpatrywały się w podejrzanie powarkującą torbę, jakby chciały wywiercić w niej dziurę.

– Żadnych zwierząt – zaburczała zamiast „dzień dobry". – Żadnych imprez, żadnych wrzasków, żadnych libacji. Nie toleruję głośnego słuchania muzyki. Ma być cisza i spokój.

– Ida Brzezińska, miło mi poznać – wycedziła dziewczyna, siląc się na promienny uśmiech. I w lot pojmując, dlaczego mieszkanie, do którego właśnie się wprowadzała, od miesiąca stało puste. Nikt nie wytrzymałby z taką jędzą.

– Janina Lewandowska. A czy miło, to się dopiero okaże. – Starucha wyciągnęła żylastą dłoń i wcisnęła Idzie klucz. – Tak jak ci przez telefon mówiłam, mieszkanie jest umeblowane. – Bez ceregieli przeszła na „ty". – Poprzednia lokatorka zostawiła mnóstwo szpargałów, papierzysk i książek, co chcesz, możesz wywalić, mnie tam wszystko jedno. Śmieci wywożą we wtorki i piątki o dziesiątej rano. Kubły stoją przy tylnym wyjściu, o tam. – Sękatym paluchem wskazała dziewczynie drzwi za schodami. – I proszę to sobie zapamiętać. Nie toleruję walających się przed domem odpadów. Nie zdążysz we wtorek, to wystaw w piątek, a nie, żeby mi to śmierdziało potem przez trzy dni. Rozumiesz, dziecko?

– Oczywiście. – Ida zdążyła już zapomnieć, jak to jest chcieć kogoś zamordować. Podejrzewała, że nie upłynie wiele czasu, zanim nabierze ochoty, by zrobić Lewandowskiej krzywdę. Ale na razie z twarzy nie schodził jej równie przemiły i niewinny, co nieszczery uśmiech.

Gryzak poruszył się niespokojnie, prychając cichutko.

– Żadnych zwierząt – powtórzyła starucha. – Co ty tam masz, dziecko?

Ida uśmiechnęła się jeszcze szerzej i jeszcze sztuczniej, po czym zdjęła torbę z ramienia i podsunęła wścibskiej babie pod nos.

Lewandowska zajrzała do środka i ze zdziwieniem uniosła brwi. W torbie nie było nic prócz portfela, książki, indeksu, kluczy, kosmetyczki, długopisu, notesu, zapalniczki, paczki papierosów, okularów przeciwsłonecznych oraz opakowania miętowej gumy do żucia. W każdym razie nic, co mogłoby prychać.

– Palenie zabija – oznajmiła kobieta, wycofując się w głąb mieszkania. – A na czynsz czekam pierwszego każdego miesiąca.

Po tych słowach zatrzasnęła Idzie drzwi przed nosem.

Ida natomiast powzięła mocne postanowienie udania się jeszcze tego samego dnia do schroniska dla zwierząt w celu przygarnięcia kotów. Co najmniej czterech. Odkąd opuściła rodzinny dom, była posłuszna jedynie rozkazom Tekli. Jakaś tam Lewandowska niech lepiej pilnuje własnych spraw. Ida będzie robiła, co jej się podoba, i starucha nie ma tu nic do gadania, może się co najwyżej ugryźć w garbaty nochal, zamiast wtykać go w cudze życie.

Taksówkarz czekał cierpliwie na powrót klientki. W akcie dżentelmeństwa pomógł jej wnieść bagaże na drugie piętro, po czym przyjął zapłatę i życzył miłego dnia.

Ida wpakowała klucz do zamka, przekręciła z chrobotem i nacisnęła mosiężną klamkę.

– Psssst! Idzie...! – rozległ się ze środka stłumiony głos. – Słyszycie?

– Słyszymy, przecież nie jesteśmy głusi... Milenka, a ty dokąd? Milena! Wracaj tu natychmiast!

Ida zastygła z dłonią na klamce.

No taaaak... Jakżeby inaczej. Pech oczywiście zadbał o to, by trzy nawiedzające kamienicę duchy zadomowiły się właśnie w tym mieszkaniu. Nie na parterze, nie piętro wyżej, nie, o nie... To musiało być to mieszkanie.

A jak! – zawołał dziarsko Pech.

Medium westchnęło. Zrezygnowane pchnęło drzwi. I stanęło twarzą w twarz z duchem jasnowłosej, niebieskookiej dziewczyny. Milenki najpewniej.

– Ładna nawet! – oceniła głośno zjawa i zaczęła krążyć wokół Idy, raz po raz przenikając przez drzwi i framugę. – Szczupła! I całkiem zgrabna! Ej, no chodźcie tutaj, co się chowacie, przecież nas nie widzi!

Medium, nie dając po sobie poznać, że owszem, widzi i nie jest bynajmniej jakoś szczególnie zadowolone z tego faktu, zdjęło z ramienia torbę i wypuściło z niej Gryzaka, którego widok wprawił duchy w niemałą konsternację. Ida nie zwracała na nie uwagi i jak gdyby nigdy nic zaczęła taszczyć do mieszkania pękate walizki.

– Śliczna – powiedział nieśmiały głosik, gdy Ida próbowała przeciągnąć bagaże przez wysoki próg. Były zbyt ciężkie, żeby mogła je po prostu przenieść. – I taka młodziutka. Zupełnie nie przypomina naszej biednej Stanisławy... – głosik załamał się i już po chwili rozległo się cichutkie pochlipywanie.

– Różyczko, duszko, nie płacz. Stanisława wróci – odparł duch wysokiego bruneta w średnim wieku. – Ta tutaj wynajęła mieszkanie tylko na dwa miesiące. No już, już, uspokój się.

Różyczka płakała, a mocująca się z walizkami Ida zastanawiała się, czy dalej ma udawać Greka, czy może jednak mądrzej będzie przyznać się do tego, że zdaje sobie sprawę z obecności zjaw. Minusów przyznania się było zdecydowanie więcej niż plusów. Za dekonspiracją przeważył jednak dość istotny argument. Jeśli Ida zdoła się z duchami zaprzyjaźnić, dużo łatwiej dowie się o Kwiatkowskim tego, czego sam nie będzie chciał wyjawić. Przy odrobinie szczęścia zjawy znały faceta lepiej niż jego własna żona.

Walizki wreszcie przestały stawiać opór i przewaliły się przez próg do przedpokoju.

– Różyczko, nie chlip już. Zobacz, to tylko zwykła dziewczyna, nie trzeba się jej bać...

– A skąd ta pewność? – zapytało uprzejmie medium, zatrzaskując drzwi. Oniemiałe duchy aż stanęły na baczność w powietrzu, a Różyczka z wrażenia przestała płakać.

– Ona mówi – wykrztusiła jasnowłosa duszka.

– Ano – przytaknęła Ida. – I to od drugiego roku życia, taka zdolna bestia jestem.

– Ona mówi do nas...

– Dlaczego nie widzę twojego światła? – zapytał podejrzliwie brunet. – Jesteś medium czy demonem?

– Demony nie istnieją – odparła krótko Ida. – Więc pozostaje tylko ta pierwsza możliwość.

– A zatem gdzie twoje Oko?

– Zamaskowane. – Dziewczyna na moment zdjęła zasłony i duchy musiały zakryć oczy przed oślepiającym blaskiem jej Oka.

– Bardzo jasne i silne – ocenił z uznaniem brunet i zwrócił się do pozostałych widm. – Widzicie, duszki? Ona jest medium. A tak się martwiłyście, że nie znajdziemy nowego.

– Nowego? – Ida zdjęła płaszcz i powiesiła na staroświeckim drewnianym wieszaku. Gryzak, który przestał wreszcie obwąchiwać wszystkie zakamarki w przedpokoju, zaczął się do niej łasić i mruczeć, więc dziewczyna wzięła go na ręce. – Ta cała Stanisława też rozmawiała ze zmarłymi?

– Nie rozmawiała, ale rozmawia – poprawił ją z naciskiem brunet. – Przecież Stanisława żyje.

– I zostawiła was samych? – zdziwiła się dziewczyna. – Bez opieki?

– Wcale nie zostawiła, tylko tak jakby... no... chwilowo musiała iść... zrobić coś... gdzieś indziej. – Brunet albo nie wiedział, gdzie i po co odeszło poprzednie medium, albo nie chciał powiedzieć i fakt ten Ida starannie zakodowała w pamięci. Nie chciała tak na dzień dobry wypytywać i naciskać, jeszcze zjawy by się spłoszyły i poobrażały, dlatego postanowiła przełożyć śledztwo na później. Duch mężczyzny tymczasem odzyskał rezon i pośpieszył z prezentacją. – To jest Milenka. –

Jasnowłosa duszka uśmiechnęła się szeroko. – A to Różyczka. – Drobne, rudowłose widmo pomachało niemrawo do Idy i speszone szybko spuściło szare oczka. – A ja jestem Duch.

– Przecież widzę, że jesteś duch – mruknęła Ida. – A imię jakieś posiadasz?

– Posiada, ale nie lubi – wypaplała Milenka. – Bo jemu jest Teodor.

– Milena! – syknął na nią Duch, groźnie marszcząc brwi. – Ile razy ci mówiłem, żebyś trzymała buzię na kłódkę?

Ida zachichotała pod nosem.

– A ty jak masz na imię? – spytała słabym głosikiem Różyczka.

– Ida – odparła dziewczyna, po czym z zaciekawieniem rozejrzała się po mieszkaniu.

Było duże, trzypokojowe. Przestronna, wygodnie urządzona kuchnia łącząca się z jasną jadalnią od razu przypadła dziewczynie do gustu, podobnie jak nieco ciasna, za to ciepła łazienka. Okna sypialni wychodziły na wschód, Ida postanowiła zatem zawiesić w nich przytaszczone z willi zasłony. Jeśli miała w sobie coś z wampirzycy, to na światłowstręt cierpiała tylko rano. Nie znosiła, gdy budziły ją słoneczne promienie, a ze względu na wiosnę słoneczne promienie pojawiały się irytująco wcześnie. I coraz wcześniej.

Ponadto należało tę sypialnię posprzątać. Całe sterty papierów i porozrzucanych bez ładu i składu ubrań zalegały łóżko, podłogę po obu stronach łóżka, przed łóżkiem i pewnie pod łóżkiem również. Gryzakowi taki wystrój wnętrza bardzo się spodobał i łapacz z zadowoleniem umościł się na szczycie najokazalszej papierowo-ubraniowej góry. Ida ostrożnie wyminęła sprawiające wrażenie mało stabilnych stosy makulatury i zajrzała do dębowej szafy. Na półkach ani wieszakach nie zostało nic, za to na dnie spoczywał ogromny kufer z metalowymi okuciami i pięknie rzeźbionym wypukłym wiekiem. Pusty, jak się okazało. Ida potoczyła wzrokiem po sypialni i po krótkiej kalkulacji stwierdziła, że co najmniej jedna trzecia papierzysk powinna się do kufra zmieścić. Albo i połowa, jeśli dobrze upchać. Resztę zamierzała przenieść do sąsiedniego pokoju...

Tyle że sąsiedni pokój wcale nie wyglądał lepiej. Pełnił funkcję miniaturowej biblioteki czy gabinetu. Pod oknem stał elegancki sekretarzyk, przy nim obite skórą krzesło. W kącie kurzyło się sporych rozmiarów owalne zwierciadło. Wszystkie ściany zastawione były sięgającymi sufitu regałami, a zawartość większości półek zajmowała honorowe miejsce pośrodku pokoju, tworząc wielgachną, bezładną, malowniczą, za przeproszeniem, kupę. Wyglądało to tak, jakby ktoś zmiótł książki i papiery albo w napadzie złości, albo w gorączkowych poszukiwaniach.

Po rekonesansie mieszkania Ida stwierdziła, że kimkolwiek była poprzednia lokatorka, najwyraźniej wyniosła się nagle i w biegu, pakując najpotrzebniejsze rzeczy. Żeby nie powiedzieć: w panice. Ciekawe dlaczego. Ida obejrzała się podejrzliwie na latające za nią duchy. Nie zdziwiłaby się wcale, gdyby Stanisława nie wytrzymała psychicznie, popędziła na dworzec i wsiadła do pociągu byle jakiego. Ida by tak zrobiła.

– Co się stało z waszym poprzednim medium? – zapytała niby mimochodem i przeszła do kuchni, żeby zaparzyć sobie herbaty. – Zostawiło mnóstwo rzeczy.

– Nie wiemy – zaświergotała natychmiast Milenka, a Duch syknął na nią karcąco. – No co? Przecież naprawdę nie wiemy...

– Milena, zamilknij, proszę.

– Aha. – Pochłonięta penetrowaniem szafek Ida ze zrozumieniem pokiwała głową. – Nie chcecie mówić, to nie, ja nie nalegam.

– Zapytaj Mikołaja – poradziła usłużnie niebieskooka duszka i zasłużyła sobie tym samym na kolejne syknięcie. – On ją widział ostatni.

– Mikołaja? – Ida znalazła nareszcie opakowanie herbaty i cukier. Nastawiła wodę. – A co za jeden?

– Mikołaj Kwiatkowski – pośpieszyła z wyjaśnieniami Milenka i zanim Duch zdołał po raz trzeci zasyczeć, wyrzuciła z siebie jednym tchem: – Lat trzydzieści trzy, oficjalnie biznesmen, nieoficjalnie czarodziej, mieszka na pierwszym piętrze pod numerem czwartym wraz z żoną Karoliną, dwudziestoośmioletnią artystką malarką, absolwentką Akademii Sztuk Pięknych, i do niedawna z psem rasy labrador, ale Ramzes, biedaczek, odszedł trzy miesiące temu i Mikołaj nie chce nowego, bo jak mówi, nie znosił wychodzić o szóstej rano z Ramzesem na spacer, a to dziwne, przecież i tak wstaje o piątej, więc ma dużo czasu, nawet nie jada śniadań, pija tylko kawę rozpuszczalną, nie znosi ogórkowej, za to pomidorową uwielbia, ma słabość do hamburgerów, nie przepada za malarstwem nowoczesnym, w którym lubuje się Karolina, ale jej o tym nie mówi, bo ona jest bardzo wrażliwa i gdyby się dowiedziała, płakałaby przez tydzień albo i dwa i byłaby awantura, a Mikołaj jest spokojnym człowiekiem, nie chce nikomu robić przykrości, ale tak naprawdę nie rozumie, jak można całe życie machać pędzlem, a na dodatek Karolina nie wie nawet, że on jest czarodziejem, nigdy jej się do tego nie przyznał, ale jak się dowie, to poczuje się oszukana, bo dla niej w związku liczy się szczerość i ja myślę, że to się skończy rozwodem.

Idzie zajęło chwilę, żeby otrząsnąć się z osłupienia, w jakie wprawiło ją nazwisko Mikołaja Kwiatkowskiego i ogólny nawał informacji. Najpierw zamknęła głupawo rozdziawione usta, a potem powoli i dokładnie przeanalizowała wszystko, co usłyszała.

– Kwiatkowski jest czarodziejem? – zapytała niby od niechcenia, wyciągając z szafki kubek. – A skąd wiecie?

– Nie wiemy, Milenka jak zwykle plecie bzdury... – próbował ratować sytuację Duch. – Stanisława wyjechała z powodu pilnych spraw osobistych, w-które-my-nie-powinniśmy-się-wtrącać! – Ostatnie słowa wycedził z morderczym wzrokiem utkwionym w jasnowłosej duszce.

– Pilne sprawy osobiste mające związek z Mikołajem? – rzuciła beztrosko Ida. – No, no, no... A to ciekawe...

W głowie już układała sobie przyszły przebieg wydarzeń. To Karolina zamorduje męża w szale zazdrości. Zadziabie go kuchennym nożem i wydrapie mu oko.

– Proszę mi tu nie insynuować takich nieprzyzwoitości! – zaprotestował Duch z godnością hrabiego. Co najmniej. – Oni tylko razem pracowali nad supertajnym projektem... – zająknął się – o którym nie wolno nam mówić... – dokończył niemrawo, zdawszy sobie sprawę, że supertajny projekt właśnie przestał być supertajny. – A niech to.

Ida uśmiechnęła się ujmująco. Duchy wiedziały sporo ciekawych rzeczy o pierwszej duszy, za której los była odpowiedzialna. Mimo że ich ciągła obecność już niedługo z pewnością zacznie dziewczynę irytować, warto się jednak poświęcić i wyciągnąć z nich wszystko, co tak bardzo chciały przed nią ukryć. Znaczy, co Duch chciał przed nią ukryć, i to z raczej marnym skutkiem. Milenka aż tryskała chęcią podzielenia się z Idą wszystkimi supertajnymi sekretami Stanisławy i Mikołaja. Roziskrzone niebieskie oczy wpatrywały się dziewczynę nad wyraz wymownie.

– A właściwie to co ty tutaj robisz? – zapytał Duch, przybierając surowy ton, by ukryć zakłopotanie. – Z tego, co mówisz, wynika, że Stanisława nie mogła cię do nas przysłać. A medium nie jest popularną profesją, to bardzo rzadki dar... Jakie jest prawdopodobieństwo, że przez jedno mieszkanie przewiną się aż dwie kobiety rozmawiające ze zmarłymi?

Ida milczała, nie bardzo wiedząc, czy powinna powiedzieć prawdę.

Jeśli założyć, że duchy łączy z Mikołajem jakaś głębsza więź, jeśli są do niego w jakiś sposób przywiązane, mogą się przerazić, kiedy Ida oznajmi im, że przewidziała rychłe i tragiczne zejście Kwiatkowskiego. Zwłaszcza że niektórzy wierzą, iż banshee nie tyle przewiduje zgon, ile ten zgon sprowadza. A nikt przecież nie chce mieć nic wspólnego z kimś, przez kogo ma zginąć przyjaciel.

Ponadto, wnioskując z podejrzliwości, z jaką Duch traktował Idę, było jasne, że zjawa stoi murem za owym sekretnym projektem i nie ma zamiaru wtajemniczać pierwszego lepszego medium. Traktował dziewczynę jak potencjalne zagrożenie. Jeśli Ida przyzna, że jest tutaj z powodu Mikołaja, duchy mogą wziąć ją za szpiega. I mimo że projekt nie mógł obchodzić dziewczyny mniej, to jednak, zrażając do siebie zjawy, straciłaby cenne źródło informacji.

Z drugiej strony bardzo często zdarza się, że największe niebezpieczeństwo czyha nie tyle ze strony ludzi z zewnątrz, ile ze strony samego supertajnego projektu. Według Idy w tym przypadku tak właśnie było. Jasno świadczyła o tym czarna harpia latająca niczym sęp nad martwym Mikołajem, który jeśli wierzyć Milence, był czarodziejem. Pytanie Ducha również: „Jesteś medium czy demonem?". I choć Ida w demony nie wierzyła za grosz, słowa Ducha tylko potwierdzały jej teorię o związku czarnej magii ze zbliżającą się śmiercią Mikołaja.

Gdyby zatem Ida przekonująco odegrała swoją rolę medium troszczącego się o los duszy Jednookiego Kanibala, może zjawy byłyby bardziej skłonne do współpracy i dla dobra Kwiatkowskiego udzieliłyby Idzie odpowiedzi na kilka istotnych pytań.

Te rozważania prowadziły do jednej konkluzji: należało działać ostrożnie, bez gwałtownych, pochopnych posunięć.

– Mam zaopiekować się pewną duszą – odparła dziewczyna. Z kamiennym wyrazem twarzy posłodziła herbatę i zamieszała w zadumie. – Duszą człowieka, który stawia swoje życie na ostrzu noża. I nie wie nawet, jak bardzo ryzykuje.

Kątem oka zauważyła, jak zjawy wymieniają się spojrzeniami.

Milenka już nabierała powietrza, żeby coś powiedzieć, lecz brunet uciszył ją ostrym gestem.

– Nie wiem, o kim mówisz – bąknął wreszcie Duch, prostując się dumnie.

Tymczasem wisząca za plecami pozostałych zjaw Różyczka, na którą do tej pory nikt nie zwracał uwagi, raptownie poderwała głowę i popatrzyła na Idę w bardzo wymowny sposób.

Bingo, pomyślało medium.

– To ty się rozgość, a my sobie pójdziemy. Na spacer czy coś... – zaproponował Duch, po czym złapał protestującą głośno Milenkę i pociągnął ją w stronę wyjścia. – Róża?

– Ja zostanę – odparła niewinnie duszka. – Ten stworek Idy jest taki śliczny, chciałabym przy nim troszkę posiedzieć.

– Może zostać, jeśli chce, mnie to nie przeszkadza. Ja idę sprzątać – oświadczyła głośno Ida i wymaszerowała z kuchni.

Duch w pierwszej chwili nie wyglądał na przekonanego, ale widząc, jak Róża wtapia się w drzwi sypialni, a Ida znika w gabinecie, stwierdził, że nie trzeba się martwić. Dziewczyna i zjawa najwidoczniej nie miały wspólnych tematów i nie zamierzały spiskować. Zresztą na kim jak na kim, ale na Różyczce można polegać, ona umiała dochować tajemnicy. Nie to co Milenka. Jej należało przemówić do rozumu i natrzeć uszu z dala od ciekawskiego, zadającego niewygodne pytania medium.

Duch zaciągnął niesforną duszkę do przedpokoju i razem wypłynęli na korytarz.

*

– Bo widzisz – zaczęła niepewnie Róża, bawiąc się rudym lokiem i wpatrując w pomrukującego Gryzaka – nam nie wolno o tym mówić.

– A skąd wiesz, o co chcę zapytać? – spytała Ida.

Malowniczy stos pośrodku gabinetu malał ustawicznie, w miarę jak dziewczyna pakowała książki i notatniki na półki, a papiery do kufra i niezwykle pojemnej szuflady sekretarzyka. Początkowo lustrowała dokładnie każdą kartkę, którą brała do ręki, z nadzieją, że znajdzie jakieś informacje o supertajnym projekcie, jednak bezowocne poszukiwania szybko ostudziły jej zapał, więc porzuciła szpiegowanie i skupiła się na sprzątaniu.

– No... Nie wiem. Ale się domyślam.

– Różyczko, jeśli nie możecie o tym rozmawiać, to oczywiście nie będę was zmuszać – uspokoiło zjawę medium. – Powiedz mi tylko, kto wam zabronił?

– Stanisława – odparła duszka, po czym rozejrzała się na boki i dodała ciszej: – Jesteśmy zobowiązani nieśmiertelną przysięgą.

– Nieśmiertelną przysięgą?

– Tak, nieśmiertelną przysięgą. Tylko ciiii... – Róża położyła palec na ustach. – Duch mnie zabije, jak się dowie, że ci o tym powiedziałam.

– Nie zabije, możesz być spokojna.

– Aaa... No tak. – Duszka odetchnęła niemal z ulgą, zerknąwszy na swoje widmowe dłonie. – Ale i tak przysięga to przysięga, nie mogę pisnąć słówka.

– A Milenka?

– Co Milenka?

– Ona jakoś się nie powstrzymuje – zauważyła Ida, dźwigając z podłogi ciężkie tomiszcze. Aż stęknęła z wysiłku, księga ponad wszelką wątpliwość ważyła z pięćset kilo.

– Bo Milenka najpierw mówi, a potem myśli. – Różyczka z dezaprobatą pokręciła głową. – Taka już jest, nic nie poradzimy. I powiadam ci, nigdy, przenigdy nie powierzaj jej żadnych sekretów, bo wtedy na pewno wszystko wypapla. – Duszka zamilkła i zamyśliła się na parę chwil. Wreszcie odważyła się odezwać: – Przyjechałaś tu, żeby ocalić Mikołaja, prawda?

Zajęta zapełnianiem regałów Ida obejrzała się na zjawę.

– A coś mu grozi? – spytała obłudnie.

Różyczka nie odpowiedziała, tylko znów nerwowo nawijała na palec pasemko włosów. Nie ponowiła też pytania. Wyczekująco patrzyła na dziewczynę.

– Prawda – odpowiedziała Ida nie całkiem zgodnie z prawdą. Medium nie wolno przecież nikogo ratować. Dziewczyna miała się tylko upewnić, że duch Mikołaja spokojnie odejdzie w zaświaty. Nic więcej. Jeśli cokolwiek by jej groziło, miała święte prawo się wycofać, uniknąć zagrożenia i czekać z założonymi rękami na zejście Kwiatkowskiego, a nie lecieć mu na ratunek. – Jestem odpowiedzialna za jego duszę – uściśliła. – Obawiam się, że coś może ją... skalać.

– Skalać?

– Tak. No wiesz, splamić.

– Splamić?

– Aha. Upośledzić. Zniszczyć, uszkodzić, zbrukać, zbezcześcić... – Ida poszła na całość, a duszka zamrugała nerwowo – unicestwić, sprofanować... eeee... obrócić wniwecz. – Dziewczynie zabrakło pomysłów, nie była w końcu chodzącym słownikiem synonimów. – Jakaś czarna magia albo coś takiego – dokończyła dobitnie.

Różyczka zacisnęła usta, dając tym samym do zrozumienia, że Ida trafiła w sedno. Teraz dziewczyna wiedziała już, na czym stoi. Nie była tylko przekonana, czy ta wiedza ułatwi jej zadanie, czy raczej utrudni.

Pech naturalnie znał odpowiedź, ale nie puścił pary z ust.

Tymczasem Różyczka zmarszczyła rude brwi i długo się wahała, zanim wreszcie podzieliła się z Idą swoimi przemyśleniami:

– Wiesz co? To, że ja nie mogę nic ci powiedzieć, nie oznacza wcale, że ty nie możesz pytać – orzekła wspaniałomyślnie.

Ida była jej wdzięczna za to stwierdzenie, ale prawdę powiedziawszy, nie miała pojęcia, jakie pytania powinna zadać. Na chwilę pogrążyła się w zadumie, mnąc w rękach plik kartek zabazgranych niedbałym charakterem pisma.

– A zatem ten supertajny projekt ma coś wspólnego z czarną magią... – myślała głośno, a Różyczka z przejęciem obgryzała paznokcie. – Zniknięcie Stanisławy, jak mniemam, również... – Różyczka zaczęła obgryzać paznokcie z przejęciem jeszcze wyraźniejszym. – Dlatego nie zabrała was ze sobą? Żeby was nie narażać?

– Tego nie wiemy – odparła duszka. – I tego przysięga nie obejmuje – dodała, widząc zdziwienie na twarzy dziewczyny. –

O tym mogę rozmawiać. Z dnia na dzień spakowała parę rzeczy i uciekła. Nie wiemy dokąd. Nie widzieliśmy jej od miesiąca.

– Aha. – Ida ułożyła zgrabny stosik z papierów i wrzuciła go do szuflady, gdzie natychmiast przestał być zgrabnym stosikiem. Machnęła ręką i sięgnęła po kolejną porcję makulatury. Gryzak zawarczał buntowniczo, gdy papierowa górka, na której właśnie leżał, obsunęła się, a on sam zjechał na podłogę. Dziewczyna ciepnęła kartki do szuflady i już schylała się po następne, gdy coś przykuło jej uwagę. Spomiędzy notatek wysunęło się zdjęcie kobiety o krótkich, kasztanowych włosach, głęboko osadzonych, czarnych oczach i długim nosie. Ida podniosła fotografię i pokazała Różyczce.

– To jest wasza Stanisława?

– Mhm... – Duszka pociągnęła nosem. – Bardzo nam jej brakuje.

– No nic. W takim razie będę ją musiała chwilowo zastąpić. Powiedzcie tylko, kiedy was przeprowadzić.

– Dokąd przeprowadzić? – spytała Różyczka, wyraźnie nie rozumiejąc, o czym medium mówi.

– No... na drugą stronę – wyjaśniła Ida. – W zaświaty.

Duszka gwałtownie pokręciła głową.

– Ale my nie chcemy. Nam tu dobrze.

Ida przyjrzała się zjawie uważnie. Różyczka była blada i przezroczysta, zupełnie jak Tekla tuż przed swoim odejściem. Ciotka wyjaśniła Idzie, dlaczego tak się dzieje. Dusze tuż po śmierci zachowują wygląd, cechy i przyzwyczajenia ciała. Wciąż mogą stąpać po ziemi, wciąż potrafią dotknąć, podnieść, uderzyć, kopnąć, zupełnie jakby same były materialne. Jednak z czasem dusza zapomina, jak to było żyć. Zaczyna blaknąć, tracić kształt, unosić się nad ziemią i przenikać przez przedmioty. Jakby rozrzedzało ją powietrze, którym nie musi już oddychać. Im dłużej zjawa pozostaje po stronie żywych, zamiast udać się w zaświaty, tym mniej przypomina swoje dawne ciało. Staje się lekka, zwiewna i zaczyna zanikać. Jeśli nie zostanie przeprowadzona na czas, rozpłynie się, ulegnie unicestwieniu i odejdzie w niebyt.

Tak na oko Duch i duszki mieli przed sobą jeszcze trochę czasu. Ale niewiele. Najwyżej parę miesięcy. Oczywiście teoretycznie. Ida znała na razie jedynie teorię, a Kwiatkowski był pierwszym, na którym miała samodzielnie i na własną odpowiedzialność praktykować. A jak wiadomo, teoria i praktyka nie zawsze idą w parze.

– Jeśli wolicie, poczekajcie na powrót Stanisławy. – Ida wzruszyła ramionami. – O ile ona w ogóle zamierza wrócić. Nie radzę wam długo czekać, bo może się to dla was nieciekawie skończyć.

– Nie rozumiesz, z nami nie jest tak... – Różyczka urwała i zakryła usta dłonią.

– Aha – mruknęła po raz kolejny Ida. – Jesteście częścią supertajnego projektu... – stwierdziła, nie zapytała.

Duszka, udając, że nic nie słyszała, zajęła się kontemplowaniem sufitu.

*

Ida dołożyła wszelkich starań, by zrobić się na cudo.

Z rzeczy, które zabrała z willi za radą ciotki, a trzeba dodać, iż były to rzeczy niezwykle oryginalne, wybrała ciemnozieloną, powłóczystą spódnicę, bluzkę z szerokimi rękawami w tym samym kolorze, kamizelkę z miękkiej skóry, brązowe pantofle i ciemnozłoty szal. Trochę to wszystko było na nią za duże, ale nikt nie powinien zauważyć. Na nadgarstkach podzwaniały dziesiątki bransoletek, a w uszach niemal sięgające ramion kolczyki. Na koniec Ida rozpuściła włosy i zrobiła zdecydowany, nieco drapieżny makijaż.

– No, no, no. Ładnie jej – oceniła przywołana przed godziną Tekla, przyglądając się siostrzenicy z uwagą.

– Może być? – upewniła się Ida. – Nie przesadziłam?

– Nie, jest dobrze. Przypomina mnie, kiedy byłam młoda.

– No to idziemy.

Wyszły z łazienki. Na szczęście duchów w mieszkaniu chwilowo nie było i Ida z ulgą ruszyła w stronę przedpokoju.

– Niech sobie kupi koty – poradziła Tekla, bezbłędnie odczytując minę siostrzenicy. – Gryzak do duchów jest przyzwyczajony, więc w tej kwestii ci nie pomoże. Za bardzo przypominamy sny, by robić na nim jakiekolwiek wrażenie. Ale koty dostają kręćka, kiedy zbliża się do nich umarły.

– A co mi to da?

– Duchy za kotami również nie przepadają – wyjaśniła Tekla. – Mają w sobie coś odpychającego, działają jak żywe tarcze antywidmowe. Dzięki temu zjawy nie będą jej wiecznie wisieć nad głową.

No proszę, pomyślało medium. Jednak ten pomysł z wizytą w schronisku nie był taki zły.

Ciotka i siostrzenica opuściły mieszkanie i zeszły piętro niżej. Stanęły przed zielonymi drzwiami oznaczonymi numerem czwartym.

– Pamięta, co ma mówić? – spytała po raz setny Tekla.

– Pamiętam, pamiętam – potwierdziła po raz setny Ida. – Powtarzałaś mi to w kółko przez blisko godzinę. Głuchy by zapamiętał. Nie wiem tylko, czy Karolina to łyknie. Jest aż tak naiwna?

– Wierzy w reinkarnację. – Tekla wzruszyła ramionami. – Przychodziła po wróżby jeszcze za mojego życia, kiedy miałam własne ciało. I jakoś bez oporów uwierzyła, że Alicja to moje drugie wcielenie.

Ida nacisnęła dzwonek.

Gdy drzwi się otworzyły, dziewczynie na parę sekund zrobiło się słabo, w progu stanął bowiem Kwiatkowski. Na widok czarnowłosej, piwnookiej dziewczyny, która w nowym stroju, fryzurze i makijażu śmiało mogła udawać cygańską wróżkę, ze zdziwieniem uniósł brwi.

Nie rozpoznał jej.

Ida była pewna, że zaraz zatrzaśnie jej drzwi przed nosem, nie zrobił tego jednak.

– W czym mogę pomóc? – zapytał z chłodną uprzejmością.

– Wróżka Tekla, do usług – przedstawiła się Ida, z ulgą stwierdzając, że głos prawie jej nie drży. – Czy mogę rozmawiać z Karoliną Kwiatkowską?

Mężczyzna uniósł brwi jeszcze wyżej. Zanim zdążył cokolwiek odpowiedzieć, w głębi mieszkania rozległy się kroki i po chwili zza ramienia Mikołaja wyjrzała jego żona. Zielone, szeroko otwarte oczy przyglądały się Idzie nie tyle ze zdumieniem, ile z zachwytem, a pełne, umalowane na czerwono usta ułożyły się w zgrabne „o", po czym wydały z siebie ciche westchnienie.

– Och, Teklo... – powiedziała słabo Karolina. Tak słabo, jakby miała zemdleć. Dramatycznym gestem przyłożyła dłoń do czoła. – Czułam, że się odrodzisz...

– Wariatka – szepnęła prawie bezgłośnie Ida, a ciotka zachichotała.

– Karola – odezwał się lodowato Mikołaj, patrząc na żonę w bardzo nieprzyjazny sposób. – Co to znowu za bzdury?

– Tekla umarła i odrodziła się na nowo, nie widzisz? – Karolina przecisnęła się obok męża, chwyciła Idę za ręce i głęboko zajrzała jej w oczy. – Oooooch... – westchnęła znowu, po czym zdecydowanym ruchem wciągnęła Idę do mieszkania. Objęła dziewczynę ramieniem, poprowadziła do połączonej z kuchnią jadalni i wskazała jej kanapę, a sama zasiadła w obitym skórą fotelu.

Tekla zawisła w powietrzu obok siostrzenicy.

– Kochanie, byłbyś tak miły i zrobił nam herbaty? – zawołała Kwiatkowska do wciąż tkwiącego w przedpokoju męża.

Mikołaj nie wyglądał na kogoś, kto byłby tak miły i zrobił im herbaty. Stał, gapiąc się to na żonę, to na cygańską wróżkę z taką miną, jakby chciał splunąć. Zatrzasnął drzwi wejściowe, wolno podążył do kuchni i nalał wody do czajnika. Raz po raz oglądał się na Idę, mamrocząc coś pod nosem, a to mamrotanie wyraźnie odbierało Karolinie humor. Wyraz twarzy, z jakim zerkała na męża, wydał się Idzie pełen niepokoju, żeby nie powiedzieć lęku.

– Nie, wcześniej się tak nie zachowywał – odparła Tekla, zauważając nieme pytanie w oczach siostrzenicy. – A Karolina jest spięta jak nigdy. Coś się stało.

Ida bez słowa wyjęła talię kart z kieszeni kamizelki i położyła ją na szklanym blacie ławy. Karolina uśmiechnęła się do dziewczyny z wdzięcznością, a Mikołaj prychnął pogardliwie.

– Nigdy nie był entuzjastą wróżenia, ale to już lekka przesada – oceniła zimno Tekla i z dezaprobatą zmarszczyła brwi.

Kwiatkowski podszedł do nich, postawił na ławie dwie filiżanki herbaty. Ida zauważyła, że drżą mu ręce.

– Jestem umówiony na spotkanie służbowe – oznajmił chłodno. Nie wiadomo, czy zwracał się do żony, do gościa, czy siebie samego, w każdym razie ton jego głosu nie brzmiał jak usprawiedliwienie czy przeprosiny, do grzecznych również trudno go było zaliczyć. Kwiatkowski udzielił raczej suchej, rzeczowej informacji, po czym sięgnął po leżącą na stole teczkę i szybkim, sztywnym krokiem opuścił mieszkanie.

Karolina westchnęła przejmująco i bez sił opadła na oparcie fotela.

– Powróż mi – poprosiła cicho. – Gdybyś wiedziała, co ja tu przeżywam. Jesteś moją jedyną nadzieją, Teklo...

– Ido – poprawiła machinalnie Ida i niestety nie umknęło to uwadze Karoliny. Kwiatkowska zamrugała, a ciotka zasyczała niczym żmija. – Eeee... znaczy się, tego... Tekla to mój... eee... tego, no...

– Pseudonim artystyczny – pośpieszyła z pomocą ciotka.

– ...pseudonim artystyczny. A skoro zostałyśmy sąsiadkami, to... – Ida myślała gorączkowo, ale to chyba nie był jej dzień – poczułam, że... tego... Że to będzie dobra okazja, by... eeee... by Karolina poznała moje prawdziwe oblicze...

Aż zajęczała w duchu, tak beznadziejnie to brzmiało.

Tekla przewróciła oczami.

Ale Karolina wyglądała na wniebowziętą.

– Naprawdę? – spytała, przewieszając się przez poręcz fotela tak, że czołem niemal stykała się z czołem Idy. – Wprowadziłaś się tutaj?

– Przyda im się opieka – brnęła dalej Ida, naśladując manierę ciotki, choć zdawała sobie sprawę, że błądzi niczym dziecko we mgle. – Ich duszom – sprostowała. – Więc zostanę przy nich na jakiś czas.

– Wspaniale! Ale czy jesteś pewna, że to dobry pomysł z tym pokazywaniem oblicza? Czy to nie zakłóci aury? Przekazu myśli? Wibracji?

– Nie zakłóci – zapewniła ciotka w odpowiedzi na spłoszoną minę Idy.

– Nie zakłóci – zapewniła Karolinę Ida, mimo że nie miała pojęcia, o czym mówi. – Podanie prawdziwego imienia tylko wzmacnia więzy międzyludzkie, potęguje aurę oraz stabilizuje przekaz myśli i tych... wibracji.

Karolina przytakiwała każdemu jej słowu. Tekla uśmiechnęła się z uznaniem.

– Nieźle – mruknęła. – A teraz zaczynamy obchód.

Ida leciutko skinęła głową.

– Zanim jej powróżę, muszę wczuć się w atmosferę mieszkania – oświadczyła głośno i wstała z kanapy. – Zajmie to chwilę. Pozwoli?

– Oczywiście! Naturalnie!

Karolina z powagą obserwowała spacerującą od pokoju do pokoju Idę. A Ida, spacerując, czuła się idiotycznie. Musiała bowiem spacerować z przymkniętymi powiekami, udając, że jest w transie, i robić przy tym minę kogoś, kto jest czuły na aury, wibracje i przekazy myśli. Głupią minę, mówiąc ściślej.

– Szajbuska z tej Karoliny – mruknęła do Tekli, gdy zeszły Kwiatkowskiej z oczu.

– Na jej miejscu bardziej martwiłabym się Mikołajem – odparła ciotka. – Zajrzy tutaj. To chyba jego pracownia.

– Skąd wiesz?

– Bo śmierdzi.

– Czym? Magią?

– Nie. Dymem.

Ida otworzyła drzwi i ostrożnie weszła do środka.

Źródło, a raczej źródła dymu zostały natychmiast zlokalizowane. Pod zasłoniętym ciężkimi kotarami oknem stał stół, a na nim kopciło się kilkanaście kadzideł. Przez szparę w zasłonach wpadał snop słonecznych promieni, kładąc się owalną plamą światła na ozdobionej kredowymi wzorami podłodze. Pod pomalowanymi na czarno ścianami ciągnęły się rzędy kufrów, skrzyń i szkatuł. Sięgające sufitu półki uginały się wręcz pod ciężarem ksiąg, grubych, krwistoczerwonych świec, flakonów, zakorkowanych butelek i słoików z ciemnego szkła.

– Mówiłam ci, że jest czarodziejem – wyszeptała Ida. – Poznajesz jakieś oznaki czarnej magii?

– Nie mam pojęcia o czarnej magii – ucięła Tekla. – I dobrze o tym wie.

– Więc właściwie po co to robimy? Po co łazimy po mieszkaniu jak jakieś nawiedzone znachorki?

– To Ida chodzi po mieszkaniu jak nawiedzona znachorka, mnie nikt nie widzi – odparowała ciotka, uśmiechając się złośliwie. – To raz. A dwa, bliskość człowieka, którego śmierć przewidziała, nawet krótki kontakt z jego osobistymi rzeczami, sprawi, że wizje i sny staną się wyraźniejsze, czytelniejsze, bardziej dosłowne. No i częstsze. Głowę dam, że jeszcze tej nocy Gryzak wyłapie coś interesującego.

– Cudownie – mruknęła ponuro Ida. – Myślisz, że powinnam zajrzeć do tych skrzyń?

– Nie – odparła zdecydowanie ciotka. – Nie znam się na czarach, ale lepiej nie ryzykować. Jeszcze okaże się, że Jednooki pozakładał magiczne pieczęcie albo alarmy i dopiero będzie afera. Niech niczego nie dotyka.

– Jestem pewna, że Kwiatkowski ma do czynienia ze złymi mocami – szepnęła Ida, rozglądając się z ciekawością. Zauważyła, że w niektórych buteleczkach pulsuje delikatnie jasnoczerwone światełko. – Stanisława, o której ci opowiadałam, zwiała gdzie pieprz rośnie, może powinnam zrobić to samo?

– Nie wolno jej – odparła stanowczo Tekla. – Zawód szamanki od umarlaków to nie jest zabawa. Ida ma obowiązek zaopiekować się jego duszą.

Dziewczyna słyszała to już tyle razy, że teraz nawet nie siliła się na komentarz. Wzruszyła tylko ramionami.

Tekla tymczasem ostrożnie podpłynęła do jednej z półek i zaczęła dokładnie lustrować zawartość. Co jakiś czas kręciła tylko głową, niemo przyznając, że nie bardzo wie, na co patrzy.

– Ciekawa jestem, czy Kwiatkowski pracuje dla Agencji, czy przeciw niej... – mruknęła z zadumą.

– Dla jakiej Agencji? – Zaniepokojona Ida poderwała głowę znad jednego z bogato zdobionych kufrów, który właśnie podziwiała.

– To coś w rodzaju organu ścigania. W Agencji pracują magiczni i pilnują, żeby inni magiczni nie łamali Praw Mocy.

– To istnieją jakieś Prawa Mocy? – zdziwiło się medium. – Nigdy o tym nie wspominałaś.

– Bo nie było okazji. A poza tym to nie ja wychowałam się w rodzinie czarodziejów, tylko Ida, pretensje zatem miej do matki, nie do mnie. Ja niewiele o Agencji wiem, nie obchodzi mnie magia. Zainteresowałam się nią na krótko po tym, jak parę lat temu otworzyli WON...

– Otworzyli co?

– Wydział Opętań i Nawiedzeń – wyjaśniła ciotka. – Ma oko na wszystkich, których zawody wiążą się z duchami i złymi mocami. Od nekromantów po czarnoksiężników.

– Na medium też?

– Też. Niech nie robi takiej przestraszonej miny, chyba nie ma zamiaru łamać prawa, co? – Tekla spojrzała na siostrzenicę bystro. – W całej mojej karierze nie zdarzyło mi się spotkać choćby jednego agenta. Jeśli będzie się trzymać tego, czego nauczyłam ją podczas szkolenia, żadnym WON-em nie musi zawracać sobie głowy.

Medium zaburczało pod nosem, manifestując swoje niezadowolenie, a Tekla wycofała się pod drzwi.

– Chodźmy stąd – zarządziła ciotka. – Zdecydowanie nie podoba mi się to miejsce. Poza tym kończy mi się czas, niedługo trzeba wezwać Wiatr.

Ida ze zrozumieniem skinęła głową.

Wywołany duch nie może zbyt długo pozostać w świecie żywych, a jeśli to zrobi, grozi mu niebyt. Trzeba powróżyć Karolinie, zanim Tekla zacznie zanikać.

Ciotka i siostrzenica opuściły Mikołajową pracownię i powoli udały się w stronę jadalni.

– A to całe przedstawienie z wróżeniem to często będziemy musiały odstawiać? – zapytało cicho medium, znów udając, że wykrywa wibracje, przekazy myśli i aury. Tak się wczuło w to udawanie, że wlazło na ścianę.

– Tak często, jak Ida będzie chciała – zachichotała Tekla. – A jeśli nie będzie chciała, wystarczy powiedzieć Karolinie, że karty milczą, że przyszłość przysłania zbyt gęsta mgła albo że aura nie sprzyja odkrywaniu tajemnic czasu...

– Innymi słowy, wystarczy wcisnąć jej stek bzdur.

– Dla Idy to może stek bzdur, przecież nie ma pojęcia, na czym polega czytanie przyszłości. Ale Kwiatkowska to co innego, uwierzy w każde słowo.

– Przynajmniej tyle dobrego.

Ida otworzyła oczy i obdarzyła Karolinę promiennym uśmiechem. Położyła kobiecie dłonie na ramionach.

– Niech się nie martwi – powiedziała łagodnie. – Wszystkiemu zaradzimy. Przygotuję karty, a Karolina niech się skupi na tym, co ją trapi.

Kwiatkowska skwapliwie pokiwała głową, a Ida sięgnęła po talię i pytająco zerknęła na ciotkę.

– No – zaczęła Tekla, zawisając nad ławą ze skrzyżowanymi nogami. – To teraz niech robi dokładnie, co jej powiem...

*

Szamanka od umarlaków, jak sama nazwa wskazuje, zajmuje się umarlakami. Podtrzymywanie na duchu rodziny człowieka, którego zgon przewidziała, nie wchodzi w zakres jej obowiązków. Co więcej, Tekla uważała, że pocieszanie żywych odwraca uwagę od przyszłego nieboszczyka. Szamanka ma koncentrować się na zmarłym bez emocjonalnego zaangażowania. Ze współczuciem – owszem, ale chłodnym, profesjonalnym, z zachowaniem należytego dystansu. Ciotka wielokrotnie powtarzała, że Ida musi oswoić się z zawodem, wdrożyć w panujące w nim reguły, przyzwyczaić do widoku umierających ludzi i do rozpaczy bliskich.

Teraz Ida na własnej skórze poczuła, jak niewdzięczne jest jej zadanie.

Patrząc na zapłakaną Kwiatkowską, medium nie potrafiło nie angażować się emocjonalnie, a jego współczucie wykraczało daleko poza chłodny profesjonalizm. Karolina musiała coś podejrzewać, musiała coś przeczuwać. Od kilku tygodni nie sypiała spokojnie, miała coraz więcej koszmarów. Nadal ściskała w nich ludzkie oko, a nad nią szybowało ogromne, czarne ptaszysko. Do tego zamartwiała się osobliwym zachowaniem męża. Ciotka co prawda powiedziała Idzie, że Kwiatkowska średnio raz w miesiącu zamartwia się osobliwym zachowaniem męża, jednak tym razem Tekla sama musiała przyznać, że Mikołaj faktycznie zdziwaczał. Z drugiej strony widywała go zbyt rzadko, by móc z całą pewnością ocenić, czy nie jest to po prostu napad złego humoru. Podobno czasem zdarza się, że przyszły zmarły sam podświadomie wyczuwa zbliżający się koniec, co znacząco wpływa na jego usposobienie, jednak w przypadku Mikołaja należało liczyć się z faktem, że zmienił się pod wpływem zaklęć czarnomagicznych. Jeśliby tak było, koniec Kwiatkowskiego nadchodził wielkimi krokami.

Medium i Jednooki nie zapałali do siebie sympatią i szczerze nie znosili swojego towarzystwa. Ilekroć Ida przychodziła do Karoliny, Mikołaj ostentacyjnie wychodził z domu lub zamykał się w swojej pracowni. Dziewczynie to nie przeszkadzało. Dopóki żył, nie miała zamiaru się nim przejmować. A przypominając sobie, jak nawiedził ją w szpitalu, stwierdziła, że z Mikołajem trupem dużo łatwiej się będzie dogadać.

Zgodnie z radą Tekli Ida zaopatrzyła się w koty. Cztery. Zwierzaki sprawiały się znakomicie i prócz tego, że były słodkie i puchate, uniemożliwiały duchom wejście do mieszkania, jeśli Ida akurat życzyła sobie samotności. Niestety, nie wszystkim duchom. Milenka wykazywała niezdrowe zainteresowanie futrzakami i za nic w świecie nie zamierzała trzymać się od nich z daleka. Gdy pewnej nocy Idę obudziło rozpaczliwe kocie miauczenie, straciła cierpliwość i zagroziła Milence, że jeżeli nie odczepi się od jej zwierzaków i nie opuści mieszkania w trybie natychmiastowym, to Ida przeprowadzi ją w zaświaty, czy duszka tego chce, czy nie. Co prawda przeprowadzanie duszy na siłę było niewykonalne, ale Milenka o tym nie wiedziała. Ida natomiast bezlitośnie korzystała z tej niewiedzy, czym skutecznie zapewniła sobie odrobinę prywatności. A ponieważ nie miała serca trzymać duchów całą dobę na korytarzu, w ciągu dnia zamykała koty na parę godzin w sypialni i zapraszała zjawy na pogaduchy. Po tygodniu wszyscy przyzwyczaili się do takiego układu. Nawet Milenka.

Joanna zadomowiła się na parapecie za oknem sypialni i na zmianę darła dziób lub płonęła w ogniu piekielnym. A Gryzak co noc wyłapywał ten sam sen. A właściwie dwa. W jednym czarna harpia siedziała na resztkach śniegu i pożerała tulipany i krokusy, w drugim Jednooki leżał na deszczu w rosnącej, bombardowanej ogromnymi kroplami kałuży. Niebo nad nim rozświetlały postrzępione jęzory błyskawic.

Ida zaczęła więc cierpliwie czekać na burzę.

Pierwszy piorun uderzył jednak dużo wcześniej, nim niebo zdążyło się zachmurzyć. A na dodatek obrał sobie całkiem niespodziewany cel.

*

Ida źle spała tej nocy.

Dręczył ją niejasny niepokój, podświadomie czuła, że coś jest nie tak, jak być powinno, i nawet mruczenie Gryzaka, które zwykle ją uspokajało, teraz nie przynosiło ulgi, lecz jedynie nieuzasadnioną irytację. Być może źródłem niepokoju był fakt, że Kwiatkowski kilka dni wcześniej wyjechał w delegację, i w związku z tym Ida nie mogła mieć go na oku. Obawiała się, że Mikołaj wykituje gdzieś po drodze. Sama nie wiedziała, z czego wynika ta obawa, w końcu nawet za gościem nie przepadała, jednak z drugiej strony myśl o zrozpaczonej Karolinie skutecznie odganiała sen. Do tego Joanna darła się przeraźliwie, jak wielka, skrzydlata banshee.

Ida wstała przed świtem, zrobiła sobie kawy, a potem dwugodzinną powtórkę materiału na zapowiedziane kolokwium. O siódmej trzydzieści wyszła na zajęcia.

Po nieprzespanej nocy, dniu spędzonym na uczelni, wieczorze w bibliotece i jeszcze kilku godzinach na plotkowaniu z koleżankami z roku Ida, wracając do domu nocnym autobusem, o mały włos nie zasnęła na stojąco. No i oczywiście przegapiła swój przystanek. Piętnaście minut wlokła się do kamienicy, a kiedy już się dowlokła, ledwo widziała na oczy.

Wygrzebała klucz z torby. Wcisnęła go w zamek i bez specjalnej nadziei spróbowała przekręcić. Zgodnie z przewidywaniami zamek zamarzł. Miał do tego pewne prawo. Był kwiecień, nocami chwytał jeszcze lekki mróz, ale strach było pomyśleć, co się będzie działo zimą.

– Zadzwoń domofonem do Karoliny. Jeszcze nie śpi.

Z wrażenia podskoczyła i upuściła klucz.

– Duch!

Wystawił głowę ze ściany i uśmiechnął się promiennie.

– Cześć, Ida.

– Ty głupku, chcesz, żebym zeszła na zawał?!

– No nie zgrywaj się, nie możesz wciąż się bać. Co z ciebie za medium?

Nie odpowiedziała. Miała ochotę czymś mu przyłożyć, tyle że nie bardzo wiedziała jak. Oto największe utrapienie dla każdego, kto ma do czynienia z duchami: wkurzają człowieka, a on nawet nie może im za to dać w ucho. Duchy często wkurzają i przez to utrzymują znaczną przewagę w dyskusji.

Prawdziwy dramat.

Ida podniosła klucz i ze złością zaczęła majstrować przy zamku.

– Co ty tu robisz? – wycedziła zimno po dłuższej chwili, czując, że Duch gapi jej się na ręce.

– Rozmyślam o moim życiu pośmiertnym – odparł szybko.

– Aha. A nie mógłbyś rozmyślać gdzieś indziej?

– Nie. Poza tym czekam na ciebie. Nie tylko ja, Karolina też czeka. Co pół godziny sprawdza, czy wróciłaś. – Duch wylazł ze ściany. Przygryzł wargę i zmarszczył czoło, co zwykł robić, gdy zbierało mu się na przemyślenia. – Chyba coś się stało, stłukła dziś dwie filiżanki i trzy talerze, wstawiła kawę do lodówki i zamroziła płatki kukurydziane. I Mikołaj, odkąd wrócił z delegacji...

– Wrócił? – Ida poderwała głowę. Już chciała zapytać, czy żywy, ale w ostatnim momencie ugryzła się w język.

– Wrócił, przecież mówię. I też dziwnie się zachowuje, dlatego myślę...

– Idź sobie nawiedzać jakąś poradnię małżeńską, co? – przerwała szybko, zanim Duch zdążył się rozkręcić. – Marnujesz się tutaj.

– Nie kpij – zażądał poważnie. – Co z ciebie za medium, skoro nie masz szacunku dla nawiedzających cię dusz? Wyjaśnij mi to, bardzo proszę.

Ida jęknęła cichutko, szarpiąc drzwiami ze zdwojonym zapałem.

Na co jej te kontakty z istotami nie z tego świata, no na co? I to jeszcze na dodatek z takimi, co to łażą za człowiekiem krok w krok i żądają wyjaśnień.

– Musimy porozmawiać... – zaczęła poważnie istota nie z tego świata, tym razem, o dziwo, nie czekając, aż medium zacznie plątać się w zeznaniach. Duch świetnie wiedział, że Ida stanowiła klasyczny przykład braku powołania.

Była to jedna z niewielu kwestii, w której całkowicie się zgadzali.

– Nie teraz, jutro, ja cię błagam – poprosiła płaczliwie dziewczyna. – Wiesz, która godzina?

– Pierwsza – odparł natychmiast. – Godzina duchów. Znaczy, moja.

– Pierwsza – przytaknęła. – Znaczy, późno. I ja idę spać. Dobranoc.

– Spać, akurat! Założę się, że będziecie debatować do białego rana.

Medium porzuciło na moment walkę z zamarzniętym zamkiem i uniosło na Ducha przestraszone oczy.

– O, matko... Ale czemu?

– Co czemu? – wysyczał. – Co czemu? Czy ty mnie w ogóle czasem słuchasz? – Nie doczekawszy się odpowiedzi, przez moment trwał w milczącej dezaprobacie, po czym powiedział krótko: – Karolina.

Medium najwyraźniej nie zrozumiało, zamrugało tylko raptownie.

– Co Karolina?

– No, czeka na ciebie.

– To wiem, ale po co?

– Bo ma problem.

Ida wzięła głębszy oddech i w myślach policzyła do dziesięciu. Przywykła już, że jakiekolwiek wyjaśnienia w wykonaniu Ducha ograniczały się do rzucania pojedynczych haseł, ale tym razem naprawdę nie miała ochoty na zabawę w zgaduj-zgadulę.

– Jaki problem? – spytała, siląc się na spokój.

Duch dumnie wypiął pierś i całym sobą dawał jasno do zrozumienia, że każdy na jej miejscu dawno domyśliłby się, o co chodzi.

– Mikołaj – odparł w najbardziej niewystarczający sposób, na jaki go było stać.

– Duch! Weź ty się, kurde, skup i mów, o co ci chodzi! Co Mikołaj?

Duch nie mógł sobie darować i jego spojrzenie z pobłażliwego zmieniło się na pełne politowania. Wreszcie westchnął z rezygnacją i wydusił:

– Zmienił się.

Ida przez kilka sekund czekała na ciąg dalszy, ale się nie doczekała. Pytająco uniosła brwi.

– Jest inny. Jakiś taki dziwny – wyjaśnił z namysłem Duch. – Małomówny...

– Przy mnie zawsze jest małomówny.

– Bo ciebie nie lubi – odparł złośliwie. – Obserwuję go od jakiegoś czasu i mówię ci: coś z nim nie tak. Mam już nawet pewne podejrzenia...

– A miej sobie – wpadła mu w słowo. – Ale z daleka ode mnie, bardzo proszę. Przynajmniej do jutra.

– Jutro, moja droga, może być za późno.

Ida nie słuchała. Zamiast tego rzuciła Duchowi triumfalne spojrzenie, bo właśnie udało jej się otworzyć drzwi.

– No to jak już mówiłam: dobranoc.

– Ida! No co ty! Idziesz sobie? Tak po prostu?

– A co, nie wolno? Masz do dyspozycji całą wieczność, możesz chyba trochę poczekać. Przyjmuję od dziewiątej do dwudziestej drugiej, a jak się nie podoba, to fora ze dwora i szukaj sobie innego medium!

Nie odpowiedział, bo się zapowietrzył. Po czym zrobił w tył zwrot i naburmuszony wsiąknął w mur.

Ida wzruszyła ramionami i ruszyła w górę schodów. Dotarła na swoje piętro i bez większego zdziwienia ujrzała Karolinę w szlafroku i pluszowych kapciach. Westchnęła cicho. Zdjęła z ramienia ciężką torbę i rozmasowała sobie kark, krzywiąc się przy tym boleśnie.

– Najpierw zaparzę sobie ziółek – wymamrotała, tłumiąc ziewanie. – Nakarmię koty. Wezmę prysznic. Przebiorę się. Zjem cokolwiek. Zrobię nam herbaty. I dopiero wtedy zaczniemy piżamowe party, dobrze?

*

Jako artystka malarka regularnie umawiająca się na sesje u sąsiadki wróżki, wierząca w kontakty z istotami nie z tego świata, siłę wyższą i reinkarnację, rozmiłowana w mrocznych, straszliwych tajemnicach oraz we wszystkim, co parapsychologiczne i paranormalne, Karolina miała zdumiewająco przyziemne sposoby na walkę ze stresem.

Zamiast palenia kadzideł i świec, inkantacji prastarych formuł, kąpieli w żabiej krwi, kozim mleku czy w czymś równie dziwacznym, a bez wątpienia magicznym, za każdym razem, gdy zjadały ją nerwy, wpadała w szał gotowania. Zapominając o bożym świecie, całkowicie oddawała się smażeniu, pieczeniu, mieszaniu, ubijaniu, duszeniu, siekaniu, ucieraniu, miażdżeniu i wyciskaniu.

Nic nie było w stanie jej przeszkodzić.

Ani trzecia nad ranem, ani fakt, że szaleje w cudzej kuchni.

– To nie jest normalne – oświadczyła, z pasją ugniatając ciasto. Twarz i włosy ubrudziła mąką, która przy każdym ruchu osypywała się na jasnoniebieski fartuch.

– Powtarza to od godziny, a to przecież nic nowego – mruknęła Ida, siedząc w fotelu, obierając pomarańczę, potężnie ziewając i z całych sił starając się nie zasnąć.

Wciąż miała na sobie płaszcz i wysokie buty. Była tak umordowana, że teraz, gdy zaległa nareszcie we własnym fotelu, nie chciało jej się nawet rozwiązać sznurowadeł. Obierała owoc mechanicznie, bez najmniejszego zainteresowania i jedynie po to, by nie usnąć. Prawdę mówiąc, cudem tylko zachowywała trzeźwość umysłu. Miała raczej ochotę walnąć się na łóżko i najzwyczajniej w świecie stracić przytomność.

– Nic nowego? – Karolina uniosła brwi. – Twoim zdaniem w zachowaniu Mikołaja nie ma niczego szczególnego?

– Może i jest. – Ida wzruszyła ramionami. Od chwili, w której dowiedziała się o jego powrocie z delegacji, niepokój zniknął jak ręką odjął. Skoro Jednooki żył, nie musiała się przejmować. Na razie. – I to właśnie specjalnie mnie nie dziwi. Mikołaj ma swoje dziwactwa. Zawsze miał.

Artystka malarka przez chwilę nie mogła odpowiedzieć, bo właśnie otwierała zębami buteleczkę z aromatem waniliowym. Korek siedział mocno i uparcie, ale wreszcie wyskoczył z głośnym cmoknięciem.

– Nigdy jeszcze nie wywinął takiego numeru – odparła wreszcie, obficie skrapiając ciasto. – Zawsze do mnie dzwonił, jeśli delegacja miała się przedłużyć. A teraz przez trzy dni nie dawał znaku życia. Wiesz, co ja tu przeżywałam?

– No ale w końcu wrócił, nie? I co? O nic go nie pytała?

– Pytałam. – Karolina ostrym ruchem rozerwała saszetkę z proszkiem do pieczenia. – Pytałam, dlaczego mnie nie uprzedził, że przyjedzie później. I dlaczego nie oddzwaniał, mimo że nagrałam mu się z tysiąc razy na tę przeklętą sekretarkę.

– I co on na to?

– Co, co... Zaczął się migać oczywiście. Że niby miał jakieś problemy z komórką czy coś...

– Może faktycznie miał – podsunęła Ida.

– Niby jakie?

– Nie było zasięgu na ten przykład.
– Gdzie nie było? W centrum Warszawy nie było?
– No to bateria mu padła.
– W pokojach hotelowych są gniazdka z prądem, o ile mi wiadomo. I telefony też są.
Ida przewróciła oczami. Wpakowała do ust cząstkę pomarańczy.
– No to pracował do późna – rzuciła niewyraźnie z pełnymi ustami. – Takie biznesowe spotkania ciągną się godzinami.
– Mógł przecież pożyczyć komórkę. – Malarka zatrzaskała szufladami w poszukiwaniu wałka. – Wszyscy je mają, żyjemy w dwudziestym pierwszym wieku.
– A ja nie mam na ten przykład – zaprotestowała Ida.
– Ty to co innego. Jesteś medium i wróżką. Nie musisz rozmawiać z ludźmi, wystarczy ci towarzystwo duchów. Kotów. No i moje oczywiście.
Medium już otwierało usta, ale w ostatniej chwili powstrzymało się od komentarza.
– Znam Mikołaja lepiej niż on sam – ciągnęła Karolina po chwili zawziętego wałkowania. – Coś przede mną ukrywa, sumienie go gryzie. Założę się, że wywinął jakiś numer i nie ma odwagi się przede mną przyznać.
– Karolina przesadza.
– Myślę, że ma kochankę – wypaliła malarka ni stąd, ni zowąd.
Pomarańcza wypadła z dłoni Idy i potoczyła się po podłodze, natychmiast padając ofiarą kocich ataków.
– Kochankę? – zapytała dziewczyna, a przed oczami stanęło jej zdjęcie Stanisławy. – Miko? Nie no, wolne żarty...
– Wiesz, nawet chciałabym, żeby chodziło o kobietę, bo jeśli nie... – głos Karoliny załamał się. Odchrząknęła, uniosła

głowę. Przez chwilę obserwowanie sufitu zdawało się pochłaniać ją bez reszty, zaraz jednak przetarła dłonią policzek i wróciła do wałkowania z jeszcze większym zacięciem. – Bo jeśli nie, pozostaje jedna możliwość...

– Myśli, że może chodzić o faceta?

– Ida!

– No co? Tak tylko pytam.

Malarka prychnęła gniewnie, z trzaskiem cisnęła wałkiem do zlewu i zaczęła penetrować szafki.

– Myślę, że jeśli nie chodzi o kobietę, Mikołaj znowu zaczął brać... No gdzieś ty je posiała, nie mogę znaleźć...

– Czego?

– Foremek do ciastek.

– Nie mam foremek do ciastek.

– Oczywiście, że masz foremki do ciastek. I to kilka kompletów, sama widziałam... O, proszę bardzo, tutaj są.

Karolina wyciągnęła na stół stos metalowych gwiazdek, księżyców, słoneczek, misiów, kwiatuszków, bałwanków, aniołków i serduszek, a Ida przyglądała się im z taką miną, jakby Karola wyłożyła na blat części żółtej łodzi podwodnej.

– Już to przerabiałam – podjęła malarka, cicho podzwaniając foremkami. – Nie raz, nie dwa i naprawdę nie mam sił na powtórkę z rozrywki. Obiecałam sobie, że jeśli mój mąż znów wróci do nałogu, to będzie koniec. A zatem rano jadę do mamy.

– Już jest rano – zauważyła kwaśno Ida, spoglądając przez okno na jaśniejące niebo. – A nie lepiej najpierw się upewnić?

– Znaczy, co mam zrobić? Poprosić go o próbkę krwi, żebym mogła zanieść do analizy?

– Ale po co zaraz tak drastycznie, wystarczyłby mocz... Przepraszam.

Ida opuściła wzrok na Kocura, który właśnie wskoczył na fotel i głośno domagał się głaskania. Zamyśliła się, gładząc miękkie, delikatne futerko. Mikołaj w roli narkomana jakoś jej nie przekonywał. No, chyba że to jego hokus-pokus wymagało zażycia halucynogenów. Kto wie?

– Przeszuka najpierw jego rzeczy – poradziła malarce Ida, biorąc zwierzaka na ręce. – No co tak patrzy? Sama powiedziała, że Mikołaj jej nie ufa, więc nie widzę najmniejszego powodu, by miała ufać jemu. Niech szpera i węszy, od niego się przecież niczego nie dowie.

Malarka zacisnęła usta. Milczała długo, starannie i metodycznie wykrawając ciasteczka.

– Nie muszę węszyć – wycedziła wreszcie. – To widać na pierwszy rzut oka.

– Co?

Karolina nabrała powietrza i na moment wstrzymała oddech, po czym wyrzuciła z siebie jednym tchem:

– Zmienił się, stał się cichy, zamknięty w sobie, prawie w ogóle ze mną nie rozmawia, a przecież tak bardzo lubi opowiadać o pracy, a teraz, gdy o coś pytam, odpowiada półsłówkami albo w ogóle się nie odzywa, jakby mnie nie słyszał, nic nie je, nawet pomidorowej wczoraj nie chciał tknąć, a wiesz, jak ją uwielbia, pochłania za to ogromne ilości kawy, na pewno szkodliwe dla zdrowia, pije więcej drinków niż zwykle, wzrok ma pusty, nieobecny, w dzień jest strasznie osowiały, nic mu się nie chce, wczoraj nie miał nawet ochoty na oglądanie meczu, choć czekał na niego cały tydzień, za to w nocy nie może spać, wierci się, łazi po mieszkaniu, mruczy coś do siebie i co gorsza, sam sobie odpowiada, no i po trzech latach znów zaczął palić...

– To wszystko bardzo dziwne, co nie znaczy, że Miko bierze. Może zwyczajnie jest chory...

– Ida! Czy ty zawsze musisz go bronić?! – zdenerwowała się Karolina i zrobiła ruch, jakby chciała rzucić w sąsiadkę foremką.

– Bronić? – zdumiało się medium. – Zawsze? Co też opowiada, przecież go nie znoszę. On mnie zresztą też nie.

– Powróż mi – zażądała nagle malarka, unosząc głowę i spoglądając dziewczynie prosto w oczy. – Chcę wiedzieć. Teraz.

Ida tylko pokręciła głową.

– Nie dam rady. Jestem wykończona, nie mogę się skupić, niczego nie zobaczę. Zresztą i tak nie będę w stanie dać jednoznacznej odpowiedzi, karty raczej niechętnie dzielą się wiedzą, a jeśli już, to mówią bardzo mgliście i niejasno. Karolina dobrze o tym wie. Jeszcze wyciągniemy pochopne wnioski i narobimy więcej szkody niż pożytku.

Karolina nie odpowiedziała, tylko włożyła ciasteczka do piekarnika.

– Będą gotowe za dwadzieścia minut – mruknęła pod nosem, zabierając się do zmywania.

Skończyła równo z dzwonkiem czasomierza, założyła kuchenne rękawice, wyjęła blachę i ostrożnie przeniosła ją na parapet, wydobyła lody z zamrażalnika, rozłożyła je do miseczek, przybrała bitą śmietaną i owocami, przyprószyła ciasteczka cukrem pudrem, inne polała miodem, jeszcze inne polewą czekoladową, posypała rodzynkami i rozdrobnionymi orzechami, a na sam koniec błyskawicznie zrobiła kakao.

Ida przez cały ten czas obserwowała ją wzrokiem pełnym zgrozy i podziwu.

Wreszcie Karolina postawiła na stole dwa parujące kubki i całą furę łakoci, których dziewczyna nawet nie próbowała przeliczać na kalorie. Zaburczało jej w brzuchu, gdy poczuła ciepły, słodki zapach.

– To kolacja czy śniadanie? – spytała, zrzucając z ramion płaszcz. Zerknęła w stronę przedpokoju, w którym stał równie staroświecki, co elegancki wieszak na ubrania, po czym zdecydowanym ruchem ciepnęła okrycie na podłogę. Z mozołem wspięła się na wysoki kuchenny stołek. – Karolina nie je?

Malarka w zadumie pokręciła głową.

– Nie jestem głodna.

– Niech przestanie się zadręczać – poradziła Ida i sięgnęła po bałwanka z miodem i orzechami. – Po prostu musi się upewnić, że jest tak, jak podejrzewa, zanim zrobi cokolwiek. Pomyśli tylko, jak będzie wyglądać, jeśli okaże się, że nie miała racji. Najpierw zbierze dowody. A jak już zbierze, o ile w ogóle, spakuje nie siebie, tylko jego i wystawi walizki za próg. Hmm... – zamruczała, upijając nieco z kubka. – Robi pyszne kakao, wie?

Karolina popatrzyła na medium i uśmiechnęła się po raz pierwszy.

*

Idę obudziło rozdzierające zbiorowe miauczenie. Natychmiast wyskoczyła z łóżka i z impetem wypadła z sypialni.

Koty zastała w przedpokoju. Cała czwórka zbiła się w ciasną gromadkę, prychała na drzwi, prężyła grzbiety i pastwiła się nad dywanikiem, ostrząc na nim pazurki. Zjeżona sierść sterczała im na wszystkie strony, jakby ktoś podłączył je do prądu, a postawione sztywno ogony przypominały miniaturowe miotełki do kurzu.

Ida przepędziła zwierzaki do dużego pokoju i dopiero wtedy otworzyła drzwi.

– Wyglądasz okropnie – powitał ją Duch. – Dopiero wstałaś? Już dziewiąta, śpiochu!

– Też się cieszę, że cię widzę – burknęła, wpuszczając zjawy do mieszkania. – Cześć, Róża.

– Cześć... – odparła duszka melancholijnym, cichutkim głosem.

– Cześć! – zawołała jak zwykle tryskająca entuzjazmem Milenka. – Gdzie koty? Kici, kici...

– Nie ma – ucięła szybko Ida. – Dla was w ogóle nie mam kotów, zrozumiano? Sadyści.

– No co, no co? – Milenka zrobiła obrażoną minę. – Zabroniłaś nam przenikać przez drzwi bez zapowiedzi, a przecież nie możemy zapukać. Koty są pożyteczne. A ty się po prostu wkurzasz, że to my mamy dobre pomysły, o!

Dziewczyna posłała jej ostrzegawcze spojrzenie, ale nic nie odpowiedziała. Potem przyjrzała się uważnie całej trójce i nagle poczuła, że nie ma siły ani chęci na seans spirytystyczny. Nie dziś. I na pewno nie przed śniadaniem.

– Słuchajcie, przez dwie ostatnie noce prawie nie zmrużyłam oka i bardzo, bardzo chciałabym się wyspać. Może wpadniecie później, co? – zaproponowała z nadzieją. – Na przykład w przyszłym roku.

– Nie możemy – oświadczył z godnością Duch, dzielnie znosząc ironię. – Zaczęło się.

– Co? – spytała machinalnie Ida, zanim zdążyła ugryźć się w język.

Duch szybko rozejrzał się na boki, podpłynął do medium i wyszeptał konfidencjonalnie:

– Czas Żniw.

– Ach, czas żniw... – powtórzyła bardzo poważnie Ida, kiwając głową z pozornym zrozumieniem. – No jasne. Przypominam tylko, że mamy kwiecień. No, ale może ja się na żniwach nie znam i nocne przymrozki nie stanowią żadnej przeszkody.

– Ida – odezwał się Duch lodowatym głosem – ty się na pewno na żniwach nie znasz. A już tym bardziej na Żniwach. Miałem nadzieję, że może nie jest z tobą aż tak źle, ale im dłużej cię znam, tym bardziej się dziwię, że mogłem się tak pomylić.

Ida prychnęła lekceważąco.

– Nie prychaj mi tu, bardzo proszę, tylko się łaskawie skup, bo mamy do pogadania – żachnął się Duch. – Sprawa jest poważna.

– Znaczy się, o co chodzi?

– O demony.

– Aha. Państwo pozwolą do wyjścia, drzwi są tam. Żegnam, pa, pa.

– Ida! – zdenerwował się Duch. – Nie czas na wygłupy.

– Więc przestań mi tu chrzanić o demonach na dzień dobry. Sam zacząłeś.

– To nie żarty, Ida.

Dziewczyna lekko przekrzywiła głowę i popatrzyła na Ducha z osobliwą mieszaniną rozbawienia, znużenia i rosnącej irytacji.

– Demonów nie ma, kochany mój.

– Nie ma, nie ma... Akurat! Duchów podobno też nie, więc może mi wyjaśnisz, co my tu w takim razie robimy?

Ida nie wyjaśniła. Głęboko nabrała powietrza i przymknęła powieki. Policzyła w myślach do dwudziestu.

– Przykro mi to mówić, ale jesteś chyba najgorszym medium na świecie – ciągnął Duch. – I pomyśleć tylko, że urodziłaś się w tak znamienitej rodzinie...

– Mnie tam nie zależy – oświadczyła chłodno Ida. Po raz kolejny pożałowała, że w ogóle wspomniała mu o swoim pochodzeniu. W dobrej wierze zabawiła się w psychologa, lecz niestety, poniewczasie doszła do wniosku, że nie był to najlepszy pomysł. Liczyła na to, że jeśli powie Duchowi coś o sobie, zaskarbi sobie jego zaufanie, uśpi czujność, przez co ten chlapnie potem jakąś cenną informacją o supertajnym projekcie albo o Kwiatkowskim. Tymczasem Duch nie dość, że nadal milczał jak grób, to na domiar złego nigdy nie przegapił okazji, by wypomnieć Idzie nieudolność, zwłaszcza w świetle, jak to określił, „tak znamienitej rodziny". – Ja się o to nie prosiłam: ani o takie życie, ani o taką rodzinę.

– Rodzina o taką dziedziczkę też nie, możesz być pewna – odparował bezlitośnie. – No, ale cóż, prędzej czy później w każdej pojawi się czarna owca. Trudno. Szkoda tylko, że właśnie nam przytrafiła się taka czarna owca.

– No to może byście się tak jeszcze rozejrzeli i znaleźli sobie inne medium? – podsunęła usłużnie Ida. – I przy okazji rozpowiedzieli wszystkim znajomym duchom, że jestem beznadziejna i nie warto nawiedzać mojej kamienicy? Ani dzielnicy? Ani miasta? Co wy na to?

– Kuszące – przyznał szczerze Duch – ale niestety, klamka zapadła. Teraz nie znajdziemy innego medium, więc to ciebie będzie trzeba wtajemniczyć... I to szybko, bo one już tu są.

– Kto?

– Nie kto, tylko co – poprawił niecierpliwie. Przysunął się jeszcze bliżej i wymamrotał niemal bezgłośnie: – Demony.

Ida parsknęła śmiechem. Gdy jej przeszło, popukała się w czoło.

– No dobra, idźcie sobie. Nie mam czasu na takie głupoty.

– To nie są głupoty. – Milena tak gwałtownie pokręciła głową, że na chwilę straciła ostrość.

– Ejże, Milenka, co ty taka niewyraźna jesteś? – zaniepokoiła się Ida.

– To nic takiego, to z emocji... – odparła z przejęciem zjawa i wlepiła w Idę wielkie niebieskie oczy. – Duch nie opowiada głupot. Mówi najprawdziwszą prawdę. Wczoraj jeszcze nie byliśmy do końca pewni, ale teraz je czujemy. Czujemy wyraźnie.

– Demony?

– Tak.

– W mojej kamienicy?

– Tak.

– Poszaleliście?

– Ta... Nie!

Ida zachichotała. Zwróciła się do Różyczki, którą zawsze uważała za najrozsądniejszą z całego tego żywego inaczej trio.

– Ty też je czujesz?

– Mhm – przytaknęła duszka.

– I dlatego płaczesz?

– Mhm...

– Nie bój się, przecież taki demon nic nie może ci zrobić – pocieszyła ją Ida i już chciała objąć, ale w porę przypomniała sobie, że przecież nie może. – Po pierwsze, nie masz ciała i tym samym nie ma sposobu, by cię opętać. Po drugie, demony nie istnieją.

– A ta znowu swoje – burknął Duch. – Skoro są dobre duchy, takie jak my, są również te złe. To oczywiste.

– Przecież złe duchy to jeszcze nie demony – zauważyło spokojnie medium. Wyminęło go bezceremonialnie i pomaszerowało w stronę kuchni.

– Masz rację – zgodziła się Milenka, płynąc za nią krok w krok. – Ale są złe duchy i... i... – zawahała się – i bardziej złe duchy. Rozumiesz, złe złe. Te takie właśnie są. Zdecydowanie. Demony jak nic.

– Złe złe – powtórzyła Ida z powątpiewaniem, nalewając wody do czajnika. – A są dobre dobre?

– Eeee... – Milenka zmarszczyła brwi i niepewnie zerknęła na Ducha. – No właśnie, coś namieszałeś... My chyba jesteśmy dobrzy dobrzy, no nie? To w takim razie kto jest mniej dobry od nas?

– To nieistotne! – uciął Duch. Dla większego efektu chciał tupnąć, ale mu nie wyszło, bo wisiał w powietrzu. W rezultacie stracił równowagę i jedną widmową nogą bezgłośnie wpadł w parkiet. Aż po kolano. Zaklął, wydostał się i uniósł z powrotem. – Ida, czy ty rozumiesz, cośmy ci przed chwilą zakomunikowali? Twoja kamienica jest nawiedzona!

– Co ty nie powiesz? – mruknęła dziewczyna. – Też mi nowość, siedzicie tu już dobre pół roku.

– Nie, nie, nie! Toż tłumaczę ci jak komu dobremu, że zamieszkały tu złe moce!

– Raczej złe złe – poprawiła nieśmiało Róża i zaraz umilkła pod karcącym wzrokiem Ducha.

Ida omiotła wzrokiem sufit, wygrzebując z opakowania torebkę herbaty.

– Dobra – mruknęła zrezygnowana. – Przyjmijmy, że są tu demony. Pytanie brzmi, czego chcą i co mogą nam, ludziom, zrobić?

Duch żachnął się, wydąwszy usta.

– Pytasz, jakbyś nie wiedziała. Szukają ciał do opętania, oczywiście. Są bezcielesne i nie mają żadnych skrupułów, by odebrać cielesność komuś innemu. Dla porównania powiem tak: my bezcielesnością też nie jesteśmy zachwyceni, ale po pierwsze, nie umiemy opętywać, a po drugie, nigdy nie bylibyśmy zdolni do tak drastycznych posunięć. Nikomu nie życzymy tego, co te diabły zrobiły nam.

– Wam? – Ida uniosła brwi. – Znaczy, wy dwie też sądzicie, że to demony pozbawiły was ciał?

Róża i Milenka zgodnie pokiwały głowami.

Medium westchnęło. Zalało herbatę wrzątkiem, wcisnęło kilka kropel cytryny.

Do tej pory Ida myślała, że tylko Duch ma obsesję na punkcie opętań i sił nieczystych. Nie doceniła go. Stał teraz z dumnie wypiętą piersią, zadowolony, że znalazł w duszkach poparcie dla swojej niedorzecznej, desperackiej teorii.

– Słuchajcie, ja rozumiem, że ze śmiercią bardzo trudno się pogodzić – zaczęła delikatnie Ida, starannie dobierając słowa. – Rozumiem też, że ewentualne opętanie dałoby wam nadzieję na to, że wasze ciała żyją i istnieje sposób, by je odzyskać, ale... – zająknęła się. Oczy Róży powoli wypełniały się łzami, a dziewczyna nie chciała przecież doprowadzić jej do płaczu. – Ale... no, sami wiecie, co się mówi o nadziei.

– Że umiera ostatnia – rzucił natychmiast Duch, mistrz ciętej riposty.

Ida przez krótką chwilę rozważała, czy nie przyznać, że miała raczej na myśli inne, mniej wzniosłe powiedzenie, ale w końcu dała sobie spokój.

– Niech wam będzie. Zostaliście opętani. Nie wiem, w jaki sposób ta wiedza ma poprawić wam samopoczucie, ale dobrze. A czego chcecie ode mnie?

– Przeprowadzenia egzorcyzmów, ma się rozumieć – oświadczył Duch z pełnym przekonaniem. – Musisz je stąd wypędzić.

Łyżeczka z brzękiem wpadła do kubka z herbatą.

– Ja?!

– No a kto? My nie potrafimy, a zwykły człowiek nawet ich nie zauważy.

– Ale ja nie umiem! – zawołała Ida.
Oczy Ducha stwardniały na diament.
– Umiesz. Musisz umieć. Każde medium umie. Jesteś medium czy nie?
– Zdaje się, że nie dostrzegasz subtelnej, acz istotnej różnicy między medium a egzorcystą. Czy wyście powariowali do reszty? Niby co mam zrobić? Latać po sąsiadach ze święconą wodą?
– Nie wiem, co masz zrobić, ale coś zrobić musisz – fuknął Duch. – I to szybko, zanim stanie się coś złego...
– Złego złego – dodała cichutko Róża.
Ida popatrzyła na nią ze zgrozą.
– Wy mówicie serio – wyjąkała.
Zjawy przytaknęły zgodnie. Duch jak zwykle poważny, Róża zmartwiona, a Milenka niepoprawnie beztroska.
– Nie martw się, pomożemy ci. – Uśmiechnęła się do Idy. – Już nawet znaleźliśmy ich kryjówkę. Ty właściwie nic nie musisz robić, po prostu je wypędź i już.
– Po prostu. – Ida przysunęła sobie miskę przeraźliwie słodkich bez, które Karolina upiekła o piątej nad ranem. – Po prostu... – powtórzyła głucho. – No tak, przecież to banalne. Powiem im: „Sio!" i „Idźcie sobie!". Może podziała.
– Proponowałbym raczej: „Precz, siło nieczysta!", „Apage, Satanas!" albo coś w ten deseń.
Ida rzuciła Duchowi spojrzenie seryjnego mordercy i wpakowała do ust łyżkę miodu.
– Różyczko, czy wy jesteście pewni – spytała lepkim, zdławionym głosem – absolutnie pewni, że prócz was są tu jakieś inne duchy?
– Mhm.
– I to naprawdę demony?

– Naprawdę naprawdę.

– No to słucham: gdzie one są?

Różyczka jak na komendę opuściła głowę. Ida była pewna, że duszka zaraz wybuchnie płaczem, ale Duch i Milenka zrobili to samo. Nieco zdziwione medium zerknęło pod nogi, po czym uniosło na towarzystwo wzrok pełen całkowitego niezrozumienia. Duch przewrócił oczami, Różyczka pociągnęła nosem, a Milenka wycelowała palcem w podłogę.

Czyli sufit mieszkania Karoliny.

Ida o mało nie zakrztusiła się herbatą. Zakaszlała, z trudem odzyskała dech i szeroko rozdziawiła usta.

– Nie! – wydusiła wstrząśnięta.

– Tak! – wykrzyknął triumfalnie Duch. – Dlatego Mikołaj tak się zmienił! Zobaczysz, co tu się będzie wyprawiało, kiedy następne przyjdą po Karolinę!

Ida rozdziawiła usta jeszcze szerzej.

Tym razem nie zdołała już niczego z siebie wydusić.

*

Ida wybrała numer domowy Karoliny i słuchała nieznośnego trajkotania telefonu, jakie rozległo się piętro niżej. Pięć, dziesięć, dwadzieścia sygnałów. Nikt nie odpowiadał. Ida wiedziała, że Mikołaj wziął zwolnienie z pracy i na cały dzień został w domu. Ciekawe, dlaczego udawał, że go nie ma...

Dzwoniła do sąsiadki kilka razy na godzinę, ale wciąż odzywała się automatyczna sekretarka. Teoretycznie nie było się czym martwić, artystce malarce często zdarzało się po prostu wyłączyć komórkę dla świętego spokoju, nic więc dziwnego, że zrobiła to teraz, gdy pochłaniały ją przygotowania do zbliżającego się otwarcia jej własnej galerii.

Jednak Ida z godnym podziwu uporem próbowała dalej. A nuż się uda. W przerwach między kolejnymi połączeniami pilnie nasłuchiwała, co dzieje się na dole. Nie słyszała nic. Najmniejszego nawet szmeru. W mieszkaniu malarki panowała ciężka, głucha cisza. Niezwykle niepokojąca.

Dziewczyna nerwowo zabębniła palcami o poręcz fotela.

Po rewelacjach Ducha i spółki, chcąc nie chcąc, z każdą minutą nabierała coraz gorszych przeczuć. Choć nie wierzyła w demony, a już najmniej w to, że zechciałyby opętać tak nudnego człowieka, jakim był Mikołaj, gdzieś tam, w najciemniejszych zakamarkach podświadomości, siedział sobie wredny, irracjonalny strach i rechotał z uciechy, zacierając szponiaste łapy.

Mikołaj parał się czarną magią. Może faktycznie udało mu się coś wywołać i to coś go opętało... Harpia pożerająca tulipany i krokusy... Ida do tej pory nie rozumiała tego snu, ale gdzieś na dnie jej skołowanego umysłu zaczęła kiełkować mało optymistyczna myśl. Harpia symbolizująca opętanie. Tulipany i krokusy ginące w zakrzywionym dziobie metaforą niszczonej przez zło duszy...

Strach pączkował w dziewczynie szybciej niż drożdże. I równo z wybiciem dwudziestej trzeciej wygrał.

Ponieważ duchów nie można przywoływać zbyt często, kłóci się to bowiem z ideą wiecznego, świętego odpoczynku i tak samo jak zbyt długie pozostawanie w świecie żywych grozi unicestwieniem duszy, Ida nie mogła poradzić się Tekli. A szkoda. Chyba po raz pierwszy w życiu poczuła, jaką niepożyteczną i kłopotliwą rzeczą jest ta cała samodzielność.

Nie mogąc już znieść bezczynnego czekania, wytaszczyła z szafy kufer Stanisławy i wydobyła z niego stare, metalowe, zardzewiałe pudełko, które podarowała jej Tekla. Całe pokolenia wiedźm, wróżek, jasnowidzek oraz innych nie całkiem normalnych kobiet z jej rodziny przechowywały w nim wyświechtany skórzany woreczek i poszarzałą kredę. Zapewne święconą. Albo magiczną. Albo jedno i drugie.

Ida w zamyśleniu obracała kredę w dłoni, długo zastanawiając się, czy to, co zamierza zrobić, zalicza się do pomysłów głupich, czy może głupich głupich. Naczytała się kiedyś o ochronnych symbolach, przewertowała kilkanaście grubaśnych ksiąg. Nie dlatego, że chciała, tylko dlatego, że ojciec jej kazał. Nigdzie jednak nie było napisane, by taki symbol mógł obronić przed demonami. Zakładając oczywiście, że demony istnieją. No cóż, nie zaszkodzi spróbować. Ida wrzuciła kredę z powrotem do pudełka i zaniosła znalezisko do przedpokoju. Tam wysupłała z woreczka poplamiony, pomięty karteluszek i rozprostowała go delikatnie. Spojrzała nań, po czym parsknęła śmiechem.

To nie było to, czego się spodziewała. To był jeden wielki koszmarny, absolutnie nieczytelny, nic nieznaczący bohomaz. Przynajmniej na pierwszy rzut oka.

Miała wielką ochotę cisnąć nim w kąt. Przemogła się jednak, usadowiła wygodnie na podłodze i rozpoczęła kontemplację dzikiej plątaniny zamaszystych, finezyjnych linii. Po mniej więcej dziesięciu minutach uznała, że chyba widzi wzór. Dziwaczny i ogólnie porąbany, ale jednak wzór. Chwyciła więc kredę i wyrysowała na podłodze coś pomiędzy pentagramem, kołem fortuny a rozetą rodem z gotyckiego kościoła. Krytycznie porównała własne dzieło z oryginałem.

Wcale nie były podobne.

Nie przejęła się specjalnie. Machnęła ręką, przykryła rysunek dywanikiem, by uchronić go przed niezdrową ciekawością kotów, i z poczuciem dobrze spełnionego obowiązku otrzepała dłonie. Nie miała pojęcia, jakim cudem te esy-floresy miałyby uchronić ją przed czymkolwiek, ale poczuła się znacznie lepiej.

Po krótkim wahaniu wyszła na korytarz i cichutko zbiegła piętro niżej.

Stanęła niepewnie przed drzwiami Kwiatkowskich, łypiąc podejrzliwie w czarne, złowrogie oko wizjera. Nie mogła oprzeć się wrażeniu, że demon... tfu, Mikołaj patrzy na nią, w każdej chwili gotów do ataku. Siedzi tam w ciemnym przedpokoju i szykuje się do skoku, szczerząc długaśne, żółte kły... Wzdrygnęła się. Odpędziła natrętną myśl i szybko nakreśliła na podłogowych deskach ochronny wzór. Tym razem mniejszy, żeby zmieścił się pod wycieraczką.

Zamarła z kredą w dłoni, gdy raptem zgasło światło i wszystko połknął miękki, gęsty mrok. Tego tylko brakowało.

Zaklęła pod nosem. Krok za krokiem zaczęła przesuwać się wzdłuż zimnej ściany, wodząc po niej opuszkami palców. Namacała włącznik, wcisnęła. Nic. Za drugim i trzecim razem też nic. Ciemno wszędzie, głucho wszędzie, czyli innymi słowy znowu prąd szlag jasny trafił. Trzeci raz w tym miesiącu. No trudno, byle dostać się z powrotem na górę. Obróciła się na pięcie i wolno ruszyła mniej więcej w kierunku schodów.

Daleko nie zaszła.

Za drzwiami do mieszkania Karoliny rozległo się potężne kichnięcie, zaraz potem paskudny mokry kaszel.

Ida rozluźniła się natychmiast, powoli wypuściła powietrze z płuc.

A zatem tak jak przypuszczała, Mikołaj był chory, wziął aspirynę, zamknął się w sypialni i nie słyszał telefonu – ot, cała tajemnica. I pewnie umrze na zapalenie płuc... Chociaż nie, od tego przecież oczy nie wypadają. W każdym razie nie ma żadnych demonów. A Duch i duszki cierpią na manię prześladowczą i koniecznie trzeba im załatwić psychoanalityka... eee, parapsychologa... Czy kogoś w tym rodzaju.

Dziewczyna usłyszała kroki. Po chwili drzwi otworzyły się, szorując cicho po wykładzinie.

– Kto tam? – zapytał chrapliwy głos.

– To tylko ja, Miko – odparła pogodnie Ida i odruchowo posłała uśmiech gdzieś w ciemność. – Już sobie idę.

I poszłaby, gdyby Mikołaj nagle nie poślizgnął się na wycieraczce, z hukiem nie przywalił czymś w drzwi i nie runął na podłogę. Ida doskoczyła do niego, pomogła mu usiąść. Znaczy, spróbowała pomóc, po ciemku nie było to wcale takie łatwe.

– Wszystko w porządku, Miko? – spytała. – Mocno przywaliłeś? – Oczami wyobraźni ujrzała Kwiatkowskiego z klamką tkwiącą w oczodole. – No powiedzże coś! Cholera, nic nie widzę...

Mikołaj nie odpowiadał. Dławił się powietrzem, mrucząc i klnąc pod nosem, oddech miał nierówny i świszczący.

– Kahrrr... hrrro... li... na? – zacharczał z trudem.

Zaskoczona Ida wlepiła oczy w mrok, ale nie zdążyła odpowiedzieć. Skamieniała, gdy na jej nadgarstku zacisnęły się długie, zimne palce, a tuż przed nią zakipiała krwista czerwień wielkich ślepi.

– No – zachrypiały demony ustami Mikołaja. – Jesteś nareszcie, Kahr... rro... linko.

Rozdział piąty

Diabeł w butelce

Gęste i lepkie.

Takie właśnie było to, na czym leżała. Sprężyste, mięciuchne, przyjemnie uginające się pod jej ciężarem. Coś między budyniem a galaretką. Zabawne uczucie.

Otworzyła oczy.

Sufit. Bez wątpienia. I bez wątpienia nie jej, tylko Karoliny, poznała po lampie. Po bokach zielone ściany, na ścianach obrazy i duże lustro w zdobionej ramie. Na dole dywan. Niby nic dziwnego w tym dywanie, a jednak.

Dzieliło ją od niego dobre półtora metra powietrza.

Pomiędzy nie było nic. No, ale to w końcu sen, a we śnie można sobie trochę podyndać nad podłogą. Czemu nie. Trudno o lepszą okazję do dyndania.

Nagle coś w nią wlazło, brutalnie przekonując, że wcale nie śni. Zimno rozeszło się błyskawicznie od czubka głowy aż po stopy. Na moment zrobiło się ciemno, a budyń i galaretka zniknęły bezpowrotnie. Skutek był łatwy do przewidzenia. Runęła w dół jak kamień, choć, o dziwo, nic sobie nie stłukła.

– Brawo – skomentował Duch, unosząc się nad nią z rękami skrzyżowanymi na piersi. – Jestem pod wrażeniem. Dla mnie bomba. Aż słów mi brak.

– C-co to było? – wyjąkała Ida, próbując wydostać się z podłogi. Miała wrażenie, że wpadła w kisiel.

Duch wydął usta i wyjaśnił w swój denerwująco niewystarczający sposób:

– Karolina.

– Co Karolina?

– No, przelazła przez ciebie.

– Co proszę?!

– Mówiłem ci, nie chciałaś słuchać, to teraz masz. – Duch usiadł w powietrzu po turecku. Przypominał dostojnego, obrażonego na cały świat dżina. – Jeśli tak mają wyglądać te twoje egzorcyzmy, to lepiej faktycznie zajmij się czym innym. Proponuję haftowanie.

– Teraz mi mówisz – stęknęła z pretensją. – Ty widziałeś, jakie on miał ślepia? Widziałeś?

– Widziałem. A czegoś się spodziewała? To demony, a nie Mamusia Muminka.

Ida zadarła głowę.

– Wciąż tu są?

– A skąd. Poszły w diabły... nie, nie, tam akurat nie poszły, wciąż pałętają się po naszej stronie. W każdym razie w kamienicy już ich nie ma. Róża i Milenka przeszukują dla pewności całe osiedle, ale nie sądzę, żeby cokolwiek znalazły. I co się tak szczerzysz? – fuknął nagle. – Nie ma w tym za grosz twojej zasługi.

Dziewczyna spochmurniała w jednej chwili. Zerknęła w dół.

– Jestem duszką – skonstatowała odkrywczo. – Ten potwór zabrał mi ciało.

– Nooo... to nie do końca tak. Widzisz...

Duch urwał. Poderwał się szybko i w ostatniej chwili zdołał uciec przed Karoliną, która wpadła do pokoju uzbrojona w dwie walizki, wielką torbę podróżną, sztalugę, szkicownik, kuferek z farbami, zestaw pędzli i komplet ołówków. Przemaszerowała przez Idę jak przez powietrze, a medium natychmiast dostało dreszczy. I mroczków przed oczami.

Minęło kilka sekund, zanim doszło do siebie.

– Sytuacja trochę się skomplikowała – bąknął Duch, w zamyśleniu obserwując artystkę malarkę. Wrzeszczącą, klnącą i ogólnie w nie najlepszym nastroju.

– Co jej się stało? – spytała z niepokojem Ida. – Dopadły ją?

– Nie. Po prostu jest wściekła. Nie tylko na ciebie. Na Mikołaja też. Ale na ciebie zdecydowanie bardziej.

– Nic nie rozumiem.

– Nic nowego – burknął Duch. – Na twoim miejscu zajrzałbym do sypialni.

Przez minutę obserwował, jak dziewczyna próbuje wydostać się z podłogi, wreszcie stracił cierpliwość. Opadł w dół, mocno szarpnął ją za ramiona, po czym szybko wypłynął z pokoju. Ida obejrzała się jeszcze na warczącą Kwiatkowską i chwiejnie, niepewnie podążyła za nim. Co parę kroków wznosiła się w powietrze jak wypełniony helem balonik, po czym opadała łagodnie i znów mogła stąpać po podłodze. Wrażenie było dziwaczne.

– Ty przynajmniej masz pewność, że nie zapadło w śpiączkę – mruknął zazdrośnie Duch, zatrzymując się przed wejściem do sypialni.

– O czym ty mówisz?

– Sama zobacz.

Rzuciła mu podejrzliwe spojrzenie, ale po chwili wahania zajrzała do środka. I zawisła w progu jak w powietrze wryta.

Jej własne ciało leżało sobie jak gdyby nigdy nic w małżeńskim łożu Karoliny i Mikołaja.

Dopiero przeraźliwy rumor wyrwał medium z osłupienia. Ida i Duch obejrzeli się jednocześnie, by zobaczyć artystkę malarkę rozbijającą o ścianę zdjęcia ślubne oprawione w szklane ramki. Kryształowe drobinki szkła spadały na podłogę srebrzystym deszczem.

Wreszcie Karolina, sycząc pod nosem bardzo brzydkie rzeczy, z których jednoznacznie wynikało, że facet to świnia, pozbierała cały spakowany dobytek i wybiegła z mieszkania, głośno trzaskając drzwiami.

– A niech mnie – wydusiła Ida po dłuższym milczeniu. – I ona teraz myśli, że ja... że on... że my...

– Że wy – potwierdził Duch. – Razem. Nie osobno. To ważne. Dokładnie tak.

– Oooo...

– Nie dziwię się jej zbytnio. Gdybym był Karoliną, wyciągnąłbym podobne wnioski.

– Duchu, dajże spokój!

– No co? Dla niej wszystko jest jasne.

Ida nerwowo przeczesała włosy, potrząsnęła głową.

– A jakim cudem moje ciało znalazło się w ich łóżku?

– Demony cię przyniosły – odparł z przekonaniem Duch. – Używając do tego ciała Mikołaja.

– Demony? – Medium na moment straciło równowagę – A po co?... – Aż się wzdrygnęło, gdy przyszła mu do głowy jedna z możliwości.

– No, żeby dokonać opętania, naturalnie. Gdzie miały to zrobić, na klatce schodowej? Opętanie to nie takie hop-siup, zajmuje jednak trochę czasu i głupio by było, gdyby w samym środku procesu znaleźli cię sąsiedzi i wezwali pogotowie. Gdyby

Karolina znalazła cię na podłodze w przedpokoju, też wezwałaby pogotowie.

Oszołomione, dosłownie półżywe medium poczuło, że robi mu się słabo. Ale Duch nie zamierzał go oszczędzać.

– Mam dla ciebie dwie wiadomości – zaczął wolno. – A właściwie to trzy... Eee... nie, przepraszam, cztery. Tak, cztery.

– Dwie dobre i dwie złe? – spytała z nadzieją Ida. – Tak dla równowagi?

– Nie – uciął krótko Duch. – Dobra jest jedna. I to nawet nie do końca. Otóż Karolina chwilowo jest bezpieczna.

– Jak to chwilowo, dlaczego nie na dłużej?!

– Boś spartaczyła robotę, dlatego – wyjaśnił dobitnie. – Zamiast wygonić diabły z powrotem do piekieł, ty pozwoliłaś im zbiec z ciałem!

Oczy Idy zrobiły się wielkie jak spodki.

– Matko kochana, z jakim ciałem? – wyszeptała słabo.

– I tu właśnie przechodzimy do pierwszej złej wiadomości – oświadczył Duch tonem, który Ida znała bardzo dobrze. I którego bardzo, bardzo nie lubiła. – Demony nadal siedzą w Mikołaju i razem z Mikołajem przepadły jak kamień w wodę.

– No ładnie.

– To cały twój komentarz? Może byś się bardziej przejęła, ludzką duszę masz na sumieniu. No i ciało. Nie wiem, jak my go teraz znajdziemy, nie mówiąc już o skompletowaniu.

– O czym, przepraszam?

Duch był niewątpliwym mistrzem w rzucaniu gromiących spojrzeń.

– Powinnaś wiedzieć, jak działają demony – warknął niecierpliwie. – Jeśli jakieś ciało szczególnie im się spodoba, najpierw wypędzają właściciela, a dopiero potem się wprowadzają.

Wchodząc w Mikołaja, demony uzyskały dostęp do jego wspomnień, odruchów, przyzwyczajeń, przejęły osobowość, sposób myślenia i tak dalej, bla, bla, bla... Oswojenie się z cielesną powłoką zabiera zwykle sporo czasu i może spowodować zmianę w zachowaniu. I mimo że Karolina już od dawna podejrzewała, że coś z Mikołajem jest nie tak, muszę przyznać, że demony nieźle sobie poradziły... No. A teraz przepadły. Trzeba więc znaleźć Mikołajową cielesność i bezcielesność, niekoniecznie w tej kolejności, po czym z powrotem je połączyć. Skompletować, znaczy.

– I jak my to zrobimy? – jęknęła płaczliwie Ida.

– Gdybym wiedział jak – Duch dźgnął ją wzrokiem zimnym i ostrym jak lodowe sople – nie byłoby mnie tutaj.

Ida przez całe to demoniczne zamieszanie miała taki mętlik w głowie, że dopiero teraz do jej oszołomionego umysłu zawitało pytanie, które powinna była zadać Duchowi na samym początku. Pytanie, na które nie potrzebowała odpowiedzi i które sprawiło, że znajoma żądza mordu zapłonęła w dziewczynie i oblała jej twarz rumieńcem gniewu. Uświadomiła sobie bowiem, jak wiele Duch wie o demonach, i nie miała wątpliwości, gdzie posiadł tę wiedzę. Zacisnęła pięści.

– Czy to Mikołaj wywołał te demony? – wycedziła, siląc się na spokój. Nie musiała pytać, to było przecież bardziej niż oczywiste. Reakcja Ducha również.

Zgodnie z jej oczekiwaniami Duch zacisnął usta. Zawsze tak robił, gdy odmawiał udzielania jakichkolwiek informacji na temat pracy Kwiatkowskiego.

– Duchu – syknęła Ida, a piwne oczy błysnęły groźnie. – Ja nie jestem taka głupia, jak ci się wydaje. Mikołaj para się czarną magią, oboje o tym wiemy. I mimo że do dzisiaj nie wierzyłam w demony, to właśnie straciłam przez nie ciało, więc jeśli w tej chwili nie powiesz mi, na czym polega ten supertajny projekt, przeprowadzę ciebie, Różę i Milenę w zaświaty i zadbam o to, żeby nikt nigdy was nie wywołał, rozumiesz? – Duch nie potwierdził ani nie zaprzeczył. Patrzył tylko na kipiące ze złości medium z rosnącym zdziwieniem. – Dzisiaj rano kazałeś mi przeprowadzić egzorcyzmy, mimo że medium nie ma o nich bladego pojęcia. Ja nie jestem Stanisławą i nie znam się na demonach. Nie wiem, kim była wasza poprzednia opiekunka, ale na bank nie była tylko medium. Wyszkoliła mnie najlepsza rozmawiająca z umarłymi, jaka kiedykolwiek chodziła po tym świecie, zatem znam się na swojej robocie. A ty, bracie, naraziłeś moją duszę i wpakowałeś mnie w cały ten syf. Wypakuj mnie więc z niego w tej chwili albo pożałujesz.

Duch zamrugał nerwowo. Zaciśniętym dłoniom Idy nic nie stało na przeszkodzie, by podbić mu oko. A wnioskując z jej miny, dziewczyna miała niesamowitą ochotę podbić mu oba.

– Tak, to Mikołaj wywołał demony – odparł, a z jego głosu zniknął mentorski ton. – W tym się specjalizuje. Jest demonomantą. I nekromantą.

– Przecudnie – skomentowała wściekle Ida. – I nie raczyłeś mnie o tym poinformować, kiedy się wprowadziłam, a teraz przez te wasze durne tajemnice o mało nie straciłam duszy. Może mi łaskawie wyjaśnisz, co wy macie wspólnego z tym cholernym projektem i czemu tak bardzo pilnowałeś, żeby duszki nie pisnęły słówka i broń Boże, nie uratowały mi skóry?

– Mówiłem ci o tym tyle razy, ale jak zwykle nie słuchałaś... – Duch już odzyskiwał rezon i miał zamiar uraczyć dziewczynę kolejną gadką na temat jej nieudolności, ale szybko zrezygnował z tego zamiaru. A to dlatego, że medium zmrużyło oczy i wbiło w niego spojrzenie nie tyle niebezpieczne, ile powalające. Duch odwrócił wzrok. – Stanisława związała nas nieśmiertelną przysięgą...

– W dupie mam nieśmiertelną przysięgę! – przerwała mu Ida. – Z twoich ust nie padło choćby słowo ostrzeżenia, a chyba nie przysięgałeś narażać postronnych na uboczne skutki projektu, co? Mogłeś powiedzieć, że jestem w niebezpieczeństwie, bez łamania przyrzeczenia.

Duch milczał, z nagłym zaciekawieniem obserwując podłogę.

– Mów dalej – poleciła dziewczyna tonem nieznoszącym sprzeciwu.

– Ja, Milena i Róża straciliśmy ciała prawie rok temu w wyniku nieudanego opętania – podjął niepewnie Duch. – Mikołaj i Stanisława szukali sposobu, który umożliwiłby nam odzyskanie cielesności.

– I tym sposobem miało być zadzieranie z demonami? – warknęło medium. – Narażanie dusz na zniszczenie lub wieczne męki? Przecież mogli kogoś zabić! Nie tylko siebie, mogli uśmiercić Karolinę, zamienić ją na płonące w piekielnych płomieniach ptaszysko! Widziałeś Joannę, wiesz, co ona musi przeżywać. Ciebie i duszki mogło spotkać to samo. Mógł was spotkać niebyt!

– Sytuacja wymknęła się spod kontroli... Nikt nie przewidział, że sprawy zajdą tak daleko...

– Jak daleko? Duchu, patrz na mnie i odpowiadaj, bo przysięgam, że zaraz przywołam Wiatr Zaświatów!

Duch zbladł. O ile to w ogóle możliwe, zawsze był przecież bielszy niż świeży śnieg.

– Mikołaj chciał wybudzić nasze ciała ze śpiączki za pomocą demonów – odparł, potulnie zwieszając głowę. Medium milczało złowrogo niczym wulkan przed erupcją, więc Duchowi nie pozostało nic innego, jak kontynuować: – Demony stanowią dużo silniejszą siłę ożywiającą ciało. Są potężniejsze od zwykłych zjaw, dlatego opętywanie przychodzi im z taką łatwością. Mikołaj starał się podporządkować sobie demony tak, żeby dokonać na naszych ciałach parareanimacji.

– Czego?

– Demony można porównać do prądu – pośpieszył z wyjaśnieniami Duch. – Porażenie prądem powoduje zaburzenie powstawania i przewodzenia impulsów elektrycznych w mięśniach oraz układzie nerwowym. Najgroźniejsze jest dla mięśnia sercowego i często skutkuje jego zatrzymaniem, a z drugiej strony podczas defibrylacji to właśnie impulsy elektryczne przywracają akcję serca. Z demonami jest podobnie. Przy nieudanym opętaniu wprowadzają ciało w śpiączkę, a jednocześnie posiadają moc niezbędną do tego, by to ciało wybudzić.

Ida milczała bardzo długo, dysząc jak byk na widok czerwonej płachty.

– A co ze Stanisławą? – odezwała się wreszcie. – Jak mogła się na to zgodzić? Jak mogła wystawiać swoją i wasze dusze na takie niebezpieczeństwo?

– Stanisława jest demonologiem. Od zawsze interesowała się demonami i...

– Interesowała się?! – W oczach medium zalśniły rozżarzone węgle. – Co, może dużo o nich czytała i zapamiętywała, tak? Robiła notatki? Szukała informacji w internecie, oglądała programy w telewizji? Interesowała się?! Czy ty sobie ze mnie żarty stroisz?!

– N-nie – wyjąkał Duch, mając wielką ochotę zapaść się pod ziemię. Wtulił głowę w ramiona, opadł niżej, by wsiąknąć w podłogę, ale Ida złapała go za nadgarstek i z siłą, o jaką jej nie podejrzewał, pociągnęła w górę.

– I co się z nią stało? – wypowiedziała pytanie w taki sposób, jakby chciała głosem rozedrzeć powietrze na strzępy. – Opętały ją, tak?

– Nie... Chyba nie... Kiedy uciekała, wyglądała całkiem normalnie...

– Mikołaj też wygląda całkiem normalnie, a zachowuje się jak skończony idiota – sarknęła dziewczyna. – Stanisława uciekła z dnia na dzień, nie sądzisz, że mogła to zrobić na skutek opętania?

– Może po prostu się wystraszyła – zasugerował nieśmiało Duch. – Może odkryła, że w Mikołaju siedzą demony, może chciał jej zrobić krzywdę...

– I od dwóch tygodni patrzyłeś, jak latam do Karoliny na pogaduchy, mając świadomość, że włażę do paszczy lwa! – Głos dziewczyny drżał z wściekłości. – Jak mogłeś?!

– Przecież nie wiedziałem, dlaczego Stanisława odeszła, nie mieliśmy z duszkami pewności, czy Mikołaj uległ opętaniu. Do dzisiaj. To właśnie starałem ci się wyjaśnić...

– Nieprawda – znowu wpadła mu w słowo, wzmacniając uścisk. Duch jęknął z bólu. – Chciałeś mnie użyć do wypędzenia demonów, nie miałeś zamiaru wtajemniczać jakiegoś głupiego, nieudolnego medium w wasz supertajny sekret! Wisiało ci, co się ze mną stanie. Nie obchodziło cię, czy umiem walczyć z demonami, czy nie. Założyłeś, że mam jakieś szanse, i wepchnąłeś prosto w piekielne płomienie, a nuż by mi się udało i wyegzorcyzmowany Mikołaj mógłby kontynuować pracę nad projektem, tak?

Duch nie próbował się usprawiedliwiać. Nie potrafił spojrzeć Idzie w oczy. I jego szczęście, spopieliłaby go wzrokiem w jednej chwili.

– Czy Wydział Opętań i Nawiedzeń wie, czym zajmował się Kwiatkowski? – zapytała dziewczyna po długiej chwili ciężkiej ciszy.

– Nie wie. O pracy Mikołaja i Stanisławy nie wie nikt. Ukrywali ją również przed funkcjonariuszami WON-u, ponieważ...

– ...nie uzyskaliby pozwolenia na zabawę z demonami – zgadła Ida. Puściła Ducha z miną, z jaką strzepuje się z ubrania wstrętnego robaka. – Mówiłeś, że nie jesteś zdolny do tego, co demony zrobiły tobie. Właśnie że jesteś. Jesteś jeszcze gorszy od nich. – Wyminęła go i przepłynęła na drugą stronę sypialni.

– Ida...

– Nie odzywaj się do mnie, draniu, zejdź mi z oczu! Wracam do ciała i wynoszę się stąd!

– I zostawisz Karolinę?

Dziewczyna odwróciła się gwałtownie.

– Ona jest teraz celem dla demonów – oświadczył Duch. – Same ci to powiedziały.

Ida zmarszczyła brwi i ruszyła w jego stronę, a Duch na widok jej przerażająco poważnej twarzy cofnął się i skulił.

– Skąd... ty... o tym... wiesz... – cedziła słowa w rytm kroków.

Duch zawahał się. Nie powiedział nic. I wcale nie musiał, Ida wyczytała wszystko w jego spłoszonym spojrzeniu.

– Ty sukinsynu... – szepnęła z niedowierzaniem. – Patrzyłeś, jak Mikołaj mnie atakuje, widziałeś, jak demony wyrzucają moją duszę z ciała. Słyszałeś, jak nazywają mnie Karoliną...

– Zwykłe zjawy nie mają szans z demonami – próbował się tłumaczyć Duch. – Nie mogłem nic zrobić...

Ida nie dała mu dokończyć. Trzasnęła go na odlew w twarz tak mocno, że aż dłoń zapiekła ją nieznośnie.

Duch zatoczył się. Odzyskał równowagę i popatrzył na dziewczynę bez śladu pretensji w oczach, rozmasowując policzek.

– Wybacz mi – powiedział cicho. – Nie wiedziałem, czy można ci ufać, dlatego nic nie powiedziałem o pracy Kwiatkowskiego. No i przez całe moje bezcielesne życie byłem pod opieką Stanisławy, myślałem, że walka z demonami to część pracy każdego medium...

– A zatem źle myślałeś – mruknęła Ida.

Przyłożyła palce do skroni, próbując wymyślić jakiś plan. Nie była przygotowana na utratę cielesności. Nie miała pojęcia, jak powinna się zachować, będąc opiekunką człowieka, którego dusza i ciało pałętały się teraz nie wiadomo gdzie, i to na dodatek osobno. Jeśli zadawanie się z demonami sprawiło, że ducha Mikołaja spotkał los Joanny, oczywiście nic nie można było na to poradzić i żadne przeprowadzanie w zaświaty nie wchodziło w grę. Należało raczej czekać na dzień, w którym na parapecie obok jednej harpii zasiądzie druga. No tak... ale gdy kanibal nawiedził ją latem, nie przypominał płonącego ptaszyska, nie było więc podstaw, by sądzić, że spędzi wieczność na skrzeczeniu, machaniu skrzydłami i niekończącym się przeżywaniu własnej śmierci. Tylko w takim razie, gdzie on się podział?... A raczej gdzie podziały się obie części Jednookiego? No i co począć z Karoliną? Medium powinno ją ratować czy zostawić na pastwę opętanego męża? Zarówno demony siedzące w ciele Kwiatkowskiego, jak i Duch dali Idzie jasno do zrozumienia, że Karolinę czeka to samo co Mikołaja. Czyli cholera wie co. Niebezpieczeństwo, to na pewno. Tylko jakie? I co w tej sytuacji powinna zrobić szamanka od umarlaków?

Ida nie miała żadnego pomysłu. Potrzebowała więcej informacji, żeby nie zrobić czegoś głupiego.

– Jakim cudem rzuciły się na mnie zamiast na Karolinę? – zapytała po długim milczeniu.

– Miały strasznego pecha – powiedział Duch, który przez cały ten czas obserwował ją z napięciem. – Demon siedzący w ludzkim ciele postrzega świat jak człowiek. Ludzie po ciemku nie widzą, to i one nie zobaczyły, że atakują ciebie, nie Karolinę. Głosy macie podobne, miały prawo się pomylić...

– Nie miały – zaprzeczyła z satysfakcją dziewczyna. – Tylko ja mówię do Mikołaja per Miko. Nie cierpi tego. A one to przeoczyły.

– Fakt – zgodził się Duch. – Nie wiem, czy na twoim miejscu czułbym się lepiej ze świadomością, że cielesności pozbawiły mnie demony ograniczone umysłowo, ale niech ci będzie. Ciesz się. W każdym razie opętać cię już nie zdołały.

– No tak. – Ida skinęła głową i przeczesała palcami splątane włosy. – Moje ciało jest chronione przed jakimikolwiek atakami z zewnątrz, żebym mogła bez ryzyka przeprowadzać dusze przez Rzekę...

Ida zamyśliła się głęboko. Tekla poświęciła trzy długie dni i noce, by nauczyć siostrzenicę wychodzenia z ciała i wchodzenia do niego. Ciało opuszczone przez ducha pozostawało pod silną ochroną bariery, która była szczególnie uczulona na ataki ze strony istot bezcielesnych. Ida musiała zatem do perfekcji opanować sztukę otwierania sobie przejścia z powrotem, tak by ciało rozpoznało jej duszę i nie zareagowało na nią jak na potencjalnego intruza. Ale do tej pory dziewczyna opuszczała cielesność samodzielnie i dobrowolnie, nigdy nic jej nie wyrzuciło siłą. Proces wychodzenia zajmował trochę czasu, Ida nigdy wcześniej nie opuściła cielesnej powłoki tak gwałtownie, bez żadnego przygotowania, jak teraz. Dziewczyna nie bardzo wiedziała, czy w takiej sytuacji powrót jest w ogóle możliwy. A jeśli jest, nie była pewna, czy nie są konieczne jakieś szczególne środki ostrożności, żeby bezpiecznie dostać się do środka. Takiego scenariusza z Teklą nie przerabiały.

– Nad czym tak dumasz? – zapytał Duch po dłuższym milczeniu.

Ida poderwała głowę.

– Zastanawiam się, jak mam do niego wrócić.

– No... – Duch zawahał się, wyraźnie nie pojmując, w czym problem. – No jak to: jak? Normalnie. Stanisława nigdy nie miała z tym problemów...

– Tak się składa, że problemy Stanisławy, czy raczej ich brak, guzik mnie w tej chwili obchodzą – odburknęła dziewczyna zirytowana. – Czy ona była kiedyś w mojej sytuacji?

– Nie, ale...

– No właśnie – nie pozwoliła Duchowi dokończyć. – Zatem przestań się wymądrzać. Cała ta afera wyłącznie twoja wina, więc nie pogarszaj swojej sytuacji i odpuść sobie wychwalanie pod niebiosa tego chodzącego ideału. W niczym mi to nie pomaga, a tylko psuje już i tak parszywy humor. I w ogóle siedź cicho. Muszę pomyśleć.

Duch nie próbował protestować, zrezygnował nawet z pogardliwego fuknięcia. Do reszty pochłonęło go udawanie nieobecnego.

Ida natomiast dokładnie rozważała ewentualne komplikacje. Proces powracania do ciała był jeszcze dłuższy i bardziej skomplikowany niż samo jego opuszczanie. Ciotka nieraz powtarzała, że gdyby Ida spróbowała wrócić zbyt szybko, nie dając więzi między powłoką cielesną i duchową szansy na odnowienie się, jej dusza utknęłaby w środku, nie odzyskawszy kontroli nad ciałem. W rezultacie groziło to pewnym rodzajem śpiączki czy letargu, na które żaden lekarz nie byłby w stanie nic poradzić i które albo przeszłyby same z siebie po paru dniach, albo... nie przeszłyby w ogóle. Ida obawiała się, że jeśli blokada uległa uszkodzeniu pod wpływem ataku demonów, proces powracania mógł się nagle przerwać i uwięzić ją w środku. Z drugiej zaś strony, im dłużej pozostawała poza ciałem, tym bardziej słabła blokada. W tej chwili nie musiała obawiać się żadnego ataku, ale co będzie, jeśli za parę dni przyjdzie więcej demonów?

A pewnie przyjdzie, pomyślała niewesoło dziewczyna.

Proces opuszczania ciała wymagał czasu, ponieważ rozmawiająca z umarłymi musiała utkać i zarzucić na Oko gęste zasłony, tak by podczas nieobecności jej duszy żadne zbłąkane widmo czy upiór nie przypałętały się przypadkiem, zwabione jasnym blaskiem. Tym razem jednak Ida nie miała okazji zamaskować Oka, które nadal płonęło w chłodnych ciemnościach ciepło i kusząco jak pochodnia. Należało zatem założyć, że niedługo demony zaczną walić drzwiami i oknami. Zwłaszcza że to mało prawdopodobne, by opętany Mikołaj zamknął przejście do piekieł...

– Mikołaj nie zamknął przejścia, prawda? – upewniła się na głos, wyrywając Ducha z jego własnych rozmyślań.

Spojrzał na nią tak, że szybkim gestem zabroniła mu odpowiadać.

– Dobra, dobra, nie rób min, tylko się upewniam – burknęła. – Skoro przejście do piekieł nadal stoi otworem, to znaczy, że wszyscy jesteśmy w niebezpieczeństwie.

– A przede wszystkim Karolina – sprostował Duch, uznawszy, że już może się odezwać. – Skoro demony znają jej imię, to znaczy, że nasz czarodziej rozkazał im atakować właśnie ją.

– Demony go słuchają? – zdziwiła się dziewczyna. – To w takim razie jakim cudem dał się opętać i wyrzucić z ciała?

– Z demonami jest jak z kobietami – orzekł filozoficznie Duch. – Bez obrazy – dodał szybko, gdy Ida skrzywiła się z dezaprobatą. – Nigdy nie wiesz, jak zareagują. I każdy jest inny, jeden od razu będzie posłuszny, innego trzeba podporządkować sobie potężniejszymi zaklęciami. Są też pomniejsze, teoretycznie nieszkodliwe, tak słabe, że magia nie jest w stanie ich wykryć. Potrafią niepostrzeżenie wkraść się do ciała, jeden po drugim, i powoli przejmować nad nim kontrolę, spychając duszę na bok, a wreszcie wyrzucając ją na zewnątrz. Według mnie Mikołaj zmienił się właśnie pod ich wpływem i wskazał im Karolinę jako kolejny cel.

– A kiedy ją dopadną... – Ida urwała. Przygryzła wargę. – Co wtedy?

– Wtedy będą po kolei opętywać tych, których imiona znajdą w pamięci Mikołaja. Imię ma wielkie znaczenie, stanowi bowiem klucz do ciała.

– Jeśli poznają moje... – Ida zawiesiła głos, czując, że sytuacja zaczyna ją przerastać. Nie dokończyła pytania, bo już znała na nie odpowiedź. A przynajmniej jej się domyślała. I nawet jeśli nie miała racji, wolała wziąć pod uwagę najczarniejszy scenariusz, który brzmiał: jeśli demony poznają jej imię, blokada prawdopodobnie zniknie i nic nie będzie w stanie obronić Idy przed ich atakiem. Pewnie dlatego Tekla mogła używać ciała Alicji – znając imię, nawiązała więź z cielesną powłoką popielatowłosej ślicznotki.

Ida popatrzyła na Ducha, żeby potwierdzić swoje przypuszczenia, ten jednak bezradnie rozłożył ręce.

– Nie mam pojęcia – przyznał. – Ale raczej w niczym nam to nie pomoże.

Dziewczyna westchnęła ciężko – przeczesała palcami widmowe włosy.

– No to teraz podsumujmy – to mówiąc, Duch zaczął nerwowo krążyć po sypialni. – Musimy znaleźć Karolinę i nie dopuścić do jej opętania. Musimy znaleźć obie części Mikołaja i je zespolić. Ale najpierw musimy zespolić obie części ciebie, bo niczego nie wskóramy, dopóki nie odzyskasz cielesności. A na sam koniec wypędzić demony z powrotem do piekieł.

– Nie potrafię tego zrobić – przyznała szczerze Ida. – Nawet gdybym potrafiła, nie powinnam się mieszać... Jeśli uratuję Mikołaja, umrze ktoś inny.

– Co masz na myśli?

Ida westchnęła ponownie. Skoro Duch wydobył z siebie prawdę, choć przyznać trzeba, że uczynił to w fatalnym stylu, czuła się w obowiązku, by odpowiedzieć tym samym.

– Przewidziałam śmierć Kwiatkowskiego – powiedziała cicho. – Dlatego tu jestem.

Duch na dłuższą chwilę wstrzymał oddech, potem wolno wypuścił powietrze z płuc. Ponuro potrząsnął głową.

– Niedobrze – odparł wyraźnie zmartwiony. – Nie znam drugiego czarodzieja, który podjąłby się zadzierania z demonami w tajemnicy przed WON-em. Szansa na odzyskanie cielesności przeze mnie i duszki właśnie sięgnęła zera.

Ida uniosła brwi.

– Nie, mój drogi, ona zawsze wynosiła zero – mruknęła kąśliwie. – Los Mikołaja świadczy o tym jasno. Czarna magia w niepowołanych rękach, choćby używana w słusznym celu, kończy się tragicznie, nasz czarodziej zginie właśnie przez nią. W momencie, w którym podjął się pracy nad projektem, wydał na siebie wyrok śmierci.

Duch nie powiedział nic. Zacisnął usta i odwrócił twarz.

– Musisz wrócić do ciała – odezwał się wreszcie. – A potem trzeba zawiadomić WON.

– Nie mogę tego zrobić jako duch? – zdziwiła się Ida. – W Wydziale Opętań i Nawiedzeń pracuje chyba jakieś medium?

– Z tego, co wiem od Stanisławy, wynika, że w WON-ie pracują pogromcy duchów. Ale oni dusz nie widzą ani nie słyszą, lecz jedynie wyczuwają. Stanisława twierdziła, że rozmawiający z umarłymi raczej nie lubią się z Agencją i rzadko dają się zwerbować. Uważają, że podporządkowani są wyłącznie Prawom Śmierci i nikt nie powinien im rozkazywać. A poza tym funkcjonariusze WON-u skupiają się raczej na walce z demonami i na przepędzaniu złych duchów, jeśli jakieś są wyjątkowo złośliwe i naprzykrzają się obywatelom. Stanisława często powtarzała, że śmierć, los dusz czy podróż w zaświaty obchodzi ich mniej niż mordowane przez wiosnę bałwanki. Nie potrzebują żadnego medium.

– To co zrobimy?

– Ano właśnie...

Duch zerknął na ciało Idy. Dziewczyna podążyła za jego spojrzeniem, w mig odgadła, co chodzi mu po głowie, i natychmiast zrobiła spłoszoną minę.

– Nie – powiedziała dobitnie.

Duch przewrócił oczami. W odpowiedzi wyraz twarzy Idy ze spłoszonego zmienił się w groźny, dlatego Duch zrezygnował z uszczypliwego komentarza i zamiast tego zapytał najłagodniej, jak tylko potrafił:

– Ale dlaczego?

– Boję się – przyznała szczerze. – Że utknę w środku na amen i zapadnę w letarg. Nie miałam szans przygotować ciała na odłączenie od duszy, no i teraz boję się powrotu. Nie patrz tak na mnie, nie jestem z siebie dumna.

– Na twoim miejscu przemyślałbym to sobie jeszcze z dziesięć razy – oświadczył Duch poważnie. – Jeśli do niego nie wrócisz, to jak masz zamiar pomóc Kwiatkowskim? Musisz coś zrobić, nie możesz tak bezczynnie tkwić.

– Łatwo ci mówić – mruknęła niechętnie. – Sam na moim miejscu też miałbyś wątpliwości.

– Szczerze wątpię – odparował chłodno. Popatrzył na Idę bardzo poważnie. – Możesz mi wierzyć, że gdybym był w twojej sytuacji, nie wahałbym się ani chwili. Nie znoszę bezcielesności i nawet sekundy bym się nie zastanawiał, czy wracać, czy też nie.

– Ja nie wracam.

– No ale chyba nie masz wyjścia, prawda? – zauważył Duch. – Skoro nie możesz w tej postaci prosić WON-u o pomoc, nie pozostaje ci nic innego, jak spróbować na własną rękę. Poza tym, skoro potrafisz wychodzić z ciała, żeby przewieźć duszę przez Rzekę, a potem do tego ciała wrócić, to chyba nie będzie to aż tak trudne, jak sugerujesz.

– A co, jeśli będzie? – nie ustępowała Ida. – A co, jeśli po ataku demonów blokada uległa uszkodzeniu i nie przepuści nawet mnie? Co, jeśli uwięzi moją duszę?

– A rób, co chcesz, twoje ciało, twoje życie, twój wybór. – Zniecierpliwiony Duch machnął ręką. – Ale wiedz, że ja zrobiłbym wszystko, żeby znaleźć się na twoim miejscu. Zastanów się, dziewczyno.

Z tymi słowami uniósł się zwinnie i wsiąknął w sufit.

*

Ida zawsze miała bujną wyobraźnię.

Gdy stała nad własnym ciałem, przed jej oczami natychmiast pojawiła się wizja, a nawet Wizja, jak ulał pasująca do jej niezbyt optymistycznych przypuszczeń. Nie uśmiechało jej się zbytnio spędzenie reszty życia w roli obojętnej na wszystko roślinki. Choć jak się tak nad tym głębiej zastanowić, nie miała właściwie wiele do stracenia. Teraz była martwa. No, może nie całkiem, ale jednak trochę martwa. Znajdowała się w identycznej sytuacji co Duch i duszki, z tą tylko różnicą, że jej ciało nie wpadło w śpiączkę. Ale jak się do niego dostać, nie ryzykując dożywotniego letargu, oto pytanie za sto punktów.

Powisiała sobie nad łóżkiem pogrążona w przygnębiających myślach. Było jej wstyd, ale nie potrafiła zaryzykować. Westchnęła zrezygnowana, wystrzeliła w górę i utknęła w suficie. A jeśli wydawało jej się, że przechodzenie przez przedmioty jest dziecinnie proste, to teraz przestało jej się tak wydawać. Tonęła w miękkim i lepkim budyniu, unieruchomiona od szyi do pasa we własnym mieszkaniu, od pasa w dół w mieszkaniu Kwiatkowskich, a Duch cały komentarz ograniczył do wymownego uniesienia brwi.

– Co robisz? – zapytał po chwili, z zaciekawieniem obserwując jej zmagania.

– A jak ci się wydaje? – burknęła zirytowana jego ostentacyjnie spokojnym tonem. – Nie stó... nie wiś tak, pomóż mi.

– Przede wszystkim przestań się wiercić – polecił Duch, nie ruszając się z miejsca. – Poczekaj, aż podłoga się uspokoi. To tak, jakbyś wpadła w bagno, nie szarp się, bo cię wciągnie.

Dziewczyna posłuchała, choć była pełna najgorszych przeczuć. Jednak gdy tylko znieruchomiała, podłoga faktycznie przestała się lepić i uginać, a już po chwili opór zniknął. Ida nie musiała właściwie nic robić, sama uniosła się nad podłogę lekko jak mydlana bańka.

– No. – Duch kiwnął głową. – Dobrze. Wnioskuję, że nie dałem rady przemówić ci do rozsądku. Niedobrze. Co zatem postanowiłaś?

– Nic. – Ida wzruszyła ramionami. – Co mogłam postanowić? Jedynym rozwiązaniem będzie odnalezienie jakiegoś medium, które zawiadomi WON w moim imieniu. Problem w tym, że prócz mojej zmarłej ciotki żadnego nie znam, a poszukiwania innego mogą potrwać, zwłaszcza że, jak sam powiedziałeś, to bardzo rzadki zawód.

– A my mamy mało czasu – przypomniał poważnie Duch. – Demony czają się tuż-tuż i tylko czekają na odpowiedni moment do ataku. Musimy działać. Pójdę po duszki i poszukamy dla ciebie jakiejś rozmawiającej z umarłymi. A ty tymczasem kombinuj, może coś wymyślisz.

Ida została sama.

Bezradnie rozejrzała się po mieszkaniu, po czym swoim zwyczajem udała się do kuchni, żeby zaparzyć sobie herbaty. I dopiero gdy jej dłoń przeniknęła przez ucho czajnika, przypomniała sobie, że przecież ta prosta i łatwa czynność mocno straciła na swej prostocie i łatwości. Teraz zagotowanie wody było nie lada wyzwaniem. A nawet jeśli zdołałaby tego dokonać, to przecież i tak się nie napije, zatem równie dobrze może sobie darować.

Cofnęła dłoń i westchnęła ciężko. Przemierzyła kuchnię i jadalnię, raz po raz wznosząc się w powietrze i opadając na podłogę. W przedpokoju natknęła się na Kocura.

Zwierzak na jej widok znieruchomiał i zjeżył bure futerko. Zaprychał głośno, gdy zrobiła krok w jego stronę, i w te pędy czmychnął do gabinetu. Parskał i syczał, szczerząc białe kiełki, i w miarę jak się zbliżała, wycofywał się w najciemniejszy kąt. Gdy gabinet skończył mu się niespodziewanie, czego Kocur zapewne nie przewidział, sądząc po rozbieganych, pełnych paniki ślepkach, przez moment stał bez ruchu jak skamieniały, po czym szurnął pod duże, owalne lustro.

– Kocurek, no co ty – zamruczała łagodnie Ida, klękając przy nim i wyciągając dłoń. – No co, malutki? Nie poznajesz mnie?

Głupie pytanie, pewnie, że nie poznawał.

Jego pani była żywa, a teraz stał przed nim obcy duch. A jak wszystkie koty, miał alergię na duchy. Wszystkie duchy, bez wyjątku. No, może oprócz Milenki. Na nią miał alergię podwójną.

Ida westchnęła ponownie. Rola zjawy była niezwykle przygnębiająca. Dziewczyna przestała się dziwić tym duchom, które utknęły po stronie żywych i umilają sobie czas uprzykrzaniem ludziom życia. Patrzenie na cielesnych, podczas gdy samemu jest się pozbawionym ciała, musi być źródłem nie lada frustracji.

Wstając z klęczek, medium zahaczyło wzrokiem o lustro.

I wyprostowało się gwałtownie.

Nie było zaskoczone, nie dostrzegłszy własnego odbicia, zdziwiło je natomiast, że lustro dymiło. Znaczy się, nie na zewnątrz. W środku. Siwe wąsy snuły się leniwie, przeplatając i zlewając ze sobą, od niechcenia liżąc wewnętrzną powierzchnię szkła.

Gdy rozległo się głośne warknięcie, Ida zamrugała raptownie, a kot dostał szału. Z dzikim miauczeniem wyskoczył spod zwierciadła, szurnął przez Idę, pozbawiając ją tchu, i wypadł z gabinetu. Nie wyrobił na zakręcie, poślizgnął się na dywaniku w przedpokoju i razem z dywanikiem wjechał do jadalni.

Ida nie patrzyła za nim, zbyt zajęta odzyskiwaniem równowagi oraz obserwowaniem tego, co działo się po drugiej stronie lustra.

Coś majaczyło za gęstymi kłębami dymu. Niewyraźny, ciemniejszy kształt. Instynkt samozachowawczy kazał jej pójść

w ślady Kocura i czym prędzej wiać z pokoju, ciekawość okazała się jednak silniejsza. Błąd. No bo przecież wiadomo, że ciekawość to pierwszy stopień do piekła. Medium samo nieraz powtarzało to wiecznie wtykającej nos w nie swoje sprawy Milence, nie spodziewało się jednak, że w pewnych okolicznościach powyższe powiedzenie należy brać na poważnie. I całkowicie dosłownie.

Zanim do Idy dotarło, co się dzieje, kłęby w zwierciadle pociemniały nagle, przybierając barwę wiśniowej czerwieni. A potem rozrzedziły się raptownie i oczom Idy ukazał się demon. Wlepił w nią iskrzące spojrzenie ogromnych, niebieskich ślepi, szponiastymi dłońmi chwycił ją za gardło i pociągnął w zwierciadło tak gwałtownie, że nie zdążyła choćby westchnąć. Instynktownie próbowała przytrzymać się ramy lustra, ale widmowe dłonie zatopiły się w drewnie jak w wodzie, przeniknęły jak przez powietrze. Uścisk na szyi wzmocnił się jeszcze, a Idzie momentalnie pociemniało w oczach. Zatonęła w bordowej chmurze i ostrej woni pieprzu i imbiru. Dym gryzł w oczy, zapierał dech skuteczniej niż zaciśnięte wokół krtani diabelskie palce. Tracąc ciało, właściwie nie czuła, co się z nią dzieje, za to teraz, będąc istotą bezcielesną, pomyślała, że tak właśnie musi czuć się ten, kto umiera. Fakt, że technicznie rzecz biorąc, właściwie już była martwa, tylko utwierdził ją w przekonaniu, że najwyraźniej umiera się dwa razy. Za drugim razem bardziej. Ten był drugi.

Zrobiło jej się słabo, łzy płynęły po policzkach jedna za drugą, dym niemiłosiernie drapał w gardle. Powoli traciła czucie. Jeśli w ogóle można mówić o jakimkolwiek czuciu, kiedy jest się pozbawionym ciała. W każdym razie traciła. To coś. Jakby jej dusza rozwiewała się w powietrzu zupełnie wbrew jej woli.

Nagle ktoś wydał z siebie potępieńczy ryk i tym kimś bynajmniej nie był demon. Ani tym bardziej otumanione dymem, zszokowane medium. Stwór na moment przestał szczerzyć kły, a Ida nieco otrzeźwiała. Oboje zerknęli po sobie w konsternacji. Dziewczyna niewiele widziała, oczy dalej łzawiły jej od dymu, zdołała się jednak zorientować, że diabeł jest nie mniej zdziwiony niż ona sama. Po chwili był jeszcze bardziej zdziwiony. Oberwał bowiem w łeb czymś okrągłym, płaskim i bez wątpienia ciężkim, i to oberwał tak, że aż się zatoczył.

Wyraźnie oszołomiony rozluźnił uścisk. Ida natychmiast skorzystała z okazji i wyszarpnęła głowę ze zwierciadła, głośno nabierając powietrza. Rozkaszlała się i przez łzy, z nosem przy samym szkle, ze zdumieniem ujrzała niewyraźną, zamazaną, ryczącą niczym lew Różyczkę, metodycznie a zdrowo okładającą demona w łeb patelnią. Okładany demon zbaraniał na amen. Jedną ręką wciąż trzymał Idę, drugą opędzał się od zaciekłego ataku, warcząc wściekle i plując iskrami.

Ida również zbaraniała. Zamarła z otwartymi ustami, na moment zapominając o tym, że od szyi w dół tkwi po drugiej stronie lustra pełnego dymu, a w jej głowie pojawiło się tylko jedno pytanie: skąd, u diabła, Różyczka wytrzasnęła widmową patelnię?! Z osłupienia szybko wyrwała ją Milenka, która wpadła jak burza do gabinetu i z bojowym okrzykiem na ustach dopadła dziewczyny, objęła ją mocno pod pachami i z całych sił starała się wyszarpnąć ze zwierciadła.

Patelnia opadała i wznosiła się, wybijając coraz szybszy rytm na czarcim czerepie, a uchwyt demona, wciąż uczepionego Idowego ubrania, ustawicznie się rozluźniał. Milenka mocniej zatarmosiła medium i zdołała wywlec je do połowy, ale dalej nie dała rady.

– Kopnij go! – wystękała, zażarcie szarpiąc Idą i skutecznie wytrząsając z niej resztki powietrza.

– Co?!

– No w kolano drania!

Medium, któremu do głowy nie przyszło, że demonowi można najzwyczajniej w świecie spuścić łomot, zebrało się w sobie i kopnęło czarta z całej siły. Nie widziało, w co kopie, grunt, że trafiło. Demon zaskowytał, puścił Idę i natychmiast oberwał w zęby, aż patelnia zadzwoniła metalicznie w ręku zmachanej Różyczki.

Dziewczyna wyleciała z lustra jak korek od szampana, wpadła na Milenkę i obie wtopiły się w ścianę. Chwilę potrwało, zanim wygramoliły się z powrotem do gabinetu i bez tchu zawisły w pachnącym pieprzem i imbirem powietrzu.

Diabeł tymczasem przewalił się przez dolną ramę i wypadł ze zwierciadła, po czym znieruchomiał w dziwacznej pozie, najpewniej straciwszy przytomność, a zadowolona z siebie Różyczka z brzdękiem odrzuciła patelnię i energicznie otrzepała dłonie, sapiąc jak mały parowóz.

Lustro zmatowiało, wypełniło się mlecznymi tumanami i po chwili błysnęło, odbijając promienie popołudniowego słońca.

– Odbiło wam? – zapytał retorycznie Duch.

Wisząc w progu z rozdziawionymi ustami, wyglądał przezabawnie, a w jego szeroko otwartych oczach malował się ciężki szok.

*

– Różyczko, skąd ty, na miłość boską, wytrzasnęłaś tę patelnię?!

Różyczka, znów spokojna i potulna, jakby to nie ona przed chwilą spacyfikowała wysłannika piekieł, wisiała sobie nad sekretarzykiem, a na jej ustach widniał melancholijny uśmiech.

Może tylko nieco szerszy i pogodniejszy niż zwykle. Milenka lewitowała w pozycji horyzontalnej z rękami założonymi za głowę, zrelaksowana i beztroska jak zawsze, a Duch swoim zwyczajem nerwowo krążył między regałami i rzucał towarzystwu niezadowolone spojrzenia. Zwłaszcza Róży rzucał spojrzenia. Zwłaszcza niezadowolone.

– Róża, mówię do ciebie! – naciskała Ida.

– Spod twojego łóżka – odparła duszka takim tonem, jakby to była najbardziej oczywista rzecz pod słońcem. – A skąd niby?

– Jak to spod mojego łóżka?! A co ona robiła pod moim łóżkiem?

– Zabrałaś patelnię spod łóżka bez pozwolenia? Nie pomyślałaś o konsekwencjach? – wycedził Duch do Różyczki z wyraźną przyganą w głosie, zanim duszka zdążyła otworzyć usta. – Oczywiście, że nie pomyślałaś! – Nie udawał nawet, że czeka na jakąkolwiek odpowiedź. – Toż to szczyt nieodpowiedzialności!

– Co ta patelnia robiła pod moim łóżkiem? – powtórzyła pytanie Ida. – Może mnie ktoś łaskawie oświeci?

– To samo co cała masa użytecznych przedmiotów, które zostawiła Stanisława – łaskawie oświecił ją Duch. – Zaklęła w patelnię pomniejszego demona, dlatego duchy mogą jej używać. Co prawda cele bojowe nie zostały przewidziane, ale jak widać, można i tak.

– A na cholerę Stanisławie był demon w patelni?

– A na czym miała nabierać wprawy? – odpowiedział pytaniem na pytanie. – Pracowali z Mikołajem nad sposobem na obudzenie naszych ciał, a żeby tego dokonać, musieli nauczyć się zaklinać demony. Stanisława całe miesiące ćwiczyła na przedmiotach kuchennych, a potem przerzuciła się na organizmy żywe i szybko nauczyła się zaklinać demony w szczury, gołębie i dzikie koty. Była profesjonalistką jakich mało, dzięki codziennym treningom nigdy nie wyszła z formy.

– Rozumiem. To znaczy nie rozumiem, ale zostawmy to na razie...

– Zostawmy – niespodziewanie zgodził się Duch. – Przejdźmy do rzeczy ważniejszej, o której trąbię od wieków z takim skutkiem, jakbym ciskał grochem o ścianę, bo do tych dwóch najwyraźniej nic nie dociera. – Tu zgromił wzrokiem obie duszki. – Należy wam się ochrzan jak stąd do nie widać. Ile razy mam jednej z drugą powtarzać, że duchy nie mogą walczyć z demonami?!

– Ale... – zaczęła nieśmiało Różyczka, jednak Milenka zaraz wpadła jej w słowo.

– A kto powiedział, że nie mogą? – zbuntowała się duszka. – Niby czemu takiego nie walnąć, jeśli akurat nadarzy się okazja? Należy się, diabłom wrednym.

– Ale...

– A jeśli wciągnąłby cię do piekieł, to kto by cię potem stamtąd wywlókł? Z demonami nie możemy się równać. Raz wpadniesz w ich łapy i po tobie.

Milenka miała zaprotestować, lecz tym razem Różyczka ją ubiegła.

– Ale to nie jest demon! – zawołała szybko.

Wszyscy popatrzyli na nią zaskoczeni. Duszka zaczerwieniła się lekko. Nigdy nie przepadała za skupianiem na sobie ogólnej uwagi i nawet fakt, że uwagę skupiały na niej raptem trzy duchy, wystarczył, by poczuła się nieswojo.

– To znaczy nie całkiem – sprostowała cichutko.

– Jak to... nie całkiem?... – wydukała wreszcie Ida. – Więc co to jest?

– Nie poznajesz? – Różyczka ze zdziwieniem uniosła brwi. – Mikołaj.

Dziewczynie na chwilę odebrało mowę.

– Nie poznaję... – przyznała w końcu machinalnie, gapiąc się na nieprzytomnego diabła. – Mikołaj?! – Z niedowierzaniem wlepiła w duszkę szeroko otwarte oczy, jakby dopiero teraz dotarł do niej sens jej słów. Potem znów zerknęła na leżącego na podłodze stwora i pokręciła głową. – Wygląda jak demon.

– Bo się zdiablił – wyjaśniła Różyczka. – Demony siedziały w nim tak długo, że dusza nasiąknęła złymi mocami.

– Faktycznie, Kwiatkowski jak w mordę strzelił – skomentowała Milenka. Delikatnie uniosła powiekę stwora, odsłaniając niebieską tęczówkę. – No to przynajmniej nie musimy gościa szukać.

– Co nie zmienia specjalnie naszego położenia – zauważył sceptycznie Duch. – Demony nadal pałętają się gdzieś w ciele Mikołaja, Karolina nadal jest w niebezpieczeństwie, Ida nadal nie odzyskała cielesności, zatem nadal nie możemy nic zrobić.

Medium tylko pokręciło głową i załamało ręce.

– Mikołaj umiał przechodzić na drugą stronę lustra? – zapytało po chwili, tknięte nagłą myślą.

– No, po zadawaniu się z demonami raczej trudno oczekiwać, żeby nie potrafił. – Duch wzruszył ramionami. – Lustra to przecież przejście do piekieł.

Medium wytrzeszczyło oczy.

– Że co proszę?!

– Lustra stanowią wrota między światami, nie wiedziałaś? – zdumiała się Milenka.

– Wiedziałam... – wymamrotało słabo medium. – Ale o tym, że jednym z tych światów są piekła, to ja pierwsze słyszę...

– A widzisz, bo wszystko zależy, dokąd chcesz przejść – rozwiał wszelkie wątpliwości Duch. – Jedni przechodzą, żeby poznać przyszłość, inni, żeby wrócić do przeszłości, a jeszcze inni otwierają przejście, żeby przywołać demona. Trzeba tylko dopasować odpowiedni klucz do odpowiednich drzwi – zakończył metaforycznie.

– Czy ty mi właśnie próbujesz wmówić, że mam bramy do piekieł we własnym mieszkaniu? – wyjąkała Ida. – I że noszę jedną w kosmetyczce?

– Nie wiem, co nosisz w kosmetyczce, ale jeśli posiadasz właściwy klucz, możesz przejść do świata demonów przez każde lusterko, jakie wpadnie ci w ręce. Bez względu na rozmiar.

– Jaja sobie robisz?

– Nie. Mikołajowi prawie rok zajęło dobranie odpowiednich zaklęć. Teraz jego czary są bardzo silne. – Duch z uznaniem pokiwał głową, robiąc przy tym minę eksperta. – A skoro, rzucając je na dole, zdołał otworzyć przejście w zwierciadle Stanisławy, mają imponujący zasięg.

– Piekielne czeluście po drugiej stronie szkła – szepnęła ze zgrozą Ida. – Tak blisko... A ty mi o tym nie powiedziałaś, jędzo przeklęta!

Duchy zamrugały, nie rozumiejąc, o czym dziewczyna plecie, ale Ida nie zwróciła na nie uwagi.

Przyłożyła dłonie do czoła, przymknęła powieki i zaczęła wyobrażać sobie Charonową Przystań. Wpadła bowiem na pomysł tak oczywisty, że aż banalny, i postanowiła złożyć komuś wizytę.

No bo skoro Mahomet nie może przyjść do góry, to góra przyjdzie do Mahometa. I zrobi mu awanturę, jakiej świat nie widział. I zaświat też nie.

*

Ida nerwowo szarpała za linę, skutkiem czego, zamiast odwiązać łódkę od pnia płaczącej wierzby, jeszcze bardziej zaciskała węzły. Warcząc i klnąc pod nosem, układała sobie w głowie pełną emocji, pretensji i żalów litanię, którą miała zamiar wygłosić pod adresem ciotki i która musiała być na tyle długa i oskarżycielska, żeby Tekli zrobiło się głupio.

Wreszcie lina przestała stawiać opór, supły się rozluźniły i pozwoliły rozplątać. Ida zepchnęła łódkę na głębszą wodę. Wskoczyła do środka i przywołała Wiatr Zaświatów. A ponieważ Wiatr przybiera taką postać, w jakiej wyobraża go sobie medium, wyobrażenia zaś bardzo często odzwierciedlają nastrój przywołującego, tym razem zamiast spokojnego podmuchu zerwał się wściekły wicher, który pchnął łódkę z taką siłą, że Idą szarpnęło do tyłu, skutkiem czego spadła z ławeczki. Łódź pędziła, rozcinając dziobem spokojne wody Rzeki, a medium burczało pod nosem same nieprzyzwoite rzeczy i nawet nie próbowało się podnieść do pozycji siedzącej. Ciskające błyskawicami oczy utkwiło w błękitnym, bezchmurnym niebie, mnąc w rękach delikatny materiał śnieżnobiałej sukienki.

Gdy łódź dotarła na drugi brzeg i z chrobotem zaryła w piach, Ida zerwała się czym prędzej, jednym susem przesadziła burtę i zaczęła się drzeć. Medium nie wolno było wchodzić między drzewa po tej stronie Rzeki, tam wstęp mieli jedynie umarli, więc dziewczyna nie mogła udać się na poszukiwania ciotki. Mogła za to zdzierać sobie gardło w nadziei, że Tekla ją usłyszy.

Ida nie wiedziała, ile czasu spędziła, siedząc po turecku na rozgrzanym piasku, wśród szeleszczących traw i trzcin, wrzeszcząc ile sił w płucach. Zdążyła ochrypnąć, zanim wreszcie spomiędzy drzew wyszła kobieta w czarnej aksamitnej sukni i o rozwianych włosach, tu i ówdzie przyprószonych srebrzystą siwizną.

– Czego się tak drze? – zapytała Tekla, wziąwszy się pod boki i uraczywszy siostrzenicę badawczym spojrzeniem. – A w ogóle to co tu robi? Przyprowadziła Jednookiego?

Ida przez moment nie mogła odpowiedzieć, bo suche, zdarte gardło odmówiło posłuszeństwa. Krzywiąc się boleśnie, kilka razy przełknęła ślinę.

– Jednooki został opętany – wychrypiała z miną godną bazyliszka. – Demony zapanowały nad jego ciałem, a potem chciały opętać i mnie, bo myślały, że jestem Kwiatkowską, ale im nie poszło, zdołały za to pozbawić mnie cielesności i teraz zamierzają dopaść Karolinę, a przed chwilą duch Jednookiego wyskoczył z drugiej strony lustra i próbował zawlec moją duszę do piekieł, ale Różyczka przywaliła mu w łeb patelnią, w którą Stanisława zaklęła pomniejszego demona, i obecnie duch Mikołaja leży nieprzytomny w moim mieszkaniu. Czy możesz mi łaskawie wyjaśnić, dlaczego nigdy nie wspominałaś, że demony istnieją i że lustro stanowi przejście do piekieł? Bo przez brak tej cennej wiedzy wpadłam właśnie w niezwykle śmierdzące bagno.

Tekla przez chwilę wyglądała na wstrząśniętą. Szybko jednak odzyskała rezon, a na jej twarzy zagościł zwykły złośliwy grymas.

– Mówiłam jej przecież, że czarna magia pochodzi z piekieł, nie sądziłam, że trzeba dodawać, iż w piekłach mieszkają demony – fuknęła zimno. – No bo co innego ma tam mieszkać, a? To chyba oczywiste, że istnieją. Są przecież złe i dobre duchy, a zatem są też anioły i diabły i gdyby Ida przez chwilę ruszyła głową, na pewno doszłaby do takiego wniosku. A poza tym tyle razy powtarzałam jej, by zachowała ostrożność i nie wchodziła Jednookiemu w drogę. Nie posłuchała mnie, to teraz ma za swoje. Medium nie ma szans w starciu z czarną magią, myślałam, że wyraziłam się jasno.

Ida zacisnęła pięści, czując, że lada moment eksploduje. Ton, jakim przemawiała Tekla, do złudzenia przypominał jej Ducha i sposób, w jaki zwykle obwiniał dziewczynę o wszystko.

– A co do luster, to kto jej takich głupot naopowiadał? – zapytała po chwili ciotka.

– Duch – odparła Ida, a głos drżał jej ze złości. – I to nie głupota, zdiablona dusza Mikołaja wciągnęła mnie w zwierciadło i próbowała zadusić. Kwiatkowski od dawna próbował odnaleźć klucz do piekieł i zapanować nad demonami... – Dziewczyna opowiedziała ciotce wszystko, czego dowiedziała się o pracy Mikołaja i Stanisławy, a im dłużej mówiła, tym bardziej Tekla wytrzeszczała oczy.

– No to ładnie się wpakowała, nie ma co – skomentowała, gdy Idzie zaschło w gardle, tak że przez dłuższy czas nie była w stanie wydobyć z siebie ani słowa. – To trzeba mieć w życiu pecha, by świeżo po zakończeniu szkolenia, bez żadnej praktyki, żadnego doświadczenia, wpaść w sam środek takiej afery. Nie miałam pojęcia, że zwierciadła stanowią wrota do piekieł...

– Co mam zrobić? – spytała Ida ochryple. – Jak odzyskać ciało?

– No jak to jak? – zdziwiła się ciotka. – Zwyczajnie.

– Kiedy ja się boję.

Tekla zareagowała na te słowa dokładnie tak jak wcześniej Duch i omiotła wzrokiem szaroniebieskie niebo. Ale w przeciwieństwie do Ducha nie odmówiła sobie złośliwego komentarza, a w tonie jej głosu nie zabrzmiała choćby pojedyncza łagodna nuta.

– Czy ona zdziczała już do reszty od tej samodzielności? Na chwilę spuścić ją z oka i proszę, już jej się całkiem w głowie poprzewracało. Ha, pewnie odkąd odeszłam, naoglądała się głupot w telewizji albo naczytała bzdur w tych niepoważnych książkach fantasy, już ja ją znam. Czego się boi, do diabła?

– Diabłów – wydukała spłoszona Ida. – Na ten przykład.

– Niech nie będzie głupia, bardzo ją proszę. – Tekla wyraźnie traciła cierpliwość.

– I tego, że bariera mogła zostać uszkodzona i uwięzi mojego ducha, a w rezultacie utknę w ciele, nie odzyskawszy nad nim kontroli.

– Czarnowidzka – westchnęła Tekla, z dezaprobatą kręcąc głową. – Wyszkoliłam ją najlepiej, jak umiałam. Nie może tak łatwo dawać się zbić z tropu jakimś bezpodstawnym domysłom. I musi w sobie zwalczyć ten irracjonalny strach, najlepiej niech zacznie od zaraz, bo jej wyraźnie utrudnia logiczne myślenie. Rozumiem, że może czuć się zagubiona, w końcu pierwszy raz została sama, ale na miłość boską, niech wykaże się zdrowym rozsądkiem i odrobiną wiary w to, czego ją nauczyłam. – Zamilkła, przyglądając się siostrzenicy z uwagą. – Gdyby każda rozmawiająca z umarłymi posiadała tak cudownie silną i na dodatek złośliwą blokadę, której nawet ona nie jest w stanie pokonać, w jaki sposób zdołałabym używać ciała Alicji?

– Alicji żaden demon nie próbował opętać – zauważyła Ida. – Jej blokada nie uległa uszkodzeniu...

– Medium spotyka na swojej drodze przeróżne duchy – powiedziała spokojnie Tekla, wznosząc oczy ku niebu. – Przyjazne i złośliwe, słabsze i nieopisanie silne. I niech mi wierzy, gdyby przełamywanie blokady przychodziło im równie łatwo jak nam, rozmawiającym z umarłymi, to nie dożyłabym tych trzystu trzydziestu pięciu lat. Sam demon nie jest w stanie zrobić jej krzywdy ani na stałe pozbawić cielesności. Co innego, gdyby słuchał rozkazów czarodzieja, gdyby czerpał siłę z jego zaklęć, wtedy taki demon prawdopodobnie nie tylko pokonałby blokadę, ale też zniszczył Idową duszę... A tymczasem nasz czarodziej stracił wszelką kontrolę nie tylko nad diabłami, ale też nad samym sobą i teraz demony działają na własną rękę, bez czarnomagicznego wsparcia ze strony Mikołaja. I w tej formie są dla Idy nieszkodliwe.

– Ale... – chciało zaoponować medium, zamilkło jednak pod karcącym spojrzeniem ciotki.

– Oddzieliły jej ciało od duszy – podjęła Tekla. – Próbowały ją opętać, ale skoro nie dostały się do środka, to znaczy, że były zbyt słabe, by pokonać barierę. Gdyby udało im się ją uszkodzić, nie poddałyby się tak łatwo i do skutku próbowałyby przedrzeć się przez zabezpieczenia. Ponieważ jednak zaniechały ataku i uciekły, to znaczy, że blokada była dla nich zbyt silna, i jestem pewna, że nie zostawiły na niej choćby rysy.

– Ale...

– Nauczyłam Idę wychodzić z ciała i do niego wracać. Nauczyłam, jak rozpoznać, że cielesność nie jest gotowa do przyjęcia ducha. Jeśli Ida poczuje opór, niech natychmiast się wycofa.

– A co, jeśli...

Tekla straciła cierpliwość i ściągnęła brwi.

– Dałaby sobie spokój z tym gdybaniem, bo do niczego jej to nie zaprowadzi. Równie dobrze może zacząć się zastanawiać, co będzie, jeśli przewidzi własną śmierć.

Idzie nigdy taki pomysł nie przyszedł do głowy i słowa ciotki bardzo ją zaniepokoiły.

– Nie robi takiej spłoszonej miny, to był tylko przykład. Żadne banshee nie potrafi przepowiedzieć swojej śmierci, ponieważ to dość skutecznie zniechęciłoby je do pracy w zawodzie, nieprawdaż? No. Czasem się zastanawiam, czy Ida mnie w ogóle słuchała przez te sześć miesięcy, czy raczej wszystkie moje wykłady poszły jak krew w piach...

Dziewczyna odetchnęła głębiej i zdołała się nieco opanować.

– A poza tym – kontynuowała Tekla – Ida brawurowo przywołuje Wiatr Zaświatów i Charonową łódź, nigdy wcześniej nie widziałam, żeby ktoś potrafił zrobić to równie skutecznie i szybko. Nawet jeśli nie dostanie się do ciała, nawet jeśli utknie w środku, zawsze może wrócić tutaj, nad Rzekę. A skoro te jej zjawy mają zamiar odnaleźć medium, które powiadomi Firmę, prędzej czy później ktoś z Wydziału Opętań i Nawiedzeń jej pomoże. Najważniejsze jest to, żeby jak najszybciej odzyskała cielesność, zanim jej dusza zacznie słabnąć. Niech chociaż spróbuje, niczym nie ryzykuje.

– A co z Jednookim? Co z Karoliną?

Tekla milczała długo, w zamyśleniu nawijając na palec pasemko włosów.

– Myślę, że w tej sytuacji najmądrzej będzie poczekać na WON i pomóc im odnaleźć Kwiatkowską – oznajmiła wreszcie. – Wydział na pewno zażąda od Idy pełnej współpracy, lepiej mu się nie narażać i grzecznie robić, co każą. Kwiatkowska niczym nie zawiniła, a teraz czyha na nią opętany mąż, a o ile Ida nie miała snu o jej śmierci, nic nie stoi na przeszkodzie, żeby ochronić ją przed zdiablonym czarodziejem.

– Gryzak nie wyłapał niczego o Kwiatkowskiej – odparło medium.

– No i dobrze. A co do Jednookiego, to cóż... Równowagi między życiem a śmiercią nie wolno zakłócać, choć z tego, co wiem, wynika, że WON ma odmienne zdanie na ten temat i zapewne uprze się, by go ratować, wyegzorcyzmować, spacyfikować siedzące w nim demony, a potem postawić mu zarzuty, wytoczyć proces i wsadzić za kratki. Może i Jednooki sięgnął po czarną magię ze szlachetnych pobudek, ale funkcjonariuszom WON-u raczej nie zrobi to różnicy. Dla nich złamał Prawa Mocy, i tyle. Niech Ida wraca do ciała i zawiadomi ludzi z Wydziału. W momencie, w którym przejmą sprawę naszego Kanibala, przejmą także odpowiedzialność za jego duszę i nie będzie musiała się nim dłużej przejmować. Zresztą zrobi, co uważa za słuszne. Tylko niech się, do cholery, przestanie głupio bać i wynajdywać problemy, których nie ma. To ona jest tu szamanką od umarlaków, nie ja. Nie zawsze będzie mogła poprosić mnie o radę, musi zacząć podejmować własne decyzje.

Medium nie wyglądało na przekonane ani uspokojone. Nerwowo skubało brzeg śnieżnobiałej sukienki z miną zagubionego, bezradnego dziecka.

*

W pierwszej chwili, gdy ciało nie chciało nawet zgiąć palców ani choćby otworzyć oczu, Ida spanikowała. Duch dziewczyny szarpał się i wiercił, nie mogąc zmusić cielesnej powłoki do najmniejszej reakcji. Wyjść też nie mógł, bariera, która bez problemu przepuściła Idową duszę, teraz nie chciała jej wypuścić. Ida już zabierała się do tworzenia w myślach obrazu Charonowej Przystani, by czym prędzej uciec nad Rzekę, gdy nagle poczuła, że robi jej się zimno. Miała wrażenie, jakby zaczynała zamarzać wewnątrz nieruchomego ciała, twardnieć, krzepnąć i po kilku sekundach nie była w stanie się poruszyć ani nawet zamrugać widmowymi powiekami.

To koniec, pomyślała tylko, czekając, aż jej skuta lodem dusza rozpryśnie się na miliony drobnych okruchów. A potem raptem poczuła mrowienie na karku, rozchodzące się w dół pleców i ramion. Skóra zapiekła nieprzyjemnie, w ściśniętej klatce piersiowej niespodziewanie zabrakło powietrza, a serce łomotnęło z taką siłą, jakby chciało pogruchotać mostek i wydostać się na wolność. Krew zaszumiała w skroniach głośniej niż Niagara, roznosząc ciepło i przywracając czucie.

Ciało zadrgało, jakby przechodziło atak epilepsji. Nękane coraz silniejszymi wstrząsami, rzucało się dziko na różowej pościeli, po czym bezwładnie opadło na poduszki.

Obserwujący wszystko Duch i duszki przez moment byli pewni, że Ida straciła przytomność, zauważyli jednak, że zaciska dłonie na kołdrze tak mocno, że aż zbielały jej knykcie.

Wreszcie dziewczynie udało się nabrać powietrza i ten pierwszy od kilku godzin oddech o mało nie rozerwał jej płuc.

– O matko... kochana... – wydyszała z wysiłkiem, krztusząc się i dławiąc. – Jak to... cholernie... boli...

– Udało ci się – powiedział Duch z niedowierzaniem i czymś na kształt ulgi niepasującymi zbytnio do kogoś, kto przez cały czas powtarzał uparcie, że jej się uda. – Róża, Milenka, już po wszystkim, nic jej nie grozi. Możecie wracać na górę. – Gdy duszki wtopiły się w sufit, Duch popatrzył na medium z uznaniem. – Naprawdę ci się udało.

Ida nie miała sił, żeby odpowiedzieć. Z trudem przeturlała się na bok i skuliła w pozycji embrionalnej. Mięśnie odmawiały posłuszeństwa, zmęczone jak po morderczym maratonie. Dziewczyna oddychała głęboko, próbując uspokoić szaleńczo walące serce, zamknęła oczy i momentalnie zaczęła odpływać. Duch jednak był czujny i szybko sprowadził ją na ziemię.

– Ida! – zawołał, pochylając się nad łóżkiem Kwiatkowskich. – Demony czają się za lustrami, nie możesz spać! Słyszysz?

– Mhm...

– A zwłaszcza nie tutaj! Dziewczyno, wstawaj, musimy coś zrobić z Mikołajem, zanim się obudzi!

Medium niechętnie otworzyło jedno oko.

– To on nadal jest na górze? – wymamrotało sennie. – Nie poszedł precz z powrotem do lustra?

– Nie, ciągle leży nieprzytomny. Trzeba przyznać, że Róża spuściła mu niezłe lanie. Siedzą przy nim razem z Milenką i dadzą znać, jakby się obudził.

– Musimy zawiadomić WON... – stęknęła Ida, próbując przełamać zmęczenie i podnieść się z cudownie miękkich poduszek.

– WON WON-em – zgodził się Duch – ale znam łatwy i bezpieczny sposób na unieszkodliwienie Mikołaja.

– Taak? – Dziewczyna skrzywiła się sceptycznie. – A nie mogłeś mi tego sposobu zdradzić kapkę wcześniej, a? Zanim zaczął się ten diabelski młyn?

– Ja mam na myśli jego duszę. Zwiążemy ją i oddamy Wydziałowi, może będą potrafili go oddiablić. No, szybciej, szybciej! Obudź się wreszcie i idziemy.

Medium niechętnie stanęło na miękkich, rozdygotanych, uginających się zdradziecko nogach i chwiejnym krokiem opuściło sypialnię. Duch czekał na nią przed pracownią Kwiatkowskiego. Zapraszającym gestem wskazał Idzie drzwi, a ona cofnęła się tak gwałtownie, że straciła równowagę i musiała oprzeć się o ścianę.

– Zwariowałeś?! – krzyknęła słabo. – Nie wejdę tam, mowy nie ma!

– Pamiętasz bałagan, jaki zastałaś w mieszkaniu Stanisławy? – zapytał spokojnie Duch. – To robota Mikołaja. Zaraz po ucieczce naszego medium Kwiatkowski zaczął przetrząsać jej rzeczy w poszukiwaniu notatek dotyczących projektu. Na górze nie zostało nic, czarodziej skrzętnie wszystko pozbierał i zamknął w jednym ze swoich kufrów.

– I to jest kolejna rzecz, o której zapomniałeś mi wspomnieć – zezłościła się dziewczyna. – Jeśli jest jeszcze coś, co powinnam wiedzieć, chcę to usłyszeć właśnie teraz.

– Ida...

– W tej chwili! Co ukrywasz?!

– Niczego nie ukrywam! – Duch położył lewą dłoń na sercu, a prawą uniósł w powietrze, jakby składał zeznania przed sądem. – Słowo harcerza!

– No! – Zadowolone medium skinęło głową. – A teraz powiedz, na kiego diabła mi są te notatki Stanisławy?

– Jest w nich przepis na Lampę Aladyna...

– Że na co?

– Lampę Aladyna. Stanisława znalazła sposób, jak można zakląć demona w specjalnie do tego celu przeznaczone flakony. A skoro Mikołaj w tej chwili jest bardziej diabłem niż duchem, to nie zaszkodzi spróbować.

– I że niby jak tego diabła wpakujemy do butelki, to to coś zmieni?

– Nie ucieknie i przestanie być niebezpieczny – odparł z przekonaniem Duch. – Widziałem Stanisławę w akcji, to naprawdę nic trudnego. Lampy Aladyna właściwie odwalają całą robotę za zaklinającego, wysysają demona niczym odkurzacz.

Potrzebny jest tylko łatwy w przygotowaniu, krótki rytuał aktywujący, nic więcej.

– I jesteś pewien, że Mikołaj nie zdoła się uwolnić i nie rzuci się na mnie z żądzy zemsty? – zapytała podejrzliwie Ida. – Bo jak mnie znowu wyrzuci z ciała, to się wściekne.

– Mikołaj cię nie wyrzuci, bądź spokojna. Nie jest aż tak zdiablony. Rytuał trwa naprawdę parę minut, jeśli się pośpieszymy, nasz czarodziej nawet nie zauważy, co się dzieje. A z Lampy sam się nie wydostanie, ktoś musiałby go wypuścić.

– A jak się taką Lampę potrze rękawem, to Mikołaj wyfrunie z niej jako dżin i spełni moje trzy życzenia?

Duch nie odpowiedział, tylko omiótł wzrokiem sufit.

– Aleś ty sztywny – mruknęła Ida i dopiero po chwili zdała sobie sprawę, jak dwuznacznie to zabrzmiało.

– Bez komentarza – odburknął Duch. – Masz jeszcze jakieś wątpliwości czy możemy zabrać się do pracy i zawiadomić wreszcie ludzi z Wydziału?

Ida uznała pytanie za retoryczne, więc tylko wzruszyła ramionami i weszła do pracowni Kwiatkowskiego.

W pokoju panował złowieszczy półmrok. Pośrodku wyrysowanego na podłodze kredowego kręgu stało lustro, a każde ramię wpisanej w tenże krąg gwiazdy zwieńczone było wysoką, krwistoczerwoną świecą. Prawie całkowicie spalone kadzidła nadal kopciły resztką sił. Niektóre wyzionęły już ostatnią smużkę dymu i leżały na stole w postaci kopczyków szarego popiołu.

– Nie zbliżaj się do lustra – poinstruował dziewczynę Duch, odruchowo zniżając głos. – Widzisz te flakony? Tam, na półce?

– Widzę.

– Prześlizgnij się przy samej ścianie i uważaj, żeby nie potrącić świecy ani nie nastąpić na krąg. Weź ten flakon, w którym nie miga czerwone światełko.

– A czym one się różnią?

– Te bez światełka są puste.

– A w reszcie siedzą demony?! – zaszeptała przerażona Ida i wlepiła w Ducha szeroko otwarte oczy. – Mikołaj, kretyn jeden, trzyma na półce kolekcję diabłów?

– No tak jakby. Masz flakon? Dobrze. A teraz sięgnij do tego najmniejszego kuferka na podłodze.

– Zamknięty.

– Nie szkodzi, poradzimy sobie. Oglądałaś kiedyś horrory? – wypalił ni stąd, ni zowąd Duch.

– A co to ma do rzeczy? – Ida aż się wyprostowała. – Czego mnie straszysz, głupku?!

– Nie wrzeszcz. Tam na prawo, w samym kącie, jedna z podłogowych desek jest obluzowana. Zgadnij, co pod nią znajdziesz.

– Nie mów mi tylko, że klucz.

Duch nie powiedział, zgodnie z życzeniem. Ida pokręciła głową i ostrożnie zakradła się do kąta. Wyjęła spod podłogi malutki, mosiężny kluczyk.

– Banalniejszej kryjówki nie mógł chyba znaleźć.

– Nie? – Duch uniósł brwi. – A przyszłoby ci do głowy, żeby tam szukać?

Wolała nie odpowiadać na to pytanie.

– Dobra. Bierz kuferek i spadamy stąd.

Wcisnęła klucz do kieszeni, chwyciła kufer i wpakowała go sobie pod pachę. Trzymając się jak najdalej od zwierciadła i diabelskiego kręgu, wycofała się do drzwi i cichutko opuściła Mikołajową pracownię.

*

Rytuał rzeczywiście nie mógł być prostszy. Stanisława opisała wszystko rzeczowo i klarownie, Ida zatem nie miała większych trudności z przygotowaniem duszy Mikołaja do zaklęcia jej w Lampę Aladyna. Na początku problem stanowiło tylko zgromadzenie niezbędnych do przeprowadzenia rytuału przedmiotów, lecz dziewczyna po krótkim zastanowieniu nie miała wątpliwości, gdzie znajdzie wszystko, czego jej trzeba. A miejsce poszukiwań, które jako pierwsze wpadło jej do głowy, może i było dziwaczne, ale za to bardziej niż oczywiste.

Pod łóżkiem.

Dziewięć niewielkich lusterek, tyle samo smukłych czarnych świec, słoiczek z ciemną, tłustą mazią, pędzel o twardym włosiu oraz kawałek czerpanego papieru, lak i stempel, za pomocą których Ida miała wykonać magiczną pieczęć uniemożliwiającą Mikołajowi wydostanie się z Lampy i przymocować ją do flakonu kawałkiem sznurka. Oczywiście nie jakiegoś tam zwykłego sznurka, tylko splecionego z cieniutkich niczym pajęcze nitki złotych drucików.

Ida zawsze zastanawiała się, co takiego ma w sobie krąg, że jest uważany za nieodzowny element wszelkich rytuałów, podstawę wszystkich wzorów ochronnych i magicznych symboli. W notatkach Stanisławy znalazła odpowiedź i na to pytanie. Nie ma drugiej tak doskonałej figury zdolnej skumulować energię, niczym soczewka skupić nadprzyrodzone moce na znajdującym się pośrodku obiekcie i wyznaczyć przy tym obszar, poza który magia nie może się przedostać, nieprzekraczalną granicę chroniącą przeprowadzających rytuały przed ubocznymi skutkami zaklęć.

Przygotowania do zaklęcia duszy w Lampę Aladyna zaczynały się od ustawienia wokół Mikołaja kręgu z lusterek. Na powierzchni każdego z nich Ida wymalowała znaki, dzięki którym przejście do piekieł nie mogło otworzyć się samoistnie. Przez tak zapieczętowane zwierciadła żaden demon nie miał szans przejść. Ani w jedną, ani w drugą stronę. Ciemna maź była na tyle gęsta, że nie spłynęła z idealnie gładkich szklanych powierzchni, tylko zastygła na nich i zmatowiała, przypominając czarny wosk. Świece zajęły miejsca przed każdym z lusterek, a flakon nad głową Mikołaja.

Zaklęcie aktywujące Lampę Aladyna należało powtórzyć dziewięciokrotnie, po każdym razie zapalając jedną świecę. Gdy ostatni knot sypnął iskrami i zapłonął na niebiesko, wymalowane na powierzchniach luster symbole rozżarzyły się, a nad nieruchomym Mikołajem powstała kopuła zgęstniałego nagle, poczerwieniałego powietrza. Wyglądało to tak, jakby niewidzialna dłoń osłoniła duszę Jednookiego kloszem z przezroczystego, bordowego szkła.

Flakon zadrżał, podskakując nad głową Kwiatkowskiego i pobrzękując rytmicznie, płomienie świec wystrzeliły w górę, tworząc dziewięć snopów błękitnego ognia, a ogniste znaki zdobiące lusterka zaczęły wtapiać się w szkło. Powierzchnie zwierciadeł pociemniały gwałtownie, przypominając idealnie okrągłe, ziejące mrokiem czarne dziury, po czym wybuchły oślepiającym światłem, które wbiło się w Mikołajową duszę i przeszyło ją na wskroś. Jednooki wyglądał, jakby został trafiony dziewięcioma strzałami, dziewięcioma promieniami nieskazitelnie białego światła. Duch zaszarpał się, kurczowo zaciskając palce i szczęki.

I zaczął się rozpraszać.

Gwałtownie kurczył się, tracił kształt jak wystawiona na słońce lodowa figura. A potem pękł. Okruchy duszy rozsypały się po podłodze, po czym zaczęły topnieć, tworząc czarną, smolistą kałużę. Ciekły, bezkształtny duch Mikołaja przywodził na myśl rozchlapany atrament, a nadal nękany światłem luster, zaczął parować. Już po chwili czarny obłok wzniósł się wolno jak poranna mgła, kłębił leniwie pod sklepieniem ochronnej kopuły.

Świece zgasły z sykiem, dymiąc obficie, a lustrzane światło skupiło się na flakonie i rozgrzało szkło do czerwoności. Naczynie zaczęło się raptownie nadymać i wsysać obłok Mikołajowej duszy. Rozległ się trzask, zwierciadła pękły, zasypując podłogę rozmigotanymi drobinkami szkła. Kopuła rozpłynęła się w powietrzu; zanikała tak wolno, że Ida jeszcze przez parę sekund mogła dostrzec jej bordowy, niewyraźny zarys. Dym natychmiast rozprzestrzenił się po gabinecie i dziewczyna zakaszlała, zasłaniając dłońmi usta i łzawiące oczy. Okruchy lusterek czerniały, traciły blask, gasły jak umierające gwiazdy.

Lampa Aladyna stała sobie pośród kryształowych odłamków cicho i niepozornie i tylko malutki kłębek pulsującego w jej wnętrzu światła był dowodem na to, że duch Jednookiego utknął w środku niczym dżin.

Diabeł siedział bezpiecznie w butelce. Ida nie mogła i nie potrafiła nic więcej dla niego zrobić.

Pozostawało oddać go w ręce ludzi z Wydziału.

– Najlepiej będzie odstawić go na półkę w pracowni – oznajmił Duch tonem eksperta.

– Znowu każesz mi tam włazić? – zdenerwowała się Ida. – A nie mogę postawić go na parapecie obok aloesu?

– Nie. I nie patrz na mnie, jakbyś mnie chciała uśmiercić. Nawet gdyby wzrok zabijał, to sama przyznaj, że w moim przypadku niewiele by to zmieniło.

Ida przyznała, choć niechętnie. No i, ma się rozumieć, nie na głos.

– To dla twojego bezpieczeństwa – ciągnął z powagą Duch. – Jeśli Mikołaj się uwolni, dajmy na to, strącony z parapetu przez Gryzaka albo koty, znów się na ciebie rzuci albo, co gorsza, ucieknie. A tak, postawisz go w pracowni i jeśli jakimś cudem uda mu się wydostać z Lampy, wlezie sobie w lustro i nikogo nie będzie opętywał.

– Skąd wiesz, że wlezie? Z tego, co ja się orientuję, piekła nie są najwspanialszym ze wszystkich światów. Demony powinny raczej z niego uciekać czy ja się mylę?

– Demony są jak kobiety – powtórzył Duch i tym razem groźne zmarszczenie brwi w wykonaniu Idy nie zrobiło na nim większego wrażenia. – Nie wszystkie chcą uciec z piekieł do naszego świata, nie wszystkie opętują. Ale jednego jestem pewien. Lampa Aladyna jest dla nich nie do zniesienia. I jeśli uda im się z niej uwolnić, wolą uciec do piekieł niż dać się znów wpakować z powrotem do butli. Lepiej zatem, żeby ewentualnie wyzwolony z Lampy Mikołaj miał pod ręką otwarte lustro. Ale masz minę, no naprawdę... Nie wierzysz mi, to zajrzyj sobie do notatek Stanisławy!

Ida bez przekonania spoglądała to na Ducha, to na Lampę. Jakoś nie miała ochoty zbliżać się do wrót piekieł i znów się narażać, zwłaszcza że jej zaufanie do Ducha było teraz mocno nadszarpnięte. To przez jego nieszczerość i ukrywanie istotnych faktów wpadła w kłopoty, nie miała więc zamiaru potulnie realizować każdej z Duchowych propozycji. Niebezpieczny z niego facet, diabeł jeden wie, co jeszcze przed Idą ukrywa. Natomiast zapiski Stanisławy niewiele dziewczynę obchodziły. Skoro ich autorka postanowiła prysnąć gdzie pieprz rośnie, traciły one dużo ze swojej wiarygodności jako źródło magicznego bhp. Ida polazła do pracowni czarodzieja za pierwszym razem tylko dlatego, że pomysł z Lampą faktycznie był jedynym mającym szanse powodzenia i bez uwięzienia Mikołaja jego dusza w każdej chwili mogła znów zaatakować Idę albo co gorsza, dać nogę. Jednak ponowna wycieczka prosto w ramiona demonów nie wchodziła w grę.

Ida podniosła migoczący na czerwono flakon, który wbrew jej obawom nie był wcale gorący. Wręcz przeciwnie, niemal parzył przejmującym zimnem. A potem zdecydowanym ruchem podała go Duchowi.

Ten niepewnie uniósł brwi, wyraźnie zbity z tropu.

– No co? – Ida zachęcająco potrząsnęła Lampą. – Coś taki zdziwiony? Nie gap się na mnie, tylko bierz flakon.

– Ale...

– Żadne ale – przerwała mu ostro. – Przykro mi, stary, ale po tym wszystkim, co zrobiłeś, a raczej, czego nie zrobiłeś, by ostrzec mnie przed demonami, nie mogę ci ufać. Uważasz, że Lampa powinna znaleźć się w pracowni Mikołaja, w porządku, może i masz rację. Ale ja nigdzie się nie wybieram. Sam ją tam zaniesiesz.

Duch, o ile to w ogóle możliwe, zbladł. Zacisnął palce w drżące pięści. Ida chyba po raz pierwszy widziała, by tak się przejął, nie zamierzała jednak odpuszczać.

– Weź to – powtórzyła uparcie, a gdy Duch spróbował się cofnąć, przyskoczyła do niego i siłą wcisnęła mu flakon do ręki. – Nie martw się, dzięki zaklętemu w środku czarodziejowi z powodzeniem możesz osobiście zabrać Lampę na dół. No co tam? – zasyczała wrednie, zaglądając mu z bliska w oczy. – Boisz się?

– Okropnie – przyznał zaskakująco szczerze Duch. Zacisnął palce na flakonie z taką miną, jakby sprawiało mu to ból.

– No i dobrze – skwitowała Ida mściwym tonem, po czym zaczęła wolno wycofywać się w stronę kuchni. – Idź już. A ja zaparzę sobie herbaty i poczekam tu na ciebie.

*

Ida wypiła trzy kubki herbaty i spałaszowała pół miski upieczonych przez Karolinę ciastek z miodem i orzechami, a Duch nadal nie wracał.

Po godzinie czekania dziewczyna z nerwów nie mogła usiedzieć na miejscu, zaczęła więc łazić po mieszkaniu bez celu i bez sensu, obgryzając przy tym paznokcie. Nie żeby się o Ducha jakoś szczególnie martwiła, a gdzie tam. Wychodziła raczej ze słusznego założenia, że skoro od pracowni i otwartych na oścież bram piekieł dzieliła ją jedynie marna podłoga, to jeśli Duchowi przytrafiło się tam coś złego, coś złego mogło się przytrafić i jej. A na to nie miała chwilowo nastroju. Próbowała wysłać duszki na zwiady, ale Milenka jak zwykle zbagatelizowała sprawę i nie raczyła się przejąć długą nieobecnością Ducha, a Różyczka dla równowagi przejęła się bardzo. Niestety, tylko w sytuacji bezpośredniego zagrożenia potrafiła stanąć na wysokości zadania i spuścić demonowi łomot, w normalnych okolicznościach natomiast to płacz był jej sposobem radzenia sobie ze stresem. Róża rozbeczała się okropnie i Ida nie miała serca nigdzie jej wysyłać.

Po dwóch godzinach miała dość pełnego napięcia czekania. Czując, że postępuje bardzo niemądrze, wyszła z mieszkania, wymacała włącznik na ścianie korytarza. Na całe szczęście prąd już wrócił i klatkę schodową oblało żółtawe, mdłe światło. Dziewczyna cicho zeszła po schodach i długą chwilę postała przed zielonymi drzwiami z numerem czwartym, nasłuchując pilnie.

Cisza była tak głęboka, że bzyczenie jarzeniówki na korytarzu świdrowało w uszach jak odgłos wgryzającej się w ścianę wiertarki. Ida ostrożnie weszła do przedpokoju, zapaliła światło i zaklęła pod nosem. Lampa Aladyna stała samotnie na podłodze kilka kroków od drzwi do pracowni. Nigdzie ani śladu Ducha. Ida zaklęła ponownie.

Gapiła się na flakon niepewna, co powinna z nim zrobić. Najchętniej zostawiłaby go tam, gdzie stał, i czmychnęła z powrotem na górę, wiedziała jednak, że nie był to dobry pomysł. Jak już go zostawiać, to albo w pracowni obok otwartego zwierciadła, albo u siebie w mieszkaniu, tak żeby mieć go na oku. Nie mogła ciepnąć Mikołajowej duszy byle gdzie, na środku podłogi. Jeszcze Karolina wróci, potknie się, rozbije i będzie nieszczęście. A potem szukaj duszy w polu, ot co. Ida miała zatem dwie opcje, nie mogła się jednak na żadną zdecydować. Ponieważ jednak cokolwiek by postanowiła, i tak musiała najpierw dotrzeć do flakonu, cichutko, powolutku ruszyła na palcach przez korytarz w nadziei, że ją po drodze weźmie i olśni.

Podłoga zatrzeszczała przeciągle, gdy Ida była krok od Lampy. Dziewczyna zamarła. Po paru godzinach, czyli około trzech sekundach, kiedy już stało się jasne, że nic się na nią nie rzuci, opanowała się, wypuściła z płuc wstrzymywane powietrze i podniosła flakon z podłogi. Zerknęła na drzwi pracowni.

I zanim zdążyła pomyśleć, co wyprawia, zrobiła krok w ich stronę.

Po co tam leziesz, pomyślała samokrytycznie, po kiego się tam pchasz, mało ci wrażeń? Duch zwiał i przepadł na amen, bo co, bo tam, w tej pracowni, tak fajnie i bezpiecznie, tak? Oż ty... Głupia, głupia, głupia!

Takimi myślami dodając sobie otuchy, dotarła do drzwi, uchyliła je i ostrożnie zajrzała do środka. Wyglądało na to, że żaden nowy demon nie wyszedł z piekieł. Lustro stało pośrodku kredowego kręgu ciemne i milczące.

Dziewczyna odstawiła Lampę Aladyna na półkę wiszącą najbliżej zwierciadła, tak by ewentualnie wyzwolony Mikołaj miał pod nosem wrota do piekieł i nie próbował w desperacji kogoś opętywać. Już miała ostrożnie wycofać się za drzwi, ale raptownie przystanęła w pół kroku. Do tej pory przy każdej wizycie w tym przemiłym miejscu trzymała się jak najbliżej wyjścia, ale teraz, stojąc prawie przy samym oknie, zauważyła, że na stole z kadzidłami leży kilka zdjęć. Po paru sekundach wahania podeszła bliżej i sięgnęła po jedną z fotografii. Na widok znajomej twarzy znieruchomiała i wstrzymała oddech.

Joanna.

Chociaż... Chwileczkę. Joanna miała zielone oczy, a tęczówki kobiety na zdjęciu przywodziły na myśl barwę miodu czy bursztynu. Albo płynnego złota. No i rude włosy harpii były krótko przystrzyżone, podczas gdy dookoła twarzy złotookiej wiły się marchewkowe, długie, gęste sprężynki. Na tym jednak różnice się kończyły. I Joanna, i marchewkowa nieznajoma miały te same nieznacznie zadarte nosy, wąskie usta, cienkie brwi, te same ostro zakończone podbródki i leciutko odstające uszy.

Ida w zamyśleniu obróciła fotografię i jej brwi powędrowały w górę. Nabazgrany z tyłu napis głosił: Zofia Majcher, czarownica Wydziału.

Dziewczyna przyjrzała się reszcie zdjęć. Byli na nich Karolina, Stanisława, młody facet o czarnych, sięgających ramion włosach i stalowych oczach – jak głosił podpis, Konstanty Kruszyński, łowca Wydziału – niski, gruby blondyn – Piotr Mamrocki, zaklinacz Wydziału – oraz przypominający komandosa facet z ogoloną głową – Marek Brutkowski, pogromca Wydziału.

Medium zastanawiało się gorączkowo, biegając oczami od fotografii do fotografii. Karolina stanowiła następny cel dla siedzących w Mikołajowym ciele demonów. Stanisława, uciekając i przerywając współpracę z Jednookim, była poważnym zagrożeniem dla supertajnego projektu, jedynym żywym świadkiem Mikołajowych poczynań, który mógł wydać go ludziom z Wydziału. A czarownica, łowca, zaklinacz i pogromca z WON-u prawdopodobnie byli na tropie igrającego z czarną magią Kwiatkowskiego... Zatem wyglądało na to, że zdjęcia przedstawiały tych, których Jednooki starał się wyeliminować za pomocą demonów. No a skoro fotografie zamykają w sobie cząstkę duszy tego, kogo przedstawiają, diabły dokładnie wiedziały, kogo szukają...

Ida natomiast zdobyła właśnie nazwiska konkretnych funkcjonariuszy WON-u, których należało odszukać i zawiadomić.

Zgarnęła zdjęcia i ruszyła w stronę drzwi. I zapewne dotarłaby do nich szczęśliwie, gdyby nie to, że przecież miała Pecha.

Zakręciło jej się w głowie, w płucach zabrakło powietrza. Ciało zwiotczało, mięśnie rozluźniły się raptownie. Różnobarwne plamy zawirowały dziewczynie przed oczami, głowa stała się ciężka jak ołowiana kula. Ida straciła kontakt z rzeczywistością ułamek sekundy wcześniej niż równowagę.

I padła na podłogę jak marionetka, której ktoś niespodziewanie przeciął sznurki.

Rozdział szósty

Storm is coming...

Cztery sny wzięły umysł Idy szturmem.

Każdy chciał zostać wyśniony jako pierwszy, skutkiem czego po krótkiej przepychance poprzeplatały się, wymieszały ze sobą, racząc dziewczynę mozaiką wyrwanych z kontekstu obrazów i dźwięków.

Karolina leżąca na ułożonych w czarno-białą szachownicę kafelkach rzuca się dziko, nienaturalnie wyginając ciało i kurczowo zwijając dłonie w pięści. Z ust wydobywa się piana i głośne rzężenie, spod zaciśniętych powiek błyskają białka uciekających w głąb czaszki oczu.

Błysk. Chwila mroku. Kolejny obraz.

Stanisława stoi przed starym domem z szarego kamienia. Dach obsiadają drące się wniebogłosy czarne harpie.

Lewandowska leży na podłodze obok przewróconego stołu, a z rozciętego czoła kapie krew.

Ciało Stanisławy leży między podniszczoną kamienną studnią a wysokim bukszpanem. Nieruchome. Sine. Otoczone aureolą szklanych drobinek. I wyszczerzone w upiornym, szaleńczym uśmiechu.

Błysk. Grzmot. Cisza i ciemność.

Pod rozłożystym, bezlistnym, smoliście czarnym drzewem o zwęglonej korze stoi zakapturzona postać. Trzyma w rękach Lampę Aladyna z uwięzionym w środku Mikołajem, a wokół niej snuje się leniwie gęsta bordowa mgła.

Błyskawica rozpruwa kłębiące się zaciekle granatowe chmury. Grom przywodzi na myśl gruchot rozbijanego na kawałki nieba.

Ciało Karoliny nie rusza się, a z kącika ust spływa strużka krwi zmieszanej ze śliną. Nagle kobieta unosi powieki i wbija w Idę rozgrzane do czerwoności tęczówki.

Na ułamek sekundy robi się niesamowicie jasno i Ida jest pewna, że oślepła. I znów zapada ciemność, a ciszę bezlitośnie rozrywa ryk gromu.

Stanisława siedzi po turecku u stóp domu z szarego kamienia. W dłoniach trzyma klepsydrę. Na dnie leży zaledwie kilka ziarenek czerwonego piasku, odliczanie dopiero się zaczęło.

Błysk.

Gęste, ciemne krople rozpryskują się na czarno-białych kafelkach. Kap, kap. Kap.

Błysk. Grzmot.

A potem...

*

A potem odgłos rozbijanego szkła rozbrzmiał tak nieoczekiwanie, że Ida podskoczyła na podłodze i usiadła gwałtownie, wyrwana z silnego uścisku poprzeplatanych snów. Parę sekund potrwało, zanim oprzytomniała i przypomniała sobie, kim jest, gdzie jest i dlaczego.

Rozległ się trzask. Ida potoczyła niezbyt trzeźwym wzrokiem po pracowni. Uświadomiwszy sobie, co widzi, zerwała się na równe nogi. Ogromna czarna harpia rozbijała dziobem pulsujące światłem flakony, a inne strącała skrzydłami z półek.

– Joanna! Odbiło ci?!

Harpia zaskrzeczała w odpowiedzi. Ida uznała skrzek za twierdzący. Już chciała odpędzić przeklęte ptaszysko, ale jeden rzut oka na usianą kawałkami szkła podłogę sprawił, że momentalnie zapomniała o Joannie.

Potłuczone Lampy uwalniały obłoki ciemnej mgły, która leniwie wznosiła się pod sufit i zaczynała wirować wokół lampy jak gigantyczny wąż ścigający własny ogon. Zastygła w bezruchu Ida poczuła, jak zalewa ją fala gorąca. Nie zdawała sobie sprawy, ile czasu gapiła się w górę z rozdziawionymi ustami. Demoniczny krąg zaabsorbował ją bez reszty na tak długo, że kark zdrętwiał jej od ciągłego unoszenia głowy.

Westchnęła cicho, gdy pierścień mgły opadł raptownie i ciasno oplótł lustro.

Jak zahipnotyzowana obserwowała wyłaniające się z czarnych oparów demony. Jeden po drugim wyłaziły z czarnych kłębów, a Ida modliła się w duchu, by żaden nie usłyszał łomotu jej serca. Mocniej ścisnęła w dłoni fotografie i zmuszając odrętwiałe mięśnie do pracy, odpełzła w kąt pracowni. W ten sam, w którym znalazła klucz do kryjącego notatki Stanisławy kufra.

Za oknem błysnęło. Rozległ się grzmot. Wiatr szarpał firanami, odsłaniając rozbitą szybę i niebo obleczone gęstą pierzyną granatowych chmur. Idzie na ten widok dla odmiany zrobiło się zimno.

Nad Wrocławiem właśnie rozpętywała się burza.

Teoretycznie najzwyklejsze w świecie wiosenne zjawisko, nic, czym trzeba się zamartwiać.

Teoretycznie.

Jednak w obliczu demonów grzmoty i błyskawice przestały być dla Idy straszne. Stały się paraliżująco straszne. Dziewczyna zadrżała w swoim kącie. Nie miała pojęcia, skąd wzięło się to niezłomne przekonanie, ale była pewna, że Jednooki zginie właśnie tej nocy.

Uwolnione z Lamp Aladyna diabły powracały do piekieł, powarkując, błyskając w półmroku płonącymi ślepiami, plując iskrami i syczącą mazią, która wypalała w podłodze dymiące bruzdy. A przytulonej do ściany dziewczynie nie pozostało nic innego, jak mieć nadzieję, że żadnemu z diabłów nie przyjdzie nagle do rogatego łba, by pozwiedzać świat w ludzkiej skórze...

Ledwo o tym pomyślała, coś zaburczało złowrogo po drugiej stronie pokoju. Zerknęła w tamtym kierunku. Przestała oddychać. Ogromna wyliniała hiena czaiła się pod stołem z kadzidłami. Jej krwiste ślepia błyszczały w mroku jak dwie lampki alarmowe.

Błyskawica na moment oświetliła wyszczerzone żółte kły. Gdy bestia zadrapała pazurami o podłogowe deski i wystawiła łeb spod stołu, Ida wzięła głęboki wdech.

Co robić, co robić, co robić?!...

Uciekać z ciała, to pewne. Dziewczyna bała się diabła jak diabli i nie miała zamiaru czekać, aż bestia przełamie blokadę i dobierze jej się do duszy. Wolała przeczekać najgorsze nad Rzeką, z dala od żółtych zębisk i długaśnych pazurów. Miała wielką nadzieję, że zdąży ukończyć proces opuszczania ciała, zanim bestia zaatakuje.

Zatem ewakuować ducha, to raz.

Zawiadomić WON. To dwa.

Ida z trudem odlepiła wzrok od najeżonej kłami paszczy i zerknęła na ściskane w dłoni fotografie. Spojrzała prosto w miodowe oczy Zofii Majcher, czarownicy Wydziału. Najpierw eksplodowała w niej nadzieja. A potem wahanie, które ugasiło zapał skuteczniej niż wiadro wody zapałkę. Ida nigdy wcześniej nie robiła czegoś takiego, choć Tekla mówiła jej, że to możliwe. Jeśli miało się fotografię, można było skontaktować się z przedstawionym na niej człowiekiem w bardzo... gwałtowny, ale też skuteczny sposób.

No i ryzykowny, ma się rozumieć.

Różnica między martwym ciałem, pustym i niezamieszkanym, a ciałem żywym, którego lokator może zaprotestować przeciwko tak bezpardonowemu i bezczelnemu naruszaniu jego prywatności, była ogromna. Jednak Ida nie miała czasu na szukanie rozwiązań mniej bezpardonowych i bezczelnych. Od hieny dzieliło ją już tylko marne pięć kroków, musiała zaryzykować. I bała się zaryzykować.

Bursztynowe tęczówki czarownicy zdawały się płonąć w ciemnościach.

Oczy to zwierciadła duszy.

Zdjęcie to duszy cząstka, jeśli wierzyć indiańskim wierzeniom.

Zatem powinno się udać. Musi się udać. Musi, bo inaczej... Ida gwałtownie potrząsnęła głową, odganiając wizję własnego tragicznego końca.

Zapatrzyła się w fotografię tak intensywnie, jakby próbowała wypalić dwie dziury w miejscach, z których popatrywały na nią miodowe oczy rudowłosej czarownicy. Ida przez trzy sekundy nie odrywała od nich wzroku. Tylko trzy sekundy, gdyż ciepły, cuchnący oddech bestii oraz smród palonego ciała momentalnie zaburzyły jej koncentrację. Poczuła gwałtowne, silne szarpnięcie i już wiedziała, że lada moment straci ciało. Jeśli będzie miała szczęście. Jeśli nie, straci również duszę i pogrąży się w wiecznej ciszy i ciemności... Czy w czymś. W niebycie w każdym razie.

Ida zacisnęła palce na fotografii i zanurzyła się w płynnym złocie tęczówek.

Do jej umysłu wdarła się rozmigotana rzeka żywicy. Bursztynowe i rude refleksy przelatywały dziewczynie przed oczami, zostawiając za sobą jasne smugi, przywodzące na myśl płonące ogony spadających gwiazd. Była pewna, że zatonęła, ugrzęzła we wnętrzu ogromnego bursztynu.

Dopiero po sekundzie dotarło do niej, że nie czuje ściskanych w rękach sztywnych, śliskich fotografii. Nie czuje oddechu hieny na policzkach ani smrodu spalenizny. Nic nie czuje.

Błysnęło. Przeciągły, ciężki grzmot zdawał się rozłupywać niebo na kawałki.

A cisza, która nastała po nim, brzęczała w uszach nieśmiało i subtelnie jak wiatrowe dzwonki.

*

Przywitał ją pisk opon i ryk klaksonu.

A potem wściekłe przekleństwo.

Wylądowała tak gwałtownie, że aż ją zemdliło. Przymknęła powieki i odetchnęła głębiej, próbując pokonać falę mdłości.

Coś niewygodnie obejmowało ją w pasie i przechodziło na ukos przez klatkę piersiową. Jej palce spoczywały na czymś sporym i obłym. Wyraźnie słyszała cichy, miarowy pomruk. Silnik. Siedziała w samochodzie. Za kierownicą. I ten samochód jechał. O matko.

Otworzyła oczy i zaraz zamknęła je z powrotem oślepiona światłami nadjeżdżającej z naprzeciwka ciężarówki.

Ktoś zaklął znowu.

Ida ze zdziwieniem skonstatowała, że to ona sama. Znaczy, nie ona, tylko odbicie rudowłosej, piegowatej kobiety, które z niewymownym zdumieniem zobaczyła we wstecznym lusterku. Odbicie wyglądające na wyjątkowo nieprzyjaźnie nastawione. Palące Idę roziskrzonymi kroplami miodowych oczu.

– Ty głupia wariatko! – wrzasnęło na nią. – Co ty wyrabiasz, kretynko jedna?!

Zszokowana Ida zapomniała o kierownicy. Zresztą nawet gdyby nie zapomniała, to i tak nie poprawiłoby to sytuacji, dziewczyna nie miała bowiem pojęcia o prowadzeniu samochodu. Z niedowierzaniem i głupawo rozdziawioną buzią gapiła się na rudą. Ruda też miała głupawo rozdziawioną buzię. Zresztą innego odbicia w lusterku nie było, a to znaczyło, że...

Ida siedziała w cudzym ciele. W żywym ciele. W ciele Zofii Majcher, czarownicy Wydziału.

A raczej siedziały w nim we dwie.

– Udało się!... – szepnęła Ida, nie mogąc uwierzyć, że naprawdę tego dokonała. Wpatrywała się w lusterko jak zaczarowana, dopóki dzikie porykiwanie pędzącej na nią ciężarówki nie wyrwało jej z zamyślenia.

– No i gdzie się gapisz, durna babo? Na drogę patrz! Do ciebie mówię, idiotko, tak, do ciebie... Uważaj!

Ida nie zdążyła zareagować, ciało dało sobie radę bez jej udziału. Szarpnęło za kierownicę. Samochód zjechał z drogi, o włos unikając zderzenia z tłustą ciężarówką, szurnął między rosnącymi wzdłuż pobocza drzewami i wpadł na pole. Przejechał parę metrów, podskakując dziko na wertepach, wreszcie ruda wdepnęła hamulec. Klnąc straszliwie i bardzo, bardzo sprośnie, wyłączyła silnik, wyszarpnęła pasy z zatrzasku i z furią wypadła z samochodu.

I zabrała się do wypchnięcia intruza, a Ida poczuła znajome szarpnięcie. Dziewczyna wiedziała, że może się porozumieć z czarownicą, tylko siedząc w jej ciele, i jeśli da się z niego wyrzucić, rudowłosa nie usłyszy jej i nie zobaczy.

– Mikołaj Kwiatkowski, którym jak zakładam, interesujecie się już od jakiegoś czasu, został opętany – wyrzuciła z siebie Ida.

Nie mogła tego widzieć, poczuła za to, że ciało Zofii Majcher z zaskoczeniem uniosło brwi, a serce czarownicy zabiło mocniej i szybciej.

– C-co... – szepnęła Zofia. – Jak?!...

– Pytania później, teraz nie ma czasu – ucięła szybko Ida. – Żona Kwiatkowskiego, wnioskując z moich snów, również uległa opętaniu. Następna w kolejce jest jego wspólniczka, niejaka Stanisława, nazwiska, niestety, nie znam. Duszę Mikołaja zamknęłam w Lampie Aladyna, ale lada moment może się uwolnić, a to dlatego, że między półkami w Mikołajowej pracowni dokazuje właśnie rozszalała harpia, która potłukła już kilkanaście Lamp, uwolniła więzione przez Kwiatkowskiego demony i raczej nie zanosi się na to, by szybko miało jej przejść. Ze znalezionych przeze mnie zdjęć wnioskuję, że prócz Karoliny Kwiatkowskiej i Stanisławy opętania może oczekiwać Zofia Majcher, czyli ty, Konstanty Kruszyński, Marek Brutkowski oraz Piotr Mamrocki. Byłoby miło, gdybyście wpadli do kamienicy na ulicy Gajowej trzydzieści pięć mieszkania cztery i spacyfikowali czające się tam demony.

Czarownica nie powiedziała nic. Zamrugała tylko nerwowo.

– Przepraszam, że tak cię zaatakowałam – powiedziała po chwili Ida. – Ale właśnie jakaś wyliniała, cuchnąca, diabelska hiena próbowała mnie opętać, więc musiałam zawiadomić cię w ten sposób.

– A ty to kto? – wydukała wreszcie Zofia, gorączkowo próbując jakoś ogarnąć umysłem wszystko, co właśnie usłyszała.

– Ida Brzezińska. Szamanka od umarlaków.

– Kto?

– No... – Ida zająknęła się. – Jestem kimś między medium a banshee. Przewidziałam śmierć Kwiatkowskiego, który prawdopodobnie zginie dzisiaj w nocy. Jak mniemam, na skutek opętania.

Czarownica przeczesała palcami marchewkowe włosy i z niedowierzaniem pokręciła głową.

– Zapamiętałaś adres? – upewniła się Ida. – Muszę w tej chwili wracać do ciała, zanim demony przełamią blokadę.

– Zapamiętałam – potwierdziła nieco przytomniej rudowłosa, znów przeczesując palcami marchewkowe, kręcone włosy. – Gajowa trzydzieści pięć mieszkania cztery.

Ida chciała skinąć głową, ale ciało czarownicy w ogóle jej nie słuchało.

– Zgadza się – powiedziała zamiast tego. – Czekam na was. Nie mam żadnego doświadczenia z demonami, sama nie dam sobie z nimi rady. Śpieszcie się, proszę.

Z tymi słowami wycofała się delikatnie i ostrożnie, pozostawiając Zofię Majcher sam na sam z własnym ciałem, setkami myśli i galopującą tachykardią.

*

Wzburzona Rzeka bombardowana gradem ogromnych kropel płynęła jakby szybciej niż zwykle. Zachmurzone niebo warczało złowrogo, raz po raz plując zygzakami błyskawic.

Ida początkowo miała zamiar udać się na drugi brzeg i porozmawiać z Teklą, zrezygnowała jednak z tego pomysłu. Śnieżnobiała sukienka i rozpuszczone włosy przemokły w parę sekund i teraz smętnie ociekały wodą, a zimny wiatr przyprawiał dziewczynę o dreszcze i gęsią skórkę. Ida kichnęła raz, potem drugi. Nie była przekonana, czy dusza może złapać przeziębienie, ale wolała tego nie testować. Z drugiej strony bała się wracać. Bała się tego, co nastąpi, gdy okaże się, że w jej ciele siedzi stado cuchnących hien. Wtedy nie będzie mogła nic zrobić, jedynie bezczynnie obserwować, jak jej cielesność poddaje się rozkazom diabłów.

No nic... Raz kozie śmierć, raz duszy niebyt.

Przemoczona i zmarznięta przycupnęła pod rosnącą nad brzegiem płaczącą wierzbą, oplotła ramionami podciągnięte pod brodę kolana i przymknęła oczy.

Po chwili poczuła, jak ciało wsysa jej duszę z siłą i bez pośpiechu.

*

Pierwszym dźwiękiem, jaki usłyszała, otwierając swoje cielesne oczy, był grzmot. A potem kolejny, jakby przytłumiony. I jeszcze jeden. I następny.

Z trudem przeturlała się na plecy i po krótkiej chwili zdołała zogniskować wzrok na bujającej się na wietrze lampie. Wdzierający się przez rozbite okno wicher wypełnił pokój zimnem, a deszcz zachlapał stół. Poplamiona woskiem z przewróconych świec i usiana kawałkami szkła podłoga migotała delikatnie w świetle błyskawic. Po demonach i Joannie nie został nawet ślad, jeśli nie liczyć bordowej mgły kłębiącej się wewnątrz lustra. Ida odetchnęła głębiej. Zdjęcia, które wciąż ściskała w dłoni, schowała do kieszeni dżinsów. Dopiero gdy wstała i chwiejnie wycofała się w stronę wyjścia, dotarło do niej, że głuchy grom rozbrzmiewający miarowo i monotonnie wcale nie dochodzi zza okna i wcale nie jest gromem. To było ustawiczne walenie do drzwi. Nie pukanie, nie łomotanie pięścią, ale właśnie walenie, jakby ktoś próbował wyważyć je za pomocą tarana.

Ida cicho, na palcach, wyszła z pracowni do przedpokoju, pilnie obserwując szarpiące się w zawiasach zielone drzwi. Podeszła bliżej i wyjrzała przez judasza. Odskoczyła jak oparzona.

Widziała już wiele, Mikołaj z płonącymi oczami wyglądał jak psychol, jego zdiablona dusza co prawda nie miała rogów ani kopyt, ani ogona, ale i tak robiła piorunujące wrażenie i dosłownie zapierała Idzie dech w piersiach, demony były straszne, cuchnące i obrzydliwe, ale wyposażona w szpony, kły i lśniące, szkarłatne ślepia pani Lewandowska nie była czymś, co dziewczyna potrafiła tak z chwili na chwilę, bez mrugnięcia okiem, zwyczajnie i po prostu przyjąć do wiadomości.

Zszokowana przylgnęła do ściany w przedpokoju.

Zaklęła brzydko, gdy światło zamigotało i zgasło, a przez łomot do drzwi przedarł się potężny grzmot.

– Pięknie – mruknęła, czując, że roli bohaterki horroru jednak nie uniknie. – Po prostu pięknie. – Rozejrzała się gorączkowo. I bez sensu, w ciemnościach nie mogła przecież niczego dojrzeć. Niczego, nie wspominając już o wyjściu z tej nieciekawej sytuacji. Ida zaklęła znowu. Lewandowska skutecznie blokowała jedyną drogę ucieczki. Zawiasy jęczały boleśnie, a drewno trzeszczało pod coraz zacieklejszym atakiem.

Ida zaklęła raz jeszcze, głośniej i sprośniej. Konfrontacji z gospodynią wolała nie ryzykować, nie wiedziała przecież, czego się spodziewać po takim opętańcu. A jeśli wierzyć filmom i powieściom, demon siedzący w ciele obdarzał je niesamowitą siłą i odpornością na urazy. Dziewczyna, wyobraziwszy sobie Lewandowską wygiętą w pozycji à la pająk z *Egzorcysty*, wzdrygnęła się i poczuła nagłą suchość w ustach.

Wolniutko, cichutko wycofała się spod dygocących niebezpiecznie drzwi, zza których dochodziło złowrogie powarkiwanie i drapanie pazurów. Bezradnie obróciła się w miejscu, kombinując, co by tu ze sobą zrobić. A raczej: gdzie się zaszyć do przybycia WON-u. O bezpiecznym schronieniu mogła śmiało zapomnieć, tkwiła przecież z otwartymi wrotami do piekieł za ścianą. Nagle pomyślała sobie, że może to prawda, co mówią, może faktycznie najciemniej jest pod latarnią, a najbezpieczniej w jaskini lwa. Może warto przeszukać pracownię, a nuż wpadną jej w ręce jakieś notatki opisujące rytuał dezaktywujący zwierciadło albo przepis na ochronę przed demonami. No bo gdzie mogła natrafić na te informacje, jeśli nie w pracowni zdiablonego, opętanego czarnoksiężnika?

Po krótkiej chwili niepewności Ida wróciła do zagraconego, zastawionego skrzyniami i kuframi pokoju. Postanowiła nie przejmować się żadnymi magicznymi pieczęciami ani alarmami i ruszyła w stronę najbliższego kufra. A ponieważ szła po ciemku, poślizgnęła się na zalegających podłogę kawałkach szkła i gdy wreszcie znalazła pusty kawałek podłogi, zdała sobie sprawę, że przecież stoi wewnątrz wyrysowanego dookoła lustra kręgu. Odskoczyła przestraszona, skutkiem czego znów się poślizgnęła i próbując utrzymać równowagę, potrąciła lustro.

A lustro się wściekło.

Znaczy, poczerwieniało i zasyczało złowieszczo. Na tyle złowieszczo, by Ida zastygła w bezruchu tak idealnym, że ani jeden kawałek potłuczonych Lamp nawet nie brzdęknął.

Utkwiła wzrok w czerwonej powierzchni zwierciadła. I zamrugała zaskoczona, gdy najpierw w powietrzu uniosła się silna woń pieprzu i imbiru, a potem lustro spojrzało na Idę jej własnymi oczami. Brwi zdziwionej dziewczyny powędrowały w górę czoła. Odbicie naśladowało ją z chirurgiczną precyzją. Zerknęła pod nogi. Kredowy wzór rozmazał się na skutek jej walki o utrzymanie równowagi. No proszę, wyglądało na to, że niechcący zamknęła przejście do piekieł. Albo, co bardziej prawdopodobne, przejście zamknęło się samo z siebie. Na skutek wyczerpania magii czy coś, i przerwany krąg nie miał z tym nic wspólnego. No i bardzo dobrze.

Ida podniosła z podłogi jedną ze świec i podeszła do stojącego pod oknem stołu, pilnie rozglądając się za zapalniczką lub pudełkiem zapałek. Liczyła się z tym, że Mikołaj potrafił wzniecić ogień pstryknięciem palców, skrzywieniem warg czy zmarszczeniem brwi i już miała przenieść swoje poszukiwania do kuchni, gdy zauważyła leżącą na parapecie srebrną, benzynową zippo.

Kamień szczęknął, knot prychnął krótko, po czym splunął wysokim żółto-niebieskim płomieniem, który zatańczył na wietrze. Ida postawiła świecę na stole i kucnęła przy najbliższej skrzyni. Nie musiała bawić się we włamywacza, skrzynia była otwarta. Dziewczyna uniosła wieko, pobladła i zatrzasnęła je. Spodziewała się różnych paskudnych obrzydliwości, ale nie wypchanego czarnego kota, takiegoż koguta ani upapranego zakrzepłą czarną krwią noża oraz słoja pełnego formaliny i pływających w niej oczu o prostokątnych źrenicach.

W żołądku Idy zaczęło się nieprzyjemnie przewracać.

Mikołaj nie tylko był opętanym kretynem, był też psychopatą. Trzeba mieć nierówno pod sufitem, żeby trzymać takie okropieństwa we własnym mieszkaniu.

Ida zajęta była właśnie krzywieniem się z obrzydzenia oraz gwałtownym i głośnym przełykaniem śliny, gdy zza okna doszedł ją znajomy dźwięk. Warkot silnika. I to nie byle jakiego silnika.

Dziewczyna dopadła okna i wyjrzała na ulicę.

Z zaparkowanej nieopodal kamienicy terenówki wysiadali właśnie państwo Kwiatkowscy. Opętani państwo Kwiatkowscy. A zatem nie byli to wcale państwo Kwiatkowscy. Już nie. Ida z daleka widziała rozmigotane rubiny ich oczu. Na pierwszy rzut oka w ich sposobie poruszania się nie było nic podejrzanego, jednak im dłużej dziewczyna się im przyglądała, tym bardziej przypominali zombi. Stąpali nieco zbyt sztywno, jakby mieli problem z uginaniem nóg. Ręce bezwładnie zwisały im wzdłuż boków, a głowy mieli nieznacznie przekrzywione na jedno ramię. Ida przypomniała sobie drżenie Mikołajowych rąk i jego sztywne ruchy, zanim jego duszę wyrzuciło z ciała. Teraz opętani Kwiatkowscy wyglądali nawet troszkę zabawnie.

Ale dziewczynie nie było do śmiechu. W ogóle. W najmniejszym nawet stopniu. Gdy Kwiatkowski uniósł głowę i wlepił w nią płonące karminowym ogniem ślepia, jęknęła cicho. Jednooki Kanibal nadal nie był jeszcze Jednookim Kanibalem, ale ponieważ burza trwała w najlepsze, zalewając ulicę wodospadami wody i tworząc dokładnie takie kałuże jak ta, w której leżał Kwiatkowski w Idowym śnie, dziewczyna wiedziała, że Mikołaj zginie lada chwila. Może zacznie szarpać się z taranującą drzwi Lewandowską i oberwie w oko jej sękatym paluchem? Może zginie z rąk funkcjonariuszy WON-u, którzy powinni zjawić się lada moment?... No, przynajmniej Ida miała nadzieję, że zjawią się lada moment.

Wyglądała przez okno, dopóki Kwiatkowscy nie zniknęli w bramie kamienicy, po czym oparła się o stół i nerwowo zaczęła nawijać na palec pasemko włosów. Dlaczego Mikołaj wrócił? Dopadł Karolinę, opętał ją, a według zdjęć następną w kolejności powinna być Stanisława. Może jego dawna wspólniczka umiała skutecznie ukryć się przed diabłami. Była w końcu demonologiem, od dawna interesowała się demonami...

Ida prychnęła wściekle na samo wspomnienie słów Ducha. Jeśli założyć, że Stanisława była dla demonów nieosiągalna, to skoro Mikołaj wrócił, należało przypuszczać, że przyszedł po Idę. Kiedy zostali sąsiadami, Jednooki prawdopodobnie już nie był sobą. Zatem to nie on, ale zamieszkujące jego ciało demony nie polubiły nowego wcielenia wróżki Tekli. I pewnie postanowiły to wcielenie opętać...

Ida bardzo, bardzo zapragnęła nie mieć racji.

Dobijająca się do drzwi Lewandowska nie stanowiła zagrożenia, mogła się dobijać do woli. Skoro do tej pory nie dostała się do mieszkania, już się do niego nie dostanie. Nie bez pomocy...

A tymczasem pomoc właśnie nadchodziła. Lada chwila wdrapie się na pierwsze piętro, powarkując i świecąc czerwonymi oczami. Ataku trzech opętańców zielone drzwi z numerem czwartym mogły już nie wytrzymać.

Na pewno nie wytrzymają, pomyślała ponuro Ida i natychmiast wyszła z pracowni.

Przez parę sekund tkwiła w przedpokoju, usilnie szukając tego złośliwego, wrednego wyjścia z sytuacji, którego oczywiście nigdzie nie było. Należało więc znaleźć sobie jakąś kryjówkę, głupio przecież tak sterczeć raptem pięć kroków od drzwi, zza których lada moment rzuci się na nią Jednooki Kanibal.

Ida miała do wyboru sypialnię, łazienkę lub kuchnię. Od pierwszego starcia ze zdiablonym Mikołajem sypialnia źle się dziewczynie kojarzyła i została uznana za pechową. Łazienka była ciasna, z malutkim oknem pod samym sufitem, przez które Ida nie miała szans się przecisnąć, zatem również nie nadawała się na schronienie. Chowanie się w niej byłoby jak wejście w ślepą uliczkę i przycupnięcie w ciemnym kącie z nadzieją, że napastnik swojej ofiary nie zauważy. Pozostawała więc kuchnia. No a w kuchni można było znaleźć dużo różnych ostrych przedmiotów, które z łatwością dałoby się chwilowo przystosować do celów obronnych. Ida skrzętnie przetrząsnęła szafki, skompletowała broń i ułożyła ją na stole w równiutkim szeregu. Wałek do ciasta, deskę do krojenia, patelnię, tasak, pięć długaśnych noży oraz śrubokręt, z niewiadomego powodu schowany akurat tutaj.

Ledwo dziewczyna zdążyła chwycić za rączkę patelni i tasak, gdy w przedpokoju rozległ się głuchy huk i do mieszkania wpadło troje opętańców.

Ida dała nurka za stół. Cichutko rozsunęła krzesła, uniosła obrus i wpełzła pod blat. Na filmach i w powieściach bohaterki właśnie tak robią w obliczu zagrożenia, czyż nie? No, to już zależy od filmu czy powieści. Jeśli głównym dobrym charakterem jest młoda i koniecznie piękna kobieta znająca wszystkie możliwe sztuki walki i nierozstająca się z pistoletem, kataną czy karabinem, powinna raczej zrobić z tego pistoletu, katany czy karabinu użytek, zamiast chować się pod stołem. Ale jeśli mówimy o biednej, zagubionej bohaterce filmu czy powieści grozy, to już zupełnie inna bajka. Ta ma niepodważalne prawo do chowania się, wpadania w histerię, do pisków, wrzasków, nerwowego obgryzania paznokci oraz do podejmowania decyzji niedorzecznych i nielogicznych, dyktowanych przez panikę i wybujałą wyobraźnię. No bo żeby wierzyć, że krycie się pod stołem jest w stanie ochronić przed demonami, naprawdę trzeba myśleć wyjątkowo nieracjonalnie.

Ida przeklęła w duchu własną głupotę, uważając, by nie zawadzić swą wyszukaną bronią o nogi stołu lub krzeseł i nie narobić hałasu. Ze zgrozą wsłuchiwała się w dochodzące z przedpokoju powarkiwanie i charczenie. Gdy opętańcy weźli do jadalni, głośno szurając butami, dziewczyna miała przemożną ochotę zerwać się do ucieczki. Zrywanie się jednak było mocno utrudnione przez otaczające ją ze wszystkich stron kuchenne meble i zanim dziewczyna zdołałaby się wydostać, na pewno zwróciłaby na siebie uwagę demonów. Pozostawało jej tylko siedzieć cicho i mieć nadzieję, że żaden z opętańców nie wpadnie na genialny pomysł, by zajrzeć pod obrus.

Szuranie rozległo się bliżej i głośniej. Dziewczyna mocniej zacisnęła palce na patelni i tasaku. Między obrusem a podłogą pojawiła się para butów. W świetle błyskawicy Ida zauważyła, że są to zakurzone, czarne mokasyny. Grzmot zagłuszył nieludzkie odgłosy wydawane przez ofiary opętania, a kolejna błyskawica pozwoliła Idzie ujrzeć niewątpliwie męską dłoń zaciśniętą na brzegu obrusa. Dłoń poharataną, krwawiącą, wyposażoną w długie, zakrzywione, połamane pazury, za którymi nagromadził się brud... albo zakrzepła krew. Dziewczyna pobladła, serce tłukło jej się w piersiach tak mocno, jakby próbowało przebić się przez mostek. A niewątpliwie męska dłoń uniosła obrus, prezentując dziewczynie świecące przerażającą czerwienią ślepia i wyszczerzone kły.

Idzie zrobiło się niedobrze ze strachu. Tasak i patelnia telepały się w jej rozedrganych rękach i zupełnie nie robiły na Mikołaju wrażenia. Siedzące w nim demony musiały czuć, że dziewczyna się boi. Wypełnione długaśnymi zębiskami usta wykrzywiły się w czymś, co zapewne w założeniu miało być triumfalnym uśmiechem. A w praktyce wyglądało koszmarnie. Ida ze zdziwieniem zdała sobie sprawę, że głośno i rytmicznie dzwoni zębami. Znaczy, ona dzwoni, nie Kwiatkowski. Kwiatkowski kłapał.

Wyciągnął ku dziewczynie rozczapierzone palce. Ida najpierw miała ochotę zwymiotować, potem oblał ją zimny pot, była pewna, że jeszcze sekunda i padnie nieprzytomna.

Upuściła tasak. Broń jednoręczna wyrżnęła w podłogę z tak głośnym brzdękiem, że wciąż podporządkowane ludzkim odruchom ciało Mikołaja podskoczyło zaskoczone i przywaliło łbem w blat stołu. Idę to nieco otrzeźwiło, zdołała otrząsnąć się z odrętwienia, więc natychmiast rąbnęła Kwiatkowskiego patelnią w czoło. Co prawda nie zrobiła tego tak widowiskowo jak Różyczka, skutek okazał się jednak zadowalający. Czarodziej z jękiem rzucił się do tyłu, zahaczył głową o obrus i ściągnął go na podłogę razem z całym skompletowanym przez Idę arsenałem. Noże, deska do krojenia i śrubokręt narobiły potężnego rabanu.

Ten właśnie moment wybrało sobie wyjście z sytuacji na wkroczenie do akcji. Ida pierwszy raz od lat zaczęła się modlić, przepraszać za grzechy i żegnać z życiem, aż tu raptem wśród jej przepełnionych rozpaczą i przerażeniem myśli pojawiło się jedno słowo.

Łapacz.

– Gryzak! – wydarła się, kopiąc zaplątanego w obrus Mikołaja. – Do mnie!

Kwiatkowski zatoczył się, z impetem usiadł na podłodze obok lodówki, a Karolina i Lewandowska zacharczały wściekle. Nienaturalnie sztywnym krokiem podeszły do stołu, przewróciły go z takim impetem, że mebel szurnął po kafelkach na drugi koniec kuchni i z trzaskiem wyrżnął o szafki. Ida wyprostowała się gwałtownie. Ponownie wzięła zamach, gotowa spuścić łomot pierwszej opętanej, która odważy się do niej podejść.

Za oknem błysnęło. Zagrzmiało.

Przez parę sekund kobiety stały przed uzbrojoną w patelnię dziewczyną i gapiły się na nią bezmyślnymi oczami, aż wreszcie tą odważniejszą okazała się Karolina. A w Idzie na nowo wybuchło wahanie i wątpliwości. Zrobiła krok do tyłu i wpadła na krzesło. Mikołaj to było zupełnie co innego, zasłużył sobie, drań, na to, co go spotkało, już dawno należało skopać mu tyłek i dziewczyna w jego przypadku potrafiła się przełamać i mu przywalić. Lewandowskiej od początku miała ochotę zrobić krzywdę, a trudno o bardziej sprzyjające okoliczności. Ale Karolina... Karoliny wcale nie chciała niczym okładać.

– Gryzak!

Ida cofała się wolno, dopóki nie poczuła na plecach chłodu wyłożonej kafelkami ściany. Usta Kwiatkowskiej rozciągnęły się w upiornym uśmiechu. Opętujące ją diabły bezbłędnie czytały Idzie w duszy, znały jej myśli, wyczuwały emocje i wiedziały, że była bezbronna. Nie umiała przyjąć do wiadomości, że kobieta, która przed nią stoi i błyska w uśmiechu długaśnymi zębiskami, nie ma z Karoliną nic wspólnego. To tylko ciało, powłoka, pusta, pozbawiona duszy skorupa, chwilowo zamieszkana przez przybyszów z piekieł.

Ida patrzyła na Kwiatkowską, na jej sztywne ruchy, na szponiaste dłonie i świecące oczy, na twarz wykrzywioną w przerażającym grymasie rodem z *Egzorcysty* i zamiast walnąć sąsiadkę z całych sił, opuściła patelnię.

– Gryzak... – wyszeptała słabym głosem.

Rozmawiająca z umarłymi nie mogła tak w tę i z powrotem to wychodzić z ciała, to znów do niego wracać i trzecia ewakuacja w ciągu tak krótkiego czasu mogła Idę zabić. Zresztą proces wychodzenia był zbyt długi, nie zdążyłaby uciec. I już miała skulić się pod ścianą i czekać, aż demony zawładną jej cielesnością, gdy do kuchni wpadł Kwiatkowski.

Zaraz, zaraz... Kwiatkowski? Chwila, moment! Drugi? Brat bliźniak? Przecież jeden Jednooki siedział właśnie koło lodówki, rozmasowując sobie czoło...

Ida najpierw pomyślała, że ze strachu zaczęło dwoić jej się w oczach, ale blask kolejnej błyskawicy sprawił, że odetchnęła z ulgą. Drugi Mikołaj miał dużo ciemniejszą skórę, zapewne granatową. W krótkim rozbłysku nie sposób było rozpoznać koloru, ale za to Ida dojrzała ogromne, błyszczące żółtym światłem ślepia.

Gryzak.

Jednym susem skoczył na Karolinę i pchnął ją na ścianę. Artystka malarka przywaliła głową w kafelki i runęła na podłogę jak szmaciana laleczka.

Ida nie mogła oderwać od niej oczu. Kobieta leżała na ułożonych w czarno-białą szachownicę płytkach i rzucała się dziko, nienaturalnie wyginając ciało i kurczowo zwijając dłonie w pięści. Z ust wydobywała się piana i głośne rzężenie, spod zaciśniętych powiek błyskały białka uciekających w głąb czaszki oczu.

Ida zbladła. Widziała to już. Widziała to we śnie. Gapiła się teraz na znieruchomiałe ciało Karoliny, na spływającą z kącika jej ust strużkę krwi zmieszanej ze śliną i czekała, aż kobieta uniesie powieki i wbije w nią rozgrzane do czerwoności tęczówki.

Doczekała się.

I choć wiedziała, że to nastąpi, cofnęła się odruchowo, z trudem łapiąc powietrze.

Dopiero ryk prawdziwego Mikołaja sprowadził Idę na ziemię. Szybko potoczyła wzrokiem po kuchni. Lewandowska leżała obok przewróconego stołu, a z rozciętego czoła kapała jej krew. Gryzak i Kwiatkowski szarpali się między lodówką a kredensem, sycząc, wrzeszcząc i sapiąc z wysiłku.

A Ida stała na drżących nogach i nie mogła oprzeć się wrażeniu, że jeśli zrobi choćby krok, zwali się na podłogę jak ścięte drzewo. Nawet gdyby chciała, nie potrafiłaby pomóc łapaczowi. W ciemnościach byli z czarodziejem nie do rozróżnienia, a burzowe błyski gasły, zanim Ida zdołała ocenić, który jest który.

Grzmot zlał się z hukiem, z jakim jedno z krzeseł wyrżnęło w okno i wypadło na ulicę. Do kuchni wdarł się wiatr i strugi wody, a szarpiący się Jednoocy zwalili z parapetu wazon z tulipanami i doniczkę krokusów.

Błysnęło. Ida dostrzegła kwiaty walające się wśród rozsypanej ziemi i resztek stłuczonego wazonu. Teraz, pomyślała z zadziwiającym spokojem. To się stanie teraz.

Nie miała racji.

Mikołaj wrzasnął. Ida nie potrafiła stwierdzić który. A potem niespodziewanie wpadło na nią coś dużego i ciężkiego, zwaliło ją z nóg, przygniotło do podłogi. Próbowała wydostać się spod tego czegoś, strącić to z siebie, zrzucić... Ale gdy jej dłonie natrafiły na puszyste, delikatne futerko, zastygła w pół ruchu, a strach z nową siłą zacisnął na jej gardle lodowate dłonie.

– Gryzak... – szepnęła płaczliwie.

W krótkim, sekundowym błysku zobaczyła, jak łapacz rzuca jej bolesne spojrzenie spod półprzymkniętych powiek, po czym zamyka ślepia. Dziewczyna zacisnęła wargi. Ostrożnie zsunęła z siebie koszmarka i delikatnie ułożyła na podłodze.

Potem zerknęła w górę, prosto w wypełnione kipiącym szałem oczy Mikołaja. Stał nad nią wielki i straszny. Rozczochrane włosy czarodzieja sterczały sztywno, doskonale imitując diable rogi. Rzęsisty deszcz wpadał do kuchni, tworząc rozrastającą się kałużę i zmieniając rozsypaną ziemię w błoto. Leżące u Mikołajowych stóp tulipany i krokusy, burza, strugi wody... Wszystko się zgadzało.

– Giń – powiedziała Ida, przesuwając się w najdalszy kąt kuchni. – Giń, słyszysz?!

Nie... Jeszcze nie.

No bo co się niby miało stać? Mikołaj miałby zginąć trafiony piorunem? I co, może jeszcze trafiony prosto w oko, tak? No bez przesady, takie cuda to nie u nas.

Coś zatem było nie tak, wciąż czegoś brakowało.

Ida modliła się w duchu, by funkcjonariusze WON-u przybyli wreszcie na miejsce, by czarownica wykończyła Kwiatkowskiego i wypaliła mu oko jakimś czarem-marem albo po prostu wydrapała mu je własnoręcznie, używając w tym celu osobistych paznokci. Modliła się, by mieć to jak najszybciej za sobą.

Mikołaj tymczasem przestał wreszcie wlepiać w nią wyjątkowo bezrozumne ślepia, zamknął głupawo rozdziawione usta. Zrobił krok. Ida przymknęła oczy. Szuranie jego butów było najokropniejszym dźwiękiem, jaki zdarzyło jej się kiedykolwiek słyszeć. Poczuła, jak Kwiatkowski chwyta ją za ramiona, bez najmniejszego wysiłku unosi w górę i ciska na podłogę między poprzewracane krzesła z taką łatwością, jakby rzucał plażową piłką.

Adrenalina robiła swoje, Ida nie poczuła nic, choć podejrzewała, że jutro nie będzie mogła się ruszyć od stłuczeń i siniaków.

O ile jakimś cudem uda jej się wyjść z tego cało.

O ile będzie w ogóle jakieś jutro.

Próbowała wstać, nie było to jednak takie proste. W głowie jej huczało i dudniło, musiała w coś zdrowo przywalić. Do tego wylądowała na obrusie, który ślizgał się po gładkich czarno-białych kafelkach i uniemożliwiał utrzymanie równowagi. Leżała na tym obrusie niczym danie główne, czekając, aż Jednooki Kanibal przyczłapie w końcu i ją zje. Gdy tak wsłuchiwała się w szuranie ze wzrokiem utkwionym mniej więcej tam, gdzie skomlał biedny Gryzak, zdała sobie sprawę, że coś ją kłuje w bark. Krzywiąc się, sięgnęła tam ręką. Wydobyty spod siebie przedmiot zobaczyła dopiero w blasku następnej błyskawicy.

Z trudem przeniosła wzrok na Mikołaja.

To, co stało się wtedy, nastąpiło tak szybko, że dziewczyna nie zarejestrowała nic prócz paru obrazów migających jej przed oczami jak w świetle stroboskopu.

Kwiatkowski szczerzący ociekające śliną kły tuż nad jej twarzą. Przerażające pyski demonów, gapiących się na nią spomiędzy płomieni w Mikołajowych oczach. Błysk. Szponiaste łapy i piekący ból z rozciętego policzka. Grzmot. Chichot hien. Gdzieś bardzo, bardzo daleko rozlega się ryk. Potem rozdzierający skowyt. Na twarz i szyję spada ciepły deszcz, powietrze zalewa słodkawa, metaliczna woń.

Potem huki, krzyki, tumany gryzącego dymu, oślepiające światło i demony rzucające się po kuchni w napadzie dzikiego szału, oplątywane migotliwymi nitkami światła. Kakofonia chaotycznych, zwielokrotnionych echem dźwięków.

A na koniec czyjś zimny, triumfalny śmiech.

*

Bardzo nie chciała otwierać oczu.

Nie, nie bała się tego, co zobaczy. Przecież świetnie wiedziała, co zobaczy. Rzekę. Łódź. Jej własną drogę do krainy umarłych.

I nie miała najmniejszej ochoty tego oglądać.

Na piersiach czuła ogromny ciężar, który znacznie utrudniał oddychanie. Zresztą zjawy przecież nie oddychają. Owszem, zachowują odruch, mogą westchnąć, a nawet się zapowietrzyć, Duch jest tego najlepszym przykładem, ale tlen nie jest im do niczego potrzebny. W końcu same utkane są z powietrza, z lekkości, którą żywi czują, zapadając w sen. Na co im zatem jakiś tam tlen do szczęścia.

A jednak Ida poczuła, że się dusi. I było to uczucie nader nieprzyjemne. Powalczyła z ciężarem, zdołała wziąć płytki oddech i uniosła powieki.

Ujrzała nad sobą parę wielkich, żółtych ślepi, obserwujących ją z wyraźnym zaniepokojeniem.

– Gryzak?... – wyszemrała słabo, a rozradowany łapacz podskoczył parę razy, na nowo pozbawiając ją tchu. Schylił granatowy łebek i zaczął zawzięcie obwąchiwać swoją panią, a jego kocie wąsiki załaskotały ją w nos i policzek. – Co ty tu robisz?

Łapacz, ma się rozumieć, nie odpowiedział. Kłapnął tylko przyjacielsko.

To przyjacielskie kłapnięcie skojarzyło się Idzie z mało przyjacielskim Kwiatkowskim. Na samo wspomnienie nieszczęsnego czarodzieja wpadła w przygnębienie, a wyczuwszy to, Gryzak pośpieszył z pomocą i zaczął z oddaniem lizać ją po nosie. Uśmiechnęła się smutno i podrapała go za uszami.

– No, już dobrze, złaź ze mnie, mały.

Łapacz grzecznie wykonał polecenie, a Ida ponownie wpadła. Tym razem w zdumienie.

Zamiast zachmurzonego nieba Przystani z góry gapiły się na nią oczy. Dużo oczu, bo aż cztery pary. Brązowe, niebieskie, stalowe i... Ida drgnęła.

I miodowe.

– No, no, no – odezwała się Zofia Majcher, czarownica Wydziału. – Aleś narozrabiała, dziewczyno.

– Że niby ja? – wyjąkało medium.

Z trudem zdołało dźwignąć się do pozycji siedzącej. Jęknęło, czując każdy obolały mięsień z osobna. Policzek pulsował piekącym ciepłem, odruchowo przetarło go rękawem bluzy.

– No a kto?

Ida nie odpowiedziała. Zapatrzyła się na ciemną plamę, która wykwitła na szarym rękawie. I na trzymany w dłoni śrubokręt. Śrubokręt nieprzyjemnie lepki, obrzydliwie śliski i czerwony. Ociekający ciemnymi, gęstymi kroplami.

Dziewczyna siedziała nieruchomo jak kamienna rzeźba, zdumiona widokiem własnych zakrwawionych rąk i ubrania, otumaniona słodką, metaliczną wonią. Dopiero gdy przeszedł ją dreszcz, a potem następny, dopiero gdy śrubokręt wypadł z jej zdrętwiałych palców i z trzaskiem spadł na podłogę, rozbryzgując krew, dopiero gdy zgięła się wpół w czymś pomiędzy spazmatycznym szlochem a odruchem wymiotnym, funkcjonariusze Wydziału przestali podejrzewać, że Ida popadła w stan katatonii.

Cała czwórka spojrzała po sobie.

Czarnowłosy facet o stalowych oczach lekko uniósł brwi. Kobieta w odpowiedzi skinęła głową i podeszła do łkającej Idy.

– Nie rycz – mruknęła, poklepując ją niezdarnie po plecach. Tylko tego brakowało, żeby dziewczyna rozkleiła się na dobre. Ramiona zadrżały jej silniej, zza przyciśniętych do ust dłoni dobył się przeciągły jęk. – Albo i rycz. – Czarownica machnęła ręką. – Mamaj, Brutus, nie gapcie się tak, to nie przedstawienie. Zajmijcie się diabłami. Kruchy – zerknęła na czarnowłosego – dzwoń po czyścicieli, trzeba ich wyegzorcyzmować. Zwłaszcza zwłoki...

Na dźwięk ostatniego słowa Ida odruchowo zasłoniła sobie uszy.

Trzech mężczyzn zaczęło krzątać się po zdemolowanej kuchni, a rudowłosa przyklęknęła przed Idą, wyciągnęła ręce. Dotknęła skroni dziewczyny czubkami palców i wymamrotała pod nosem kilka niezrozumiałych słów.

Ida głośno wciągnęła powietrze. Leciutko zakołysała się z nosem prawie przy samej podłodze. A potem łagodnie opadła prosto w ramiona rudej czarownicy o miodowych oczach.

Rozdział siódmy

Gorsze czasy

Mimo że poddawane egzorcyzmom ciało Mikołaja zostało w mieszkaniu piętro niżej, Gryzak nadal wiercił się niespokojnie przy boku swojej pani, burczał, powarkiwał i prezentował zebranym garnitur olśniewająco białych kiełków. Cztery koty skulone na oparciu kanapy na zmianę zjeżały sierść i prychały na duchy. Funkcjonariusze Wydziału Opętań i Nawiedzeń siedzieli naprzeciwko medium poważni i ponurzy. Zjawy natomiast trzymały się z boku, w konsternacji popatrując to na Idę, to na intruzów.

– To znaczy, że co? – zaszemrała cicho dziewczyna z kocem podciągniętym pod samą brodę i dłońmi kurczowo zaciśniętymi na kubku ziołowego wywaru. – Jestem jakimś mrocznym żniwiarzem czy o co chodzi? Mam własnoręcznie wykończyć każdego, którego śmierć przepowiem?

Nikt jej nie odpowiedział. Nikt nie patrzył jej w oczy. Tylko czarnowłosy łowca zerkał na nią raz po raz z nieodgadnionym wyrazem twarzy.

Ida smętnie pokręciła głową i mruczała dalej, raczej do siebie niż do obecnych:

– Rozmawiałam z nim rok temu. Przylazł do mnie bez oka i prosił o pomoc. Myślałam, że jest zwykłym duchem, dopiero potem się okazało, że wciąż żyje i ma się świetnie. I że osobiście będę musiała go przeprowadzić w zaświaty. Wiedziałam, że lada dzień się przekręci, ale nigdy bym nie pomyślała... Do głowy mi nie przyszło takie zakończenie. Ja mu wydłubałam oko śrubokrętem! – Gwałtownie poderwała głowę. – Niecałą godzinę temu zamordowałam męża sąsiadki!

– Opowiedz dokładnie, jak to się stało – zażądał niespodziewanie łowca.

To były pierwsze słowa, jakie z siebie wydobył w obecności Idy. Głos miał szorstki, nieco zachrypnięty, niski. Było w nim coś tak złowrogiego, że medium mocniej wcisnęło się w oparcie kanapy i podciągnęło kolana prawie pod sam nos.

– Kruchy, dajże spokój – zaoponowała czarownica. – Ileż można wałkować jeden temat?

– Nie wierzę jej – oświadczył czarnowłosy tak rzeczowym, obojętnym tonem, jakby Ida nie siedziała obok. – Nie wierzę w zbiegi okoliczności, a już najmniej w to, że nikt jej nie pomagał.

Medium wydęło usta i przewróciło oczami.

– Toż mówiłam już, że pomagały mi duchy – mruknęło po raz trzeci.

– Marek, wyczuwasz jakieś? – zapytała po raz trzeci rudowłosa.

Pogromca na parę sekund zmarszczył czoło, po czym pokręcił głową. Po raz trzeci.

– Nie. Nic nie wyczuwam.

– Dlaczego on was nie wyczuwa?! – zirytowała się Ida.

– Bo nie jesteśmy tak do końca duchami – odparł natychmiast Duch. Krążył z wisielczą miną między kanapą a fotelem, z rękami założonymi do tyłu. – Nasze ciała żyją, a dusze słabną. Jesteśmy tak ulotni, że tylko znakomicie wyszkolone medium może nas zobaczyć. – Zwiesił głowę i westchnął ciężko. – A teraz, kiedy znakomicie wyszkolone medium zadźgało nam czarodzieja, nie ma już dla nas żadnej nadziei.

– Co mówią? – zainteresował się łowca, złośliwie krzywiąc usta.

– Że ich ciała żyją, a dusze słabną, dlatego nie możecie ich wyczuć – powtórzyła wybiórczo Ida. Bezradnie rozłożyła ręce. – I że nie są tak do końca duchami.

Łowca skrzywił się. Znacząco spojrzał na czarownicę.

– Zdajesz sobie sprawę, że w obecnej sytuacji ta mała może nam wciskać największy kit? Bardzo sprytnie to sobie obmyśliła. „Ja tam nic nie wiem, to umarli, których nikt prócz mnie nie może wyczuć, powiedzieli, co mam robić". – Utkwił w Idzie zimne, stalowe oczy. – Naprawdę chcesz nam wmówić, że jesteś tylko zwykłym medium słuchającym rad nie do końca duchów? Bo jeśli chcesz, to ja bym się na twoim miejscu jeszcze z dziesięć razy zastanowił.

– Jestem szamanką od umarlaków – sprostowała dziewczyna po raz enty, nerwowo bębniąc palcami w ściankę kubka. Do tej pory nie miała nic przeciwko temu, by nazywać ją medium, ale to „zwykłe medium" w wykonaniu łowcy zabrzmiało tak pogardliwie, że poczuła się urażona. – Kwiatkowski był pierwszym człowiekiem, którego śmierć przewidziałam, pierwszą duszą, którą miałam przeprowadzić w zaświaty. O tym, że jest czarodziejem, dowiedziałam się dopiero niedawno. Współpracował z niejaką Stanisławą, razem chcieli wybudzić ciała trzech nieszczęśników, którzy zapadli w śpiączkę pod wpływem nieudanego opętania. Właśnie ta trójka nawiedza obecnie moje mieszkanie. Dzięki nim i notatkom pozostawionym przez Stanisławę nie podzieliłam ich losu.

– Kruchy – odezwała się czarownica. Od paru minut mierzyła Idę z góry na dół, a jej mina mówiła jasno, że podobnie jak łowca nie wierzy w ani jedno jej słowo. – Sprawdziliście, czy te zwierzaki nie są przypadkiem magiczne? Może pochodzą z przemytu.

– Sprawdziłem. To zwykłe dachowce.

– Co im zrobiłeś? – spytała podejrzliwie Ida.

Kruchy wykrzywił wargi w złośliwym uśmiechu.

– Pociągnąłem każdego za ogon – odparł spokojnie – i czekałem, aż któryś każe mi się odpierd...

– Dobra, mniejsza o koty – przerwała czarownica. – Nas interesują demony. Masz pozwolenie na przeprowadzanie egzorcyzmów?

– Nie przeprowadzałam żadnych egzorcyzmów! – zaprotestowało żywo medium.

– Nie? – Rudowłosa uniosła brwi. – A te bazgroły pod wycieraczką i dywanem w przedpokoju to niby co to jest? Co prawda wzory wyglądają, jakbyś rysowała je po ciemku albo po kielichu, i dlatego nie zadziałały jak trzeba, ale nie miałaś prawa ich stosować. Gdybyś raczyła nas zawiadomić wcześniej, zamiast bawić się w zbawcę osiedla, nic złego by się nie stało. Nikt ci nie mówił, że zadzieranie z demonami może być tragiczne w skutkach? Coś ty sobie wyobrażała, dziewczyno?

Duch niepewnie zerknął na Idę, a ta niechybnie spopieliłaby go spojrzeniem, gdyby tylko mogła. Bo chciała, oj, chciała. I to bardzo bardzo. Szybko odwrócił głowę.

– Podsumujmy – zakomenderowała kobieta. – Wiedziałaś, jak spacyfikować zdiabloną duszę czarnoksiężnika i zakląć ją w Lampę Aladyna. Wiedziałaś, jak zamknąć przejście do piekieł w zwierciadle. Udało ci się pokonać trzech opętańców. Nie chce mi się wierzyć, że dokonałaś tego bez żadnego doświadczenia, korzystając z pomocy duchów, których nie ma. Tak się składa, że na używanie zaklęć chroniących przed czarną magią trzeba mieć uprawnienia. A ty ich nie masz, jak zakładam. Mam rację? Ano właśnie, tak też myślałam. Szykuje ci się ładny wyrok, mała. Na moje oko jakieś pięć lat...

– Trzy – poprawił ją łowca, a kpiący uśmieszek nie schodził mu z ust. – W końcu summa summarum nas ostrzegła. Potraktują to jako okoliczność łagodzącą.

– Kurde, szkoda. – Rudowłosa nie ukrywała rozczarowania. – Może jest coś, co przeoczyłam? – zapytała z nadzieją.

– Ma cztery koty, a pani Lewandowska nie pozwala trzymać zwierząt – wypaliła usłużnie Milenka i syknęła, gdy Duch dźgnął ją łokciem w żebra.

Ida przewróciła oczami, na co łowca i czarownica obrzucili ją nieprzychylnymi spojrzeniami.

– A ty co, nudzisz się? – fuknęła kobieta, a jej miodowe oczy zalśniły złotem. – Czy po prostu jeszcze do ciebie nie dotarło, że wpadłaś jak śliwka w gnój?

– To nie była reakcja na was, tylko na jedną z duszek – odparła chłodno Ida. Nie chciało jej się wymyślać bardziej przekonującego wytłumaczenia. – Milence wydaje się, że mogę dostać większy wyrok za to, że trzymam koty, a Lewandowska nie życzy sobie żadnych zwierząt.

– Kto to jest Lewandowska? – spytała podejrzliwie czarownica.

– Sąsiadka – westchnęła dziewczyna. – Jedna z tych opętanych. Wynajęłam od niej mieszkanie parę tygodni temu. I to był życiowy błąd. Gdybym ja wiedziała – mruknęła do siebie i łupnęła czołem w kolano. – Gdybym wiedziała, że tak to się skończy, poszłabym w ślady Stanisławy. To mądra kobieta jest, o tak, bardzo mądra.

– Skoro nie masz pojęcia o demonach, dlaczego nie zawiadomiłaś nas od razu? – kontynuował przesłuchanie Kruchy, najwidoczniej mając gdzieś wyrzuty sumienia podejrzanej. – Gdy tylko dowiedziałaś się, że w grę wchodzi czarna magia?

Ida mocniej zacisnęła palce na kubku i policzyła w myślach do dziesięciu.

– A ten znowu swoje! – wycedziła, siląc się na spokój. – Szamance nie wolno ratować przyszłego trupa, a wasza interwencja raczej miałaby na celu utrzymanie go przy życiu i wsadzenie za kratki, czyż nie? No właśnie. Zapisz to sobie, może wtedy łatwiej zapamiętasz i nie będę musiała więcej powtarzać.

– Prawa Mocy obowiązują każdego – przypomniał łowca. – Nikomu nie wolno ich łamać, nawet medium rozmawiającemu z niewidzialnymi przyjaciółmi. Czarna magia jest zakazana, koniec kropka. Miałaś obowiązek przekazać Kwiatkowskiego w ręce Wydziału.

– Prawa Śmierci obowiązują każdego – odparowała Ida, bezbłędnie naśladując jego nonszalancki ton. – Nikomu nie wolno ich łamać, nawet łowcy cierpiącemu na brak pamięci krótkotrwałej. Zaburzanie równowagi między życiem a śmiercią jest zakazane, koniec kropka. Miałam obowiązek zadbać, by dusza Kwiatkowskiego bezpiecznie udała się na drugi brzeg.

Pogromca i zaklinacz zachichotali, czarownica z niechęcią skrzywiła wargi, a łowca uśmiechnął się rozbrajająco. Ida miała przemożną ochotę nieco mu ten rozbrajający uśmiech wyszczerbić.

– A teraz weź notesik – warknęła zdenerwowana – ołóweczek i napisz sobie wielkimi literami: „Ida Brzezińska nie zna się na czarnej magii", a potem podkreśl wężykiem...

– Wolne żarty – prychnęła czarownica. – Sprawdziłam cię, zanim przeszkodziliśmy ci w wymordowaniu całej kamienicy. Według naszych danych pochodzisz od t y c h Brzezińskich. W świecie czarodziejów jesteś prawdziwym VIP-em. Nie wierzę, że nie znasz się na magii, dziwię się jednak, że zdecydowałaś się narazić rodzinę na taki skandal, złamać Prawa Mocy i poświęcić zabawie z demonami.

– Pozory mylą – burknęła nachmurzona Ida. – W świecie czarodziejów moi bliscy to faktycznie VIP-y, ja akurat jestem czarną owcą. Skandale to moja specjalność. Nie potrzebuję do nich czarnej magii, możesz mi wierzyć. Niemagiczne dziecko urodzone w magicznej rodzinie to skandal sam w sobie.

Przenikliwe oczy rudowłosej długo patrzyły na dziewczynę. Na krótką chwilę coś zmieniło się w bursztynowym spojrzeniu, złoty blask przybrał nieco cieplejszy odcień, gdy jednak czarownica zadała kolejne pytanie, znów powiało chłodem.

– A co z harpią? – spytała, niedbałym gestem wskazując machającą skrzydłami potworę, która od godziny siedziała na parapecie za oknem i przeraźliwie darła dziób. – Jak wytłumaczysz, że fruwa za tobą ofiara czarnomagicznego zaklęcia?

– Joanna fruwa za mną już od ponad ośmiu miesięcy. – Ida podążyła za spojrzeniem kobiety i wzruszyła ramionami. – Poznałam ją w akademiku...

Urwała raptownie, gdy usłyszała, jak czarownica głośno wciąga powietrze. Twarz rudowłosej gwałtownie zmieniła kolor na tak blady, że niemal przezroczysty.

– Co... coś... coś ty... – wyjąkała słabo kobieta, a pogromca zerwał się z fotela i złapał ją za ramiona. – Piotr, słyszałeś to?! Czy ona właśnie powiedziała... czy ona powiedziała...

– Powiedziała: Joanna – dokończył za nią łowca. Jego zimne tęczówki świdrowały Idę tak intensywnie, jakby miały zaraz zamrozić w niej krew i zamienić medium w sopel lodu.

– Brutus, wyprowadź Rudą na świeże powietrze, bo wygląda, jakby się miała przekręcić – zakomenderował zaklinacz. – Kruchy, aresztuj dziewczynę.

– Ale za co? – wydukała kompletnie zbita z tropu Ida i z wrażenia o mały włos nie oblała się gorącym wywarem. – Co ja takiego zrobiłam?

Łowca bez słowa wstał ze swojego miejsca. Zupełnie ignorując groźnie powarkującego Gryzaka, podszedł do kanapy, pochylił się nad dziewczyną i z bliska zajrzał jej w oczy.

– Co robiłaś w akademiku Joanny? – niemal wyszczekał to pytanie, taki był wściekły.

Ida na kilka sekund zapomniała języka w gębie. Chłodny błysk raz po raz rozświetlający stalowe tęczówki Kruchego zupełnie oderwał ją od rzeczywistości.

– Co tam robiłaś?

– A co miałam robić? – wydukała wreszcie zdziwiona. – Mieszkałam.

– W akademiku?

– W akademiku – powtórzyła dobitnie. – Coś taki zdziwiony? Tak się składa, że studiuję, proszę ja ciebie.

– Medium na studiach? – Nie ukrywał zaskoczenia.

– A co? Na to też macie paragrafy?

– Na to nie – odpowiedział odruchowo, zaraz jednak przypomniał sobie, że przecież miał być groźny, surowy i nieznoszący sprzeciwu, zmarszczył więc brwi. – Jak trafiłaś na Joannę?

– No... – Ida zająknęła się, nieco spłoszona tym, że teraz gapili się na nią wszyscy. Łącznie z Gryzakiem. – Zagadała do mnie już pierwszego dnia w akademiku, na moich oczach zmieniła się w harpię, jakieś szponiaste łapy wciągnęły ją przez dziurę w suficie... a potem dowiedziałam się, że od paru lat nie żyje i że mieszkam w jej dawnym pokoju. Trafiłam na nią przez przypadek.

Kruchy długo nie odpowiadał. Wyprostował się wolno, ale nadal nie spuszczał z niej wzroku.

– Nie kłamie – powiedział wyraźnie zaintrygowany własnym odkryciem. Zerknął na resztę.

– Ale o co cały ten raban? – zainteresowała się Ida. – I co ty w ogóle jesteś, chodzący wykrywacz kłamstw?

– Można tak powiedzieć – mruknął Kruchy, z powrotem zasiadając na krześle. – Chyba muszę zacząć wierzyć w te zbiegi okoliczności. Jasna cholera, ale numer.

Ida dłuższą chwilę zastanawiała się, czy pytanie, które właśnie przyszło jej do głowy, powinna zadać na głos, czy może mądrzej będzie zachować je dla siebie i nawet nie zastanawiać się nad odpowiedzią. Podświadomie czuła, że jeśli wypowie je głośno, zginie marnie pod lawiną kłopotów i komplikacji.

Pech niczego podświadomie czuć nie musiał. On po prostu wiedział. I ta wiedza była dla niego niekończącym się źródłem wyśmienitego humoru.

Ida westchnęła. No i zapytała.

– No to słucham. O co ta cała afera z Joanną?

Łowca, pogromca i zaklinacz nie odezwali się słowem, tylko zgodnie popatrzyli na czarownicę. Kobieta długo milczała, patrząc na przycupniętą na parapecie harpię w taki sposób, jakby nie mogła się zdecydować, czy bardziej chce ją oskubać z piór, czy pogłaskać po dziobie.

– Joanna była moją siostrą – powiedziała w końcu.

– To akurat wiem. – Ida sięgnęła do kieszeni dżinsów i wydobyła z niej pomięte fotografie. – Gdy pierwszy raz zobaczyłam twoje zdjęcie, przez moment byłam pewna, że to Joanna. Bliźniaczki?

Ruda ponuro potrząsnęła głową.

– Jest młodsza ode mnie o sześć lat. Wyglądamy na rówieśniczki, bo po rytuale inicjacyjnym czarownice przestają się starzeć.

– To Joanna nie była czarownicą?

– Nie – odparła ruda, a głos załamał jej się lekko. – Była, jak to trafnie określiłaś, czarną owcą w rodzinie. Tak jak ty.

Czarownica zamilkła. Chrząknęła parę razy, żeby pozbyć się z gardła dławiącej guli.

– Joanna bardzo chciała iść w ślady siostry – podjął opowieść Kruchy. – Poznała na studiach jakiegoś domorosłego czarodzieja nieudacznika, który uczył ją podstaw czarnej magii na tyle nieumiejętnie, że ją w rezultacie tą czarną magią niechcący zamordował. Rudej tak bardzo zależało, żeby własnoręcznie dopaść sukinsyna, który namieszał Joannie w głowie, że porzuciła karierę w Wydziale Przewidywań i Prewencji i załatwiła sobie przeniesienie do WON-u.

– A niechęć do czarnej magii nie przeszła mi do dziś – dodała Ruda nieco zdławionym głosem. – Dlatego już na stałe zostałam w WON-ie.

– Przez pół roku deptaliśmy Kwiatkowskiemu po piętach – wtrącił tymczasem zaklinacz – ale jego zaklęcia maskujące wciąż wywodziły Rudą w pole, a to się rzadko zdarza...

– To się nigdy nie zdarza – sprostowała szybko czarownica. – No ale cóż, zawsze musi być ten pierwszy raz.

– Pewnie byśmy nie odnaleźli Mikołaja, gdyby nie ty. – Stalowe oczy Kruchego spoczęły na Idzie, a w tonie jego głosu zabrzmiała subtelna nuta uznania. – Nigdy nie mieliśmy do czynienia z medium o takich umiejętnościach.

– Bo ja nie jestem zwykłym medium, tylko szaman...

– Szamanką od umarlaków, wiemy. Wspominałaś. Tylko, tak szczerze mówiąc, to pierwsze słyszę o takim zawodzie.

– Skąd ja to znam – mruknęła ponuro dziewczyna. – Żebyście widzieli moją minę, kiedy ciotka oznajmiła mi, kim jestem.

– Ciotka?

– I mentorka. Ona mnie wyszkoliła. Szkoda, że już odpłynęła na drugi brzeg, na pewno udzieliłaby wam więcej informacji. Ja dopiero zaczęłam pracę, mam niemal zerowe doświadczenie i żadnych kontaktów...

– Nie takie znowu zerowe – zauważył złośliwie łowca. – Dzisiaj na ten przykład wydziabałaś oko opętanemu czarodziejowi.

Ida aż skuliła się w sobie i odruchowo wytarła dłonie w koc, jakby chciała zetrzeć z nich krew, chociaż tej dawno już nie było. Dziewczyna pokręciła głową, bezskutecznie starając się wyrzucić z głowy wszystkie przerażające myśli, a gdy to nie pomogło, upiła spory łyk ziołowego wywaru. Skrzywiła się lekko. Od kwaskowatego, straszliwie gorzkiego płynu aż ścierpł jej język. Zaczęła rozglądać się za czymś innym do picia, najlepiej czymś, co miało procenty. Dużo procentów.

Z zamyślenia wyrwał ją dopiero pogromca.

– To co z nią zrobimy? – zapytał Rudą. – Nie możemy jej wypuścić, jeszcze będzie miała wizję kolejnego nawiedzonego wariata i znowu niechcący kogoś zamorduje.

– Ej – zaprotestowała Ida. – Tobie się wydaje, że mi to sprawia frajdę? Jeśli jak mówisz, będę miała wizję kolejnego wariata, to ją zwyczajnie w świecie zignoruję. Bo jeśli tak ma wyglądać moja praca, jeśli mam jeździć po kraju i własnoręcznie uśmiercać ludzi, to ja dziękuję uprzejmie za taki interes.

– Wierzę na słowo – odparł sceptycznie pogromca. – Przypominam ci tylko, że jeszcze dziesięć minut temu mówiłaś, że Prawa Śmierci obowiązują każdego, a teraz sama chcesz tym Prawom pokazać środkowy palec. Nie możesz tak po prostu zrezygnować z zawodu.

– Jeździć po kraju i mordować ludzi też nie mogę – zauważyło kwaśno medium. – Za dwa miesiące kończę dwadzieścia lat i już mam na sumieniu ludzkie życie. A to dopiero początek. Może mam jeszcze przywdziać płaszcz z kapturem i zaopatrzyć się w kosę, żeby było symbolicznie?

– Tak na dobrą sprawę masz dwa wyjścia – oświadczył łowca, zapalając kolejnego papierosa. – Chcesz? – Wyciągnął do niej paczkę razem z zapalniczką. Po chwili wahania sięgnęła po obie.

– Jakie wyjścia? – zagadnęła po chwili, wydmuchując dym.

– Mieliśmy już niejeden przypadek banshee, które własnoręcznie wysyłały ludzi na tamten świat, a potem utrzymywały, że zrobiły to w samoobronie. Nawet nasi telepaci ani czytacze przeznaczenia nie potrafili stwierdzić, czy te morderstwa były wynikiem zbiegu okoliczności, nieszczęśliwymi wypadkami, czy może zbrodniami z premedytacją. Jedyne, co wiemy na pewno, to to, że żadne z tamtych banshee nie poprzestało na zabiciu jednego człowieka. My nie mamy prawa cię aresztować, wszystkie te bajery związane ze śmiercią pozostają poza naszą jurysdykcją. Możesz więc nadal robić to, co robisz, prędzej czy później wpaść w ręce policji i przejść do historii jako seryjna morderczyni. Albo... – urwał. Zaciągnął się głęboko i wymownie zerknął na kolegów.

– Albo co? – spytała zaniepokojona Ida.

Zapomniała o papierosie i szary wałeczek popiołu zamiast do popielniczki spadł na podłogę. Po minach funkcjonariuszy widać było, że nad czymś się naradzają, a Ida nie mogła się zdecydować, czy rozmowa, której była świadkiem, ale której nie słyszała, bardziej ją intryguje, czy wytrąca z równowagi. Wreszcie łowca lekko skinął głową i spojrzał dziewczynie w oczy. A jego wzrok wróżył kłopoty. Poważne kłopoty. Dużo kłopotów.

Pech zapiał ze szczęścia.

Zrezygnowana Ida opadła ciężko na oparcie kanapy.

A Kruchy uśmiechnął się krzywo na widok jej miny.

– Mamy dla ciebie propozycję nie do odrzucenia...

Już pierwsze słowa łowcy sprawiły, że Pech z radości klasnął w dłonie, a medium pożegnało się z nadzieją na to, że ten przeklęty horror dobiegł wreszcie końca.

Kamyczek zwiastujący lawinę kłopotów i komplikacji łupnął Idę prosto między oczy. A zaraz za nim potoczyły się następne.

Ma się rozumieć, coraz większe.

*

Rzeczywiście, propozycji odrzucić się nie dało. No, chyba że Idę nagle naszłaby ochota, by jednak zostać tą seryjną morderczynią i potem spędzić resztę życia za kratkami, ale dziewczyna coś czuła, że raczej jej nie najdzie.

Wielka szkoda.

Dać się zamknąć na dożywocie byłoby dużo prościej.

Dużo prościej niż współpracować z Wydziałem Opętań i Nawiedzeń, na co z braku lepszej alternatywy właśnie się zgodziła. Odtąd wszystko, co robiła jako szamanka od umarlaków, miało być nadzorowane przez Konstantego Kruszyńskiego, pseudonim Kruchy, a w zamian za to Ida zobowiązała się udzielać wydziałowi konsultacji w sprawach nawiedzeń.

Zaklęła brzydko. Na własne życzenie wpakowała się w niezłe tarapaty. A wystarczyło przecież ograniczyć swoją ostentacyjną ignorancję i popytać o to i owo swoją szaloną rodzinkę. Nie zaszkodziłoby, a na pewno pomogło. Dwadzieścia pokoleń na pewno zgodnie poradziłoby dziewczynie, żeby trzymała się z dala od czarnej magii, demonów, opętańców, diabelskich harpii, a także żeby za wszelką cenę unikała małych, rudych, pyskatych czarownic.

– No i jak wam idzie, Mamaj? – zainteresowała się mała, ruda, pyskata czarownica, pochylając się nad leżącą na kanapie Idą.

– Już prawie gotowe, daj nam pięć minut – odparł zaklinacz. Od dwóch godzin walczył z blokadą w ciele medium, która złośliwie nie chciała słabnąć i skutecznie utrudniała mu zadanie. Nieźle się musiał namęczyć i nakombinować, żeby wreszcie ją przełamać i otworzyć łowcy przejście. – Gdy poczujesz chłód, spróbuj się poruszyć, żebyśmy wiedzieli, że zachowałaś czucie – zwrócił się do Idy, z trudem wstając z klęczek. – Ale od razu uprzedzam: będzie bolało.

Bolało jak diabli.

Wszystkie mięśnie skurczyły się gwałtownie, zdrętwiałe ciało było sztywne i przeraźliwie zimne, jakby ktoś wyciosał je z lodu. Najbardziej jednak bolały oczy. Ida zasyczała i natychmiast zamknęła powieki.

Zaklinacz miał wprawę. Zdążył dojść do siebie w dziesięć sekund, podczas gdy medium leżało na kanapie i nie miało siły choćby zamrugać.

– Dobrze by było, gdyby teraz zasnęła – powiedział Mamaj, jedną dłonią rozmasowując sobie skroń, drugą grzebiąc w kieszeniach w poszukiwaniu proszków. Przełamanie blokady w ciele medium kończyło się zazwyczaj silną migreną. Coś mu mówiło, że przełamanie blokady w ciele szamanki od umarlaków skończy się bardzo silną migreną. – Powinna się zdrzemnąć przynajmniej kilka godzin.

– Nie mamy kilku godzin – ucięła sucho czarownica. – Kruchy! Chodź, założysz jej więzy. Tylko porządne.

Siedzący w kuchni łowca zerknął na nią znad kubka z herbatą. Nie ruszył się z miejsca, nawet nie zmienił wyrazu twarzy. Spokojnie pociągnął kolejny łyk.

– No dobra – zreflektowała się Ruda. – Tak porządne jak zawsze. To miałam na myśli.

Ida usłyszała, jak Kruchy odstawia kubek na stół. Zaklęła znowu.

Łowca był dla niej zagadką, której za nic nie potrafiła rozgryźć. Do tego zagadką groźną i irytującą. Jeśli akurat nie prowadził przesłuchania, przeważnie milczał, paląc papierosy z taką nonszalancją, jakby wcale nie chciał, nie musiał, lecz tylko demonstrował całemu światu, gdzie też on ma raka płuc i choroby serca. Jeśli w ogóle zdarzyło mu się uśmiechnąć, to tylko w sposób niemający wiele wspólnego z radością, a na Idę patrzył bystrymi stalowymi oczami tak, jakby chciał przewiercić ją na wylot albo co najmniej wysadzić w powietrze.

I odtąd ten właśnie przyjemniaczek miał za nią łazić krok w krok i gapić jej się na ręce.

Przecudna perspektywa.

– A te więzy to naprawdę są konieczne? – spytała Ida lekko zachrypniętym głosem.

– Pewnie, że tak – prychnęła czarownica. – Nie możemy przecież cały czas cię pilnować, mamy własne obowiązki. A dzięki więzom Kruchy zawsze będzie wiedział, gdzie cię szukać, i w razie potrzeby dotrzemy do ciebie w parę minut.

– Pięknie – wycedziła pod nosem Ida.

– Jeśli nadal masz wykonywać zawód szamanki, musimy mieć cię na oku, żeby przybyć na czas i poskromić ten twój instynkt zabójcy.

Ida prychnęła pogardliwie i wydęła wargi.

Gdy tylko łowca stanął nad kanapą, dziewczynie od razu zrobiło się zimniej. Wzdrygnęła się lekko, mocniej zacisnęła powieki. Przez ładne parę minut nie zauważyła żadnych zmian, ale nagle poczuła, jak gdzieś w okolicach żołądka zaczyna rosnąć kula ciepła. Pęczniała, puchła powoli, nieśpiesznie, aż w końcu pękła jak mydlana bańka, a ciepło rozeszło się od stóp do głowy rytmicznymi, łagodnymi falami. Mrowiło i szczypało przyjemnie. Po chwili Ida odzyskała kontrolę nad ciałem i poczuła, że jest do niego przywiązana mocniej niż kiedykolwiek.

Dosłownie i w przenośni.

Otworzyła oczy i zaraz zasyczała, krzywiąc się z bólu.

– Ty się nie krzyw, tylko wstawaj – zarządził łowca. – Mamy mnóstwo roboty.

Medium skrzywiło się znowu.

Mnóstwo roboty oznaczało mnóstwo kłopotów. W najbliższym czasie czekały ich trzy zadania. Po pierwsze, odnaleźć dom z szarego kamienia i – o ile nie było już za późno – ochronić Stanisławę przed demonami. Po drugie, przywołać dusze Karoliny i pani Lewandowskiej i zespolić je z ciałami, które obecnie leżały w najbliższym szpitalu na oddziale intensywnej terapii. Po trzecie, wydobyć duszę Mikołaja z Lampy Aladyna i przeprowadzić ją na drugą stronę Rzeki...

Tyle rzeczy mogło pójść źle, tyle rzeczy mogło się nie udać. Wierny prawom Murphy'ego Pech cały podrygiwał z podekscytowania i chichotał jak mały, złośliwy chochlik.

*

Pogromca siedział w gabinecie otoczony górami papierów i z uwagą studiował notatki Stanisławy, próbując odnaleźć w nich jakiś trop. Czarownica, odczytawszy z umysłu medium obraz szarego domu, wisiała na telefonie i udzielała wskazówek ekipom poszukiwawczym, a Gryzak przycupnął na oparciu fotela, w którym siedziała, i w kółko odtwarzał sen o Stanisławie w swych szeroko otwartych ślepiach. Łowca zajęty był tworzeniem więzów, które miał zarzucić na duchy tak, by stały się widoczne dla pogromcy. Ida natomiast, korzystając z nieuwagi funkcjonariuszy, cichaczem wymknęła się na korytarz, zeszła piętro niżej i po chwili wahania wkroczyła do mieszkania Kwiatkowskich. Ostrożnie podążyła w stronę kuchni.

Po krwawym starciu z opętańcami nie został nawet ślad. Podłoga wręcz lśniła czystością, połamany stół i krzesła wymieniono na nowe, w powietrzu mieszały się zapachy płynu do dezynfekcji i konwaliowego odświeżacza powietrza. I zapewne nikt niewtajemniczony nie nabrałby najmniejszych podejrzeń, gdyby na środku kuchennej podłogi nie leżało martwe ciało Jednookiego Kanibala.

Ida na jego widok mocniej przytrzymała się kuchennego stołu, czując, jak uginają się pod nią kolana. Świadomość, że czarodziej leżał tam przez nią, że to ona własnoręcznie wydłubała z niego życie za pomocą śrubokrętu, była wręcz obezwładniająca.

Dziewczyna powoli dochodziła do siebie i obserwowała trwające nad Mikołajem zamieszanie. Kilku czyścicieli szukało w nim pomniejszych demonów, zaklinacz zniżonym głosem wydawał dyspozycje, a technicy zawzięcie wystukiwali coś na laptopach lub badali ciało za pomocą dziwacznych sond, mierników i mnóstwa mrugających, popiskujących cicho przyrządów.

– Nie wskrzesisz go, nawet gdy będziesz się w niego tak intensywnie wpatrywać – powiedział zachrypnięty głos za jej plecami. Ida drgnęła, odwróciła się. I stanęła oko w oko z podstawioną jej pod nos paczką lucky strike'ów. Nad paczką błyszczały stalowe oczy Kruchego. – Zapal sobie, dobrze ci to zrobi.

Ida sięgnęła po papierosa. Łowca wyjął z kieszeni pudełko zapałek i zaczął rozglądać się za popielniczką. A ponieważ żadnej nie znalazł, wyszperał z szafki elegancką filiżankę i bez ceregieli strzepnął do niej popiół.

– Dostałem telefon ze szpitala – powiedział po chwili. Popatrzył na dziewczynę z czymś, co przy odrobinie optymizmu można było wziąć za współczucie. – Karolina i Lewandowska zmarły piętnaście minut temu.

Ida zastygła z papierosem przy ustach. Przymknęła oczy, zaciągnęła się głęboko i opuściła głowę. Nie powiedziała nic. Nie wiedziała, co powiedzieć.

– Nie łam się – powiedział Kruchy. – To nie twoja wina.

Dziewczyna milczała. Paliła bez słowa ze wzrokiem wbitym w podłogę.

– Ich ciała nie wytrzymały opętania – ciągnął łowca wolno i spokojnie. – Nie mogłaś nic zrobić. Nawet my nie bylibyśmy w stanie temu zapobiec. Znalazłaś się po prostu w nieodpowiednim miejscu w nieodpowiednim czasie, to wszystko. Nie powinnaś się tym zadręczać.

Ida nadal nie reagowała. Automatycznie przytykała papierosa do ust, a potem wolno wydmuchiwała dym. Sprawiała wrażenie robota, któremu zawiesił się system.

– Ejże. – Kruchy chwycił ją za ramię i potrząsnął. Najpierw lekko, potem mocniej. Dopiero za trzecim razem dziewczyna podniosła na niego wzrok. – Weź się w garść. To było twoje pierwsze zadanie, czekają cię całe setki niepowodzeń i rozczarowań. Nie podchodź do wszystkiego tak emocjonalnie, bo się wykończysz.

– Trzy godziny temu żyli – odezwała się tak cicho, że ledwo ją słyszał. – Trzy godziny temu wszystko było dobrze, trzy godziny temu wierzyłam, że mój prywatny horror dobiegł wreszcie końca, a teraz...

– Trzy godziny temu już nie byli sobą – wpadł jej w słowo i zmusił, by spojrzała mu w oczy. – To ich ciała zginęły, rozumiesz? Ciała. Nic więcej. Twoim zadaniem jest teraz odnaleźć dusze i przeprowadzić je na drugą stronę. Pamiętasz, co nam mówiłaś? Zajmujesz się umarlakami, nie żyjącymi. Masz więc teraz trzech umarlaków, którym trzeba wskazać drogę w zaświaty. Przestań przeżywać i weź się do roboty.

Ida bez słowa ugasiła papierosa na dnie filiżanki. Po raz ostatni zerknęła na zwłoki Jednookiego i odwróciła się do nich plecami.

– To się więcej nie wydarzy – oznajmił z przekonaniem łowca. – To znaczy ludzie dookoła ciebie nadal będą umierać, ale przynajmniej nikt więcej nie zginie z twojej ręki, już moja w tym głowa. Przyjmij to do wiadomości, otrząśnij się i zacznij działać. Zrozumiano?

– Mhm.

– Kiepsko ci to wyszło, więc spróbujmy jeszcze raz: zrozumiano?

– Zrozumiano.

– No. – Z aprobatą skinął głową. – Jak już uporamy się z całym tym bagnem, trzeba będzie zająć się twoimi zjawami. Całkiem sympatyczne, powiem ci. Tylko strasznie słabe. Marek nie może przeżyć, że ich nie wyczuł.

– Niedługo i dla mnie stanie się to niemożliwe – odburknęła smętnie Ida. – Jeśli dłużej będą bezmyślnie obstawać przy swoim i nie pozwolą mi się przewieźć na drugi brzeg, rozpłyną się w niebycie. Mnie w ogóle nie chcą słuchać. Może Stanisława zdoła przemówić im do rozumu... o ile w ogóle ją znajdziemy.

– Już znaleźliśmy – oznajmił Kruchy i zaciągnął się głęboko. – Za pół godziny wyruszamy do Poznania.

– No to bawcie się dobrze – powiedziała szybko, mając nadzieję, że ulgi, którą poczuła, nie było słychać w jej głosie. Obecność zadających zdecydowanie zbyt wiele pytań funkcjonariuszy zaczynała działać jej na nerwy, nie miała zatem nic przeciwko temu, żeby sobie poszli w diabły. – Wyślijcie mi jakąś pocztówkę czy coś.

Łowca uśmiechnął się niespodziewanie.

Nie stał się przy tym mniej straszny. O nie. Ani troszkę.

– No co ty, przecież cię tak nie zostawimy.

Ida poruszyła się niespokojnie.

– Ale ja sobie świetnie dam radę – oświadczyła z pełnym przekonaniem. – Naprawdę. A wy sobie jedźcie. Jedźcie sobie, bardzo was proszę.

– Toż przecież jedziemy. I zabieramy cię ze sobą.

Na widok jej miny parsknął krótkim śmiechem.

– Ale dlaczego? – jęknęła cicho.

– Więzy są zbyt słabe – wyjaśnił spokojnie. – Trochę potrwa, zanim nabiorą mocy, a nie możemy zostawić cię bez... opieki. Sama rozumiesz. – Ruchem głowy wskazał zwłoki Jednookiego Kanibala.

Ida nie obejrzała się.

Zrezygnowana zaczęła tępo obserwować wciąż unoszący się w powietrzu papierosowy dym.

*

– Tego umowa nie obejmowała – żaliła się pół godziny później, krzątając się po gabinecie i pakując rzeczy do wielkiej płóciennej torby.

– Owszem, obejmowała – odparł Duch. Latał za nią krok w krok, zrzędził i patrzył na ręce. Czyli robił to, co potrafił najlepiej. – Naprawdę nie widzisz różnicy między: „Powiem wam, gdzie jest Stanisława" a „Pomogę wam odnaleźć Stanisławę"?

– Nie, nie widzę.

– No to tylko współczuć – zakpił bezlitośnie. – Właśnie niechcący wplątałaś się w sam środek operacji „Wiosenny Demon". Moje gratulacje.

Medium prychnęło wściekle.

– Zresztą – ciągnął Duch – tak na dobrą sprawę jesteś teraz członkiem zespołu, no nie? To co się dziwisz?

– Jeszcze niczego nie podpisałam.

– Bo i nie musiałaś – rzucił z kuchni łowca. – W Agencji nie potrzebujemy kontraktów. Wystarczy, że się zgodziłaś. Słowo zobowiązuje, aniele.

Ida w odpowiedzi zmroziła go wzrokiem. A ponieważ jemu zmrażanie wychodziło o niebo lepiej, szybko odwróciła głowę.

– Ktoś musi zostać z kotami – bąknęła obrażonym tonem.

– Ja mogę – zaofiarował się pogromca. – I tak muszę ich przypilnować. – Machnął ręką w stronę Ducha, duszek i Gryzaka. Gryzak prychnął na niego niechętnie, Duch wyglądał na nieco urażonego, Róża skuliła się spłoszona, a Milenka w ogóle nikogo nie słuchała, zajęta przyprawianiem kotów o zawał serca.

Ida westchnęła. Nie poddawała się jednak.

– Na nic wam się tam nie przydam. Byłoby dużo rozsądniej, gdybym została tutaj i spróbowała odnaleźć dusze Karoliny i Lewandowskiej. Ja tej Stanisławy w życiu na oczy nie widziałam, nawet nie będzie chciała ze mną rozmawiać.

– To akurat nasz najmniejszy problem – mruknęła czarownica.

– Jak to?

– Stanisława nie będzie musiała z tobą rozmawiać. Prawdę mówiąc, nawet nie będzie miała okazji.

Ida przerwała pakowanie, uniosła głowę. Nie spodobała jej się ta pozornie obojętna nuta w głosie Rudej.

– Potrzebne nam tylko jej ciało – oznajmiła czarownica doskonale beznamiętnym tonem. – Najchętniej nieprzytomne. Potraktujemy ją paralizatorem, doprawimy jakimś czarem-marem i zaczekamy na demony.

– Innymi słowy, zrobicie z niej żywą przynętę – podsumowała Ida.

– Innymi słowy, postąpimy zgodnie z regulaminem Firmy.

– Regulamin pozwala wam narażać niewinne dusze i ciała? Świetnie. Licencję na zabijanie też macie?

– Owszem – potwierdził łowca, wchodząc do pokoju. – Ty na swoją poczekasz od dwóch do pięciu dni.

Idę zatkało. I trwała taka zatkana przez ładną minutę.

– I jeszcze jedno ci powiem – podjął po chwili Kruchy. – Lepiej, jeśli już teraz uznasz ich wszystkich za straconych. Włącznie ze Stanisławą. Oszczędzisz sobie rozczarowań i wyrzutów sumienia.

– O czym ty gadasz? – spytała Ida ostrzej, niż zamierzała.

Łowca milczał. Zdawał się całkowicie pochłonięty dmuchaniem w parujący kubek.

– Z tego, co nam wiadomo, potraktowane czarną magią dusze nie są najłatwiejsze do wywołania – wyjaśniła za niego czarownica. – Szanse na to, że je znajdziesz, są bliskie zera.

Dusza Kwiatkowskiego może być tak zdiablona, że rytuały oczyszczające na nic się nie zdadzą i nie będziesz mogła zabrać jej na drugi brzeg. Nie mamy też pewności, czy zdążymy dotrzeć do Stanisławy przed demonami. A skoro coś może się nie udać, to na pewno się nie uda, po co więc robić sobie zbędne nadzieje?

– Ty zawsze taką optymistką byłaś czy brałaś lekcje? – wycedziła jadowicie Ida. Już sama myśl o tym, że do końca życia będzie miała ludzką krew na rękach, skutecznie wytrącała ją z równowagi, a teraz, kiedy pojawiła się możliwość, że straci także cztery dusze, niewidzialna pięść boleśnie zacisnęła się na jej żołądku.

Ruda prychnęła lekceważąco, a łowca uśmiechnął się pod nosem.

– Popracujesz u nas z pół roku – odparł, podnosząc kubek do ust – i lekcje nie będą ci potrzebne.

– A co będzie?

– Terapia u dobrego psychologa.

– Super. – Ida odrzuciła torbę na kanapę i pomaszerowała w stronę kuchni. – Mam dość. Muszę się napić. Poczęstowałabym, ale niestety skończył mi się arszenik.

– Może być cyjanek – mruknął łaskawie Kruchy, gdy mijała go w drzwiach.

Szczerze zmartwiona pokręciła głową.

– Nie może. Działa zbyt szybko, a ja chcę patrzeć, jak umieracie długo i w męczarniach.

*

Zaklęcie obezwładniające zadziałało, zanim jeszcze Stanisława otworzyła drzwi.

Usłyszeli zdławiony krzyk, brzęk tłuczonego szkła, zaraz potem odgłos upadającego ciała. Zadudniło głucho na parkiecie.

Po krótkiej chwili przez szparę między drzwiami a podłogą wypłynęła parująca, ciemnobrązowa kałuża.

– Hmm, kawa – ziewnęła Ida, wdychając cudowny zapach. – Napiłabym się.

– Ty lepiej mamusi pilnuj – ofuknęła ją Ruda. – Gdzie masz amulet?

– W kieszeni.

– To wyjmij, na co czekasz? Zaraz się ocknie.

– A nie łatwiej po prostu ją uśpić? Tak jak Stanisławę?

– Nie, nie łatwiej. Siły muszę oszczędzać, przecież się nie rozdwoję. Nie mogę jej podać środków nasennych, bo ma uczulenie na wszystko, co farmakologiczne, natomiast sporządzenie usypiającej mieszanki ziołowej wymaga uprzedniego zebrania ziół. A żadnej łąki w pobliżu nie uświadczysz, że tak pozwolę sobie zauważyć. Więc nie gadaj, tylko rób, co ci mówię.

Ida przewróciła oczami i wyjęła amulet paraliżujący. Rozejrzała się po saloniku, a że nigdzie nie dostrzegła krzesła, przysiadła sobie na oparciu fotela, w którym spoczywała nieprzytomna Jadwiga Korcz, matka Stanisławy.

Kruchy tymczasem otworzył drzwi i wszedł do pokoju.

Stanisława leżała na podłodze, tępo gapiąc się w sufit. Miała nieuczesane, byle jak związane włosy, niepokojąco bladą twarz, a pod zapuchniętymi oczami widniały ciemne sińce i resztki rozmazanego makijażu. W jednej dłoni ściskała zmiętą chusteczkę higieniczną, w drugiej długą, grubą szpilę.

– O. – Kruchy pochylił się i wziął szpilę do ręki. – A to co takiego? Czyżby wudu?

Ida z zainteresowaniem podniosła głowę.

– A widzisz gdzieś laleczki? – spytała.

– Aha. Jedną, woskową. Wyryła jej na czole: „Mikołaj". Chyba jej się wudu z golemem pomieszało.

– Bo to medium, nie czarownica – zauważyła Ida. – Znaczy, amatorka.

– Powiedziała ekspertka od egzorcyzmów – burknęła złośliwie Ruda. – Mamusi pilnuj, powiedziałam, nie widzisz, że się budzi?

Amulet zawibrował, zawarczał, błysnął na niebiesko i pani Korcz znowu straciła przytomność. Westchnęła cicho, jej głowa bezwładnie opadła z powrotem na oparcie fotela.

– To co teraz? – spytała po chwili Ida.

– Nic. Czekamy.

– Ktoś tu wspominał o kawie – przypomniał Kruchy. – Ida, nie masz co robić, skocz no i zaparz.

– A taką figę.

Łowca parsknął pod nosem i wrócił do przesuwania mebli.

– Dobra, to siedź tu. Tylko cicho mi bądź – zarządziła czarownica, siadając na podłodze obok Stanisławy. – Muszę się skupić. Kruchy, wyekranowałeś pokój?

– Owszem.

– Zrób no jeszcze trochę miejsca, strasznie tu ciasno. Pod okno z tym fotelem.

Przez ponad dwie godziny jedynym zajęciem medium było paraliżowanie Bogu ducha winnej kobiety i przyglądanie się pogrążonej w letargu koleżance po fachu, podczas gdy Ruda plotła zaklęcia ochronne, a Kruchy rozkładał pułapki na demony. Stanisława nie wyglądała dobrze. Ilość mokrych chusteczek zaścielających podłogę i pustych opakowań po lekach uspokajających dawała jakie takie pojęcie o jej samopoczuciu. Musiała być nie tyle zestresowana, ile wręcz spanikowana. Jako demonolog na pewno zdawała sobie sprawę, że demony prędzej czy później zgłoszą się po jej ciało i duszę.

Ida w zamyśleniu przygryzła wargi. Paskudnie to wszystko wyszło. Gdyby przed dwoma dniami ktoś jej powiedział, że w najbliższej przyszłości przyjdzie jej zamordować sąsiada, przeżyć śmierć jego żony i gospodyni, odnaleźć zaginioną rozmawiającą z umarłymi, po czym pozbawiać ją przytomności i zasadzać się na zagrażające jej demony, uznałaby oczywiście, że rozmawia z czubkiem. Kompletnym. A tymczasem siedziała po uszy w całej tej aferze i zachodziła w głowę, gdzie też mogą podziewać się dusze Karoliny i pani Lewandowskiej, czy zaklinacz i pogromca wydobyli już Mikołaja z Lampy Aladyna i czy jej życie kiedykolwiek będzie takie jak kiedyś.

Wiedziała, że nie będzie. Nie przez najbliższe parę lat.

Pech też to wiedział, lecz on bynajmniej nie dostrzegał w zmianach najmniejszego powodu do narzekań. Pogrążona w nieciekawych rozmyślaniach Ida drgnęła, gdy światło zgasło i dom z szarego kamienia połknął lepki mrok.

Zerwała się z fotela. Amulet paraliżujący z trzaskiem upadł na podłogę.

– Spokojnie – gdzieś w ciemnościach rozległ się głos łowcy. – Są blisko, ale mamy czas. Chodź tutaj. Trzymaj. – Wygrzebał z kieszeni latarkę, wcisnął jej w dłoń. – Pomożesz mi.

Ida kliknęła włącznikiem, omiotła podłogę snopem białego światła. Odszukała amulet i wsunęła go do kieszeni bluzy. Ponaglona chrząknięciem, przyświeciła Kruchemu, który klnąc pod nosem, zaczął przerzucać rzeczy w wypchanej po brzegi torbie.

– Spokojnie – powtórzył. – Aż zębami dzwonisz.

– Dziwisz się? Jeszcze parę dni temu nie wierzyłam w demony, a teraz proszę bardzo.

– Ironia losu, co?

– A żebyś wiedział.

– O. Jest.

Wydobył z plecaka pękate szklane naczynie i długi pędzel.

– Co to? – spytała Ida. – Nie mów mi tylko, że woda święcona.

Kruchy uśmiechnął się lekko, ale nie odpowiedział. Odkorkował flakonik, po salonie rozniósł się nieprzyjemny zapach szpitala.

– Spirytus? – zgadła Ida, którą zakręciło w nosie.

– Nie. Poświeć tutaj.

Patrzyła, jak Kruchy macza pędzel w gęstej, smolistej substancji i starannie kreśli wzór na podłodze przed drzwiami do pokoju. Był nieco podobny do tych, którymi sama próbowała bronić się przed opętanym Mikołajem. Łowca mruczał coś pod nosem, w skupieniu marszcząc brwi.

– Będziesz musiała się tego nauczyć – powiedział po kilku minutach, stawiając ostatnią linię. – To Pieczęć. Nie pozwoli diabłom opuścić pokoju.

– A co jest w butelce?

– Spytaj naszego alchemika, choć nie sądzę, by nazwa czy skład coś ci powiedziały. Dla nas to po prostu Piekiełko. Gwarantuję, że działa o niebo skuteczniej niż święcona kreda, której użyłaś.

– No ja mam nadzieję.

– Gotowe. – Zakręcił buteleczkę, schował z powrotem do torby. – Poczekamy sobie tutaj.

Usiedli pod ścianą obok fotela. Ida po swojemu objęła kolana ramionami, wbiła wzrok i światło latarki w czarny prostokąt drzwi. Słuchała oddechu nieprzytomnej pani Korcz, czując, jak amulet wibruje jej w kieszeni. A Kruchy jak zwykle zaczął przetrząsać kieszenie w poszukiwaniu papierosów.

– Nic ci nie zrobią – powiedział po chwili, gdy już wydobył papierosy, za to zaczął szukać zapalniczki. – Zostaniesz tu i poczekasz, aż wyjdziemy z pokoju. Żadnych bohaterskich, kretyńskich wybryków, choćby nie wiem co się działo. Dasz mi znak, kiedy je zobaczysz, resztę zostawisz nam. Zrozumiano?

– To wy ich nie widzicie? – spytała, zamiast odpowiedzieć.

– Widzimy tylko demony współpracujące z Firmą. Innych diabłów nie jesteśmy w stanie dostrzec.

– No to jakim cudem udaje wam się je znaleźć?

Wzruszył ramionami.

– Bo ja wiem? Po prostu wiemy, gdy są w pobliżu. Wyczuwamy je, ale nie możemy zobaczyć. Nie umiemy przejść do piekieł, nie możemy odnaleźć zagubionej tam ludzkiej duszy i przyprowadzić jej z powrotem. – Popatrzył na nią. – Ty to potrafisz. Dlatego cię potrzebujemy.

– Potrafię? Ja? Zdurniałeś?!

– Ciszej – szepnął ostro. – Potrafisz – powtórzył z naciskiem. – Każde medium potrafi. Jesteś medium czy nie?

– Uważaj. Kiedy ostatni raz ktoś tak do mnie mówił, to był początek katastrofy – ostrzegła go poważnie. – Niczego nie potrafię, niczego nie wiem. Medium ze mnie żadne, szamanka beznadziejna, teraz podobno jestem współpracownikiem wydziału, ale nie mam pojęcia, z czym to się je, i słowo daję, czuję się jak Neo świeżo odłączony od Matrixa. Demony, opętania, piekło w lustrze, czarna magia, egzorcyzmy, rytuały oczyszczające, Pieczęcie jakieś... mówię ci, to nie dla mnie.

– Trochę za późno na takie wnioski. Wybrałaś czerwoną pigułkę.

– Wiem.

Zatrzaskał odnalezioną wreszcie zapalniczką i zapalił papierosa.

– W walce z demonami może zawieść wszystko i wszyscy – odparł po chwili, wolno wypuszczając z ust chmurę dymu. – I przeważnie zawodzi. Nie ma tu znaczenia, czy jesteś specjalistą, czy amatorem, masz wieloletnie doświadczenie czy dopiero stawiasz pierwsze kroki, jesteś niezawodny czy wciąż coś ci nie wychodzi. W tej wojnie nie ma reguł. Niczego nie można być pewnym i niczego nie da się przewidzieć.

– Toś mnie, bracie, pocieszył.

– Się staram przynajmniej. Masz takie same szanse jak każdy w naszej branży. To chyba dobra wiadomość.

– Akurat. Powiedz mi lepiej, jak się z tego wyplątać.

– A co? Wolisz jednak pomordować parę lat i spędzić resztę życia za kratkami?

– Niespecjalnie.

– No widzisz. Nie masz wyjścia, musisz z nami trzymać. Mam już nawet dla ciebie kryptonim operacyjny, kryminalistko.

– No?

– Nikita.

– A spadaj. – Trzepnęła go w ramię latarką. Żarówka zamrugała, błysnęła pomarańczowym, zdławionym światłem i zgasła, ponownie pogrążając ich w półmroku.

W salonie zrobiło się bardzo zimno, oddechy Idy i łowcy zmieniły się w obłoczki pary. Woda w stojącym na stole wazonie z tulipanami zamarzła błyskawicznie, a na ścianach i oknach wykwitły rozmigotane, wzorzyste wachlarze szronu.

– Ruda? – szepnął Kruchy. – Gotowa?

– Gotowa – dobiegło ich z pokoju.

– Teraz patrz uważnie – mruknął do szamanki. – Zaczyna się.

Ida instynktownie przysunęła się bliżej łowcy. Wbiła wzrok w mroczny korytarz.

Trwała tak w bezruchu, prawie nie oddychając, aż wreszcie usłyszała, jak ogrodowa furtka otwiera się z przeciągłym skrzypieniem. Zalegające ścieżkę suche liście zaszeleściły, coś z pluskiem przelazło przez kałużę. Zadrapało w drzwi. Klamka szczęknęła, zawiasy zajęczały. Na dole zaczął się ruch. Szepty, pomruki, chrapliwe chichoty, przywodzące na myśl psi szczek. Dudniący, gardłowy charkot.

Ida zobaczyła je, gdy wolno wspinały się na piętro.

Chorobliwie chude, wyliniałe bestie przypominające przerośnięte hieny. Z płonących krwistym ogniem ślepi sypały się iskry, z pysków szła czarna piana. Krzywe, połamane pazury zazgrzytały cicho na drewnianych stopniach, a ślina z sykiem wypalała w deskach dymiące bruzdy.

– Są – szepnęła niemal bezgłośnie.

Kruchy skinął głową.

Nie ruszył się jednak z miejsca. Ida już miała zapytać, na co czeka, kiedy przypomniała sobie o Pieczęci. Obserwowała z napięciem, jak demony przechodzą nad nią jeden po drugim, dysząc, charcząc i plując ogniem.

– Weszły – wymruczała, gdy ostatni przekroczył próg.

Kruchy zerwał się natychmiast i runął do pokoju. Zanim zatrzasnął drzwi, cisnął niedopałkiem w sam środek Pieczęci. Wzór rozżarzył się, strzelił płomieniami i kłębami ciemnego dymu.

Przez moment trwała martwa cisza.

A potem dziki ryk demonów wstrząsnął domem, aż szyby w oknach zaczęły pękać.

Ściany drżały, podłogi trzeszczały przeraźliwie. Żyrandol z furią szarpał się pod sufitem. Fotel jeździł po całym salonie, ślizgając się po parkiecie razem z dywanem i obijając o meble. Z półek leciał z łomotem grad książek, obrazów i zdjęć, naczynia w kredensie dzwoniły rytmicznie, stolik podskakiwał, a stojące na nim wazon, karafka i kieliszki rozprysły się, zalały parkiet lepkim winem, kryształkami lodu i mżawką szkła.

Skulona pod ścianą Ida straciła równowagę, przywaliła barkiem o regał i poleciała na podłogę. Zza drzwi pokoju dobył się potępieńczy skowyt, rumor przewracanych mebli i krzyki Rudej. Przez szparę pod drzwiami sączyło się rubinowe światło, a Pieczęć rozgrzała się do białości.

Sufit trzasnął głośno i pękł. Powstała na nim rysa rozjechała się na wszystkie strony, tworząc wzór przypominający pajęczynę i zasypując podłogę tynkowym śniegiem. Ida zasłoniła głowę ramionami, powstrzymała się, żeby nie patrzeć w dziurę i nie zobaczyć ogromnych, płonących ślepi, gapiących się na nią z góry.

I nagle wszystko umilkło, jakby ktoś wyłączył dźwięk, a dom przestał wibrować. Nie było słychać nic prócz wycia wiosennego wiatru.

Ida odważyła się podnieść głowę.

Zbyt szybko.

Huk przygiął ją z powrotem do parkietu. Okna eksplodowały, drobinki szkła gęsto posypały się na dywan. Wiatr zatargał firankami, wciskając do pokoju deszcz ze śniegiem. Ida zdążyła wczołgać się za kanapę, zanim żyrandol runął z sufitu i z trzaskiem wtopił się w pianino.

Na ładnych parę minut przestała widzieć i słyszeć cokolwiek. Dzwoniło jej w uszach, w oczy gryzł gęsty dym.

Wreszcie gdzieś od strony pokoju doszedł ją głos Kruchego.

– Ida? W porządku?

– Ty mi... – wykaszlała, z trudem łapiąc powietrze – powiedz... W porządku?

– Trochę mnie dziabnęły, ale co tam. Bywało gorzej. Gdzie jesteś?

– Za kanapą.
– To wyjdź.
– No kiedy nie mogę. Utknęłam. – Spróbowała się ruszyć, ale z jednej strony była ściana, z drugiej kanapa właśnie i zadanie okazało się dużo trudniejsze, niż mogłoby się wydawać. – Widzisz gdzieś panią Korcz? Nic jej nie przywaliło?
– Nie przywaliło. Chyba nadal jest nieprzytomna.
– To dobrze. Ale amulet mi się zapodział.
– I raczej już go nie znajdziemy. Niezły bajzel, co?
– Nie wiem, nie widzę. Przesunąłbyś tę kanapę, bo sama chyba nie wylezę.
Kruchy przebrnął przez pobojowisko, przekopując to, czego nie zdołał przeskoczyć. Wspólnymi siłami przesunęli mebel. Łowca podał Idzie rękę, pomógł jej stanąć na nogach. Razem ruszyli w stronę wyjścia, ostrożnie stąpając po walających się wszędzie kawałkach szkła.
– Krwawisz – zauważyła Ida, gdy stanęli w korytarzu i łowca zapalił latarkę.
– Wiem.
– Bardzo krwawisz.
– Nie marudź.
Już chciała powiedzieć, że ma w torbie kawałek bandaża, ale zobaczyła jego minę i ugryzła się w język.
– A co ze Stanisławą? – spytała zamiast tego. – I z Rudą?
– O, patrzcie państwo, jaka troskliwa – sarknęła czarownica. Blada i rozczochrana torowała sobie przejście wśród poprzewracanych sprzętów. – Nic mi nie jest. Stanisława nadal śpi, ale coś mi się wydaje, że trzeba do niej przywołać czyścicieli. Muszą w niej siedzieć jakieś pomniejsze diabły, dziwnie się czuję, gdy jej dotykam... A teraz wybaczcie na moment.

Ruda, potykając się i złorzecząc głośno, przebiła się wreszcie przez ruiny salonu i lekko chwiejnym krokiem przemaszerowała korytarzem. Ida i Kruchy w milczeniu odprowadzili ją spojrzeniami. Gdy zniknęła w łazience i zatrzasnęła za sobą drzwi, popatrzyli po sobie.

– A tak serio, na pewno wszystko z nią dobrze? – zapytała Ida.

– Jak najbardziej. Zwykle kiedy wprowadza kogoś w letarg na dłużej niż dwie godziny, dostaje mdłości i bólu głowy. Ale to nic, przejdzie jej. A ty jak się masz?

– Nijak – przyznała szczerze. – Coś za szybko poszło, nawet nie zdążyłam się porządnie przestraszyć. To było zbyt...

– Łatwe?

– Aha.

– Wierz mi, Ida, nie było. To nigdy nie jest łatwe.

– A demony gdzie?

Zamiast odpowiedzieć, wyjął z kieszeni sznurek krwistoczerwonych paciorków.

– Tu są. Cała szóstka.

Ida rozdziawiła usta ze zdziwienia.

– Żartujesz sobie? – wydusiła z trudem.

Koraliki w jego dłoni zaszeptały cichutko. Medium przyjrzało im się z bliska, dostrzegło, że w każdym pulsuje delikatnie mgiełka purpurowego światła. Przypominały miniaturowe Lampy Aladyna, ale w porównaniu z nimi wyglądały na dużo delikatniejsze i bardziej kruche.

– Chcesz? – spytał Kruchy, wyciągając rękę.

– Zwariowałeś?! – Aż się cofnęła. – Zabieraj to świństwo jak najdalej ode mnie!

– Teraz są nieszkodliwe. Siedzą w Kapsułkach zabezpieczonych zaklęciami, nie wydostaną się. Masz. Potraktuj je jak trofeum.

Wcisnął jej paciorki do ręki. Były niespodziewanie ciężkie i tak lodowate, że aż parzyły. Ida w zamyśleniu przekładała je z ręki do ręki.

Kruchy tymczasem ruszył na podbój salonu uzbrojony w latarkę i życzliwe słowo dla każdej rzeczy, która stała mu na drodze. Po kilkuminutowych zmaganiach wyniósł nieprzytomną panią Korcz, położył ją na podłodze w korytarzu i już miał rozpocząć poszukiwania amuletu paraliżującego, gdy w kieszeni zatrajkotała mu komórka. Skrzywił się niechętnie, wygrzebał ją i zerknął na wyświetlacz.

Odebrał natychmiast.

Przez pół minuty stał z telefonem przy uchu, po czym rzucił tylko:

– Jesteś pewny?

Wysłuchał odpowiedzi, rozłączył się. I zaklął tak, że Ida podskoczyła, a wracająca właśnie z łazienki Ruda przystanęła w miejscu. Pytająco uniosła brwi. I choć Kruchy nie powiedział słowa, Ida była pewna, że czarownica otrzymała niemą odpowiedź na nieme pytanie.

Już chciała domagać się wyjaśnień, gdy nagle doszedł ich trzask pękającego szkła, przenikliwy kobiecy krzyk, a potem głuchy łomot.

Ruda i Kruchy obejrzeli się w stronę pokoju Stanisławy. Czarownica z ciężkim westchnieniem przeczesała włosy, łowca zaklął ponownie, tym razem dużo ciszej i jakoś tak bez wyrazu.

– Dzwoń po Mamaja – powiedział do kobiety zrezygnowanym tonem. – I po czyścicieli. Ida, czekaj tu.

– Dokąd idziesz?

Nie odpowiedział. Szybko przemierzył korytarz i zbiegł po schodach.

– Pamiętasz, jak radził ci, żeby z góry uznać ich za straconych? – spytała ponuro Ruda, czekając na połączenie.

– Pamiętam.

Czarownica podniosła na Idę roziskrzone bursztynowe oczy.

– Trzeba go było posłuchać, mała.

*

Ciało Stanisławy leżało w ogródku u stóp szarego domu, między podniszczoną kamienną studnią a wysokim bukszpanem.

Nieruchome. Sine. Otoczone aureolą szklanych drobinek. I wyszczerzone w upiornym, szaleńczym uśmiechu.

Zupełnie jak we śnie Idy.

Sprowadzony z Wrocławia zaklinacz ślęczał nad nim już kilkadziesiąt minut, ale nadal nie miał dobrych wiadomości.

– Nic z tego. – Mamaj pokręcił głową. – Przy życiu przytrzymują ją tylko pomniejsze demony. Po egzorcyzmach wszystkie funkcje życiowe natychmiast ustaną. Widać jak na dłoni, że złamała sobie kark przy upadku.

– Czyli nie da rady zakląć jej duszy z powrotem? – upewnił się Kruchy.

– Nie ma szans.

– No cóż, tyle dobrego, że jej dusza przynajmniej nam nie zwiała – mruknęła ponuro czarownica. – Daliście plamę z tym Kwiatkowskim, Mamaj.

– Przecież Mikołaj siedział w Lampie – zauważyła Ida. – Jakim cudem...

– Gdy tylko złamaliśmy pieczęcie, by go wydobyć i przeprowadzić rytuał oczyszczający, jego dusza dosłownie eksplodowała – wyjaśnił zaklinacz. – Sam nie wiem, co to było, ale momentalnie powaliło nas na ziemię, nie mogliśmy się pozbierać przez ładne parę minut. Ja dopiero godzinę temu zacząłem z powrotem słyszeć, a Brutus do teraz nie odzyskał czucia w ręce.

Czarownica zamruczała coś pod nosem i pokręciła głową. Obrzuciła ciało Stanisławy wściekłym spojrzeniem.

– Tego nie przewidziałam – wycedziła, wyraźnie zła na siebie. – Byłam tak skupiona na usypianiu Stanisławy i na demonach, że zbagatelizowałam siedzące w jej ciele pomniejsze diabły. No żeby to szlag jasny trafił!

– Pomniejsze demony nazywamy podszeptami – wyjaśnił Kruchy w odpowiedzi na zdezorientowaną minę Idy. – Są bardzo słabe, bardzo trudne do wykrycia, a mimo to bardzo niebezpieczne. Szepczą cichutko w umyśle opętanego, podsuwają złe myśli i pomysły, wpływają na nastrój, wpędzają w depresję. Kiedy wyczuły nasze zaklęcia, musiały spanikować i rzuciły Stanisławę z okna.

Ida bez słowa opuściła głowę. Była bardzo zmęczona. Ciężko oparła się plecami o drzewo, odetchnęła głębiej. Patrzyła bezmyślnie na ciało Stanisławy i nie czuła nic. Zero. Pusto. Kompletna znieczulica.

Nawet nie miała sił zadać pytania, które zwykle pada w podobnych sytuacjach. I nie musiała. Wyręczyła ją czarownica.

– To co teraz?

Łowca i zaklinacz równocześnie wzruszyli ramionami.

– Standardowo – mruknął Kruchy. – Załatwiamy transport ciała do kostnicy we Wrocławiu, przeprowadzamy egzorcyzmy, a potem sekcję. Duszę zamykamy w Kapsułkę i rozpoczynamy przygotowania do rytuałów oczyszczających. Kasujemy pamięć pani Jadwidze, potem zwijamy zabawki i wracamy na nasze podwórko. Nic tu po nas.

– A co z... – Ida zawahała się, zerkając niepewnie na rozbite szyby, przez które radośnie hulał wiosenny wiatr.

– Wyremontuje się raz-dwa i będzie git – uspokoił ją Brutus. – Ekipa już zamówiona. To sprawdzeni ludzie, nie będą zadawać niewygodnych pytań.

– Sąsiedzi niczego nie zauważyli?

– Raczej nie, ale dla pewności sprawdzimy rano. Znaczy, sprawdzą agenci z poznańskiego WON-u, my się zmywamy.

Pogromca chciał jeszcze coś powiedzieć, ale nie zdążył. Komórka Kruchego zawibrowała i zamigotała w ciemnościach ogrodu. Łowca odebrał, zanim rozległ się pierwszy dzwonek.

Nie odezwał się słowem. Słuchał.

Bez słowa zakończył połączenie, wyjął z kieszeni nową paczkę lucky strike'ów i z szelestem zmiął folię. Nieśpiesznie wsunął papierosa do ust. Trzasnął zapalniczką.

– Nadal nie znaleźli Mikołaja – oznajmił spokojnie, wydmuchując dym.

Milczeli.

Zaklinacz w zamyśleniu potarł podbródek. Łowca palił. Nachmurzona czarownica ciskała kamykami do studni. Ida ciężko przysiadła na cembrowinie, schowała twarz w dłoniach i bardzo zapragnęła się obudzić.

A Stanisława leżała na trawie równie cicha, zimna i nieruchoma co szare kamienie jej domu.

Rozdział ósmy

Nieśmiertelna przysięga

Co tak długo? – zapytał z wyrzutem Duch zamiast „dzień dobry", gdy Ida wsuwała klucz do zamka. – Jak wam poszło?

Nie odpowiedziała i za wszelką cenę starała się unikać jego spojrzenia. Była zła, rozgoryczona, nieszczęśliwa i sama nie wiedziała, które z tych uczuć przeżywała najsilniej.

Duch prawidłowo odczytał jej milczenie i wyraźnie się nachmurzył. Ida bez słowa zatrzasnęła mu drzwi przed nosem, lecz zignorował tę subtelną sugestię i wpłynął do mieszkania w ślad za dziewczyną. Przyglądał się spode łba, jak koty, które przypędziły zwabione odgłosem otwieranego zamka, łaszą się do nóg Idy, miaucząc wniebogłosy, a Gryzak imponującym susem pada dziewczynie w ramiona i przygniata ją do ściany.

Ida podrapała łapacza za uszami, a ten z rozkoszy zmrużył ogromne żółte ślepia i zaczął leniwie zamiatać powietrze lisim ogonem. Wciąż z Gryzakiem w ramionach, otoczona kocim wianuszkiem, udała się do kuchni. Postawiła łapacza na stole, schyliła się i pogłaskała mruczące głośno zwierzaki, po czym wyciągnęła z szafki kubek i wstawiła wodę na herbatę. Duch snuł się za nią jak ponury i milczący wymownie wyrzut sumienia.

– A gdzie zgubiłaś komandosów z WON-u? – zagadnął znowu po chwili ciężkiej ciszy.

– Egzorcyzmują ciało Stanisławy i przeprowadzają rytuały oczyszczające nad jej zdiabloną duszą – odparła Ida, starając się panować nad głosem. – No i szukają Kwiatkowskiego.

– To dlaczego nie jesteś z nimi? – zapytał zaczepnie Duch. – Dlaczego nie szukasz Mikołaja? Tyle się nagadałaś, że jesteś za niego odpowiedzialna, że musisz go przeprowadzić, a teraz, jak już udało ci się go własnoręcznie ukatrupić, to masz gdzieś, co się z nim stanie, tak?

Ida rzuciła mu wściekłe spojrzenie. Okropnie ją korciło, by wyskoczyć z ciała i spuścić Duchowi takie manto, że będzie pamiętał do końca swojej egzystencji. Należało się draniowi od dawna.

– Odpieprz się, sukinsynu! – warknęła, zaciskając pięści tak mocno, że aż zbielały jej knykcie. – To ty masz i od początku miałeś w dupie wszystko i wszystkich! Wściekasz się na mnie, bo Stanisława była na tyle głupia, żeby dać się dla ciebie opętać, złamała sobie kark, skacząc z okna na główkę, i teraz nie został ci nikt, kto mógłby kontynuować pracę nad tym porąbanym projektem. Gówno cię obchodzi, że ona nie żyje, martwisz się tylko tym, że przez jej śmierć nie odzyskasz ciała. Bardzo proszę, popraw mnie, jeśli się mylę!

Duch zapowietrzył się okropnie i Ida była pewna, iż lada chwila dusza rozpęknie mu się z hukiem. Kilkakrotnie otwierał i zamykał usta jak ogromna ryba, nie zdążył jednak wydobyć z siebie głosu.

– Nie masz prawa mieć do mnie pretensji – kontynuowała, czując, że traci nad sobą kontrolę. Tama opanowania pękała z trzaskiem pod naporem złości i rozgoryczenia, jakie wzbierały w dziewczynie już od paru dni. – Nie masz prawa niczego ode mnie oczekiwać ani niczego żądać. Dość już się nasłuchałam, dość już dla ciebie zrobiłam...

– O co ty się właściwie wściekasz? – Duch wreszcie odzyskał mowę.

Piwne oczy rozświetliły się na moment bardzo jasno, bardzo niebezpiecznie i natychmiast pożałował, że w ogóle się odezwał.

– Poprosiłam cię o jedną jedyną rzecz. Miałeś zanieść pieprzoną Lampę z Mikołajem do pieprzonej pracowni, a ty co? No co zrobiłeś?

Duch odwrócił wzrok.

– Powiedz głośno, co zrobiłeś, draniu!

– Stchórzyłem – szepnął słabo.

– I uciekłeś – dodała przez zaciśnięte zęby. – Gdybym nie musiała zająć się Lampą za ciebie, gdybym nie znalazła się w mieszkaniu Kwiatkowskich, gdyby ten przeklęty śrubokręt nie wpadł mi w ręce, może uniknęlibyśmy nieszczęścia, może Kwiatkowski nadal by żył...

– A zatem sugerujesz, że jego śmierć to moja wina, tak?

– Sugeruję, że jesteś podłą gnidą – odparowała Ida wściekle. – Nie ty wbiłeś mu śrubokręt w oko, ale wszystko mogło potoczyć się zupełnie inaczej, gdybyś raczył ruszyć dupsko i zrobić coś we własnym zasranym interesie, zamiast uciekać. Gdzieś ty był, gdy atakowali mnie opętańcy? Gdzie byłeś, pytam?!

– Przecież i tak nie mógłbym nic...

– Nie kończ – przerwała mu, podnosząc rozedrgany gniewem głos. – Nie kończ, dobrze ci radzę, bo dosłownie wyjdę z siebie, stanę obok i dam ci po pysku. Zostawiłeś mnie samą, a potem jeszcze miałeś czelność wypominać, że zamordowałam twojego czarodzieja. Wolałbyś pewnie, żeby mnie zeżarł. Wtedy nadal mógłbyś mieć nadzieję, że ktoś go wyegzorcyzmuje i jednak odzyskasz ciało, co nie?

Nie czekała na odpowiedź. Podeszła do czajnika, który właśnie rozbulgotał się głośno i buchnął parą, zalała herbatę wrzątkiem. Delikatnie rozgoniła stopą koty z upodobaniem plączące jej się pod nogami, sięgnęła po pudełko z karmą i szczodrze sypnęła nią do stojących obok lodówki miseczek. Gryzak natychmiast skorzystał z okazji, wskoczył jej na plecy i prawie przygiął do ziemi.

– Złaź – poleciła łagodnie, acz stanowczo, ale łapacz ani myślał jej słuchać. – No już.

Stworek wydał z siebie serię burknięć i pomruków, przewiesił się dziewczynie przez jedno ramię i trącił ją puszystą łapką w nos. Przez twarz Idy przemknął cień smutnego uśmiechu. Wyprostowała się z trudem i stęknęła pod ciężarem łapacza.

– Funkcjonariusze WON-u spróbują wybudzić wasze ciała ze śpiączki – zwróciła się do Ducha głosem zimniejszym od ciekłego azotu. – A jeśli im się nie uda, załatwią wam nowe. Dopiąłeś swego, możesz być z siebie dumny.

Przez bardzo długą chwilę Duch słowa nie mógł z siebie wydusić, tak się zdziwił.

– J-jak to? – wyjąkał wreszcie cicho i niepewnie. – Mówisz poważnie?

– Nie, startuję w konkursie na żart roku.

– Ale jakim cudem... – nie pojmował Duch. – Skąd...

– Poprosiłam Kruchego i Mamaja, żeby się tym zajęli. Gdy tylko skończą ze Stanisławą i odnajdą Mikołaja, zabiorą się do was.

Duch wyraźnie nie mógł uwierzyć w to, co usłyszał, gapił się na Idę jak na kosmitę. Ona natomiast nadal nie miała ochoty na niego patrzeć. Wyciągnęła pudełko lodów z zamrażarki, a potem z kubkiem herbaty w jednej ręce, lodami w drugiej i Gryzakiem owiniętym wokół szyi niczym granatowy szal z lisa przemaszerowała przez Ducha jak przez powietrze.

– I zrobiłaś to dla mnie? – zawołał za nią, gdy weszła do sypialni i zapaliła światło. – Mimo wszystko? Dlaczego?

Przystanęła w progu. Nie odwróciła się jednak.

– Zrobiłam to dla siebie – sprostowała krótko. – Jako zjawa nie dałbyś mi spokoju, a ja nie mam ochoty przebywać dłużej w twoim towarzystwie. Jak tylko dostaniesz ciało, masz iść precz.

Z tymi słowami zniknęła w sypialni i z trzaskiem zamknęła za sobą drzwi.

*

Mimo potwornego zmęczenia graniczącego ze skrajnym wyczerpaniem Ida przez pół nocy nie zmrużyła oka. Przewracała się z boku na bok, bezmyślnie gapiła w sufit, poprawiała poduszki, wsłuchiwała w szum deszczu i dochodzący zza okna skrzek Joanny trawionej demonicznymi płomieniami, wierciła pod kołdrą, nie mogąc znaleźć wygodnej pozycji. Przysnęła wreszcie koło czwartej nad ranem, lecz nawet wtedy nie zaznała upragnionego odpoczynku. Pogrążona w płytkim, niespokojnym śnie czuła przez skórę, że coś jest cholernie nie tak, czuła obecność czegoś, czego ponad wszelką wątpliwość nie powinno tu być. Cała kamienica tętniła dziwnie znajomą energią, a mrok cichutko szeptał dziewczynie do ucha i nucił melancholijne pieśni umarłych.

Obudził ją Gryzak, łaskocząc w szyję i policzki długimi wąsikami i ciepłym oddechem. Otworzyła jedno oko, łypnęła na niego złowrogo.

– Idź sobie – mruknęła sennie. – Jeszcze ze dwie godzinki.

Gryzak delikatnie ugryzł ją w ucho, manifestując swoje niezadowolenie.

– Muszę się wyspać, ty bezlitosna bestio. No sio!

Koszmarek bez wątpienia rozumiał każde jej słowo, ale ani myślał posłuchać. Wskoczył jej na brzuch, pozbawiając tchu, i zaczął kicać jak opętany. Przez parę sekund dziewczyna walczyła o łyk powietrza, wreszcie zniecierpliwiona trzepnęła łapacza poduszką. Gryzak zwinnie uskoczył przed ciosem, chapnął poszewkę ostrymi kiełkami, zaparł się. Wyrwał poduszkę z rąk dziewczyny i szarpnął łebkiem tak energicznie, że już po chwili w całej sypialni zawirowały tumany pierza. Wyraźnie dumny z siebie przysiadł w nogach łóżka, owinął się lisim ogonem i zatrzepotał uszami, wprawiając puszyste futerko w delikatne falowanie.

– Gryzak, ty mała cholero – burknęła Ida, siadając i przeciągając się leniwie. – Jak nie sypiam, to dostajesz kręćka z głodu i nudów, jak sypiam, to mnie budzisz, bo... no właśnie, bo co? Miałam właśnie jakiś porąbany sen, trzeba było jeść i dać mi się wyspać.

Mogła sobie gadać ile dusza zapragnie, łapacz miał jej wywody w głębokim poważaniu. Chwycił zębami róg kołdry i jednym skokiem ściągnął ją na podłogę. Fuknął na Idę nagląco, a gdy ta owinęła się prześcieradłem i nadal uparcie starała się zasnąć, wskoczył z powrotem na łóżko, oparł się o jej plecy przednimi łapkami i z siłą, o jaką go nie podejrzewała, zaczął ją centymetr po centymetrze spychać z materaca.

– Dobra, poddaję się! – zaburczała gniewnie, gdy niebezpiecznie zakołysała się na krawędzi łóżka. – Uspokój się, już wstaję.

Przeciągnęła się sennie, podeszła do szafy, wyjęła ubranie i powlokła się do łazienki. Gryzak podreptał w ślad za nią, bezgłośnie przebierając łapkami i nie spuszczając z niej wielkich żółtych ślepi. Nie pozwolił dziewczynie na zbyt długi prysznic, co chwilę zakręcając pyszczkiem kurek z ciepłą wodą. Gdy myła zęby, dał susa na umywalkę i usilnie próbował wytrącić jej z dłoni szczoteczkę. Mokre włosy rozczesała byle jak i na szybko, odpychając nogą łapacza, który tarmosił ją dziko za nogawkę dżinsów i warczał niczym traktor. Siłą wywlókł dziewczynę z łazienki. O śniadaniu nie miała nawet co marzyć, Gryzak dopadł drzwi i wyraźnie dawał jej do zrozumienia, że chce wyjść na korytarz.

– Gdzie ty mnie prowadzisz? – mruczała niechętnie Ida, gdy łapacz ostrym warknięciem zażądał, by podążyła za nim.

Gryzak zaburczał coś w odpowiedzi, zbiegł ze schodów i zakręcił się wokół własnej osi na półpiętrze. Kiedy tylko dziewczyna zbliżyła się na krok do niego, zszedł jeszcze niżej i znów zaczął krążyć jak oszalały. Tym sposobem sprowadził ją na parter.

Na widok łapacza drapiącego wściekle w drzwi do mieszkania z numerem pierwszym, Idzie natychmiast odechciało się spać, doznała bowiem olśnienia. Wiedziała już, do kogo należy aura, która niepokoiła ją w nocy.

– Dobry Gryzaczek – pochwaliła łapacza i podrapała go za uszami. Koszmarek prychnął lekceważąco, wciąż obrażony, że tak się guzdrała. – No już, nie wściekaj się. Wchodzisz ze mną?

Gryzak zastrzygł ogromnymi uszami i twierdząco machnął ogonem.

Ida się wyprostowała. Położyła dłoń na zimnej klamce, spojrzała na zardzewiałą jedynkę, po czym wzięła głębszy oddech i zdecydowanym ruchem otworzyła drzwi. Łapacz natychmiast szurnął do środka i zniknął jej z oczu, a Ida przemierzyła ciasny i mroczny przedpokój, ostrożnie zajrzała do salonu. Zamrugała szybko.

Duch pani Lewandowskiej krzątał się wokół wyraźnie wzburzony, wyczyniał coś dziwacznego z rękami, pomstował i złorzeczył. Ida patrzyła na ten cudaczny taniec, a gdy dotarł do niej sens tego pomstowania, wpadła w lekką konsternację.

– Noż do czorta! – zrzędził duch staruchy. – Żeby to jasny gwint strzelił! Nawet przeklętego ołówka nie idzie chwycić, a tu tyle do zapisania! Całe życie człowiek ciuła skrzętnie każdy grosz, od ust sobie odejmuje i po kiego grzyba, skoro teraz te bękarty, te czarcie pomioty dobiorą się parszywymi łapskami do mojego majątku! Diabli nadali, nie ma na świecie sprawiedliwości...

Ida ze zdziwieniem przyglądała się Lewandowskiej, która uparcie starała się dotknąć czegokolwiek, klęła na czym świat stoi i rzucała takimi inwektywami pod adresem owych „bękartów" i „czarcich pomiotów", że aż uszy więdły. Staruszka była wyraźnie rozzłoszczona tym, że nie jest w stanie niczego pochwycić, a jej duch fruwał w tę i we w tę dobre pół metra nad dywanem. A skoro unosiła się nad ziemią i przechodziła przez wszystko jak przez powietrze niecałe dwadzieścia cztery godziny od chwili śmierci, oznaczało to tylko jedno.

Lewandowska świetnie wiedziała, że nie żyje.

Ci, którzy giną nagle i niespodziewanie, zwykle nie zdają sobie sprawy z tego, że ich czas już upłynął. Są tak mocno związani z życiem, że ich dusze zachowują właściwości ciała i dopiero gdy ktoś ich uświadomi, gdy sami się zorientują lub gdy minie dostatecznie dużo czasu, zaczynają zanikać.

A tymczasem nie dość, że nagła śmierć nie robiła na staruszce szczególnego wrażenia, to na dodatek kobieta była najwidoczniej całkowicie pogodzona z losem. No, może niecałkowicie, niematerialność wyraźnie działała jej na nerwy.

– O, patrzcie, Brzezińska, smarkula jedna, przylazła – zagderała Lewandowska na widok dziewczyny. – I czego się tak zakrada, w domu pukać nie nauczyli czy jak? I co tu w ogóle robi, czego chce, do czorta, pewnie kraść przyszła...

– Przyszłam po panią – odparła Ida.

– Po mnie? – zapytała odruchowo kobieta, po czym uświadomiła sobie, że dziewczyna odpowiedziała na jej pytanie. A przecież nie powinna była go usłyszeć. Lewandowska ściągnęła srebrzyste brwi i przyjrzała się Idzie podejrzliwie.

– Niech no zgadnę – sarknęła po chwili namysłu. – Instalacja w końcu poszła w diabły?

Dziewczyna nie zrozumiała.

– No co z tobą, dziecko, języka w gębie zapomniałaś? – zniecierpliwiła się kobieta. – Gaz wybuchł, tak? Dużo było ofiar, ktoś przeżył?

– Większość lokatorów przeżyła. – Ida skinęła głową. – Ale to nie był wybuch gazu.

Lewandowska zmrużyła oczy krótkowidzki, podrapała się sękatym paluchem po garbatym nosie.

– Ano racja – zgodziła się w końcu. – Budynek wygląda na nieuszkodzony. A zatem co to było? Kto jeszcze zginął prócz nas?

– Ja nie zginęłam.

– Ha, a to dobre! – zarechotała kobieta. – Też tak mi się wydawało, ale się zaraz zorientowałam, że coś jest nie tak, bo w krzyżu przestało mnie łamać i reumatyzm poszedł precz. No to od razu wiedziałam, że dzieje się coś niedobrego, no bo skoro dobrze się czuję, znaczy, chora jestem, i już się wybierałam do przychodni, nawet z domu wyszłam, ale przypomniałam sobie, że nie zamknęłam drzwi od mieszkania. I jak się wróciłam, to wtedy przypomniałam sobie, że ich również nie otwierałam. Przelazłam przez nie, jakby ich nie było! Bardzo kiepsko widzę, to się nawet nie spostrzegłam, że lezę prosto na drzwi, a potem nie poczułam żadnej przeszkody! I chwała w niebiesiech, gdybym, nie daj Boże, nadal żyła, to siniak byłby pierwszorzędny.

– Ja żyję – powiedziała pośpiesznie Ida, korzystając z przerwy w wywodzie staruszki.

– Mylisz się, drogie dziecko – oznajmiła z całą stanowczością kobieta. – Skoro tak, to niby jakim cudem z tobą teraz rozmawiam, co?

– Taki już mój los, że częściej gadam z umarlakami niż z żywymi – bąknęła niechętnie dziewczyna. – Jestem całkowicie materialna – przekonywała cierpliwie. – Proszę, może pani sprawdzić.

Ida wyciągnęła rękę w stronę Lewandowskiej. Staruszka nie miała zbytniej ochoty się do niej zbliżać, jednak wrodzona ciekawość wygrała. Podpłynęła do dziewczyny, spróbowała dotknąć jej dłoni. Zwykle przymrużone oczy otworzyły się szeroko, gdy widmowe palce przeszły przez ciało bez najmniejszego oporu.

– Co, do diaska? – Lewandowska cofnęła się tak gwałtownie, że kontury jej widmowej postaci na moment się rozmazały. – Kim ty jesteś? I co tu robi ten futrzak, przecież wyraźnie mówiłam, żadnych zwie...

– To nie zwierzę, tylko łapacz snów – przerwała jej spokojnie Ida, biorąc Gryzaka na ręce. – A ja jestem szamanką od umarlaków. Rozmawiającą z umarłymi.

– Co też opowiadasz, toż to bzdury!

– Czyżby? – Dziewczyna uśmiechnęła się krzywo. – To znaczy, że teraz nie rozmawiamy? Obie śnimy ten sam sen czy mamy te same halucynacje?

– Patrzcie państwo, jaka mądra – parsknęła ze złością kobieta. – Niech ci będzie, gadasz z duchami. A czego chcesz ode mnie?

– Mówiłam już – przypomniała Ida. Postawiła wyrywającego się koszmarka z powrotem na podłodze. – Przyszłam po panią.

– Po mnie? A niby po co?

– Żeby przeprowadzić panią do krainy umarłych.

– Mowy nie ma! – zawołała Lewandowska, biorąc się pod boki. – Po moim trupie... tfu, znaczy, tego, nie zgadzam się! I zabieraj ode mnie tego niebieskiego sierściucha, ja mam okropne uczulenie! I coś ty mu zrobiła, gdzież się toto szlajało, co to w ogóle za kolor?!

– Skoro reumatyzm i łamanie w krzyżu przeszły jak ręką odjął, to uczuleniem też nie musi się pani przejmować – zauważyła chłodno dziewczyna. – A poza tym mówiłam już, że to nie jest zwierzę, tylko łapacz snów. Nie znam nikogo, kto miałby na nie alergię, a już zwłaszcza po śmierci. – Wzięła głębszy oddech i wróciła do tematu. – Muszę zabrać panią ze świata żywych, inaczej pani duszę czeka niebyt...

– Niebyt-srebyt – palnęła bez namysłu Lewandowska, na co Idę skutecznie zatkało. – Nigdzie się nie wybieram i już. Siłą mnie nie zaciągniesz.

Staruszka niestety miała rację.

Ida westchnęła ciężko. Początkowo żywiła nadzieję, że skoro nie musiała uświadamiać Lewandowskiej w temacie jej tragicznego zejścia, kwestia przeprowadzenia jej na drugą stronę

Rzeki będzie tylko czystą formalnością. Niestety, jak widać, nie mogła się bardziej pomylić.

– Racja, siłą niczego nie zdziałam – spróbowała raz jeszcze. – Musimy więc dojść do jakiegoś porozumienia, inaczej pani odejdzie w nicość, a ja niestety nie mogę na to pozwolić.

– A niby czemu nie?

– Bo jako szamanka od umarlaków muszę dopilnować, żeby pani dusza znalazła się bezpiecznie na drugim brzegu. To mój obowiązek. Przyśniła mi się pani śmierć i ten sen związał nasze losy. A teraz trzeba je jak najszybciej rozwiązać dla dobra nas obu.

– To już doprawdy nie masz o czym śnić? – spytała gderliwie kobieta. – Dziwna z ciebie osóbka. – W zamyśleniu potarła spiczasty podbródek. – A co się stanie, jeśli nie dopełnisz obowiązku? Znaczy, ja zniknę, to mówiłaś... Ale co się stanie z tobą?

Ida nie odpowiedziała od razu. Uniosła na kobietę oczy, które na moment pociemniały tak, że z piwnych zrobiły się prawie czarne. Gdy wreszcie się odezwała, jej głos wydał się Lewandowskiej niższy i głębszy niż dotychczas.

– W momencie, w którym pani rozpłynie się w niebycie, ja utracę cząstkę duszy.

Staruszka z powagą pokiwała głową. Milczała długo.

– Mówisz, że miałaś sen o mojej śmierci – powiedziała wreszcie. – To znaczy, że wiesz, jak zginęłam, czy tak?

– Wiem – potwierdziła Ida. – Pani ciało zostało opętane przez demony i niestety było zbyt słabe, by to wytrzymać...

Dziewczyna urwała, bo Lewandowska ni stąd, ni zowąd zaniosła się chrapliwym śmiechem.

– Demony, a to dobre! – zawołała wesoło. – Latałam do spowiedzi co piątek, chodziłam na codzienne poranne msze, należałam do chóru, dawałam datki na parafię, brałam udział w dobrowolnym i nieodpłatnym sprzątaniu i dekorowaniu kościoła, a wącham kwiatki od spodu, bo mnie demon opętał! Szkoda, że nie mogę pogadać z księdzem proboszczem, już ja bym mu wygarnęła za cały ten stracony czas!

Ida uśmiechnęła się pod nosem, żywiąc cichą nadzieję, że wszyscy świeżo upieczeni zmarli z takim entuzjazmem reagują na okoliczności swojej śmierci. Lewandowska przyglądała się dziewczynie, a rozbawienie nadal tliło się w jej wodnistych oczach.

– No dobra – rzekła po chwili namysłu. – To co proponujesz? Wspominałaś coś o jakimś porozumieniu, co zatem możesz mi zaproponować?

Ida wzruszyła ramionami.

– A czego pani potrzebuje?

– Testamentu – oświadczyła natychmiast kobieta, niemal wpadając dziewczynie w słowo. – Nie zdążyłam go napisać, a nie mam zamiaru zostawiać całego życiowego dorobku na łaskę tych zachłannych gnid. Znaczy, moich siostrzeńców. Żadna z sióstr nie wydała na świat porządnych ludzi, tylko same chciwe nieroby, łase darmozjady i pazerne obiboki, a ja nie po to tyle lat harowałam jak wół, żeby im ułatwić życie. Nie zasłużyli na taki dar od losu. Nie ruszę się stąd na krok, dopóki nie spiszemy mojej ostatniej woli.

Dziewczyna zastanowiła się, szybko przeanalizowała różne opcje, po czym skinęła głową.

– Zgoda. Umowa stoi.

– A jak masz zamiar doprowadzić do tego, by ten testament był zgodny z prawem? – zainteresowała się staruszka. – Muszę przecież zobaczyć się z notariuszem osobiście, a żaden nie jest na tyle szalony, by uwierzyć, że owszem, przyszłam, tylko troszkę kiepsko mnie widać.

– W grę wchodzi kilka możliwości – powiedziała Ida i ruszyła w stronę kuchni. – Zrobiłabym sobie herbaty, mogę?

– Tylko nie narób bałaganu, a jak narobisz, to posprzątaj – zazrzędziła Lewandowska, uważnie obserwując każdy ruch dziewczyny. – Nie, tę szklankę zostaw, jest od kompletu, jeszcze rozbijesz. Weź kubek. Nie ten, tamten. Ten z obtłuczonym brzegiem, jego już nie szkoda. No. I co, pewnie byś jeszcze cukru chciała? Chociaż, w sumie możesz, nie jesteś wcale gruba, to ci nie powinno zaszkodzić... Ale pilnuj się. Raz się człowiek zapomni, a potem tyje tak gwałtownie, że potrafi zabić guzikiem od spodni. A w ogóle to za chuda jesteś, i to też niedobrze, kobieta musi mieć trochę ciała, komu taki wieszak jak ty potrzebny...

Ida przewróciła oczami i spróbowała wyłączyć sobie słuch, a Lewandowska perorowała w najlepsze, jakby rozmiłowana w brzmieniu własnego skrzekliwego głosu, nie bacząc, czy dziewczyna zwraca na nią jakąkolwiek uwagę.

– No co ty wyrabiasz? – żachnęła się, na moment przerywając wywód. – Wara mi od lodówki, czego tam szukasz?

– Głodna jestem – poskarżyła się Ida, lustrując z uwagą zawartość półek. – A na głodniaka ciężko mi się myśli i niechętnie rozmawia, więc albo przenosimy obrady do mnie, albo zjem coś tutaj. Dla ułatwienia dodam, że pani już z głodu raczej nie umrze, może więc sobie odpuścić te protesty.

Staruszka prychnęła ze świętym oburzeniem wymalowanym na pomarszczonym obliczu, ale nie powiedziała słowa. Mimo że w pełni zaakceptowała swoje pośmiertne jestestwo i zdawała sobie sprawę, że więcej nie użyje ani jednego ze swych domowych sprzętów, była bardzo przywiązana do tego mieszkania i nie lubiła, gdy ktoś jej się po nim zbyt swobodnie pałętał. Czuła jednak, że tej smarkuli o dziwnych, zmieniających kolor oczach nie będzie łatwo sobie podporządkować.

– Na kuchence stoi zupa grzybowa – burknęła pod nosem kobieta, podczas gdy niezdecydowana Ida nadal tkwiła w otwartych drzwiach lodówki. – Cały gar. Odgrzej sobie i jedz na zdrowie.

Na twarzy Idy pojawił się lekki uśmiech.

– A potem pozmywaj.

Z twarzy Idy zniknął lekki uśmiech.

Dziewczyna znów przewróciła oczami i z trzaskiem zamknęła lodówkę. Ze słowem „zołza" uparcie cisnącym jej się na usta podeszła do kuchenki i odpaliła gaz.

Piętnaście minut później siedziała przy kuchennym stole, pałaszując trzeci talerz zupy, i przedstawiała staruszce wszystkie możliwe opcje.

– Możemy podrobić testament – zaproponowała, uważając, by nie mówić z pełnymi ustami i nie narazić się na kolejny złośliwy komentarz. Jeden już usłyszała, gdy nalewała sobie dokładkę i Lewandowska kazała jej wziąć sobie do serca poruszony wcześniej temat gwałtownego tycia. – Możemy podrobić pani dokumenty...

– Ma być legalnie.

– ...przekupić notariusza...

– Legalnie.

– ...odurzyć notariusza...

– Legalnie, powiedziałam! – uparła się staruszka. – Tam masz słownik, dziecko, sprawdź sobie, jeśli nie rozumiesz.

Ida policzyła w myślach do dziesięciu.

– Legalnie się nie da – zaprotestowała, siląc się na spokój. – Legalnie by było, gdyby pani żyła. Trzeba było załatwić sprawę testamentu na czas, a nie czekać do ostatniej chwili, zwłaszcza w pani wieku. Mam pomóc czy nie?

Lewandowska parsknęła pod nosem i skrzyżowała żylaste ramiona na kościstej piersi.

– A inne opcje? – zaskrzeczała.

Ida przez chwilę zastanawiała się nad odpowiedzią, nawijając na palec pasemko włosów.

– Możemy... – zaczęła niepewnie – mogę użyć pani ciała i pójść na spotkanie z notariuszem w pani imieniu. Ale to trzeba by zrobić na dniach, ciało musi być w miarę świeże.

Lewandowska wybałuszyła oczy.

– Umiesz robić takie rzeczy? – spytała z mieszaniną zaintrygowania i obrzydzenia.

– No... – Ida zająknęła się i nerwowo zamieszała łyżką w zupie. – Nie jestem do końca pewna. Chyba umiem. W teorii. A w każdym razie mogę spróbować i myślę, że powinno się udać.

– Powinno to za mało – burknęła z niezadowoleniem staruszka. – Chcę mieć pewność.

Ida zawyła w myślach. Wyłowiła z zupy maciupkiego grzybka i wpakowała sobie do ust. I kiedy go żuła machinalnie i bezmyślnie, raptem doznała objawienia.

– Gdzie jest telefon? – zapytała, rozglądając się szybko.

– A na co ci on?

– Piszę referat o wynalazkach z dziewiętnastego wieku – odparła zjadliwie Ida. – Ale najpierw wolałabym zadzwonić. A więc gdzie jest?

– Na stoliczku za kanapą.

Dziewczyna gwałtownie wstała od stołu i pośpiesznie przeszła do salonu. Usiadła sobie na brzegu kanapy i sięgnęła po słuchawkę.

– No ale ja mam nadzieję, że to nie będzie międzymiastowa? – dopytywała się starucha, zaglądając jej przez ramię. – Komórka czy stacjonarny?

– Na litość boską! – nie wytrzymała Ida. – Rachunek za telefon to w tej chwili najmniejszy z pani problemów. Muszę skonsultować coś z ekspertem, bo nie wiem, czy mój pomysł jest w ogóle do wykonania. I proszę mi, z łaski swojej, nie wisieć nad głową, bo mnie zaraz cholera weźmie!

Ruda zakodowała w pamięci Idy dane kontaktowe do wszystkich członków ekipy i teraz dziewczyna automatycznie wykręciła numer Kruchego, nie zastanawiając się nawet, jakie klawisze wciska. Długo czekała na połączenie, niecierpliwie bębniąc palcami w oparcie kanapy. Wreszcie usłyszała w słuchawce znajomy głos.

– Tu Ida – zaczęła bez zbędnych wstępów. – Macie może w Wydziale jakiegoś przędzarza iluzji, metamorfa albo... bo ja wiem... hipnotyzera...? No co, po co, po co, następny domyślny – zirytowała się. Znajomość ze staruszką sprawiła, że jej tolerancja na zbędne pytania spadła momentalnie na łeb na szyję. – Bo mi potrzebny. Chodzi o Lewandowską... – Zwięźle przedstawiła Kruchemu swój problem, a potem dała łowcy chwilę na wykonanie drugiego telefonu. – No, jestem, jestem – mruknęła, gdy Kruchy na powrót podniósł słuchawkę. – Kiedy? Świetnie, a gdzie? Dzięki. Do zobaczenia.

Odłożyła telefon i z głośnym westchnieniem ulgi zatopiła się w oparciu kanapy.

– Przędzarza iluzji? – zdziwiła się Lewandowska. – Metamorfa? Dziecko, powiedz ty mi, czy ty przypadkiem nie za dużo ćpasz ostatnio?

– Niestety. – Ida smętnie pokręciła głową. – A szkoda, ćpać można przestać i mieć spokój, tymczasem ja te wszystkie jazdy przeżywam na trzeźwo i nic nie mogę na to poradzić.

– Aha. – Staruszka ze zrozumieniem pokiwała głową. – Znaczy co, psychiczna jesteś, tak?

Ida wolała nie podejmować tematu głównie dlatego, że sama nie była pewna stanu własnej psychiki.

– Tak – odparła dla świętego spokoju. – A teraz wracam wariować i majaczyć na górę. No i trochę się przespać. Wrócę wieczorem i podyktuje mi pani swoją ostatnią wolę, a rano pójdziemy do notariusza.

Lewandowska odprowadziła Idę i Gryzaka do drzwi, potem wróciła do kuchni. Na widok nieumytego talerza po zupie zasyczała z niezadowoleniem, podwinęła rękawy i już miała zabrać się do zmywania, lecz kiedy nie udało jej się unieść naczynia ze stołu, na powrót zaczęła pomstować i złorzeczyć.

*

Aby uprząść przekonującą i długotrwałą iluzję, Ruda i Kruchy pracowali w mieszkaniu Lewandowskiej od późnego wieczora aż do brzasku, wzorując się na zdjęciach i szczegółowym opisie Idy, a dziewczyna w tym czasie spisywała ostatnią wolę staruszki. Bardzo długą, bardzo nudną, bardzo szczegółową. Na koniec łowca połączył materialną imaginację z duszą kobiety za pomocą więzów i dzięki temu iluzja naśladowała każdy gest i powtarzała każde słowo widma.

Rano Lewandowska poszła na spotkanie z notariuszem w towarzystwie Rudej, a Kruchy oświadczył Idzie, że muszą załatwić na mieście jakąś niecierpiącą zwłoki sprawę, i zaraz po śniadaniu wyciągnął dziewczynę z domu.

– Gdzie mnie wleczesz takim bladym świtem? – zamruczała niechętnie Ida. Po kolejnej nieprzespanej nocy powłóczyła nogami z energią godną chorowitego leniwca.

– Przypominam, że dwa dni temu zamordowałaś faceta i jesteś zamieszana w śmierć trzech kobiet – odparł łowca. Zapalił lucky strike'a i rzucił w dziewczynę papierosem. – Dlatego idziemy oddać cię w ręce policji.

Ida zamarła z uniesioną płonącą zapalniczką.

– Słucham?! – krzyknęła wstrząśnięta, a papieros wypadł jej z ust i potoczył się po chodniku. – Chcesz mnie wydać. Przecież mieliśmy umowę...

– Żartowałem – zaśmiał się Kruchy, czym zarobił sobie na kopa w tyłek. I to całkiem solidnego. – Ała, cholera, takie niepozorne z ciebie chuchro, a przywalić potrafisz.

– Nie zmieniaj tematu, tylko mów, dokąd idziemy.

– Na Komendę Miejską Policji.

– A po co? – zapytała dziewczyna podejrzliwie. – Sama mam się przyznać czy jak?

– Owszem. Ale spokojnie, mam tam znajomego. Trzeba go uprzedzić o tym, co się stało w twojej kamienicy, zanim ktoś zgłosi zaginięcie Kwiatkowskich i gliny zaczną węszyć. My oczywiście zatuszujemy całe zajście, ale to wymaga zmodyfikowania pamięci wszystkim, którzy Kwiatkowskich znali. A to z kolei oznacza, że mamy do obskoczenia pewnie z pół miasta i okolic, czyli zabawę na najbliższe parę tygodni. Potrzebujemy zatem kogoś w policji, kto w razie potrzeby wstrzyma śledztwo i kupi nam więcej czasu. A my w zamian pomagamy przy trudniejszych sprawach, zwłaszcza tych nadających się do archiwum X. I w ten sposób wszyscy są zadowoleni.

– Wielu policjantów jest wtajemniczonych?

– Trzech, ale tylko z jednym kontaktujemy się osobiście. To nadkomisarz Adam Poniedziałek, naczelnik sekcji dochodzeniowo-śledczej. Z nim właśnie dzisiaj sobie pogawędzimy.

– I zamierzasz tam dojść na piechotę? Toż to drugi koniec miasta.

– Nie. Pojedziemy tramwajem.

Ida szła za łowcą pełna wątpliwości i jak najgorszych przeczuć. Dotarli na przystanek i po dziesięciu minutach siedzieli w tramwaju. Kiedy wysiedli przed komendą, była dopiero dziewiąta. Zanim weszli do budynku, Kruchy wstąpił do pobliskiej kawiarni, kupił trzy kawy na wynos i pudełko pączków. Wręczył Idzie jeden kubek, a na jej minę odpowiedział lekkim uśmiechem.

– Kawa z mlekiem, dwa cukry – oznajmił krótko.

– Skąd wiedziałeś?

– Mam swoje sposoby.

– A właściwie po co to? – spytała dziewczyna, gdy wspinali się po stopniach prowadzących do gmachu.

Kruchy nie odpowiedział od razu. Zatrzymał się przed gabinetem nadkomisarza Poniedziałka i zapukał donośnie.

– Bez kawy won mi stąd! – za drzwiami rozległ się niski głos, a zaraz potem świergot telefonu.

– Właśnie po to. – Kruchy mrugnął do Idy porozumiewawczo, po czym otworzył drzwi i przepuścił dziewczynę przodem.

Nadkomisarz Poniedziałek uniósł głowę znad papierów, trzymając przy uchu słuchawkę. Wyglądał na około czterdziestkę, miał przyjemną, nieco pociągłą twarz, jasne, krótko przystrzyżone włosy, ciemne brwi i nieco zbyt szeroki nos. Idealnie odprasowana koszula, nienaganny porządek na biurku, nawet sposób, w jaki trzymał w dłoni pióro, mówiły jasno, że nadkomisarz należał do ludzi bardzo zorganizowanych, wręcz pedantycznych.

Na widok łowcy głośno wypuścił powietrze i opadł ciężko na skórzane oparcie obrotowego krzesła, najwyraźniej niespecjalnie szczęśliwy z wizyty.

– Na obecnym etapie śledztwa nie jestem upoważniony do zajmowania oficjalnego stanowiska – powiedział do słuchawki. – Tak, proszę pani, migam się i jak zwykle odmawiam udzielenia jakichkolwiek komentarzy. Do widzenia. – Z wyraźną ulgą zakończył połączenie. – Cholerni dziennikarze.

– Siemasz, Adaś – przywitał się Kruchy. – Dobrze cię widzieć.

– Nie nawzajem – mruknął ponuro policjant. – Twój widok zawsze wróży same kłopoty, a ja mam tu prawdziwe urwanie dupy i bez tego.

– Wy tu zawsze macie urwanie dupy, więc nie marudź. To jest twoja mocna czarna bez cukru. – Kruchy postawił kartonowy kubek na biurku policjanta. – A to Ida Brzezińska – przedstawił towarzyszkę.

– Nadkomisarz Adam Poniedziałek, miło mi. – Mężczyzna wstał i uścisnął dłoń dziewczyny. Wskazał gościom krzesła. – Siadajcie. No – rzekł po chwili, łyknąwszy z kubka. – To mów, co tym razem zmalowałeś, Kruchy.

– Tym razem to nie ja, tylko ta urocza młoda dama – odparł beztrosko łowca, a Ida poczuła, że coś zaciska jej się na żołądku. – Zamordowała Kwiatkowskiego.

– Tego czarodzieja, którego tak długo szukaliście? – upewnił się policjant, a jego przenikliwe brązowe oczy spoczęły na Idzie. Nawet kiedy dziewczyna odwróciła głowę, nadal czuła na sobie ciężar tego spojrzenia. – I co, mam ją przymknąć?

– Nie, na razie jest grzeczna. – Kruchy lekko trącił dziewczynę łokciem. – Jak się zacznie stawiać, to przyprowadzę ci ją z powrotem, ale chwilowo panuję nad sytuacją.

– Żebyś się czasem nie zdziwił – burknęła pod nosem Ida i przesunęła swoje krzesło bliżej okna.

– No to czego chcesz? – zapytał policjant, znów unosząc kubek do ust. – W sprawie Kwiatkowskiego nikt węszyć nie będzie, wszystko już załatwiłem.

– Dzięki, stary, ale sprawa się nieco skomplikowała. Pączka? – Łowca pchnął białe pudełko, które cicho zaszurało po blacie biurka.

– Kiedy tak mówisz, to znaczy, że sprawa się bardzo skomplikowała – powiedział poważnie nadkomisarz, zręcznie ratując pączki przed bliskim kontaktem z dywanem. – Nie, dzięki, jestem na diecie. – Poprawił się na krześle i popatrzył na łowcę z napięciem. – Co się stało?

Kruchy przez dłuższą chwilę milczał, robiąc przy tym śmiertelnie poważną minę i taksując policjanta z góry na dół.

– Kłamiesz – oświadczył wreszcie.

– Co? – Nadkomisarz wyraźnie zgłupiał. – Kruchy, o czym ty, do cholery...

– Nie jesteś na diecie. Znam te spodnie, nosiłeś je jeszcze zimą i teraz wyglądasz w nich dokładnie tak samo...

– Chłopie, ja cię bardzo proszę, weź się skup, bo ja nie mam całego dnia – zirytował się policjant. – Masz rację, bez powodzenia próbuję być na diecie, zadowolony?

– Owszem.

– Cieszę się twoim szczęściem. A teraz pozwól, że powtórzę pytanie: co się stało?

– Oprócz Kwiatkowskiego zginęła także jego żona i właścicielka kamienicy. No i jeszcze współpracowniczka, ale ta skoczyła z okna swojego domu w Poznaniu i już załatwiliśmy sprawę z tamtejszą policją.

Nadkomisarz zaklął głośno. Na widok wyciągniętej w jego stronę paczki lucky strike'ów szybko zamachał dłonią.

– Nie, dzięki. Rzuciłem palenie.

– Akurat. Zawsze tak mówisz, a potem wypalasz mi pół paczki. Nie wygłupiaj się, bierz.

Poniedziałek westchnął i po chwili sięgnął po papierosa. Z szuflady biurka wyciągnął popielniczkę i zapałki.

– No to faktycznie macie problem – ocenił krótko. – Jednego trupa mógłbym jakoś ukryć, ale z trzema będzie dużo trudniej.

– Przymknij oko, nie bądź taki – powiedział łowca. – Odwdzięczymy się.

– Kruchy – żachnął się policjant. – Gdybyście wypatroszyli całą dzielnicę, też byś tu przyszedł i zażądał, żebym przymknął oko. Kontakty z WON-em bardzo ułatwiają nam pracę i wierz mi, że gdyby to zależało ode mnie, sprawę mógłbyś uznać za załatwioną. Ale ja nie jestem czarodziejem jak ten twój denat i nie potrafię czynić cudów.

– Potrafisz, potrafisz, zdolny chłopak z ciebie – odparł z przekonaniem łowca. – Nie takie cuda już robiłeś.

– A co z nią? – Poniedziałek wskazał Idę ruchem głowy. – Będzie sobie jak gdyby nigdy nic chodzić na wolności?

– Jest teraz członkiem ekipy. – Łowca wzruszył ramionami. – Ma licencję.

– Oczywiście. – Nadkomisarz przysunął krzesło bliżej biurka, sięgnął po notatnik i pióro. – Podaj mi nazwiska tych dwóch kobiet, zobaczę, co da się zrobić.

– Karolina Kwiatkowska i Janina Lewandowska. Dzięki, stary.

– Podziękujesz mi, jak już wszystko załatwię, o ile w ogóle. I radzę ci, żebyście jak najszybciej ściągnęli tu czyścicieli wspomnień, zanim zniknięcie Kwiatkowskich i tej tam... Lewandowskiej przykuje czyjąś uwagę. Kruchy? Ty mnie w ogóle słuchasz?

Łowca, który właśnie zapatrzył się na wyglądającą przez okno Idę, szybko skinął głową.

– Tak, wiem, już się tym zająłem. Ida? – Kruchy uniósł się na krześle i podążył za wzrokiem dziewczyny. – Na co ty tak patrzysz? Tam nic nie ma.

– Czyżby? – spytała ponuro dziewczyna. Siedziała z łokciem na oparciu krzesła i podbródkiem na dłoni, a minę miała wyjątkowo niewesołą. – A co powiesz na zakrwawioną dziewczynę ze związanymi nadgarstkami?

– Co takiego? – Nadkomisarz gwałtownie obrócił krzesło i też wyjrzał przez okno. Szybko rozejrzał się po okolicy. – Nikogo nie widzę. To jakieś głupie żarty?

– Nie. Ona widzi nieżywych ludzi.

– Aha. – Policjant nie wyglądał na zdziwionego. Po pięciu latach współpracy z funkcjonariuszami WON-u pozostało niewiele rzeczy, które jeszcze mogły go zdziwić. – Widzę, że załatwiliście sobie bohaterkę *Szóstego zmysłu*. Świetnie. A co z tą zakrwawioną?

– Nic. – Ida wzruszyła ramionami. – Kręci się po parku i wyraźnie nie wie, gdzie jest. Wciąż może stąpać po ziemi i drzewa przez nią nie prześwitują, co oznacza, że została zamordowana niedawno, najpewniej dzisiaj w nocy.

– Jak? – zainteresował się policjant.

– Poderżnięto jej gardło. Dłonie ma związane za plecami. Chyba oberwała w głowę czymś ciężkim, bo dość mocno krwawi z rozcięcia na czole, całą twarz ma czerwoną.

– Jak wygląda? – dopytywał się żywo Poniedziałek. – Włosy, sylwetka, ubranie?

Ida przekrzywiła lekko głowę na ramię, starając się oszacować wzrost dziewczyny.

– Niska, może z metr pięćdziesiąt, przy kości. Włosy blond, kręcone, ścięte dość krótko. Ma na sobie bladoniebieską bluzkę na ramiączkach i długą spódnicę w białe i żółte kwiaty. Jest boso. Na lewym ramieniu widzę ciemną plamę wielkości dłoni, to może być siniak, brud albo tatuaż...

Nadkomisarz przez cały czas patrzył na Idę z rosnącym niedowierzaniem w brązowych oczach. A potem bez słowa podjechał na krześle do komputera, wpisał hasło i zaczął szukać czegoś w bazie danych. Wreszcie na ekranie pojawiło się zdjęcie uśmiechniętej, pulchnej dziewczyny z fryzurą na złotego baranka.

– To ona? – zapytał, przekręcając monitor tak, żeby Ida mogła zobaczyć fotografię.

– Nie wiem. – Dziewczyna patrzyła na ekran bez przekonania. – Może i ona. Widmo stoi za daleko, w dodatku drzewa mi zasłaniają, nie widzę dobrze. A to kto?

– Izabela Mazur, lat dwadzieścia dwa. Znaki szczególne: tatuaż w kształcie pająka na lewym ramieniu. Trzy tygodnie temu jej rodzice zgłosili zaginięcie, ale od paru dni śledztwo stoi w miejscu. Znaczy, stało. Do teraz. Idź z nią pogadać – polecił Idzie. – Dowiedz się, kto ją zabił i co zrobił z ciałem. – Zerknął znacząco na łowcę, który próbował się odezwać. – Jeśli naprawdę chcecie się odwdzięczyć, teraz macie świetną okazję.

Ida rzuciła Kruchemu szybkie spojrzenie i bez słowa wyszła z biura. Już po chwili łowca i policjant obserwowali, jak przechodzi na drugą stronę ulicy do parku. Dziewczyna zeszła ze ścieżki i zatrzymała się na środku trawnika pod rozłożystym kasztanowcem.

– Nie jest przypadkiem za młoda, by pracować w wydziale? – zapytał nadkomisarz po chwili milczenia i mimo wcześniejszych zapewnień sięgając po pączka. – Nie stronicie od drastycznych środków, niektórych rzeczy nie powinna chyba oglądać.

Kruchy uśmiechnął się pod nosem, słysząc te słowa.

– Ona gada ze zmarłymi – odparł, nie odrywając oczu od Idy. Nadal stała w trawie z rękami w kieszeniach i opuszczoną głową. – Zamordowała dorosłego chłopa śrubokrętem, jest niedoszłą ofiarą paskudnego opętania i świadkiem dość widowiskowego samobójstwa. Myślę, że zniesie napięcie. Przyda nam się ktoś taki jak ona. – Rzucił policjantowi bystre spojrzenie stalowych oczu. – A kiedy mówię „nam", mam na myśli i WON, i ciebie.

*

Ida przeprowadziła Lewandowską zaraz po spisaniu testamentu u notariusza. Od Mamaja, który na bieżąco zdawał jej relacje z postępu prac, dowiedziała się, że duch Stanisławy był okropnie nafaszerowany demonami, przez co rytuały oczyszczające przeciągały się w nieskończoność i czyściciele, nie mogąc narzekać na brak zajęć, zaczęli narzekać na ich nadmiar. Chwilowo jakakolwiek podróż w zaświaty nie wchodziła zatem w grę.

Od starcia z demonami minęło już pięć dni, a pogromcy nadal nie odnaleźli duszy Mikołaja. Zarówno Ruda, jak i Kruchy kategorycznie i pod groźbą aresztu zabronili Idzie udziału w poszukiwaniach. Ich zdaniem miała niesamowite szczęście, że przeżyła poprzednią próbę opętania, nie powinna zatem kusić losu i ma trzymać się z daleka od wszystkiego, co demoniczne. Mimo tych zakazów dziewczyna każdej nocy siadała na podłodze w sypialni i przez kilka godzin wpatrywała się w zdjęcie Kwiatkowskiego, raz po raz spalając włos nad płomieniem świecy. Jak na razie bezskutecznie. Gapiła się na fotografię jak zahipnotyzowana, nie potrafiła jednak dostrzec bladego świetlika jego duszy w nieprzyjaznym, zimnym półmroku, w gęstych kłębach szarej mgły.

Odkąd Duch dowiedział się, że dostanie nowe ciało, nie zawracał Idzie głowy i unikał jej jak ognia. Owszem, zdarzało się czasem, że przez przypadek wpłynął do pokoju, w którym akurat przebywała, zaraz jednak robił w tył zwrot i z powrotem wsiąkał w ścianę. Udawał wielce urażonego, jednak w rzeczywistości ukradkiem oglądał się na dziewczynę i już otwierał usta, żeby coś powiedzieć, lecz ostatecznie rezygnował z wszelkich prób nawiązania rozmowy. Czuł przez duszę, że Idzie nie przeszło, wolał się więc nie wychylać i tylko zazdrośnie zerkał na Różyczkę i Milenkę, które całe dnie spędzały z kotami i Gryzakiem.

Z kolei po Karolinie nie został nawet ślad.

Ida próbowała wywoływać na zmianę duszę jej i Mikołaja, wciąż bez powodzenia. Prawdopodobnie malarka jeszcze nie zauważyła, że piasek w jej klepsydrze przesypał się co do ziarenka, dlatego nie potrafiła dostrzec blasku Idowego Oka. Zamiast stąpać po ciemnej, mglistej krainie śmierci, nadal chodziła po świecie żywych, przekonana, że wciąż do niego należy. Ida powoli nabierała posępnej obawy, że minie jeszcze sporo czasu, zanim Karolina zorientuje się, co jest grane, zanim pozwoli, by połknął ją miękki mrok, zanim dojrzy Oko pulsujące w ciemnościach niczym morska latarnia.

O ile to kiedykolwiek nastąpi.

O ile jej duch nie obróci się w pył niebytu.

Ida nie miała pojęcia, co robić. Pomysły skończyły się raptownie, bezczynność z kolei zaczynała odbierać jej rozum. Obawy dziewczyny nabierały mocy z każdym dniem, zwłaszcza w chwilach, w których stawała przed lustrem i patrzyła sobie w oczy. Piwne tęczówki ciemniały równie nieśpiesznie, jak i nieuchronnie w miarę, jak gasły dwa drobne okruchy jej duszy.

Jeden okruch za Mikołaja, drugi za Karolinę.

Ida patrzyła w lustro z coraz większym lękiem, a wszelka nadzieja umierała w niej powoli i po cichu.

*

– Ida! – usłyszała za plecami znajomy głos. Odwróciła się akurat, by zobaczyć, jak Kruchy przeskakuje przez poręcz schodów i zwinnie ląduje tuż przed nią.

– Kiedyś zęby sobie powybijasz – burknęła na powitanie. Od paru dni chodziła naburmuszona i zdołowana jak jeszcze nigdy w życiu i dla każdego miała jakieś przemiłe słowo na podorędziu. – Coś mi się zdaje, że macie w tym wydziale zdecydowanie za dużo wolnego czasu. Co ty tu robisz, nie masz innych zajęć?

– To samo pytanie mógłbym zadać tobie – odparł spokojnie. – Stęskniłaś się za swoim pierwszym miejscem zbrodni?

Ida zgromiła go spojrzeniem, a potem bez słowa zlustrowała zielone drzwi z numerem czwartym. Były oklejone wściekle żółtą taśmą z czarnym, pogrubionym napisem: „UWAGA! TEREN SKAŻONY CZARNĄ MAGIĄ!".

– Widzę, że wam niespecjalnie zależy na dyskrecji – zauważyła cierpko. – Brakuje tylko tabliczki: „UWAGA! ZŁY DEMON!" albo: „ZAGROŻENIE OPĘTANIEM! WCHODZISZ NA WŁASNĄ ODPOWIEDZIALNOŚĆ!".

Łowca uśmiechnął się krzywo.

– Niemagiczni tego nie widzą, możesz być spokojna.

– Ja jestem niemagiczna i widzę.

– Ty pracujesz dla Firmy. À propos, byłbym zapomniał. – Szybko przeszukał kieszenie kurtki i wyciągnął czarne, skórzane etui na dokumenty. – Masz. Zajrzyj do środka.

Zajrzała i westchnęła ciężko.

– Podoba ci się?

– Zdjęcie paskudne – oceniła krytycznie. – A poza tym wygląda jak legitymacja FBI, więc będę mogła robić w konia panią z warzywniaka, fajnie. Może być.

– Zdjęcie paskudne – powtórzył Kruchy cieniutkim głosikiem, parodiując jej ton, i z dezaprobatą pokręcił głową. – Pal sześć resztę, zdjęcie jest najważniejsze. Ach, te baby.

Ida wsunęła legitymację do kieszeni spodni i zaczęła wspinać się na swoje piętro.

– Nie odpowiedziałaś mi – przypomniał Kruchy, doganiając ją w dwóch skokach. – Po co tu przyszłaś?

– Ty też mi nie odpowiedziałeś, a ja zapytałam pierwsza.

Łowca przewrócił oczami. Bez zaproszenia otworzył drzwi do mieszkania Idy i wpakował się do środka, zanim zdążyła zaprotestować. Dziewczyna zaburczała gniewnie, policzyła w myślach do dziesięciu, po czym powlokła się przez przedpokój. Kruchego znalazła w kuchni. Siedział sobie jak gdyby nigdy nic na wysokim stołku, popijał jej herbatę i zajadał jej czekoladę. Ida policzyła w myślach do dwudziestu. Kiedy łowca sięgnął po jej jogurt o smaku leśnych owoców, dziewczyna policzyła do trzydziestu i już zupełnie opanowana zdzieliła go w łeb gazetą.

– Chcesz trochę? – zapytał bezczelnie z rozbrajającym uśmiechem. – No dobrze, już dobrze! Uspokój się i odłóż ten wałek. Siadaj. – Spoważniał szybko. – Przyprowadziłem czyścicieli wspomnień. Modyfikujemy pamięć twoim sąsiadom.

– Aha.

– A co ty robiłaś pod drzwiami Kwiatkowskich?

– Szukałam inspiracji – wyburczała nachmurzona jak burzowe niebo. Usiadła przy stole naprzeciwko łowcy i zabrała mu jogurt. – Jakiegoś punktu zaczepienia czy coś. Nie widzę jej – wyjaśniła w odpowiedzi na jego niepewną minę. – Nie mogę jej odnaleźć. Myślałam, że jeśli pobędę troszkę wśród jej rzeczy, to wreszcie coś poczuję.

– I co, poczułaś?

Smętnie pokręciła głową i wpakowała sobie do ust łyżeczkę „najświeższego smaku najprawdziwszych owoców".

– Zostało nam do obskoczenia jeszcze parę mieszkań – powiedział po chwili łowca. – A potem jedziemy do pracowni Karoliny. Może zabierzesz się z nami? Z tego, co mówiłaś, Kwiatkowska spędzała w niej większość czasu, może tam trafisz na jakiś ślad?

Ida bez przekonania pokiwała głową. Choć pomysł łowcy brzmiał całkiem rozsądnie, wolała nie robić sobie zbyt wielkich nadziei.

– Ale najpierw obiad, bo konam z głodu. – Kruchy wyjął z kieszeni komórkę. – Lubisz sushi?

*

Dwie godziny później wysiedli z samochodu w wąskiej, cichej uliczce. Czyściciele zaczęli wypakowywać z bagażnika torby i plecaki ze sprzętem, a Kruchy wskazał Idzie właściwe wejście.

– To tu – powiedział. – Damy ci chwilę, żebyś się mogła spokojnie pokręcić.

– Dzięki.

Dziewczyna odłączyła się od funkcjonariuszy i samotnie stanęła przed pracownią Karoliny. Bez specjalnego zdziwienia stwierdziła, że nie czuje nic, żadnej aury, żadnej nadprzyrodzonej energii. Zrezygnowana dotknęła klamki.

Chóralne pieśni rozbrzmiały w jej umyśle tak głośno i niespodziewanie, że dziewczynę wmurowało w ziemię. Obraz rozmazał jej się przed oczami w szare smugi, błędnik dostał kręćka, w uszach rozległ się obezwładniający dźwięk dzwonów. Ida dla utrzymania równowagi oparła się o mur budynku.

– Ida? – Ledwo dosłyszała Kruchego przez to donośne dzwonienie. – Co ci jest?

– Ona jest tutaj – zaszemrała. Była pewna, że głowa zaraz jej pęknie od tego donośnego dzwonienia, ból zakleszczał się na skroniach mocniej niż imadło. – Matko, ale dają czadu.

– Kto?

– Te dzwony, nie słyszysz?

– Nie. – Kruchy patrzył na nią z mieszaniną powątpiewania i troski. – Ty zawsze masz takie jazdy?

– Pierwszy raz – zasyczała, gdy znów rozdzwoniło jej się pod czaszką. – Z Lewandowską tak nie było...

– To dlaczego teraz?

– Nie wiem. Pewnie dlatego, że Lewandowska była pogodzona z losem, a Karolina siedzi zamknięta we własnej iluzji i śmierć próbuje się do niej dostać...

– I dlatego właśnie śmierć postanowiła uderzyć w dzwony – dokończył sceptycznie łowca. – Tak, teraz rozumiem. Bardzo to wszystko logiczne.

– Nikt nie powiedział, że ma być logiczne – odparła, wzruszając ramionami. – Pomógłbyś mi wstać, zamiast krytykować.

Bez słowa złapał ją za kołnierz kurtki i jednym szarpnięciem postawił na nogi.

– Masz coś przeciwbólowego? A nie, wróć, nieważne. – Zdała sobie sprawę, że na taki ból zwykła tabletka na pewno nic nie zaradzi. Cierpiało bowiem nie jej ciało, ale dusza. – Poczekajcie tu, dopóki nie wrócę – poprosiła, krzywiąc się okrutnie.

– Jesteś pewna, że sama tam dojdziesz?

– Muszę – mruknęła niechętnie. – Sama – dodała z naciskiem.

Kruchy kiwnął głową i wrócił do czyścicieli, a Ida znów niepewnie dotknęła klamki. Chóry rozbrzmiały ponownie, choć tym razem dużo ciszej i subtelniej i dziewczyna rozpoznała znajome słowa pieśni umarłych.

Weszła do środka. Znalazła się w sporym, jasnym biurze, w którym stały dwa regały zapełnione teczkami i segregatorami, wąska kanapa, ława z przeszklonym blatem i trzy biurka. Za jednym z nich siedziała asystentka Karoliny. Drobna blondynka z włosami splecionymi w malowniczy kok i oczami powiększonymi przez szkła okularów o grubych, wściekle czerwonych oprawkach.

– Szefowej nie ma – oznajmiła rozdrażnionym tonem na widok Idy. – Przepraszam za te okropne opóźnienia. Proszę zostawić nazwisko, a skontaktuje się z panią, kiedy tylko się pojawi.

– Czy mogę... – Dziewczyna zauważyła drzwi, które zapewne prowadziły do pracowni malarskiej. – Jestem sąsiadką pani Kwiatkowskiej. Poprosiła mnie, żebym przywiozła jej kilka prac.

– Pani się z nią widziała? – oburzyła się asystentka, a niebieskie tęczówki jej szeroko otwartych oczu ledwo zmieściły się w czerwonych oprawkach okularów. – Coś podobnego, ja od prawie tygodnia nie mogę się do niej dodzwonić! Zamówienia czekają, klienci się niecierpliwią, wydzwaniają albo co gorsza, przychodzą z pretensjami osobiście, otwarcie galerii przekładałam już dwa razy, a szefowa jakby się pod ziemię zapadła i nawet nie zostawiła mi żadnych instrukcji! Proszę jej powiedzieć, żeby natychmiast do mnie zadzwoniła, bo mamy tu straszliwy młyn, ledwo się ze wszystkim wyrabiam...

– Powiem na pewno – skłamała Ida. – Troszkę mi się śpieszy – oznajmiła uprzejmie, acz stanowczo. – Mogłabym dostać te obrazy?

– Oczywiście, pani pozwoli za mną. – Blondynka wyskoczyła zza biurka i poprowadziła Idę do pracowni.

Wkroczyły do rozległej, jasnej sali o wysokich oknach, zastawionej miliardem sprzętów. Płótna, sztalugi i ramy rozmaitych rozmiarów, dokończone i niedokończone obrazy i rzeźby, drewniane modele ludzkich i zwierzęcych sylwetek, długie stoły kreślarskie zawalone stosami projektów i szkiców, walające się wszędzie pędzle, farby, ołówki i węglowe rysiki. W powietrzu unosił się intensywny, kręcący w nosie zapach kleju, rozpuszczalnika i werniksu.

Karolina odziana w upaprany farbami fartuch, z kwiecistą chustką na głowie medytowała przy ogromnej sztaludze z pędzlem w jednej dłoni i rozłożystą paletą w drugiej. Siedziała nieruchomo i w zamyśleniu wpatrywała się gdzieś w przestrzeń. Momenty, w których kładła na płótno kolejne warstwy farby, szczęśliwie uchodziły uwadze blondynki, inaczej widok lewitującego w powietrzu pędzla mógłby wywołać niezły atak histerii.

– To pewnie o te obrazy chodziło – powiedziała asystentka. – Zaraz je zapakuję, żeby się nie poniszczyły... – Obejrzała się na Idę, która szła powoli w stronę malarki. Ponieważ Karolina z oczywistych względów pozostawała dla niej niewidzialna, blondynka błędnie założyła, że dziewczyna podziwia obraz, nad którym właśnie pracowało widmo, i ze zrozumieniem pokiwała głową. – Piękny, prawda? Zupełnie nowy styl, taki niespokojny i gwałtowny, aż mnie ciarki przechodzą. Czasem miewam wrażenie, że sam się maluje, bo co na niego spojrzę, to dostrzegam coś, czego wcześniej, dałabym sobie rękę uciąć, na nim nie było. Jest naprawdę niesamowity.

Ida pokiwała tylko głową i nie powiedziała nic. Obraz w istocie był niesamowity, ale nie dlatego, że sam się malował, nie dlatego, że stanowił dzieło istoty niematerialnej i nieżywej. Było w nim coś tak mrocznego, tak przygnębiającego, tak dogłębnie złego, a co najgorsze, tak dziwnie i niepokojąco znajomego, że dziewczyna musiała się przełamać, by w ogóle do niego podejść.

– To ja przygotuję obrazy – powiedziała asystentka. – A pani niech sobie pooglądа...

Karolina tymczasem sięgnęła po komórkę, wybrała numer. W kieszeni blondynki rozległa się melodia z *Mission Impossible*. Asystentka jęknęła głośno, wydobyła komórkę, zerknęła na wyświetlacz i odebrała natychmiast.

– Marta? – powiedziała malarka.

– Pani Karolina? – odezwała się asystentka. – Jest tam pani? Halo, nic nie słyszę!

– Halo?! – zawołała malarka ze złością. – Marta, to nie jest śmieszne! Wydzwaniam do ciebie już trzeci dzień, gdzie ty się podziewasz? Halo, jesteś tam?

– Od poniedziałku próbuję się z panią skontaktować. Marlena jest na urlopie, Agata chora i zostałam sama z całym interesem na głowie... Halo? Słyszy mnie pani?

Kobiety prowadziły każda swój monolog przez około minutę, po czym rozłączyły się prawie w tym samym momencie, rzucając podobnymi przekleństwami, tyle że w innej kolejności i pod innym adresem. Asystentka wyszła z pracowni, narzekając pod nosem na szefową, a Karolina wcisnęła telefon do kieszeni fartucha, mrucząc coś o wywaleniu na zbity pysk leniwych, nieodpowiedzialnych asystentek.

Malarka odetchnęła głębiej, żeby ochłonąć, po czym umoczyła pędzel w rozrobionej farbie i szybkim, zdecydowanym ruchem przeciągnęła nim po płótnie, czyniąc czerń bezlistnego drzewa jeszcze głębszą i bardziej nasyconą. Drzewo było tak ogromne, że stojąca pod nim ciemna, zakapturzona postać wyglądała niepozornie i niegroźnie. Jednak gdy Ida przyjrzała jej się uważniej, dostrzegła dwa drobne rubiny oczu błyszczące w cieniu kaptura. Wzdrygnęła się.

Długo stała za plecami Karoliny, ze zgrozą obserwując, jak nad drzewem zbierają się brudne, ciemnoczerwone chmury, a wokół zaczynają gęstnieć kłęby bordowej mgły.

Wreszcie zebrała się na odwagę.

– Piękny – powiedziała, na co Karolina podskoczyła na swoim stołku i obróciła się tak gwałtownie, że farba koloru dojrzałych wiśni skapnęła z pędzla na fartuch.

– Co ty tu robisz? – warknęła malarka, niebezpiecznie mrużąc zielone oczy. – Jak śmiesz tu przychodzić?!

Ida uniosła brwi zdezorientowana i zdziwiona i już miała pytać o powód tego ciepłego powitania, zdążyła jednak w porę ugryźć się w język. Przypomniała sobie bowiem fakt, który przez całą tę kołomyję z demonami i WON-em w rolach głównych został siłą rzeczy brutalnie i skutecznie zepchnięty z pierwszego planu. A teraz, gdy z powrotem wdrapał się na scenę, Idzie zrobiło się niewymownie głupio. Przecież przy ich ostatnim spotkaniu dziewczyna leżała w małżeńskim łożu Karoliny, co prawda bez Mikołaja u boku, za to w wymownie pomiętej pościeli. Po czymś takim trudno się było dziwić, że malarka nie rzuciła jej się na szyję ani nie zaczęła skakać na jej widok z radości.

– Czego chcesz? – wysyczała kobieta.

Ida nie odpowiadała przez chwilę, nerwowo gryząc wargi.

– Przyszłam po ciebie – powiedziała wreszcie.

– A tobie co się stało? – Malarka natychmiast zauważyła, że specyficzna maniera, z jaką zwykle przemawiała Tekla, zniknęła bez śladu. Odłożyła pędzel i farby, wytarła dłonie w kawałek szmatki. – No gadajże, o co chodzi, i wynoś się. Przeszkadzasz mi w pracy.

– Chodzi o Mikołaja.

– I przychodzisz z tym do mnie?! Co, znudził ci się już? No cóż, przyznaję, że w łóżku jest mało wyrafinowany, ale przykro mi, to już nie jest mój problem, tylko twój. Nie chce mi się z tobą gadać, patrzeć na ciebie nie mogę. Wynoś się.

Ida nie ruszyła się z miejsca.

– Mikołaj...

– Nie chcę tego słuchać!

– Obawiam się, że nie masz wyjścia. – Dziewczynie nagle zaschło w gardle. Chrząknęła. – On nie żyje, Karola.

Z napięciem patrzyła, jak ręka kobiety zamiera w bezruchu, a w zielonych oczach maluje się najpierw szok, potem niedowierzanie.

– Ale przecież... – szepnęła malarka prawie bezgłośnie. – Przecież... Jak to, nie żyje?! On nie może nie żyć, przecież mówiłaś, że jest bezpieczny!

Ida chciała ją objąć, w porę jednak przypomniała sobie, że to niemożliwe. Stała więc bezradnie przed wstrząśniętą Karoliną, tonęła w poczuciu winy i nie wiedziała, gdzie podziać oczy.

– Przecież miałaś nas chronić! – krzyknęła malarka. – Po to się wprowadziłaś! Miałaś go chronić, Ida!

Dziewczyna przymknęła powieki i wolno pokręciła głową.

– Co to znaczy? – wołała dalej malarka. – Co to wszystko znaczy?!

– Nie jestem Teklą – powiedziała Ida, patrząc w podłogę. – Tekla była moją ciotką i nauczycielką.

Malarka otworzyła usta, zamknęła i znów otworzyła.

– Co takiego? – wydusiła wreszcie. – Dlaczego... – zająknęła się. – Dlaczego mnie okłamałaś, po co to całe przedstawienie?!

– Nie chciałam cię przestraszyć – odparła dziewczyna. – Ja... Ja przewidziałam śmierć Mikołaja.

Twarz Karoliny znieruchomiała, pobladła jeszcze bardziej, a zielone oczy zapłonęły gniewem.

– A zatem wiedziałaś – zasyczała przeciągle. – Przez cały czas wiedziałaś, że on zginie! I mimo moich snów, mimo moich przeczuć nie powiedziałaś słowa. Uspokajałaś mnie, mówiłaś, że wszystko będzie dobrze, oszukiwałaś... Jak mogłaś mi to zrobić?!

– Jestem szamanką od umarlaków – powiedziała Ida, świetnie zdając sobie sprawę, że to żałosne usprawiedliwienie. – Nie wolno mi było cię uprzedzić.

– Kłamałaś w żywe oczy!

– Nie mogłam inaczej. Musiałam poczekać na śmierć Mikołaja, a potem zabrać go do krainy umarłych...

– Iść z nim do łóżka też musiałaś?!

Karolina porwała ze stołu pędzel i paletę z farbami. Dziewczyna była pewna, że malarka zaraz w nią nimi rzuci, jednak kobieta bez słowa powróciła do malowania obrazu. Ida znała malarkę wystarczająco długo i zdecydowanie nie takiej reakcji się po niej spodziewała. Podeszła bliżej, by zajrzeć Karolinie w oczy, i zobaczyła, że zielone tęczówki zasnuła cieniutka warstewka białej mgły. Malarka sunęła pędzlem po płótnie mimowolnie, bez zastanowienia, szybkimi, ostrymi ruchami, w ogóle nie patrząc ani na obraz, ani na paletę.

– Dusza Mikołaja zaginęła – zaszeptała cicho Ida. Uważnie obserwowała twarz Karoliny, czekając na jakąkolwiek reakcję. – Nie możemy jej odnaleźć.

– Więc idź i poszukaj – powiedziała malarka nie swoim głosem i ani na chwilę nie przerwała pracy. Wyglądała, jakby wpadła w trans.

Ida zerknęła na obraz. Był już prawie ukończony i teraz robił wrażenie nie tyle silne, ile wręcz piorunujące. Dziewczyna przez moment była pewna, że bordowa mgła spływa z płótna i wije się nad podłogą warsztatu, a smoliście czarne gałęzie drzewa rozrastają się i sięgają samego sufitu. Gdy czerwone oczy zakapturzonej postaci spojrzały wprost na nią, Ida szybko odwróciła głowę.

Wizja zniknęła.

– Karolina. – Dziewczyna pochyliła się nad malarką. Z trudem opanowała odruch, by położyć jej ręce na ramionach i potrząsnąć silnie. – Karola, patrz na mnie!

Kobieta zamrugała szybko, wyraźnie zdezorientowana zogniskowała wzrok na Idzie.

– Ty też nie żyjesz – oznajmiła dziewczyna.

– Co?...

– Nie żyjesz. Jesteś martwa.

– Kłamiesz!

– Spójrz tylko.

Na widok dłoni Idy, która przeszła przez ducha jak przez obłok mgły lub chmurę dymu, Karolina głośno nabrała powietrza. Pędzel wyślizgnął się z jej omdlałych nagle palców, a paleta przeniknęła przez widmową dłoń i z trzaskiem uderzyła w parkiet. Komórka wypadła z kieszeni fartucha, który raptem przestał być materialny. Malarka wydała z siebie coś pomiędzy jękiem a szlochem i zgięła się wpół, pozwalając, by włosy przysłoniły jej twarz.

– Przyszłam po ciebie – mówiła łagodnie dziewczyna. – Przyszłam zabrać cię do domu.

Karolina płakała bezgłośnie z dłońmi przyciśniętymi do ust. Z każdą chwilą pociemniałe ze starości, obdrapane z lakieru, wyślizgane podłogowe deski coraz lepiej prześwitywały przez jej przezroczystą postać.

– Jak zginęłam? – wymamrotała, nie podnosząc głowy.

Ida podeszła bliżej, usiadła na podłodze, oplotła kolana ramionami. Zaczęła mówić cicho i spokojnie i z każdym jej słowem zjawa bladła, a jej kontury stawały się coraz bardziej niewyraźne i rozmyte. I tylko oczy Karoliny zachowały dawny intensywnie zielony kolor.

– Zaprowadzę cię na drugi brzeg – podjęła dziewczyna po dłuższej pauzie.

– Mikołaj tam jest?

Serce Idy zamarło na moment, po czym łupnęło w mostek z siłą tarana, pozbawiając tchu, a w skroniach rozszumiała się pędząca krew. Wyrzuty sumienia odebrały dziewczynie mowę na blisko minutę, która trwała całe lata.

– N-n-nie – wydukała wreszcie. – Jeszcze go nie przeprowadziłam. Muszę go najpierw odnaleźć.

– Jego też zabiły demony?

Malarka cały czas patrzyła na nią wyczekująco oczami pełnymi smutku i rezygnacji.

– Nie – wyszeptała Ida prawie bezgłośnie. – Ja go zabiłam.

Karolina przez dwie sekundy siedziała zupełnie nieruchomo. A potem rzuciła się do przodu i trzasnęła Idę w twarz. A raczej spróbowała. Kiedy jej ręka nie napotkała żadnego oporu i przeniknęła przez policzek, nie czyniąc dziewczynie żadnej krzywdy, malarka zawyła przeraźliwie, nieludzko. Łzy spłynęły z zielonych oczu i skapnęły na parkiet tuż przed Idą.

Dziewczyna pochyliła się, wyciągnęła dłoń, przesunęła opuszką po deskach. Poczuła wilgoć pod palcami.

Łzy były prawdziwe. Materialne.

Wściekły duch potrafi czasem miotać przedmiotami. Złośliwy umie nieźle nastraszyć, wydymając firanki w fantastyczne kształty, pisząc palcem po zaparowanej szybie lub trzeszcząc podłogami. Szczęśliwy wprowadza przyjemną, ciepłą atmosferę w domu, który nawiedza. Zagubiony czasem tak głośno woła o pomoc, że nawet zwykli ludzie pozbawieni wszelkich nadprzyrodzonych zdolności budzą się nagle w środku nocy, sami nie wiedząc, co wyrwało ich ze snu.

Duch przepełniony bólem i rozgoryczeniem potrafi płakać prawdziwymi łzami.

– Masz go odnaleźć – zażądała Karolina nienaturalnie opanowanym, chłodnym głosem. – Odnaleźć i przyprowadzić do mnie. Masz uratować mojego męża przed niebytem, zrozumiałaś?

Ida bez słowa skinęła głową.

– A spróbuj tylko znów mnie oszukać, to nie dam ci spokoju, zamienię twoje życie w piekło, będę cię nawiedzać na jawie i we śnie. Przyprowadź mi go. Będę tu czekać.

– Nie możesz tu zostać – powiedziała stanowczo dziewczyna. – Nie wiem, kiedy znajdę Mikołaja, i nie pozwolę ci tkwić na tym świecie nie wiadomo jak długo. Muszę cię przeprowadzić.

– Przejdę razem z moim mężem. Jeśli on rozpłynie się w niebycie, to ja też.

– Karolina, proszę cię...

– Nie masz prawa o nic mnie prosić! – wrzasnęła malarka. – Jeśli mnie przeprowadzisz w zaświaty, nie będę mieć żadnej gwarancji, że w ogóle pójdziesz szukać Mikołaja. I pewnie znowu mnie okłamiesz.

– Nie okłamię. Jeśli nie przeprowadzę Mikołaja, utracę cząstkę duszy...

– Cząstkę? Cząstkę?! Zabiłaś mojego męża, powinnaś stracić całą!

Słońce zaczynało zachodzić, a jego pomarańczowe promienie zatańczyły w drobnych kroplach łez Karoliny, rozświetliły je refleksami koloru rdzy.

I ten widok sprawił, że Ida nagle wiedziała, co powinna zrobić.

Dźwignęła się na kolana, rozejrzała po stole zastawionym szkicami, słoikami z wodą, tubkami z farbą i mnóstwem pędzli. Sięgnęła po nóż, którego Karolina używała do precyzyjnego cięcia papieru, usiadła z powrotem na podłodze. Po krótkim wahaniu nakłuła sobie koniuszek palca.

– Co ty wyprawiasz? – zdumiała się malarka.

Ida nie powiedziała nic. Pochyliła się i pozwoliła, by krew z przeciętej opuszki skapnęła w sam środek jednej z łez.

Kiedy przetrząsała zeszyty Stanisławy, szukając przepisu na Lampę Aladyna, trafiła na notatki dotyczące nieśmiertelnej przysięgi. Przyrzeczenia, które jedna dusza składa drugiej i którego moc sprawia, że ten, kto je złamie, rozpływa się w niebycie. W przypadku rozmawiającej z umarłymi i zjawy krew ciała i łza duszy pieczętują więź, a ta więź nie wygasa nigdy, nawet po śmierci medium. Taką przysięgę złożyli Stanisławie Duch i duszki.

– Obiecuję – powiedziała uroczyście Ida, patrząc Karolinie prosto w oczy. – Obiecuję, że przyprowadzę Mikołaja w zaświaty. Złożyłam nieśmiertelną przysięgę, jeśli ją złamię, rozpłynę się w nicość tak jak twój mąż.

Karolina z napięciem patrzyła, jak łzawo-krwawa kropla na podłodze migocze rubinowym blaskiem i z cichutkim sykiem zamienia się strzępek bladoróżowej pary. A potem nieśpiesznie i bezgłośnie rozwiewa się w powietrzu.

– Dlaczego to zrobiłaś? – zapytała po długiej, bardzo długiej ciszy. – Dlaczego tak ryzykujesz?

– Ponieważ nie mogę pozwolić ci zniknąć – odparła Ida szczerze. – Nie chcę, żebyś zniknęła. A teraz nie masz powodu, żeby nie udać się ze mną na drugi brzeg, kiedy już wiesz, że zależy mi na odnalezieniu Mikołaja. Znajdę go, Karola, i przyprowadzę do ciebie, inaczej przestanę istnieć.

Karolina znów milczała. Pomarańczowe smugi światła podświetlały drobinki wirującego w powietrzu kurzu i przeszywały jej ducha na wylot. W końcu malarka popatrzyła Idzie w oczy i skinęła głową.

Dziewczyna uśmiechnęła się blado. A potem przywołała Wiatr. Jej ciało znieruchomiało, skóra pobladła. Po chwili na włosach i brwiach osiadła cieniutka, srebrzysta warstewka szronu, a z każdym oddechem z ust unosił się obłoczek pary. Dusza Karoliny zaczęła przenikać stopniowo do krainy umarłych w ślad za szamanką.

Bladła, traciła kolory i kształt, stawała się coraz bardziej przezroczysta. Rozpraszała się w miodowych promieniach wieczornego słońca jak parująca rosa.

*

Płomyk dogorywał już na czubku prawie całkowicie stopionej świecy, ale Ida nie dawała za wygraną. Wciąż pakowała w niego włos za włosem, wpatrując się w leżące przed nią zdjęcie.

I nic. Zero odzewu.

Jedyny wniosek, jaki się nasuwał, to ten, że Mikołaja nie było po stronie żywych. W zaświatach nie było go na pewno, inaczej Ida wywołałaby go dawno temu. Zresztą gdyby miał samodzielnie trafić do krainy umarłych, dziewczyna nie śniłaby o jego śmierci. Wciąż żyła, co oznaczało, że czarodziej nie odszedł w niebyt. Jeszcze. Ida założyła więc, że zdiablone dusze pozostają niewidoczne dla Oka rozmawiającej z umarłymi, dlatego nie jest w stanie dostrzec Kwiatkowskiego. To założenie niczego jednak nie ułatwiło, co gorsza, jeszcze bardziej skomplikowało i tak mocno już zagmatwaną sytuację. No bo skoro ani Ida, ani pogromcy duchów, ani nawet łowcy demonów nie mogli go odnaleźć, to kto mógł? I jak?

Dziewczyna zerknęła ponuro na ostatni obraz Karoliny, który wcale nie inspirował do pozytywnego myślenia. Sama nie wiedziała, po co zabrała go z pracowni malarki i na dodatek w akcie masochizmu powiesiła na honorowym miejscu w salonie. Teraz dostawała dreszczy za każdym razem, gdy na niego patrzyła, i wpadała w jeszcze większą melancholię podszytą subtelną nutką paniki.

Płomień prychnął i z sykiem zatonął w kałuży wosku, a Ida ze złością zgasiła papierosa i sięgnęła po kieliszek. Opróżniła naczynie duszkiem i z trzaskiem odstawiła na stół.

– Nie masz dość? – spytał Kruchy, stając w progu salonu i opierając się bokiem o framugę. – Jutro czeka cię kac morderca.

– E tam. – Wzruszyła ramionami. – Już mam kaca, tyle że moralnego.

– Dlatego postanowiłaś utopić go w dwóch litrach wina.

– W trzech – uściśliła. – W kuchni Karoliny znalazłam jeszcze dwie butelki. Zapasy mi się kończą, bądź dobrym kolegą i skocz no do monopolowego, co? – Na widok jego miny, która jednoznacznie dowodziła, że Kruchy nie miał zamiaru być dobrym kolegą, przewróciła oczami. – Nie patrz tak na mnie, kac to naprawdę pikuś w porównaniu z niebytem, który raczej jest nieuchronny. Gdy o tym myślę na trzeźwo, zaczynam panikować, pozwól zatem, że się upiję, zanim zniknę, i przestań się martwić o mojego kaca.

– Bredzisz – orzekł z głębokim przekonaniem. – To raz. Dwa, ja się nie martwię, nie mogę się tylko doczekać rana. Na pewno będziesz w znakomitym nastroju i świetnej kondycji.

– Rano ma cię tu nie być – zapowiedziała ostro. – Mam dosyć tych twoich niezapowiedzianych wizyt. Nawet do drzwi nie dzwonisz, tylko włazisz jak do siebie i doprowadzasz mnie tym do szewskiej pasji.

– Uznałem, że na wszelki wypadek powinienem mieć twoje klucze, więc sobie dorobiłem.

– A ja uznałam, że nie powinieneś, dlatego jutro zmieniam zamki. A teraz wynocha.

– Nie chcesz wiedzieć, po co przyszedłem?

– Jeżeli nie po to, by uradować mnie wieścią o odnalezieniu Mikołaja, to nie, nie chcę wiedzieć, chcę natomiast, żebyś sobie poszedł. Teraz.

– Być może uraduje cię inna wieść – powiedział Kruchy. – Rytuały oczyszczające Stanisławy wreszcie dobiegły końca.

– O! – Ida rozchmurzyła się w jednej chwili. – Może zniknięcie Kwiatkowskiego ma coś wspólnego z ich tajnym projektem, może ona wie, gdzie mógł się podziać!

– Nie wiem, jak na to wpadłaś – zakpił i podszedł do stołu. – Doprawdy, jesteś cennym nabytkiem dla Firmy. To co – zabrał jej butelkę wina sprzed nosa, nie zważając na pełne niezadowolenia burczenie – chcesz z nią pogadać czy wolisz najpierw wytrzeźwieć?

– Spokojnie, wypiłam tylko dwa kieliszki.

– Świetnie. – Kruchy wydobył z kieszeni drobny przedmiot i położył go na stole przed dziewczyną. To była Kapsułka wypełniona migotliwym kłębkiem białego światła.

– Jak ją otworzyć? – zapytała Ida, lekko trącając koralik palcem.

– Rozbij ją.

– Co? Tak po prostu?

– Tak po prostu.

– Trzeba mi było powiedzieć, że to takie łatwe, zanim wręczyłeś mi sześć Kapsułek wypełnionych demonami! – oburzyła się.

– Te z demonami są dodatkowo zabezpieczone. A teraz przestań gadać i rozbij ją wreszcie.

To mówiąc, Kruchy ruszył do kuchni i zaczął krytycznie lustrować zawartość lodówki. Ida tymczasem zamknęła paciorek w dłoni. Po chwili wahania cisnęła nim o podłogę.

Kapsułka pękła i z cichym westchnieniem uwolniła obłoczek światła, który powoli zaczął przybierać kształt zwiniętej w pozycji embrionalnej kobiety. Stanisława przeciągnęła się i ziewnęła, jakby obudzona z głębokiego snu. Otworzyła oczy.

– No, nareszcie – powiedziała z pretensją nieco krzykliwym głosem, rozmasowując sobie kark. – Strasznie tam ciasno, cała dusza mi zdrętwiała. – Umilkła na widok Idy i obejrzała sobie dziewczynę z góry na dół. – Ciebie nie znam – stwierdziła. – Gdzie się podział ten czarnowłosy przystojniak?

– Tu jestem – odezwał się skromnie Kruchy, podnosząc wzrok znad sałatki jarzynowej, którą Ida chciała zjeść na kolację.

– Słyszysz ją? – zdziwiła się Ida.

– I widzę. – Łowca skinął głową. – Podczas rytuałów Ruda i Brutus rzucili wspólnie jakimś hokusem-pokusem i teraz możemy z nią gadać.

– A ty to kto? – zapytała zaczepnie Stanisława.

– Ida Brzezińska – przedstawiła się dziewczyna. – Szamanka od umarlaków.

– Doprawdy? – Kobieta nie wyglądała na przekonaną. – Taka smarkula?

– Na zdjęciach wyglądałaś całkiem nieźle, ale teraz jak na ciebie patrzę, to się nadziwić nie mogę, że zamiast grać z demonami w ganianego, nie przeszłaś na emeryturę – odburknęła Ida. – Widać zdjęcia stare.

Stanisława prychnęła lekceważąco, ale nie próbowała ripostować. Zamiast tego rozejrzała się po pokoju.

– Matko kochana, co to robi w moim salonie?! – krzyknęła raptem, oskarżycielskim gestem wskazując obraz Karoliny.

– Ładny, prawda? – rzucił obojętnie Kruchy.

– Ładny?! Tyś zwariował chyba! Ty wiesz w ogóle, coś przytargała do domu, dziecko? – Stanisława obrzuciła Idę spojrzeniem pełnym zgrozy i potępienia.

– To ostatnie dzieło Karoliny – odparła dziewczyna i wzruszyła ramionami, udając, że obraz nie robi na niej wrażenia. I ni stąd, ni zowąd przypomniała sobie jeden ze snów, które nawiedziły ją w noc śmierci czarodzieja po tym, jak straciła przytomność w jego pracowni. – Zabawne – mruknęła bardziej do siebie niż do obecnych. – Od początku wydawał mi się znajomy, ale teraz pamiętam dokładnie, że zanim zamordowałam Mikołaja, przyśniło mi się coś podobnego. Tylko że w moim śnie ten koleś w kapturze trzymał Lampę Aladyna z Kwiatkowskim uwięzionym w środku.

– Przyśniło ci się to?! – zawołała Stanisława, wciąż celując palcem w obraz. – Masz przechlapane, mała – powiedziała śmiertelnie poważnie. – Totalnie, absolutnie, nieodwołalnie przechlapane.

– Bo co niby? – zaciekawił się łowca. Otworzył jogurt waniliowy i zaczął dokładnie wylizywać wieczko.

– Bo właśnie utraciła cząstkę duszy – wyjaśniła dobitnie kobieta. – Mikołaj siedzi w lustrzanych piekłach, a ten koleś w kapturze to sam Kusiciel! Demon Luster!

Zupełnie niewzruszony tą wiadomością Kruchy powrócił do jedzenia, Ida natomiast palnęła się dłonią w czoło.

Przecież Mikołaj umiał otwierać przejście w lustrach! Skoro nie mogła go odnaleźć ani tu, ani w zaświatach, na pewno trafił w lustrzane piekła, zwłaszcza że przecież w jej śnie zakapturzony gościu trzymał w dłoniach Lampę z Mikołajem. No dobra, Ida miała prawo nie wiedzieć, że martwe drzewo rosło w piekłach, ale przecież gdy została zaatakowana przez zdiabloną duszę Mikołaja, czarodziej wyskoczył właśnie z lustra! A w tym lustrze kłębiła się ta sama bordowa mgła, którą Karolina umieściła na swoim obrazie.

W dziedzinie interpretacji snów i łączenia faktów czekały ją jeszcze lata ćwiczeń.

O ile w ogóle ma przed sobą jeszcze jakieś lata, a nie wieczność nicości na ten przykład.

– Kto to jest Kusiciel, Demon Luster? – zapytała Ida słabo.

– Demon, który mieszka po drugiej stronie lustra i kusi, tak trudno to wydedukować?

– Ale kim on jest? – warknęła dziewczyna, tracąc cierpliwość. – Co robi i dlaczego to właśnie on ma teraz duszę Mikołaja?

– Jest twórcą lustrzanych piekieł – odparła Stanisława takim tonem, jakby była zdziwiona, że w ogóle musi to komukolwiek wyjaśniać. – Stworzył tamtejsze demony. To z nim czarnoksiężnicy dobijają targu, aby móc przywoływać diabły do naszego świata.

– Ty i Mikołaj też się z nim targowaliście?

– No ba, pewnie, inaczej nie moglibyśmy pracować nad przywracaniem ciał Duchowi i duszkom.

– A dlaczego ty nie trafiłaś w lustro? – zainteresowała się Ida podejrzliwie.

– Bo ja nie zaprzedałam swojej duszy Kusicielowi. A Mikołaj owszem. I pewnie już zamieniło go w demona.

Ida oparła łokcie o blat stołu i schowała twarz w dłoniach. No tak. Pakt z diabłem. No cudnie, wspaniale, po prostu fantastycznie... I jak ona ma go teraz stamtąd wydobyć?!

– Niech ci nawet do głowy nie przyjdzie, żeby po niego iść – powiedziała Stanisława, jakby czytając dziewczynie w myślach. – Pogódź się z tym, że będziesz miała duszę lekko zdekompletowaną, i zapomnij o całej sprawie.

Ida posłała jej żałosne spojrzenie spomiędzy palców.

– Lekko zdekompletowaną, aha, jasssssne – wymruczała niewyraźnie. – Żeby tylko.

– Co ty mówisz? – zapytał łowca i zamarł z łyżeczką jogurtu przy ustach. – Ida, coś ty zrobiła?

On i Stanisława patrzyli na nią z oczekiwaniem, a Ida nabrała ochoty, by przestać istnieć... Chociaż nie, stop, do tego akurat miało wkrótce dojść. Nabrała zatem ochoty, by zapaść się pod ziemię.

– Złożyłam Karolinie nieśmiertelną przysięgę – przyznała się, z powrotem przysłaniając dłońmi oczy. – Obiecałam jej, że przyprowadzę Mikołaja w zaświaty.

– Co?! – krzyknęli zgodnym chórem łowca i Stanisława.

– Skąd miałam wiedzieć, że on siedzi w lustrze?

– Ida. – Kobieta podpłynęła do dziewczyny z przerażająco poważnym wyrazem twarzy. – Ty idiotko, kretynko ty. Nie wolno składać nieśmiertelnej przysięgi, jeśli nie zna się ryzyka. Kiedy wejdziesz w lustrzane piekła, to na dziewięćdziesiąt dziewięć procent nie wyjdziesz z nich już nigdy. Kusiciel nie odda ci Mikołaja, co więcej, zostawi sobie twojego ducha i zmieni go w kolejnego demona. Rozumiesz, co do ciebie mówię?

– Ida – powiedział łowca grobowym tonem. – Ja cię zabiję. Zamorduję po prostu.

– A tobie o co chodzi? – wysyczała dziewczyna. – To o mojej duszy rozmawiamy, nie twojej, więc o co się wkurzasz? Co ci do tego?

– Za zrekrutowanie szamanki od umarlaków miałem dostać awans – powiedział zimno. – A kiedy ciebie trafi szlag, to moja błyskotliwa kariera też pójdzie w diabły.

– Oooooj – zakpiła Ida, udając przypływ troski i współczucia. – Tak bałdzio mi cię zial, cio ti telaź, bidulku, poćnieś, cio? Też coś! – zawołała ze złością. – Weź się odwal, ty egoistyczny palancie, buraku jeden ty! Wynocha do domu, ale już!

– On wcale nie ma na myśli awansu – mruknęła Stanisława tonem jasnowidzki.

– Nie? – zdumiała się Ida.

– Nie? – zdumiał się łowca.

Kobieta zerknęła na Kruchego krzywo.

– Ty nie udawaj takiego zdziwionego, dobrze wiesz, o czym mówię – fuknęła na niego.

– A o czym mówisz? – zaciekawiła się dziewczyna.

– Najzwyczajniej w świecie nie chce, żebyś zniknęła, ot co. I ostatnia rzecz, o której teraz myśli, to jego kariera.

Dziewczyna i łowca spojrzeli bez przekonania najpierw na siebie, potem na Stanisławę.

– Akurat – orzekli chórem.

– Oprócz tego, że byłam medium, byłam też wróżką, więc znam się na rzeczy – oświadczyła kobieta. – To się czuje. Dobra, nieważne. Masz na głowie znacznie poważniejsze problemy, mała, i to naprawdę piekielne.

– Mówisz? Serio? – bąknęła ironicznie Ida. – Skoro jesteś wróżką, powiedz mi coś, czego nie wiem.

– Nic nie powiem, bo na twoją głupotę nic nie można poradzić – odparowała Stanisława. – Już po ptakach. Duch i duszki mieli prawo złamać nieśmiertelną przysięgę, jeśli okoliczności tego by wymagały, na przykład w przypadku bezpośredniego zagrożenia życia mojego lub Mikołaja. Dlatego mimo że dowiedziałaś się o projekcie, ich dusze nie odeszły w niebyt. Ale ty oczywiście nie zadbałaś o taką błahostkę jak środki ostrożności, prawda? Pewnie, po co, z duszą, bez duszy, co za różnica. Przysięgłaś Karolinie, że uratujesz Mikołaja mimo wszystko, nie zastanawiając się nad konsekwencjami. No to teraz możesz sobie wybrać: wieczność w piekłach lub nicości.

Ida nie powiedziała nic. Poszła do kuchni, wyciągnęła z lodówki butelkę wódki. Łowca niechętnie podziabał łyżeczką w jogurcie, ale jakoś stracił apetyt. A Stanisława popatrywała krytycznie to na jedno, to na drugie, wreszcie z westchnieniem pokręciła głową.

– Dobra – powiedziała. – Jeśli nie masz nic przeciwko, dziecko, chciałabym pożegnać się z Duchem i duszkami, a potem przeprowadzisz mnie w zaświaty... dopóki jeszcze możesz.

Ida odprowadziła ją wściekłym wzrokiem, a kiedy zjawa wtopiła się w ścianę, dziewczyna nalała sobie wódki i wypiła jednym haustem. Po chwili łowca podszedł do niej, polał im obojgu. W milczeniu zasalutowali sobie kieliszkami. Kruchy bez słowa zapalił papierosa, a Ida oparła się plecami o drzwi lodówki, osunęła po nich wolniutko i wreszcie klapnęła na podłogę.

– Jak to jest nie istnieć? – szepnęła do siebie.

Pech milczał złowrogo i znacząco.

I wyglądało na to, że wydarzenia poszły nie do końca po jego myśli, bo minę miał taką, jakby też nabrał ochoty na coś mocniejszego.

*

– Gdy tylko odnajdę sposób, żeby wydobyć Jednookiego z lustrzanych piekieł, rzucam tę robotę w diabły! – zaburczała Ida, gładząc granatowe futerko łapacza. – Zacznę wreszcie normalne życie!

Nikt ze zgromadzonych nie uznał za stosowne odpowiadać albo po prostu nie wiedział, co odpowiedzieć.

Mamaj, Brutus, Kruchy i Ruda oraz pięciu czyścicieli, których imion ze względu na ilość spożytego alkoholu Ida nie była w stanie zapamiętać, siedzieli w salonie dziewczyny, sączyli rozmaite trunki i popatrywali smętnie na demoniczny obraz Karoliny. Gryzak ułożył się na kolanach swojej pani, chrapał donośnie i zamiatał powietrze lisim ogonem. Joanna darła się wniebogłosy na parapecie i zaglądała przez okno, regularnie rozświetlając pokój blaskiem piekielnych płomieni. Milenka i Różyczka wisiały w powietrzu z ponurymi minami, a Duch, który postanowił dać sobie spokój z udawaniem obrażonego na cały świat, znów krążył od ściany do ściany pogrążony w głębokiej, posępnej zadumie.

Normalne życie, Ida z goryczą powtórzyła w myślach własne słowa i skrzywiła się tak, jakby usłyszała właśnie niesmaczny żart. No, delikatnie mówiąc, nie do końca tak miało to wyglądać. Ale dosyć tego. Jeśli wydobędę czarodzieja z piekieł, rezygnuję z zawodu. Natychmiast i nieodwołalnie. Przyprowadzę Jednookiego i nigdy już nie odczytam ani jednego wyłapanego przez Gryzaka snu, niech je wszystkie łapacz pożre na zdrowie! Nikt w końcu nie powiedział, że muszę je wyśnić. Kończę to, co zaczęłam, rozplątuję los mój i Mikołaja, dotrzymuję przysięgi złożonej Karolinie i zmywam się, pa, pa.

Jej wzrok znów zahaczył o wiszące na ścianie dzieło malarki.

– Maaatko – westchnęła Ida żałośnie, tym razem na głos. – Kogo ja oszukuję, w życiu nie wlezę w to lustro! Ten obraz jest po prostu obrzydliwie, przeraźliwie straszny, boję się piekieł na sam tylko widok. Zginę! – zawołała dramatycznie i równie dramatycznie rozlała wódkę z kieliszka. – Niebycie, przybywam, pójdź w me ramiona!

– Nie łam się, Ida. – Mamaj poklepał ją po ramieniu, a potem pośpieszył z pomocą i podał jej butelkę. – Przy odrobinie szczęścia znajdziesz inny sposób, żeby uratować Kwiatkowskiego, może wcale nie będziesz musiała przechodzić na drugą stronę lustra. Musi istnieć inne wyjście.

– Ta – wymruczała bez przekonania. – Przy odrobinie szczęścia, czyli czegoś, czego ja akurat nie posiadam.

W głębi duszy wiedziała, że nawet jeśli Mamaj ma rację, nawet jeśli istniał inny sposób na uratowanie czarodzieja, to i tak prędzej czy później czekała ją podróż na drugą stronę lustra. Po pierwsze dlatego, że martwe drzewo i stojący pod nim Kusiciel już raz jej się przyśnili i jako szamance od umarlaków nie pozostawało jej nic innego, jak tylko czekać, aż sen stanie się rzeczywistością.

Po drugie, ciepła, lepka mgła koloru burgunda znów zaczęła ściekać z płótna i snuć się ociężale nad podłogą salonu. Na Idę prysnął deszcz drzazg, gdy smoliście czarne korzenie wbiły się głęboko w parkiet, a gałęzie porosły sufit niczym trujący bluszcz i ciasno oplotły lampę. Powietrze zapachniało pieprzem i imbirem. Rubinowe punkciki oczu zalśniły w ciemnościach ogromnego kaptura...

– Ida?

Dziewczyna ocknęła się z zamyślenia. Nieco nieprzytomnie popatrzyła na Kruchego. Stalowy wzrok łowcy przeszył ją na wylot niczym szpikulec do lodu i otrzeźwił w jednej chwili.

– Pizza przyszła – oznajmił spokojnie. – Trzymaj.

Lekko drżącymi rękami przyjęła ciepłe, tekturowe pudełko.

Po trzecie, czuła przez skórę, że nie uniknie kłopotów. Nie zdarzy się cud, nie będzie szybkiego i szczęśliwego zakończenia jej prywatnego horroru. Nawet nie próbowała się łudzić. I nie chodzi tu o żadne zrządzenie losu, siłę wyższą, klątwę, życiorys zapisany w gwiazdach w najdrobniejszym szczególe czy przeznaczenie, którego nie da się zmienić ani oszukać.

Ida zwyczajnie miała Pecha. Chociaż nie, to nawet nie było tak.

To Pech miał Idę.

Redakcja: Piotr Chojnacki
Korekta: Artur Kaniewski
Ilustracja na okładkę i projekt okładki: Dominik Broniek
Ilustracje: Sebastian Skrobol
Zdjęcie autorki: © kreska_

Skład i łamanie: Plus 2 Witold Kuśmierczyk

Druk i oprawa: Interdruk, Warszawa
Książkę wydrukowano na papierze Creamy dostarczonym przez
ZiNG

Grupa Wydawnicza Foksal Sp. z o.o.
00-391 Warszawa, al. 3 Maja 12
tel./faks (22) 646 05 10, 828 98 08
biuro@gwfoksal.pl
www.gwfoksal.pl

ISBN 978-83-280-4523-1